EtRanGer
에뜨랑제

임허규 장편소설

EtRanGer
에뜨랑제

풍운

그래픽노블

E T R A N G E R

Episode Ⅲ

개혁
(改革)

6장
변화
變化

봄비가 내린다. 봄비치고는 거센 편이다. 들판 가득히 물안개가 피어오른다. 창가에서 빗줄기가 튕겨 들어오며 바닥이 촉촉하게 젖어가고 있다.

"이곳 프리고진에 온 것이 지난 가을이었으니 벌써 6개월이 흘러가 버렸군. 시간 참 빠르게 간다."

산은 창가에 서서 밖을 쳐다보고 있었다. 아침이 훨씬 지났는데도 대지는 아직도 어둡다. 아련하게 스며들어 오는 물안개가 신비롭게 하늘거린다. 이런 날 안개는 몽환적인 분위기를 즐기기에는 최고의 소품이다. 오늘은 약간은 애틋한 그리움도 좋겠지…….

"겨울은 길고 봄은 짧죠. 차 한잔하실래요?"

비연이 곁으로 다가왔다. 김이 모락모락 피어오르는 따끈한 찻잔을 건넨다.

"고마워. 그런데 냄새가 커피 느낌인데……?"

"비슷한 맛을 구현하는 데 성공했죠. '토톰'이라는 열매를 볶은 건데 아주 괜찮은데요?"

"이거 맛도 괜찮은데? 비축을 좀 해둬야 되겠네?"

잠시 동안 침묵이 흘렀다. 창가를 때리는 빗줄기도 조금 잦아들었다. 산의 두툼한 손이 비연의 작은 어깨를 찾았다. 비연이 약간 움찔한다. 그의 시선은 여전히 어두운 창밖을 향하고 있었다. 비연은 자연스럽게 그의 어깨에 머리를 기댔다.

"우리…… 참 바빴다. 그치?"

"귀족 생활 하나는 확실하게 배웠죠. 이제는 익숙해진 것 같아요. 근무도, 연회도."

"어때? 더 해볼 만하던가?" 산이 씩 웃었다.

"사양하렵니다. 귀족 놀이도 별로 재미없네요. 이제 할 만큼 해준 것 같거든요. 레인 황녀도 이제 홀로 설 수 있을 만큼 강해졌고……."

"우호적인 세력도 많이 생겼어. 그래도 혼자 굴러갈 수 있을까?"

"모르죠. 어차피 그들의 삶 아닐까요? 황제와 신권이 팽팽하게 균형을 맞추며 굴러가는 체제이니 일정한 선에서 타협을 보겠죠?"

"많이 불편한가?"

산은 비연을 가만히 쳐다본다. 그의 입가에는 아직도 웃음기가 남아 있었다. 그 역시 인간관계에서 산전수전 겪은 사내다. 비연이 뭘 걱정하는지 모를 리 없다.

"예…… 솔직히요."

"확 떠나 버릴까?"

"글쎄요……."

여유는 생겼지만 비연의 마음은 오히려 불편하다. 황실에서 이 사내를 보는 눈길이 심상치 않다. 공인된 3품 선무대가. 공작 이상의 직위를 보장받은 사람. 거기에 더해 그들 입장에서는 놀라운 지식과 지혜를 가진 사람.

'정보대장이라는 직책이 이렇게 불편할 때도 있지…….'

산을 집요하고도 은밀하게 확인하는 과정들이 비연의 눈에 밟혔다. 무수한 파티와 연회, 세간의 평가들…… 거의 광신도에 가깝게 변해가고 있는 여인네들의 표정들과 상사 레인의 전과 같지 않은 눈길 역시…….

또 하나는 그 반대쪽에서 벌어지는 현상이었다. 마찬가지로 여러 종류의 눈길들이 그녀 자신을 탐색했다. 무언가를 좀 바꿔보려고 할 때마다 부담스러울 정도다. 내일모레면 어렵지 않게 비슷한 것을 거리에서 발견하게 될 것이다. 특히 한선가 강의 때 몰려드는 아이들의 뜨거운 눈길은 당혹스럽다. 동명가, 기장가 쪽의 강의 요청도 부담스럽고…… 자신을 바라보는 동예의 눈빛도 심상치 않다.

"바깥 풍경을 보니 갑자기 옛 생각이 났다."

"첫사랑?"

"설마……."

"또 썰렁한 거 아니죠?"

비연이 눈을 흘겼다. 이 선수, 분위기 깨는 데는 꽤 재능이 있다.

"뭐, 듣기에 따라서……."

"음…… 이야기해보세요."

"고등학교 때 일기를 쓴 적이 있었지. 그때 알록달록하고 예쁜 일기장을 샀었어. 왜 그런 거 있잖아? 연분홍빛 환상적인 배경에 남녀가 어깨를 마주하고 걸어가는 그림이 있는 거……."

"예…… 일기도 쓰셨군요. 음…… 그럴 수도 있는 것이었구나."

비연이 산을 새삼스레 쳐다본다. 아무리 생각해도 이미지를 떠올리는 데 어려움을 느낀다. 도시에서 썩기에는 정말 아까운 저 인상과 두툼한 손. 그 손이 연분홍빛 지면 위를 스쳐가는…… 문득 비연은 어깨에 놓인 사내의 손에 힘이 들어가는 것을 느꼈다. 조금 아팠다.

"그건 중요한 게 아니고! 그 일기장의 제목이 뭐였는지 알아?"

"사색의 뜨락…… 뭐 대충 그런 거 아니겠어요?"

"'에뜨랑제'라는 제목이었어. 그땐 무슨 뜻인지도 몰랐지. 일단 불어로 되어 있으니 있어 보이잖아? 어감도 이쁘고……."

"그래서 어느 회사가 껌 이름으로 썼었죠. 아마……."

"큭……."

산이 크게 기침을 했다.

"그래서 에뜨랑제라는 작전명을 생각한 건가요?"

"그래…… 이방인이라는 뜻이었지. 프랑스 용병부대의 이름이기도 했고."

"발음은 그럴 듯하지만, 일기 제목으로는 어울리지 않는데요? 껌 상표만큼이나."

"그런데 알고 보니 카뮈라는 알제리 태생의 프랑스 소설가가 쓴 소설 제목이더라고. 이방인, 나그네라는 뜻이지. 읽어보지는 않았지만, 지금 생각해보면 아마 지금의 내 처지를 예감했던 것이 아닐까 하는 생각도 들어. 머물러 있을 때는 나그네, 방랑자의 삶을 꿈꾸지만 막상 여행을 떠나면 곧바로 집에 돌아가고 싶은 그런 것. 사람 마음이 참 간사하지?"

"떠나고 싶으세요?"

"언제라도. 앞날에 대한 걱정만 없다면."

"저도 그래요."

"여기는 참…… 그렇다. 정말 정이 안 가."

"정말 떠날 생각이시군요."

"왜? 내키지 않나?"

"이번에 떠나면 돌아오기는 무척 어렵겠죠?" 비연이 씁쓸한 표정으로 속삭였다.

"이곳이 무슨 대단한 곳은 아니었잖아? 완전 불편하고 또 위험하기도 하고."

산이 찻잔을 만지작거렸다.

"이곳 일은 언제쯤 마무리될까?"

"원래 2년 계획을 잡았죠. 생각보다는 그래도 일이 잘 풀려가는 것 같아서 다행이라고 생각하지만……."

"그리고…… 다음엔 어디로 가지?"

"글쎄요……."

비연은 손을 들어 어깨를 감싸고 있는 사내의 두툼한 손등을 어루만졌다. 따뜻하다. 밖을 쳐다보고 있지만 초점을 잃은 시선에는 뿌연 안개만 잡혀 있었다.

그렇다. 그들에게는 갈 곳이 없다. 철저한 이방인……, 에뜨랑제. 원하지 않았던 운명에 휩쓸려 엉뚱한 별로 추방된 인신(人神)들…….

* * *

"이제 몇 가지 준비만 마치면……."

비연이 수첩을 뒤적거리며 말했다. 생긴 모양은 꼬질꼬질하지만 전에 쓰던 다이어리를 나름대로 참고하여 그래도 날짜와 요일을 맞춘 달력이다. 이곳의 시간과 역법 체계는 묘하게도 한국에서 쓰던 그레고리력과 비슷했다. 1년 365일, 1개월 30일, 12개월 시스템에 익숙한 두 사람으로서는 환영할 만한 일이다. 아직 춘분이나 하지 등의 24절기는 정확히 측정하지 못했지만 시간과 장비가 갖추어지면 한 번 해보고 싶은 일이다.

다만, 요일 체계만큼은 지구와 다르다. 5일 단위로 하루씩 휴가가 주어지는 방식이다. 이곳의 제작자는 유대 창조신의 7일 안식일 체계가 마음에 들지 않았을지도 모른다. 아마 손가락 개수를 고려하여 5진법 체계로 정했으리라. 시녀들이 쉬는 날짜를 알려주니 별로 불편하지는 않지만, 그들의 '요일' 본능은 결국 별도의 한국형 다이어리를 탄생시켰다. 편한 방식을 포기하고 싶지 않았을 것이다.

이 밖에도 산과 비연은 만약을 대비하여 둘만이 알 수 있는 소통 수단을 더욱 개선시켜왔다. 처음 이 세계로 끌려왔을 때 비연이 고안했던 모스 부호 방식의 추억의 신호는 아직도 즐겨 쓰고 있다. 이제 그 방법도 다양하고 깊어져서 매우 복잡한 메시지까지 전달할 수 있는 수준으로 발전했다. 대가의 기예로 각성한 '의념통신(意念通信)'에도 신, 현자 등 초월자들이 도청할 가능성을 고려하여 다른 소통 방법을 추가했다. 손짓 하나, 눈짓 하나, 숨 쉬는 간격, 하다못해 심장 박동 수의 변화까지도 그들은 대화 수단으로 사용하고 있다.

그러나 사실은 다른 목적이 더 강했다. 두 사람은 거의 광적일 정도로 쌍방통신에 집착하고 있었다. 서로를 더욱 잘 알고 싶어서 그것이 지금은 오직 단 하나의 목적으로 수렴이 되고 있었다. 또 하나의 거대한 모험.

'그대의 존재에 대한 감상!'

산과 비연은 어느 때부터인가 극한의 커뮤니케이션에 탐닉하고 있었다. 대화란 꼭 말로 된 의미를 교환하는 것만이 아니라는 것도 알았다. 애틋한 눈길, 따뜻한 손길, 조그만 제스처, 작은 콧노래 소리, 특별하게 블렌딩한 향기. 거의 모든 삶의 단면에서 서로의 기운들이 만나고 얽힌다. 그들은 끊임없이 새로운 연주를 개발해왔다. 앞으로도 둘이 만들 화음과 앙상블이 그 끝을 알 수 없는 광대한 우주의 폴리포니(polyphony)를 합작해낼지도 모른다. 누군가 이미 이런 방식으로 우주 규모의 장대한 교향곡을 작곡했을지도 모르고…….

그리고 그들이 예측했듯 그것은 일원의 설계와 긴밀하게 연결되어 있었다. '가속'과 '마감'은 분명히 그 악보 안에 있을 것이다. 두 사람은 인내심을 가지고 서로의 몸에 악보를 그려가고 있었다. 어쩌면 이런 방식이야말로 이 세계 인간들과 모든 초월적인 존재들이 풀지 못했던 창조의 문제를 정면으로 풀어가는 것인지도 모른다. 이제 그들이 진정한 하나가 될 때, 그리고 그들이 우주의 진실과 접속할 수 있을 때. 그 음악은 이 세계에서 장엄하게 연주될 수 있을 것이다. 두 사람은 그렇게 믿었다.

"6개월 동안 계획한 일은 얼추 다 한 것 같다." 산이 손을 탁탁 털었다.

"이제 신을 만나는 일만 남았죠?"

"에센 친구들은 어떻게 됐나?"

"일급에서 특급까지는 될 것 같습니다. 예킨은 무통 암검을 지났으니 운이 좋으면 조만간 대가로 각성할 가능성도 있어 보입니다. 예리아도 암검의 단계까지 올라갔고."

"어디 가서 맞고 다니지는 않겠군. 새로운 훈련 방법이 효과가 있었던 모양이지?"

"결론적으로 꽤 괜찮았습니다. 이제 매뉴얼로 만들어도 될 것 같습니다."

"한선가에 넘길 건가?"

"무슨 말씀을? 팔아야죠! 우리 월급 가지곤 턱도 없다고요. 어디 땅이라도 사야 될 텐데……."

비연은 턱을 치켜들었다. 산은 조금 움찔했다. 비연의 유려한 얼굴선에 강남 아줌마의 모습이 순간적으로 겹쳐졌다.

* * *

"큭큭…… 각오하거라. 처절한 복수를 해주마."

유렌의 눈이 번들번들 빛났다. 입에서는 하얀 김이 모락모락 피어오르고 있었고 뚝뚝 꺾는 손가락 마디에서는 희열에 가득한 뼈 소리가 우두둑 흘러나오고 있었다. 그의 겨드랑이에는 상대에게 쟁취한 깃발이 축 늘어져 있다.

"끙…… 막판에 뒤집기를 당하다니……."

비신이 일어나며 이를 갈았다. 그는 진흙이 잔뜩 묻은 몸을 일으켜 세웠다. 아직도 차가운 물이 뚝뚝 흘러내리고 있었다. 그의 옆에는 여섯 명의 조원이 여기 저기 널브러진 채 망연하게 앞을 바라보고 있었다. 그들의 몰골 역시 비신과 다를 바 없다. 진창에서 마음껏 구른 모습이다. 격한 운동량 탓에 모두의 몸에서 하얀 김이 피어오르고 있었다.

"그렇게 재미있을까?"

부슬비가 내리는 계단을 지나가며 그들을 지켜보던 정보대 요원 세라가 옆에 사람에게 속삭였다. 미소는 짓고 있었지만 질렸다는 표정이다.

"그래도 저 친구들이 부럽다는 생각이 들 때가 많아."

다른 정보대 요원이 옷깃을 여미며 말했다. 거의 매일 보는 풍경이지만 젊음, 패기, 해맑은 함성 들이 떠들썩하게 펴져가는 모습이 사뭇 싱그럽다.

"왜? 너도 저렇게 구르고 싶어?"

"농담이라도 그런 말 하지 마라. 저러다간 사흘도 못 가서 골병이 들 거야."

"하긴 그렇지. 그런데 소문 들었나?"

"뭘?"

"조만간 비서감이 바뀔……."

"쉿, 이 사람이!! 무슨 소리를?"

"큼…… 아무튼 두 분 대장의 입지는 탄탄하다는 거지."

"그렇겠지. 우리 팔자도 말린 가죽처럼 탄탄하게 다져지는 거고…… 에휴……."

"그래도 나는 전보다 훨씬 나아졌다고 생각해."

여자 요원이 조심스럽게 말했다.

"조직 분위기가 많이 밝아졌기는 했지. 요즘처럼 일하면서 보람을 느낀 적은 없어. 그건 부정할 수 없어."

"그건 그래. 기본만 지키면 여기만큼 자유스러운 곳도 없을 거야. 그거 아니? 우리 위상도 꽤 높아졌더라? 지금은 다른 차석 정보대원들을 이쪽으로 들여보내려고 가문에서 청원을 넣을 정도라고 하던데……."

"그렇지…… 산 수석대장에게 칭찬 한번 들으려고 밤새는 인간들도 많으니…… 특히 여자들!"

"남 말 한다?"

"……."

"그나저나 오늘은 산이랑 비연 대장이 안 보이네?"

"글쎄, 사흘 정도 출장을 간다는 소리는 들었는데 그게 오늘이었던가……?"

에센의 대원들은 모두 열두 명이다. 같은 정보대로 배속됐지만 그들의 일상은 일반 정보대원과는 다르다. 두 사람의 대장은 그들을 별도의 독립대로 편성하여 특별한 임무를 맡겼다. 신분의 차이로 인해 요원들 간에 불상사가 생기는 걸 막고자 하는 목적도 있었지만 사실은 에센 대원들이 요청한 바가 더 컸다.

어떤 사람이라도 황실에 들어오면 두려움을 느낀다. 지고한 신분의 사람들, 가장 유능한 인간들, 그리고 엄숙하고도 경직된 절차와 생소한 분위기는 사람을 주눅 들게 만든다. 그러나 대원들은 허리를 곧게 폈고 누구라도 당당하게 대했으며 결코 유쾌함을 버리지 않았다. 그들은 스스로의 처지를 잘 알고 있었다. 피나는 노력과 치열한 헌신. 그것이야말로 그들의 존재 가치를 드러내 주게 될 유일한 것임을…… 대원들은 이곳에 온 다음 날부터 매일마다 특별한 훈련을 받았다. 그 훈련도 대원들의 자발적인 요청에 의해 진행된 것이었다. 훈련은 특별한 임무가 없는 한 아침에 한 시간, 오후에 두 시간 총 세 시간으로 짜여 있었다.

이 훈련에는 여러 가지 과정이 포함되어 있었다. 산과 비연 역시 이들의 훈련과 지도를 거의 하루도 거르지 않았다. 대원들에게는 두 사람이 서로에게서 발견한 것, 시도해본 것, 고민한 것들이 소개됐으며, 상황별로 최적의 경로를 같이 찾았다. 그리하여 에센의 대원들은 절대무가 한선가의 특급무사들과 어깨를 나란히 할 만큼 성장했다. 세상은 그들이 가꿔온 실력을 모르고 있었다. 어쩌면 그들 자신도 깜짝 놀랄 만한 그것을…….

* * *

황실이 술렁거리고 있다. 황실뿐만 아니라 대가문들, 권문세족들이 다급하게 움직이고 있었다. 제국 전반의 행정을 관장하고 있는 문상 산하의 모든 정부조직들도 매우 부산하다. 이제는 거의 모든 영지와 주변국들까지 비상한 관심을 기울이기 시작했다.

처음에는 가벼운 미풍으로 시작된 변화는 바야흐로 제국 전반으로 번져가며 시나브로 거대한 변화의 바람을 예고하고 있었다. 연일 터지는 제국의 새로운 정책과 관련하여 학계에서도 산발적으로 의견을 냈지만 사람들이 그 시초를 황실 제2차석 레인의 공개발표에서 찾는다는 사실은 부정하지 않았다.

발표 당일에는 대체로 조용했다. 그러나 시간이 흐르면서 상황은 점점 그들의 예상과 다르게 흘러가기 시작했다.

황제가 승인하고 중신들이 큰 고민 없이 동의했던 정책들의 의도와 숨은 효과가 하나하나 드러나면서 점점 긴장감이 고조됐다. 한 달이 지나서야 가문과 황족 들 중에서 제국의 황제가 과연 무엇을 겨냥하고 있는지 큰 그림을 짐작하는 사람들이 생겨났다. 그러나 이미 거대한 바퀴가 돌아가기 시작한 다음이었다.

"고약한 일이야……."

제준은 책을 넘기던 손을 멈추고 중얼거렸다. 그는 제국 최대의 가문이라는 중하씨의 수장이다. 차기 황권에 가장 가깝다는 대라준경의 장인이자 제국의 국무 태신을 맡고 있는 실세다.

"교활한 년이죠. 천재라고 하더니. 과연 잔머리 굴리는 데는……."

그의 앞에서는 여인 바야가 아랫입술을 꾹 악물고 있다. 공식적으로는 앞에 있는 노인의 둘째 딸이자, 대라준경의 셋째 부인이라는 신분을 가지고 있다.

"이제 어쩔 생각이냐? 이 상태라면 공사는 더 진척시키기 어렵다. 내 재량으로 할 수 있는 한계를 넘어버렸어."

노인이 바야에게 물었다.

"그러니까 대책을 세워야지요. 제국의 국무태신이 그 정도도 못 하나요?"

"너무 위험해. 레인이 제안한 새로운 관리법이 시행되면 그대로 드러나게 되어 있어. 너는 내가 숙청당하기를 원하나? 제국의 황제는 어리석은 사람이 아냐."

"그러면 어떻게 할 건가요? 일정은 맞춰주셔야죠? 사업이든 영지든 무엇이든 팔아서라도……."

"진심이냐? 이 가문을 포기하자고 하는 거냐? 어떻게 이루어놓은 기반인데. 너에게도 도움이 안 될 텐데?"

노인이 엄중한 표정으로 바야를 쳐다보았다.

"방법을 찾으라는 말씀입니다. 이대로 넋 놓고 당하자는 말인가요? 내가 직접 할까요?"

바야는 노인과 눈을 맞춘 채 쏘아붙였다. 제 아비를 잡아먹을 듯 표독스러운 얼굴이다. 노인은 얼굴을 잔뜩 찌푸렸다.

"생각해둔 방법이라도 있느냐?"

"제국이 안정되고 체계가 잡히기 전에 흔들어야죠. 지금은 질서가 아니라 혼란이 필요할 때입니다."

"혼란?"

"대혼란."

바야가 짧게 정정해주었다.

제준은 눈을 감았다. 입에 침이 고였다. 이런 딸의 모습은 보기 싫었다. 어쩌다 이렇게까지 됐을까? 분명히 딸은 딸이다. 그러나…… 자신이 알고 있던 딸이 아니다. 자신의 목숨과 가문의 운명까지 거머쥔 사악한 괴물…… 자신이 나서서 차기 황제를 움직일 패로 쓴 것이지만 이제 자신도 어찌할 수 없을 만큼 커졌다. 가문에 독초처럼 퍼져 있는 저 아이를 따르는 세력도…….

* * *

레인 개혁의 전모와 전개 과정

이렇듯 다문 제국의 모든 주요 세력들로 하여금 한없는 긴장과 불편을 느끼게 한 레인의 개혁의 전모와 전개 과정은 무엇이었을까?

레인이 황실 개혁의 단계로 제시한 것은 다음과 같다.

우선 개혁의 필요성을 설득하기 위해 레인은 황실의 문제를 세 가지로 요약했다.

첫째, 재정의 부실이 심각해지고 있다. 황실의 수입은 크게 셋이다. 황제 직할령에서 나오는 세입, 황실에서 운영하는 전매상단에서 나오는 수익, 그리고 각 제후국과 대가문에서 1년에 세 번 납부하는 거액의 분담금이다.

수입은 매년 비슷하다. 수입 측면에서 문제라고 할 만한 것은 없다. 문제는 지출이다. 지출 내역에는 큰 비리가 없었다. 그러나 과거 3년간의 황실의 지출 규모는 수입을 크게 초과하고 있었다. 이 상태라면 앞으로는 만성적인 지출 초과로 황실의 재정이 고갈될 가능성도 있다. 재정 개선을 위한 근본적인 대책이 필요했다. 방법은 두 가지다. 지출을 줄이거나 수입을 늘리거나.

둘째, 인사의 적체와 편중이 문제였다. 전체 보직 중 대가문 출신의 비율이 5할을 넘고 있다. 그중 정부조직을 제외한 황실의 요직에는 8할이 권세 가문 출신이다. 군소 가문 혹은 신진 인재들의 등용이 크게 어려운 상태다. 이에 따라 제국의 우수한 인재들이 제국을 떠나고 있다. 인재 유출은 향후 제국에 큰 위협이 될 가능성이 크다. 또한 유력 가문에만 정보와 인재가 몰리면서 가문의 이해를 위해 권력을 농단하는 붕당(朋黨)이 형성될 우려가 커지고 있다. 황실의 충성스러운 인재를 확보하는 것은 제국의 건강과 미래를 위해 대단히 중요하다. 대책이 필요했다.

셋째, 재정과 인사 관리 체계의 개선이 필요하다. 황실에서 관리하는 숫자의 앞뒤가 맞지 않는다. 물자의 흐름과 돈의 흐름을 전체적으로 볼 수 없다. 돈이 줄줄 새고 있다. 여기저기 낭비와 사치의 요소가 분명히 보이지만, 그 규모가 얼마나 되는지 모른다. 황실의 인원과 가문에서 파견된 인원이 혼재되어 있고, 지휘 통솔 체제도 분산되어 있어 조직 관리의 효율성도 떨어지고 있다. 가장 큰 문제는 황실의 정보가 유출되거나 정보가 조작됐을 가능성이 있다는 점이다. 시급한 관리 대책이 필요하다.

이러한 문제 제기에 대해 중신들은 대체로 수긍하는 분위기였다. 늘 하던 이야기다. 황실에 대한 자아비판의 소리였으니 그들이 관여할 문제도 아니다. 인사 문제는 어제오늘의 문제가 아니었다. 해결책이라고 해봐야 대가문들이 약간 양보하는 선에서 그칠 것이었다.

레인은 이에 대한 대책을 내놨다. 주로 황실의 재정을 확충하기 위한 세수의 확대와 전매 거래를 늘리기 위한 대책들이었고, 기초 자료를 확보하기 위한 행정적 조치들이었다. 보고서는 미리 공개됐지만, 대책은 중신들도 처음 보는 것이었다.

그러나 중신들은 가문의 이익을 침해한다면 언제라도 반대할 준비가 되어 있었다.

첫 번째 대책은 제국의 도량형을 통일하는 것이었다. 길이, 무게, 시간의 기준을 황실의 기준으로 통일하고 모든 영지와 제후국으로 확대 적용한다는 것이다. 자, 저울 등 측정 도구는 황실이 지정한 통일 규격만을 의무적으로 사용해야 할 것이다.

이에 대한 반응은 좋았다. 모두들 불편함을 느꼈던 사항이었다. 황실이 자기 돈 들여서 한다는 데 반대할 가문은 없었다. 오히려 측정 도구들의 제작과 공급권을 누가 가지느냐가 더 큰 관심거리였다. 큰 반대 없이 승인됐다.

두 번째는 지도를 재작성하는 것이었다. 황실이 가지고 있는 지도는 50년 전에 작성된 것이다. 그것도 매우 개략적으로 그려져 있었다. 오래 전에 황실에서 영주에게 임대했으나 관리 부실로 방치된 임야, 광산 들, 또는 몰락한 영주로부터 다시 회수할 땅들, 영지와 황실 간의 도로 등 부실한 기초자료를 정비할 필요성은 분명히 있었다. 돈과 인력이 들어서 그렇지…….

이 조치는 의외로 권문세가들의 환영을 받았다. 영지의 개발과 회수는 황실의 수익을 늘릴 것이다. 그러나 장기적으로는 권문귀족 가문들에게도 좋은 일이었다. 결국 이 자원들은 공신이 될 황실과 권세가의 자손들에게 영지로 재분배될 것이기 때문이다. 현재 귀족들은 일부다처 체제하에서 왕성한 번식력으로 후손을 늘려가고 있지만 제국의 땅은 부족하다. 그렇다고 자신의 영지를 쪼개서 자식들과 나누고 싶은 영주는 없었다. 따라서 레인의 제안은 무리 없이 승인됐다. 재활용은 좋은 것이다.

세 번째는 인구 조사였다. 세수를 늘리기 위해 머릿수를 확인하는 전통적인 방법이다. 그러나 몇 년 동안 시간도 많이 걸리고 정확할 수도 없다. 워낙 원론적인 이야기이고 실행 단계에서 좌절할 것으로 예측됐기 때문에 반대할 이유는 없었다. 그래서 잘 넘어갔다.

네 번째는 침대의 규격과 가옥의 크기 규격을 정하는 것이었다. 황실은 침대에 들어갈 매트의 표준 규격을 정할 것이며 평민 이상 모든 성인 신민은 그 표준에 따른 매트를 사야 한다. 또한 모든 건물의 바닥에는 반드시 정방형 표준 규격의 바닥재를 깔아야 한다. 매트나 바닥재의 재질은 크게 상관하지 않는다. 매트의 개수는 그 가구에 사는 사람의 머릿수가 될 것이며 바닥재의 개수는 가옥의 크기가 될 것이다. 재산의 규모를 눈으로 가늠할 수 있는 수단이다. 매트를 바꾸려면 헌 매트를 가져와야 한다. 새롭게 매트를 구입하면 사람이 하나 늘어난 것으로 간주한다. 일종의 주민세와 재산세의 기준이 정해진 셈이다. 아울러 지나친 주택 확장과 낭비를 저지하는 방법으로도 쓸 수 있을 것이다.

이 방안에는 제법 반발이 있었다. 레인은 웃으며 매트와 바닥재 공급의 독점권을 제시했다. 이 회의에 참석한 모든 가문이 3년마다 순환하며 독점 공급권을 가지게 될 것이다. 이 정책이 시행되면 엄청난 수요가 예상되므로 대단한 권한이다. 3년이면 가문 전체가 내야 할 세금보다 수익이 훨씬 크다. 그러자 가문들은 서로가 서로에게 이빨을 들이대며 으르렁거리기 시작했다. 그래서…… 안건 자체는 행복하게 만장일치로 통과됐다. 독인지 똥인지 검증도 못 한 채…….

다섯 번째는 영수증의 발행을 의무화하는 것이었다. 상거래가 일어날 때마다 의무적으로 세 개의 영수증이 발행되어야 한다. 판 사람, 산 사람, 그리고 정부에 제출할 것. 이 방안은 누구도 그 의미를 이해하지 못했다. 반대는 없었지만, 찬성도 없었다.

레인은 상인들이 내야 할 거래세를 파악하기 위한 것이라고 취지를 설명했다. 이해를 못 하니 반발하는 분위기가 조성됐다. 큰 가문들은 자체 상단을 운영하는 경우가 대부분이다. 거래 내역이 황실에 노출되는 것은 좋지 않다. 레인은 공식 영수증의 발행권과 인지 수수료를 가문들에게 제시했다. 방식은 매트 공급권과 같았다. 반발은 조금 누그러졌지만 의심의 눈은 사라지지 않았다. 마지막으로 황제가 나섰다. 황실과 장사하기 싫으냐? 그 한마디로 이 건은 곧바로 만장일치로 통과됐다. 뭐니뭐니해도 황실은 가장 큰 고객이다. 영수증이야 뭐…….

여섯 번째는 화폐 개혁이었다. 레인은 금은동화를 동화(銅貨)로 일원화하고 제국의 조폐국을 확장하여 지폐를 유통시키는 방안을 제시했다. 지폐에 대한 금의 지급은 황실이 보증한다. 일종의 중앙은행 개념이었다. 현재 제국의 통화는 '문원통화'라고 불리는 통보, 전보 체계로 되어 있다. 기본 단위인 1통보는 일정한 무게의 은화로 계산되며 동화 10전보에 해당한다. 금화는 보통 10통보 단위로 유통된다.

그러나 언제부터인지 황동을 섞은 위폐(僞幣)가 끈질기게 유통되면서 금화는 시장에서 불신을 받고 있었다. '악화(惡貨)가 양화(良貨)를 구축한다'는 경제학 원리가 여기에서도 적용됐다. 위폐가 대량으로 돌아다니는 상황에서 거액의 진짜 금화들은 장롱에 숨겨지기 시작했다. 그 금화는 황실이 발행한 진품들이다. 이에 따라 화폐가치 하락에 따른 인플레이션이 심각할 정도로 진행되고 있는 중이다. 이 현상은 소비를 위주로 하면서 진짜 금화의 방출량을 늘려야 하는 황실의 재정을 심각하게 압박하고 있다. 누가 이익을 보고 있는가? 누가 이 상황을 조성하고 있는가?

레인이 낸 방안은 제국이 시중의 금을 모두 사들이고, 대신 이 금을 담보로 황실이 보증하는 지폐와 동전을 발행하는 방법이다. 원칙적으로 귀족들의 금 유통을 금지하지는 않지만 국가가 지폐에 대한 신용을 확보한다면 금은 대단히 불편하고도 의심스러운 지불 수단이 될 것이다. 결국 이 정책으로 금은 황실로 흘러 들어오게 되어 있고 더불어 황실의 신용이 점점 커지는 효과가 있었다.

새로운 방안에 대해서는 모두가 의견을 아꼈다. 이 방안의 진정한 의미를 아무도 이해하지 못하고 있었다. 설령 알았더라도 이 방안에 반대하는 것 자체가 위폐를 유통했다는 혐의를 받을 뿐 아니라 반역에 준하는 오해를 불러일으킬 수 있는 상황이었다. 금을 가진 자들은 그리 손해 볼 것은 없는 방안이라고 생각했다. 이 건은 황제의 결연한 의지로 통과됐다.

마지막으로, 황실의 재무와 인재 관리에 대한 개선 방안이 제시됐다. 소위 '회계'라는 재무관리 방법과 '인사제도'라는 인사 관리 방법론이 시행될 것이다. 황실은 앞으로 복식부기(複式簿記)를 기반으로 한 재무관리 체제를 실행할 것이다. 이를 위해 앞으로 5년간 3000명의 전문가를 양성할 것이며 회계기준이 정해지는 대로 제국 전체에 적용할 것이다.

또한 시험에 의한 인재 등용 비율을 현행 5할에서 7할로 늘리기로 했다. 시험은 비서감의 주관으로 한선가와 함께 공정하게 치러질 것이다.

마지막 방안은 놀라울 정도로 조용하게 처리됐다. 황실의 재무관리 방법이니 간섭할 명분도 없었고 인재의 등용이야 추천이든 시험이든 대가문들이 차지하게 될 것이니 목소리를 높일 이유가 없었다.

많은 사람들의 안도와 비웃음을 함께 떠안으며 레인의 개혁은 시작됐다. 그러나…….

* * *

꽝.

엄청난 굉음과 함께 커다란 바위가 터져 나갔다. 뽀얀 먼지가 하늘 높이 솟았다가 우수수 떨어져 내렸다.

"머저리, 등신 같은 새끼들……."

분노에 찬 여자의 날카로운 음성이 산속을 찢어발기듯 터져 나왔다.

꽈광.

집채만 한 절벽 바위가 한꺼번에 부서져 내린다. 사방으로 물이 튀어 오른다.

"머리에 똥만 가득 찬 멍청이들……."

아름드리나무들이 폭탄 파편처럼 부서지며 스무 그루 이상 한꺼번에 뿌리째 뽑혀 나갔다.

"아무짝에도 쓸모없는 밥버러지 새끼들!"

"후……."

깊은 숲 속 계곡에서 한 여자가 거친 숨을 고르고 있었다. 여자는 얼음같이 차가운 물속에 허리까지 몸을 담근 채 절벽을 노려보고 있다. 그녀가 서 있는 곳으로부터 반경 50미터는 완전히 폐허가 되어 있었다. 여자는 몇 번 숨을 쉬더니 천천히 돌아서 물을 가르며 걸어 나왔다. 천천히 나오는 그녀의 몸에서 새하얗게 김이 피어오르고 있다. 다리를 움직일 때마다 물이 부글부글 끓고, 축축하게 젖은 머리와 옷에서 증기가 폭풍처럼 퍼져나갔다.

물 밖으로 나왔을 때는 모든 것이 바짝 말라 있었다. 그녀는 맨발이다. 그러나 깨져서 칼날같이 날카로운 돌무더기를 거침없이 밟으며 천천히 걸어 나왔다.

"이제는 좀 화가 풀렸나?"

언제 왔는지 30대의 잘생긴 사내가 깨진 바위 위에 걸터앉아 여자를 쳐다보고 있었다.

"대충은……."

여자가 고개를 끄덕이며 간단하게 답했다. 아까 광분하던 여자라고는 아무도 믿지 않을 만큼 냉정하고도 청량한 목소리다. 물에 젖었던 순백의 키톤이 벌써 말라서 하늘거리고 있지만, 안쪽으로 감아 돌아가며 언뜻언뜻 비치는 몸의 곡선이 대단히 육감적이다.

"이제 무슨 일로 불렀는지 설명해줄 수 있을까?"

파순이 물었다.

"계획을 전면 수정해야 돼. 네가 관장해온 계획을 중단하도록 하지?"

사탄이 머리를 뒤로 넘기며 말했다.

"아아…… 요즘 연일 나오고 있는 정책들 때문이냐? 내 쪽 평의원들을 드러나게 한 일은 없는 것으로 아는데? 그대가 너무 과민한 것 아냐?"

"아니, 간단하지 않아. 그렇게 생각하기에는 기가 막히게 꽉 막혔거든."

"글쎄, 레인의 대책이라는 걸 나도 봤는데, 지도, 인구 조사, 무슨 바닥재를 팔고, 금화 대신 종이돈 만들고, 돈 관리하는 방법을 바꾸는 것 아니었나? 조금 특이하기는 하지만 황실의 수입을 늘리는 데 원래 써먹던 방법들 아냐? 그게 그렇게 심각한 거였냐? 갈 길 바쁜데 너무 소심하게 굴지 말라고."

파순이 피식 웃으며 고개를 저었다.

사탄은 파순을 물끄러미 쳐다보았다. 그는 지성(知性)보다는 감성(感性) 쪽이 강화된 선자다. 인간의 지나친 각성을 막기 위해 일원이 투입했던 초인. 대단히 강하지만 아주 영리하지는 않다. 그러나 자신이 원하는 일을 하려면 반드시 그의 협조가 필요하다. 그를 움직이려면 가르쳐서라도 사태의 심각성을 충분하게 알려야 한다.

"특별하지 않게 보일 뿐이야. 이곳의 인간들은 전혀 짐작하지 못할 것들이니까. 그래서 더욱 화가 난다고! 무식한 아이들이 이렇게 눈뜨고 당하도록 만든 놈들에게!"

"무식하다? 그래…… 뭐가 문제라는 거지?"

파순은 불쾌한 눈으로 사탄을 쳐다보았다. 같은 선자면서도 이 여자에게는 특별한 데가 있다. 능력도, 일원이 부여한 임무도, 출생 과정도 전혀 알려지지 않았다. 그러나 철저하게 개인적이면서 오만하기 이를 데 없는 선자들도 이 여자만큼은 함부로 대하지 않는다. 그래서 대하기가 어렵다. 평소 가급적 피하려 노력하지만 이렇게 자신을 부를 때는 꼭 와야만 한다는 느낌을 받는다.

"레인의 제안들을 황제와 중신들은 다 같이 환영했어. 모든 것이 마술처럼 통과되어버렸지. 너무 쉽다고 생각하지 않아?"

"그야……."

"아마 레인과 황제는 사전에 이야기가 되어 있었을 거야. 사전에 미리 짠 거라고."

파순은 막연한 눈으로 하늘을 올려다본다.

"그래서 뭐가 문제가 되는데? 요점을 말해봐. 말 돌리지 말고……."

"문제? 별거 없지. 네가 황실과 가문에 심어놓은 아이들이 이제부터 할 일이 없어졌다는 것 정도?"

"무슨 소리지?" 파순의 시선이 사탄에게 향했다.

"그러니까 지금까지 황실과 가문에서 해오던 모든 공작을 멈춰. 그게 내 요구야."

파순이 벌떡 일어났다. 눈이 번쩍번쩍 빛나고 있다. 주변의 공기가 싸늘하게 얼어붙었다.

"지금 내 기반을 내 손으로 무너뜨리라고 말하는 거냐?"

"아니, 아니…… 그 정도까지는 아냐. 지금부터는 아주 신중해져야 한다는 이야기를 하고 싶은 거지."

사탄이 손을 살짝 저으며 침착하게 말했다.

"자세한 설명이 필요할 것 같은데? 혹시 네 의지인가? 말해보라. '최초의 인간'이여!"

"그럴 리가 없잖아! 내 처지를 잘 알 텐데?"

파순과 사탄의 시선이 얽혔다. 사탄은 쓴웃음을 짓고 있었다. 일원의 화신으로 존재했던 선자에게는 계급이 없다. 계급을 허용할 존재들도 아니고. 그들은 서로 동맹 관계일 뿐이다. 오직 강대한 일원에 저항한다는 하나의 목적만이 그들을 움직이게 할 수 있다.

'파순. 인간의 각성을 조절하는 자이며, 인간에게는 마왕(魔王)으로 잘 알려져 있는 선자. 가장 인간과 가까우며 지금도 인간 세상에서 자신의 조직을 움직이는 유일한 선자다. 그의 방식은 탐욕을 해방시키고 권력을 통해 옥석을 걸러내고 일원의 목적을 지원하는 것. 지금은 스스로 원해서 하고 있겠지.'

사탄이 침착하게 말을 이었다.

"정책 하나하나를 뜯어보면 그리 큰 사건이 아냐. 그렇지만 동시에 진행되면 완전히 그림이 달라지지. 불행하게도 지금 그것들이 동시에 진행되고 있다는 것이지."

"동시에 진행된다…… 그래서?"

"이제 황실은 영지의 군사, 경제, 약점을 망라한 아주 정교한 인문

지리 정보를 가지게 돼. 그 위에 물자의 흐름마저 실시간으로 파악하게 됐지. 무슨 의미인 것 같나?"

"……."

"이제부터 황실 자산의 횡령은 불가능해. 그것도 네가 애써 키우고 철석같이 믿었던 가문들에 의해 서로가 서로를 감시되는 체제가 되어버렸어. 결정적으로……!"

"……."

"지폐와 중앙은행을 도입했지. 이것으로 네가 재미를 봤던 위폐 사업이 끝장 나버렸어. 따라서 지금 네가 가진 위폐를 빨리 처분하지 않으면 아주 곤란할 거야. 아주 많이 가지고 있겠지?"

"젠장……."

"게다가 지금 황실의 모든 회계 기록은 완전히 다른 방법으로 집계되기 시작했어. 일단 정착되면 거래 내역을 속이기가 아주 힘들게 될 거다. 정착되려면 시간이 꽤 걸리겠지만 이미 장부가 새로 작성되고 있기 때문에 지금부터는 정말 조심하지 않으면 안 돼. 특히 비연이라는 여자는 그 표를 해석할 줄 알아. 이제 문제가 보이나?"

"음……."

파순은 사탄을 노려보고 있었다. 자신이 주도하던 과업이 망가지는 모습을 보면서 기분 좋은 놈은 없다. 사탄의 충고는 고맙지만 자존심이 많이 상했다. 그러나 자존심보다 근 50년간 공들인 공정이 막판에 무너질 수도 있게 됐다는 위기감이 더 컸다.

"누구지? 이렇게까지 몰아간 놈이? 그 두 놈인가?"

사탄이 고개를 끄덕였다.

"틀림없어. 에피소드 285, 신과 악마를 추방하고 스스로 신이 되어버린 저주받을 인간들의 시대. 그 인신(人神)계에서 소환된 두 인간이야."

"우리를 겨냥한 것이라고 보나?"

사탄이 고개를 저었다.

"설마? 내가 보기엔 우연이야. 황실을 갈취하는 대가문을 견제한 정책들인데, 묘하게도 그 대가문을 장악해온 네가 치명적인 타격을 받아버린 셈이지. 그러니까 더욱 화가 나는 거고……."

"지금이라도 제거하면 되는 것 아닌가? 레인과 그 두 인간?"

"좋은 생각은 아냐. 이미 정책은 제국 전체로 확대됐고, 실행은 다른 행정조직으로 번졌어. 이제는 멈출 수가 없어. 어설프게 건드리면 오히려 황제에게 명분만 실어주게 돼. 그리고…… 내가 보기엔 황제의 의지야. 최소한 그것만큼은 우연이 아니지. 낚시질에 엉뚱하게 걸려들어 갈 수도 있고."

"그러면……?"

"대책을 세워야지. 이러다가는 진짜 태평성대가 올 텐데? 그건 우리가 원하는 게 아니잖아?"

파순은 사탄의 눈을 응시하고 있었다.

"계획을 앞당기자는 건가?"

"그래…… 이제는 큰 혼란이 필요한 때야."

"규모는?"

"일단은 작게 시작하지."

"어디부터 할 거지?"

"남쪽. 도시국가부터."

사탄이 말했다.

"그게 진정한 용건이었군. 내가 뭘 해주면 되지? 알다시피 난 아직 권능을 온전하게 회복하지 못했다. 행동에 제약이 커."

파순이 씁쓸하게 웃었다.

"얼마쯤 회복한 건데?"

"4할 정도?"

"아직은 이르구나."

"많이 이르지…… 로키가 가장 빠른 편이지. 한 7할 정도?"

사탄은 작게 한숨을 쉬었다.

"제국을 분열시켜야 돼. 그래야 기회가 생길 거다. 우리에게 필요한 건 시간, 그리고 확실한 세력이야. 네가 역할을 해줘야 돼."

"그렇게 황실이 견고하던가? 사탄 그대조차 손대기 어려울 만큼? 그 한선가 때문인가?"

사탄은 고개를 저었다.

"한선가는 강하지. 그러나 그 외에도 황실엔 뭔가 있어. 내가 모르는 것. 그게 제국을 500년 이상 건강하게 지켜온 진정한 힘일지도 몰라. 모르는 상태에서 움직일 수는 없어."

"용일까? 우리가 모르는……."

"가능성이 있어. 확실한 것은 아주 오래된 안배라는 거지. 그게 누구의 안배인지는 이야기할 필요는 없겠고…"

"지겹군. 아피안이라는 곳도 오리무중이고."

"지겹지…… 이따위 처지가 된 것도."

잠시 대화가 멈췄다. 바람이 시원스레 불어온다.

그들은 뜻하지 않게 부활했다. 일원으로부터 자유를 얻었지만 그 대가는 너무 컸다. 일원의 세계에 등록되지 않은 자. 그들 역시 이방인이다. 그래서 일원의 세계 속에서 자신의 세계를 만들려고 했다. 그럴 만한 능력도 지혜도 있다. 일원은 100년 뒤에 사람의 모습으로 강림할 것이다. 그들에게 부족한 것은…… 시간과 세력이었다.

파순은 더욱 가라앉은 목소리로 물었다.

"그 인간 두 놈은 정말 문제가 없나?"

"그 놈들은 더 지켜봐야 해. 우리의 운명과도 긴밀하게 연결되어 있거든."

"무슨 소리지?"

"나쿤이 놈들은 마감 해제를 해낼지도 모른다고 하더군."

파순이 동작을 멈췄다. 바로 6개월 전 그놈의 마감을 연장하느라 마룡들에게 약을 구걸했던 아픈 기억이 떠올랐을 것이다.

"꽤 흥미로운 소식이군. 나는 그대가 해낼 줄 알았는데."

파순은 사탄을 응시한다. 사탄은 고개를 돌렸다.

"혼자서는 안 돼."

"그럼 실루오네가 배양했다는 인간의 아이는 쓸모가 없어졌나? 사내아이라고 들었는데?"

"관심 꺼."

"왜?"

"그는 내 것이 될 거니까."

"……."

사탄이 하얀 발을 툭툭 털었다. 그리고 한마디를 보탰다.

"그는 주신(主神)의 씨가 될 거야…… 신의 군대를 이끌……!"

파순은 자리를 털고 일어났다. 사탄도 같이 일어났다. 이제 떠날 시간이다. 파순이 지나가듯 물었다.

"제국을 분열시켜달라고 했는데, 생각해둔 방법은 있나?"

사탄은 대답 대신 빙긋 웃었다.

"그건 네가 가장 잘하는 분야잖아?"

"분열 수준은?"

"먹기 좋게."

"요청 범위는?"

"제국 전역"

"흠…… 조금 까다롭지만 방법은 많지."

파순이 씩 웃었다. 사탄은 걸음을 옮겼다.

"다행이네. 잘되길 빌어……."

"그대는 어디로 가나?"

"신을 움직일 거야. '인간의 전쟁'은 신과 합작할 수 있는 좋은 사업이거든."

사탄의 걸음이 빨라졌다. 파순이 손을 흔들었다. 한두 걸음을 옮기는가 싶더니 사탄의 모습은 이미 숲 아래로 사라져 있었다.

"원하는 전쟁을 준비해주지. 추악한 분열과 반목, 좌우를 찢어발기고 위아래를 꺾고 아버지가 아들을 버리고 자식이 부모를 찌르게 하는 그런 전쟁. 이념(ideology) 전쟁, 그게 가장 효과적이지. 자유와 평등…… 그게 좋겠군."

파순이 떠나며 허공에 남긴 말이다.

* * *

두 사람이 빠르게 이동하고 있었다. 봄날의 아침 안개가 아직 들판에 자욱하다. 파릇파릇하게 솟아오른 대지의 풀 내음이 싱그럽다. 황궁의 외곽을 감아 도는 프리고 강에서 아침의 물안개가 피어오른다. 두 사람은 프리고 강변을 따라 위쪽으로 경쾌하게 올라가고 있었다. 강을 따라가니 멀리 언덕 근처에 하얀 건물들이 언뜻언뜻 보인다. 화신(火神)이자 태양의 신으로 추앙받고 있는 테하라 신전이 있는 곳이다. 그리스 로마의 아폴론에 해당하는 신이다.

이제 두 사람은 자신들의 안전 보장과 최종 전쟁에서의 승리를 위한 마지막 공정을 진행할 것이다. 유벌과 신에 관한 일이다.

"어떻게 오셨나요?"

여사제 로오가 두 남녀를 번갈아 쳐다보았다. 특이한 느낌의 사람이다. 평민의 차림이지만 귀족의 위엄이 느껴진다. 아마 가난한 하급 귀족쯤 될 것이다.

"나는 산, 이 사람은 연이라고 합니다. 이곳 신전의 수석사도를 뵈었으면 하오만?" 사내가 웃으며 말했다.

"귀족이신가요? 작위가 어떻게 되시는지?" 로오가 다시 물었다.

"귀족이라…… 뭐…… 그렇다고 할 수도 있겠습니다만, 작위는 잘 모르겠습니다. 한 공작쯤 되려나?"

산의 입술이 약간 비틀리며 말려 올라갔다. 로오의 얼굴에도 옅은 웃음이 번졌다. 농담은 즐기라고 있는 것이라고 생각하며…….

"이곳 신전의 수석사도는 신과 직접 소통하시는 분, 규정상 고급 귀족 외에는 면담이 어렵습니다. 괜찮다면 보조사제님께 신탁을 청해보도록 하시지요?"

"고급 귀족의 기준이 뭐죠?" 비연이 물었다.

"공작 이상의 작위를 가진 분들을 지칭합니다."

"흠…… 보조사제도 테하라 신과 소통할 수 있습니까?"
산이 물었다.
"간절하게 원한다면 권능을 보여주십니다."
로오가 고개를 끄덕였다.
"뭐…… 상관없겠지. 단말기가 불량해도 어쨌든 터지면 되는 거 아냐?"
산이 비연을 쳐다보며 웃었다. 비연이 손으로 입을 가리며 웃는다.
"그럼 저쪽에서 대기하시면서 소원을 적으시고 기도를 위한 제물을 봉헌하시기 바랍니다. 곧 사제가 올 겁니다."
"제물은?"
"신도들이 이야기하길…… 현금이 가장 기도 효과가 높다고 하더군요."

* * *

두 사람은 사제를 기다리며 신전 대기소를 둘러보았다. 이른 아침임에도 불구하고 방문하는 신도들이 많다. 귀족과 평민 들…….
태양신 테하라의 권능은 매우 크다고 알려져 있다. 그는 낮을 지배하는 신이고 천공을 운행하며 빛과 열을 나눠주는 신이다. 오늘도 그의 가호를 구하며 더 많은 빛을 갈망하는 자들이 그의 처소 앞에서 서성거리고 있다.
-여기도 감시 카메라가 있군.
-사업에 필요한 자산이겠죠. 음성과 체온 감지 센서도 있을걸요?
-그래…… 진단이 정확해야 약장사도 되는 거겠지.

"안타깝네요. 여기도……."

비연은 신도들을 쳐다보았다. 그 깊고도 맑은 눈빛에는 여러 가지 감정들이 골고루 담겨 있었다. 깊은 연민과 슬픔, 그리고 그녀 자신도 알 수 없을 만큼 강한 분노. 신도들은 두 부류로 나뉘어 있었다. 고급 옷을 입고 노예의 시중을 받아가며 노닥거리고 있는 부류와 아픈 몸을 이끌고 신의 가호를 기다리며 퀭한 눈으로 문이 열리기만을 기다리고 있는 부류의 인간들이다. 이곳은 그 둘이 묘하게 공존하는 공간이다. 여기저기 널브러진 채 가쁜 숨을 몰아쉬는 사람들의 모습이 시리도록 아프게 다가왔다. 짙은 향수와 땀 냄새, 체액, 약 냄새들이 섞여 이 위대한 신전의 기묘한 냄새를 합작해내고 있었다.

산은 천천히 발을 옮기며 신전 대기소를 둘러본다. 3층 높이의 정방형 계단식 건물이다. 한쪽은 신전으로 통하는 대리석 계단이다. 계단의 좌우에는 신을 상징하는 석상이 장엄하게 신도들을 지켜보고 있다. 실내 곳곳에는 커다란 서랍이 달린 가구가 늘어서 있고 약재와 완성된 약을 보관하는 상자들이 쌓여 있었다. 의료 사업은 모든 신들의 주요 수익 사업이다. 사제는 병을 진단하고 신의 이름을 빌어 처방을 한다. 산은 쓴웃음을 지었다.

'확실히 신은 영리한 족속들이라니까…….'

인간에게 있어 병이란 아프고도 나쁜 것이다. 병은 인간이 영원히 받아들일 수 없는 '절대악'에 속한다. 신은 그 병을 찾아내고 고침으로써 자연스럽게 '절대선'의 지위를 획득한다. 이놈들도 같다.

신에게는 아주 솔깃한 권능이 있었다. 인간의 몸을 읽어내고 비정상적인 부분을 찾아내는 능력, 마취와 환각으로 고통을 줄여주는 정보 조작 능력, 그리고 인간이 듣고 싶은 말을 찾아내 들려주는 통신 능력. 신은 이렇게 정보를 다루고 논리를 세운다. 그리고 이 모든 것들을 정의의 이름으로 진행시킨다. 무엇을 원해서? 신은 그 대가로 인간의 우호적인 관심을 받아낸다. 신앙은 대체 어디서 왔을까? 모든 인간들은 꿈을 꾸기 때문이 아닐까? 고달픈 삶 속에서 살 만한 삶을 소망한다. 그래서 소망을 들어주는 신은 언제나 옳다. 잘 안 들어줘서 문제지. 아니, 그럴 만한 능력이 없는 건가……?

신의 반대편에 있다는 마(魔)는 어떨까? 산은 마룡 실루오네와의 대화를 떠올렸다.

마룡. 놈이 택한 마(魔)는 인간의 쾌락과 위협을 직접적으로 보여주었다. 놈들은 인간의 의식 깊숙한 곳에 도사린 힘을 극한으로 이끌어낸다. 그것은 온갖 본능의 영역이다. 맛있는 것, 재미있는 것, 짜릿한 경쟁, 황홀한 적대감 혹은 말살, 몸이 부서져도 포기할 수 없는 생식의 기쁨, 꼬리뼈까지 짜르르한 감동, 자신을 불살라도 좋을 만큼의 광기(狂氣)…….

이렇게 마는 훨씬 직접적이고도 개인적이며, 강력한 충격을 이끌어내는 감성을 인간에게 제공한다. 그 대가로 자발적인 복종을 얻어낸다. 그리하여 아주 자극적이며, 강력한 요구량을 스스로 만들어낸다. 중독…… 말하자면 마약 혹은 게임 같은 것이다. 그래서 마는 팽팽한 균형보다 자극을 찾지만 결국 삶의 균형을 깨버린다. 이 때문에 사람들은 마가 옳지 않다고 여긴다. 이성이 옳고 감성은 그르다? 그러나 마가 없으면? 산은 가만히 생각하다 고개를 젓는다.

'무력해질 거야. 서서히 끓는 물에 담긴 개구리새끼처럼 기분 좋은 무기력을 즐기며 그냥 멸종으로 갈지도…… 그렇게 보면 신이나 마나 모두 사람을 사람답게 하는 '필수 요소'들이 아닐까?'

"저쪽은 VIP 대기실인가 보죠?"

비연이 한쪽을 쳐다보면서 말했다. 신전 입구 근처에는 고급스러운 청회색 휘장으로 둘러친 별도의 공간이 있고 그곳에는 고급 귀족으로 보이는 사람들이 앉아 있었다. 수습사제들로 보이는 사람들이 그들에게 따뜻한 차를 대접하느라 분주한 모습이다.

"죄다 훌륭한 놈들이겠지, 뭐."

두 사람이 서 있는 곳에는 다른 사람들이 있었다. 아픈 몸을 눕히지도 못하고 긴 줄에서 차례를 기다리며 고통스럽게 서 있는 사람들.

"우리는 그렇게 환영을 받는 것 같지 않네요."

비연이 다가오는 사제들을 보고 피식 웃었다. 그들 뒤에는 어린아이들이 많았다. 아픈 아이들. 아마도 고통을 줄여주는 약이라도 얻고자 왔을 것이다.

"제물은 봉헌했소?"

뚱뚱한 하급사제가 산에게 물었다. 눈가에는 귀찮은 기색이 가득하다. 산은 간편한 티셔츠에 재킷을 걸쳐 입었고 청바지 느낌의 단순한 바지를 입었다. 그의 곁에는 고위사제인 듯한 여자가 와인 색깔의 성수를 들고 신도들을 둘러보고 있었다.

"얼마가 적당합니까?" 산이 다시 물었다.

"소원에 따라 다릅니다. 그대들은 환자는 아닌 것 같은데 어떤 소원을 빌러 오셨소?"

"소원이랄 것은 없고 그대들의 신과 잠시 대화를 나누고 싶어 왔습니다."

"……."

사제가 입을 살짝 비틀었다. 그의 눈초리는 사납게 변하고 있었다.

여사제들은 약간 떨어진 곳에 대기 중인 신성기사들에게 눈길을 돌렸다. 그들은 간혹 신전에서 행패를 부리는 거친 무사들을 제압하는 신의 군대다. 이곳 수도 프리고진의 중앙 신전에서 근무할 정도라면 특급 이상의 실력을 가지고 있을 것이다.

"지금 그 말…… 신성 모독이라는 걸 알고 한 말은 아니겠지요?"

"신과 대화를 하고 싶다고 말하는 것도 신성 모독에 해당됩니까?"

"하찮은 인간이 지고하신 신을 함부로 입에 올리는 것 자체가 신을 모독한 것. 신은 아무에게나 말씀을 들려주지 않습니다. 만약 알고도 그랬다면 그대는 신의 노여움을 사게 될 것이오."

"그러면 이제 어떻게 해야 될까요?"

"신이 대화를 할 수 있는 자격을 가진 자는 바로 우리 사제들이요. 그대가 원하는 것을 사제를 통해 빌어보세요. 사제가 신께 청하면 그 답을 알려줄 것입니다."

"참…… 신께서는 번거로운 일을 즐기는 취향이신 모양이군. 그러면 제물은 왜 필요합니까? 신이 쓰나요?"

사제는 잠시 말을 잊었다. 이곳 신전에서 들을 수 있었던 것과는 너무나도 거리가 먼 질문이었다.

"이런 불경한……! 다시 한 번 충고하건대 부디 말조심하시오. 외지인인 것 같아서 이번에는 용서하겠소. 제물이 왜 필요한지 물었소? 신은 인간의 믿음을 보십니다. 제물은 그 믿음과 정성을 보이는 최소한의 삯이지. 희생이 크면 클수록 그 믿음이 크다고 하지 않겠소?"

"그게 그렇게 되나요?"

"만약 제물이 없다면 돌아가서 마련하여 다시 오시지? 뒤에 기다리는 사람이 많습니다. 다른 용무가 없다면 이제 자리를 비켜주시겠소?"

사제가 엄숙한 표정으로 말했다. 그의 눈길은 이미 뒤에 있는 사람을 향하고 있었다.

"보통 얼마를 봉헌합니까?"

사제가 사나운 눈길로 산을 홱 쳐다본다.

"그야 신분에 따라 다릅니다. 귀족들은 1통보부터 시작한다오. 물론 아주 최소로 말이요. 그런데 혹시 귀족이시오?"

"1통보라…… 이곳 평민들 열흘 생활비 수준이군. 꽤 비싸네?"

산이 비연의 얼굴을 쳐다본다. 비연이 고개를 끄덕였다.

"면접 비용이라고 생각해버리죠. 위대한 신이 왜 하찮은 인간의 돈을 필요로 하는지 모르겠지만……."

비연이 1통보를 꺼내 쑥 내밀었다. 사제의 얼굴이 다시 비틀렸다. 마치 못 볼 것을 보기라도 한 경멸감이 얼굴을 덮어가고 있었다.

"여기에 액수와 이름을 적고, 제물은 저쪽 제단 위에 놓으시오. 그대들의 소원은 신전 안으로 들어가서 오르 사제를 찾아서 고하시오. 그분은 2급사제로서 테하라 신으로부터 말씀의 권능을 허락받은 분입니다."

사제가 시키는 대로 하면서 두 사람은 쓰게 웃고 있었다. 어찌…… 이리도 그쪽 동네 병원과 똑같을까. 고급 귀족들은 별 통과의례 없이 벌써 신전으로 들어가고 있었다. 그들 중 이쪽에 관심 있는 사람은 아무도 없었다. 두 사람은 걸음을 옮겼다. 그 순간,

"으왁!"

뒤에서 아이가 크게 우는 소리가 들렸다. 여기저기 아이들이 칭얼

거리는 소리가 들리고 있었지만 그 소리는 유난히 컸다. 비연과 산이 동시에 고개를 돌렸다. 그 찢어지는 듯한 소리에서 강한 절박함을 느꼈을 것이다.

다른 사람들도 마찬가지였는지 모두 소리가 난 쪽을 쳐다보았다. 그곳에는 평민으로 보이는 사내와 여자가 여자아이의 입을 억지로 틀어막으며 두려운 눈으로 주변을 경계하고 있었다. 경건해야 할 신전에서 이렇게 소란을 피우면 치료도 받기 전에 쫓겨날 수도 있다. 벌써 저쪽 고귀한 귀족들이 표정을 찡그리는 모습이 보인다. 신성기사 둘이 그들에게 다가가고 있었다.

"무슨 일이지? 형제?"

덩치 큰 기사 하나가 아버지로 보이는 사내에게 물었다.

"아이가 아파서 운 것뿐입니다. 이제 괜찮을 겁니다."

사내는 두려운 눈으로 기사를 쳐다보고 있었다. 소녀의 엄마는 열 살쯤 되는 아이를 안아 들고 어떻게든 달래고 보채고 있었다. 그러나 아이는 벌써 눈을 허옇게 뒤집고 목을 꺽꺽거리며 부들부들 떨고 있었다. 입에서는 침이 거품이 되어 흐른다. 기사가 고개를 갸웃하더니 사제를 불렀다.

"이거 나쁜 영(靈)이 들린 것 같은데? 한번 봐주시겠습니까?"

뚱뚱한 사제가 다가와서 아이의 상태를 잠깐 쳐다보더니 고개를 저으며 외쳤다. 신전에서는 가끔 있는 일이다.

"사악한 귀신이 아이에게 들렸습니다. 어서 신전 바깥으로 내보내시오. 형제여! 신성기사를 더 부르세요!"

"귀신이 들리다니! 그럴 리가……!"

부모들의 눈에는 절망감이 감돌았다. 갑자기 몸이 뒤틀리고 열병을 앓아서 겨우 데려왔는데…… 정말 귀신이 들렸다면 절망이다. 이 아이가 살아남을 길은 없다. 귀신이란 드물게 사람을 숙주로 삼는 정령을 일컫는 말이다. 평소에는 잠복하며 숙주와 공생하고 있지만 이렇게 강대한 권능을 가진 신의 영역에 들어오면 스스로 자제력을 잃고 들떠 발작하는 경우가 있다.

신성기사들이 칼을 뽑아 들고 자주색 성수를 칼날에 발랐다. 부모들은 아이의 몸을 꼭 잡고 다가오는 기사들을 쳐다보고 있다. 손이 부들부들 떨렸다. 기사들이 다가오자 소녀는 다시 칼날 같은 비명을 질렀다.

"저 아이는 어떻게 되는 거요?" 산이 사제에게 물었다.

"죽게 될 겁니다. 귀신이 든 사람은 미쳐서 무슨 짓을 할지 모르거든. 신경 쓰지 말고 어서 안으로 들어가시오. 오르 사제께서 기다리실 거요."

사제가 퉁명스럽게 말하고 몸을 돌렸다.

"아니…… 당신들 신의 사제가 귀신을 쫓아내면 되는 것 아니요? 저 아이를 굳이 죽여야 한다고?"

"거……참 저 아이는 귀신에게 몸을 빼앗겨 이미 더럽혀진 몸이요. 귀신은 쫓아내기가 아주 어려울뿐더러 쫓아내더라도 그 사람을 미쳐버리게 만드는 걸 모르시오? 또 어떤 영은 아주 강력합니다. 쫓아내도 다시 나약한 인간에게 옮겨 붙으니 피해자만 늘어날 뿐이요. 오로지 신의 칼로 숙주를 죽여야 깨끗하게 소멸시킬 수 있소."

"테하라 신의 권능으로도 안 된다는 말씀이요?"

"수석사도께서 하실 수 있지만, 신력을 엄청나게 소모하기 때문에 곤란합니다. 아니면 귀한 성수를 몇 병 써야 될 텐데, 저 평민은 그럴 능력이…… 어? 어딜 가는 거요?"

"염병할 새끼…… 결국 돈 문제였네……."

산이 내뱉듯 한마디 던지며 돌아섰다. 비연은 이미 아이가 있는 곳을 향해 앞질러 가고 있었다.

신성기사 하나가 이미 부모를 밀치고 있고 다른 하나는 아이의 뒷목을 움켜쥐고 밖으로 끌어내고 있었다. 소녀의 비명 소리가 더욱 커졌다. 아이의 손톱이 바닥을 긁었다. 화강암 바닥에서 소름끼치는 소리가 들린다. 손톱이 갈리는 소리에 사람들은 몸을 움찔거리면서도 아이가 끌려 나가는 모습을 무심하게 쳐다보고 있었다. 멀리 있던 귀족들은 팔짱을 낀 채 흥미로운 눈으로 구경하고 있다. 아이를 따라 나서려는 아이의 부모가 다른 기사들에 막혀 손발을 버둥거렸다. 그들이 할 수 있는 일은 없었다. 오직 사방의 사제들을 바라보며 울부짖는 것 이외에는…….

"잠깐!"

아이를 끌고 가던 신성기사가 걸음을 멈췄다. 뒤에서 누군가 어깨를 잡고 있었다. 기사는 어깨를 뿌리치려 했지만, 움직일 수 없었다. 기사는 고개를 돌렸다. 평민 복장을 한 여자가 굳은 표정으로 그를 빤히 쳐다보고 있었다.

"그대는…… 누구?"

"이 아이에게 잠깐 볼일이 있어요. 잠시만 시간을 주셨으면 하는데요……?"

"무슨…… 어?"

소녀의 덜미를 잡은 기사의 손이 힘없이 툭 풀렸다. 바닥에 툭 떨어진 아이는 다리를 버둥거리며 앞으로 벌벌 기어갔다. 기사는 얼굴을 찡그린 채 손목을 만졌다. 무언가 손등이 뜨끔했고 손아귀에서 힘이 빠졌다. 기사는 고개를 들었다. 그 앞에는 한 사내가 쪼그리고 앉아 있다. 그는 신들린 아이를 쳐다보고 있었다.

"말을 할 수 있나?"

산이 팔을 쭉 뻗은 채 소녀의 머리에 손을 얹고 눈을 똑바로 쳐다보며 말했다.

"그……그……그……."

아이의 표정이 사납게 일그러지고 있었다.

"꽤 수줍은 놈이네. 보아 하니 말귀는 알아들을 만한데? 왜 여기가 마음에 안 들어?"

"끄윽 끄윽……."

아이의 얼굴이 이리저리 실룩거렸다. 기괴한 표정은 울고 있는지 웃고 있는지 구별할 수 없었다. 그러나 눈빛은 광기로 번들거리고 있다. 두려움, 분노, 슬픔이 온통 섞인…….

신성기사 다섯 명이 칼을 뽑아들고 달려왔다. 흰옷, 붉은 옷을 입은 사제들이 분분히 앞으로 나서며 산과 비연을 둘러싸기 시작한다.

"멈춰라. 감히 신성한 신전에서 이런 불경한 짓을 하다니!"

흰옷을 입은 사제단의 단장인 듯한 자가 소리를 질렀다. 그의 눈이 번쩍번쩍 빛나고 있었다. 아직도 신성기사의 어깨를 꾹 잡고 있던 비연이 단호한 표정으로 응수했다.

"아이를 죽이지 않아도 될 것 같으니 잠시 기다려보시죠? 여기에서 소란을 피우고 싶은 마음은 없어요."

"무슨 헛소리를!"

신성기사는 칼끝을 앞으로 세웠다. 그 끝에는 비연이 있었다. 비연이 씁쓸하게 웃으며 손등으로 칼을 툭 쳐버렸다. 기사가 옆으로 휘청거린다.

"뭐가 그리 급한가요? 사람 목숨 하나가 왔다 갔다 하는데 조금 기다린다고 무슨 큰일이라도 나는 겁니까? 그대들 신은 그만 한 자비조차 없는 얼음 심장을 가졌답니까?"

비연이 크게 일갈했다. 엄청난 기운이 실린 목소리에 신전 전체가 쩌릉 울렸고 신성기사는 크게 움찔하며 그 자리에 멈춰 섰다.

"닥치고 일이 끝날 때까지 그 자리에서 기다리도록. 모든 책임은 우리가 진다."

한마디를 툭 던지고 비연은 산 쪽으로 눈길을 돌렸다. 신성기사들은 술 취한 것처럼 비틀거렸다. 일부는 기침을 하고 있었다. 기침에 붉은 피가 섞여 나왔다. 사제들은 입을 벌린 채 비연의 뒷모습을 쳐다보았다. 공간을 휘감아 도는 시퍼런 서슬에 눌려 아무도 앞으로 움직이려 하지 않았다. 산은 여전히 소녀와 눈을 맞추고 있었다. 소녀의 눈동자가 이리저리 불안하게 흔들렸다.

"그대…… 너는 누구……냐?"

소녀의 목소리라고는 믿을 수 없을 만큼 굵은 남자의 목소리가 울렸다. 사람들은 숨을 죽였다. 온몸에 소름이 돋을 만큼의 두려움과 혐오감과 함께…….

"나? 정신 멀쩡한 사람이지. 그러는 너희들은 누구냐? 이 아이의 몸에는 왜 들어와 있지? 그것도 열세 놈이나 버글버글하게 몰려 있구먼. 이건 쥐 떼도 아니고……."

"왜…… 너는 우리를 핍박……하느냐?" 놈이 으르렁거렸다.

"남의 집에 무단으로 들어간 놈이 핍박이라고 떠들면 되냐? 이제

집을 좀 비워줘야 되겠어. 안 그러면 저 아저씨들이 네놈들도 죽이고, 아이도 죽인다는데?"

산이 심드렁하게 대꾸했다. 소녀의 눈이 빙글빙글 돌아갔다.

"개소리하지 마! 나는…… 계약했다. '커키'는 내 친구야……!"

소녀가 소리를 질렀다. 이번에는 또렷한 여린 소녀의 목소리였다. 산이 얼굴 표정을 조금 굳혔다.

"그래? 계약까지 하셨다. 네 이름은 뭐지?"

"내 이름은 노을이야."

그 광경을 바라보던 부모의 표정은 절망의 나락으로 떨어져 있었다. 소녀의 말투로 보아 정신의 침식이 상당히 진전된 상태임을 알 수 있다. 저 정도라면 회복은 불가능하다고 봐야 한다. 한편 신성기사들과 사제들은 다른 의미로 눈을 부릅뜨고 있었다. 무려 열셋의 영이 들어와 있다니! 그 정도면 수석사제가 나서도 구제하기 어렵다. 그러면…… 대체 저 사내는 지금 뭐 하자는 거냐? 설마?

"노을이라…… 아가 이름은 꽤 예쁘구나. 연극도 꽤 그럴듯했어. 아무튼 짝퉁 노을 넌 좀 찌그러지고…… 이봐 커키, 다시 나와 봐."

"해보겠……다는 거냐?"

"아니… 이미 시작했어. 분석이 끝났거든…… 이제 소멸될 시간이다."

"무슨……." 소녀의 목에서 칼칼한 쇳소리가 났다.

"발악해보든지."

산이 짤막하게 대답했다. 그의 손은 죽 뻗은 상태로 여전히 소녀의 머리를 꽉 누르고 있었다.

"무슨 짓…… 이런! 악……." 소녀가 고함을 질렀다.

"두정엽, 가 3021, 소 2080."

비연의 목소리가 명료하게 울렸다.

"바이러스 네 개 제거 완료. 백신 투입, 30퍼센트 기능 회복."

산이 소녀를 쳐다보며 씩 웃었다. 소녀의 눈빛이 거세게 흔들렸다. 입과 코에서 하얀 증기가 빠져나오기 시작했다. 소녀의 짧은 손이 버둥거리며 산의 팔목을 잡았다.

"전두엽, 나 3054, 초 4303."

소녀의 손톱이 산의 팔을 파고들었다. 산의 얇은 옷이 살점과 함께 우두둑 뜯겨 나갔다. 얼마나 힘을 줬는지 소녀의 손가락 관절이 모두 부러지고 앙다문 입술 사이로는 피가 흐르고 있다.

"네 개 제거 완료. 40퍼센트 회복."

소녀가 산의 얼굴에 침을 뱉었다. 침에는 검은 피가 섞여 있었다.

"뇌량, 가 304, 호 795."

"세 개 제거……."

소녀가 깨지는 듯한 비명을 마구 질렀다. 지를 때마다 목 안에서 붉은 피가 울컥거리며 터져 나왔다.

"척수, 한 개 제거……."

"마지막 한 개, 소뇌 다 604, 노 507……."

이제 소녀는 저항을 멈추고 망연하게 산을 쳐다보고 있다. 뿌옇고 누런 증기들이 산의 팔을 휘감고 돌다 모두 흩어져 버렸다. 산은 소녀의 눈을 물끄러미 쳐다보았다. 이빨을 드러내며 흉측하게 일그러진 모습…….

"이제 원조 대가리 하나 남았군. 어때. 아직도 할 일이 생각나지 않나? 너도 정말 소멸되고 싶은 거야?"

소녀 노을은 입술을 파르르 떨고 있었다.

"그대는…… 누구야? 어떻게 인간 따위가 우리 정령들을 소멸시킬 수 있지?"

현저하게 약해진 남자의 목소리가 다시 들렸다.

"뭐…… 이 세상에서 먹고 살려니 어쩔 수 없었어. 한두 번 해본 짓이 아니거든."

"뭘…… 원하나?" 놈이 이를 갈았다.

"노을과 계약을 깨줘. 그럼 살려주지."

"왜 그래야 하지?" 소녀가 비열한 얼굴로 헤실 웃었다.

"그럼 소멸되든지. 이제 시작할까? 뒷감당은 나도 못 하지." 산도 피식 웃었다.

"그……그…… 너는 누구야!"

"셋을 세겠다. 아주 빠르게 셀 거야."

"안 돼!"

"하나, 둘……."

"계약을 깨겠다." 소녀가 소리를 빽 질렀다.

"닥치고…… 일단 노을을 돌려보내 봐."

소녀의 눈빛이 갑자기 맑아졌다.

"커키가 너와 계약을 끝내기를 원하는데 들어주겠니? 부모님이 기다리신다."

산이 부드럽게 말했다. 소녀는 산을 힘없이 쳐다보다 고개를 작게 끄덕였다.

"노을은 커키와 계약을 끝내고 싶어요."

"뜻대로 될 거다. 이제 잠시 쉬렴. 커키! 이 새끼 빨리 튀어나와!"

"끄아 당신은…… 누구…… 어째서 '오래된 하나'의 권능……."

"닥쳐. 이제 네 뜻을 읊어봐……."

"흐극…… 나 커키는 노을과 계약을 끝낸다. 살려줘……."

"이제 네놈이 사기를 쳐서 맺었던 동생동사(同生同死)의 맹약은 끝났다. 이제 아이를 원래대로 회복시켜라. 그다음에 너를 어떻게 처분할지 고민해보지."

"온전히는 안 됩니……다."

"그건 네 사정이고……."

소녀의 얼굴이 다시 움직였다. 표정은 정상으로 돌아오고 있었다. 뒤틀렸던 몸이 바르게 펴지고 출혈이 완전히 멈췄다. 산은 여전히 소녀의 머리에 손을 얹은 채 회복 과정을 감시하고 있었다. 비연과 둘이서 수천 번을 반복해온 인체 스캐닝이다. 5단계, 6단계의 가속에서 펼쳐지는 뇌파 탐색은 이제 너무 익숙해져서 마치 사진으로 보는 것 같이 선명하다. 소녀의 정신이 급속도로 회복되고 있었다. 이제 대뇌와 소뇌, 뇌량, 척수의 프로세스를 장악하고 있던 정령의 코드가 모조리 제거됐고 원래 소녀가 가졌던 코드가 복구되고 있었다. 빙의(憑依)됐을 동안 약간의 기억 장애는 생기겠지만 이 정도면 양호하다.

산은 손바닥에서 반송파(搬送波)를 일으켜 정령 커키의 파동을 실어 무사히 밖으로 추출해냈다. 놈은 산의 손등을 뚫고 투명한 젤리처럼 흔들거리며 거대한 외형을 드러내더니 급속도로 작아지면서 산의 손등 위에서 작은 아지랑이처럼 흔들거리는 모습이 됐다. 그 광경은 모든 사람에게 보였다. 사제들은 입을 떡 벌리고 있었다.

산은 손등을 쳐다보았다. 꽤 자아가 강력한 놈이다. 그렇지만 지금은 손등에서 새색시처럼 떨고 있다. 이 남자는 찌질하게 계약을 맺어

숙주로서 공생하는 정령사와는 격이 다른 자다. 정령의 파동을 원형 그대로 다룰 줄 아는 아주 괴상한 존재. 수틀리면 반전된 파동을 발생시켜 그대로 소멸시킬 수도 있다는 뜻이다. 다른 놈들이 그대로 소멸됐듯…….

산은 손을 소녀의 머리에서 뗐다. 노을이 눈을 떴다. 그리고 곧바로 얼굴을 찡그렸다. 온몸에서 지독한 고통이 엄습했을 것이다. 그렇지만 맑아진 시야에는 새로운 세상이 보였다. 자신을 향해 울부짖는 엄마 아빠의 모습도. 아울러 꿈인지 생시였는지 죽고 싶을 만큼 춥고도 무서웠던 곳에서 자신을 이끌었던 따뜻한 느낌을 가진 사람을 찾았다. 노을은 그 누군가에게 한 번 미소를 지었다. 그게 지금 소녀가 할 수 있는 전부였을 것이다. 노을은 미소를 지은 채 다시 축 늘어졌다. 산이 쓰러지려는 소녀를 붙잡아 안아 올렸다.

"이제 끝났어요. 노을은 정화됐습니다."

비연은 멍하게 서 있는 신성기사의 어깨를 툭 치며 앞으로 나섰다. 기사는 눈을 껌뻑거릴 뿐 어떤 행동도 하지 못했다. 산은 노을을 안고 그녀의 부모를 향해 걸어갔다. 좌우에 신성기사가 있었지만 누구도 그를 저지하지 않았다. 산이 다가서자 부모를 저지하던 신성기사가 뒤로 물러났다.

"따님의 속병은 나았습니다. 치료 과정에서 몸을 좀 다쳤지만 곧 나을 수 있을 겁니다."

산이 노을을 넘겨주고 돌아서자, 부모가 멍하니 아이를 받아들고 허리를 숙였다. 그제야 마술이 풀린 듯 정신을 차린 사제들이 소리를 지르기 시작했다.

"저 자들을 잡아! 테하라 신을 모독한 자들이다!"

"귀신을 조종하는 악마의 사도들이다!"

고위 전투사제들이 움직였다. 네 개의 문이 활짝 열리고 신성기사들이 달려왔다. 태양을 상징하는 깃발을 휘날리며 사도들이 등장하고 있었다. 그러나…….

"멈춰!"

"그만!"

두 군데에서 동시에 고함이 터져 나왔다.

산과 비연을 향해 치달아 가던 신성기사들과 사제단들이 거짓말같이 우뚝 멈췄다. 그들이 들었던 두 가지 목소리 중 하나에는 그럴만한 권능이 있었다. 사제들은 자세를 바로 하며 목소리의 주인공을 찾았다. 신전에 들어가던 귀족들도 걸음을 멈추고 이쪽을 쳐다보며 웅성거리고 있다. 누군가 소리를 질렀다.

"차석사도님!"

그 목소리가 향한 곳에는 계단을 내려오는 한 사람이 있었다. 왼손에는 태양을 상징하는 홍옥 지팡이를 들고 머리에는 테하라의 사도를 상징하는 화려한 모자를 쓰고 있다. 사도는 사제들도 보기 힘든 최고위 성직이다. 차석사도는 다섯의 사도 중 2위 서열에 해당하는 자리로서 지구의 가톨릭으로 치면 추기경에 해당한다. 그는 매우 빠르게 걸어 내려오고 있었다. 위엄에 걸맞지 않게 서두르는 모습이다.

다른 한편에서는 한 귀족 여자가 빠른 걸음으로 다가오고 있었다. 제국 5대 권문세가 유리씨의 문장이 새겨진 선연한 망토를 드러내며…….

"웬일이래?"

산이 손등을 어루만지며 고개를 갸웃했다. 손등에서는 아직도 아지랑이 같은 기운이 흔들거리고 있다.

"유리센이군요. 저 친구도 여기 신도인가……?"

"들켰네……." 산이 껄껄 웃었다.

"그러게요……." 비연도 미소를 지었다.

모든 사제와 기사단이 포위하고 있는 와중에서도 두 사람의 태도는 여유가 있었다. 신성기사들이 옆으로 도열하며 호위 대형을 갖추었다. 사제들은 잔뜩 긴장한 채 두 손을 모아 얼굴까지 올리며 예를 표했다. 그러나 차석사도 비첼은 모든 시선을 무시한 채 오로지 시선을 두 사람에 집중시킨 채 똑바로 다가왔다. 50대 중반의 그는 마치 그리스 조각처럼 엄숙한 분위기의 잘생긴 사내다. 그가 다가오면서 묵직하고 장엄한 기운이 신전 대기소 전체를 덮어갔다. 그의 권능은 2품 대가에 상당하는 수준이지만 수천이 넘는 사제와 신도들의 힘을 빌려 다스릴 수 있으니 실로 강대한 힘을 가졌다 할 수 있을 것이다.

비첼이 두 사람 앞에 당도했다. 사제들과 신성기사단은 엄청나게 긴장한 상태였다. 신전 대기소를 책임지고 있는 당직 사제가 사도 앞에 먼저 나섰다. 그는 귀족들을 안내하다가 사건이 터지자 신성기사단에게 진압 명령을 내렸던 사람이다. 그의 곁에는 산과 비연을 안내하던 뚱뚱한 사제와 여사제들이 기립하여 사도의 질문에 대비했다. 이 상황을 어떻게 설명할지 고민하고 있을 것이다.

"이자들이 거룩한 신전에서 감히 신을 모독했습니다. 정령술사의 사악한 능력을 가진 위험한 자로서……."

사제는 말을 하다 말고 입을 다물었다. 사도가 굳은 표정으로 지팡이를 든 손을 흔드는 모습이 보였다. 그 동작은 사제의 변명을 완전히 제지하고 있었다. 비첼은 두 사람을 똑바로 응시했다.

산의 입가에는 옅은 미소가 번졌다.이놈…… 생각보다 쉽게 만났다.

"디테 사도에게 들었습니다만, 그 유명한 두 분을 이렇게 신전에서 직접 보게 될 줄은 몰랐소."

비첼이 먼저 입을 열었다. 형형한 눈빛은 흥미롭다는 기색을 감추지 않고 있었다. 사제들의 눈이 커지더니 시선을 두 사람 쪽으로 다시 휙 돌렸다. 일부는 놀라 벌어진 입을 손으로 가리고 있었다. 동생과 함께 신전을 찾았던 유리센 역시 걸음을 멈춘 채 의아한 표정으로 신관과 두 사람을 번갈아 바라보았다.

'유명한 분이라고……?'

"흠…… 말귀가 통하는 사람이라 아주 반갑군요. 뭐…… 약간 소란은 있었지만 영업 방해할 생각은 조금도 없었소."

산이 손등을 만지작거리며 말했다.

"영업 방해?"

비첼이 의아한 표정으로 산을 쳐다본다. 처음 듣는 전문용어다. 무슨 말이냐는 표정이었다.

"그럴 리는 없겠지만, 혹시 배상을 원한다면 해드릴게요."

비연은 주머니를 뒤지며 비첼의 눈을 빤히 쳐다보았다. 비연의 말이 다시 이어졌다.

"그래도 이왕 여기까지 왔으니 테하라 신과 직접 이야기를 하고 싶습니다. 난처하게도 이런 곳은 처음이라, 가져온 돈이 별로 없군요. 면담 비용이 얼마나 드는지 모르겠지만 어떻게 후불로는 안 될까요?"

비첼은 비연의 진지한 말 속에서 약한 장난기를 느꼈다. 아주 신랄

한 조소가 섞여 있다. 비첼은 눈을 찌푸린 채 좌우의 사제들을 둘러본다.

"배상? 후불? 그건…… 또 무슨 뜻이지?"

"그게……."

사제는 말을 더듬었다. 사도의 눈치를 살피며 조심스럽게 말을 꺼냈다.

"이자들…… 아니 이 사람들은 신께 뭔가를 고하러 왔다는데, 이곳에서 신성기사의 거룩한 행사를 방해한 일이 있었습니다. 그래서 이곳을 방문하신 귀족 분들께서 많이 놀랐고……."

"아까…… 저 아이를 정화한 일을 이르는 말인가?"

비첼이 눈짓으로 부모의 품에서 축 늘어져 있는 소녀를 가리키며 다시 물었다.

"예……."

비첼은 입을 꾹 다물었다. 그의 눈길은 산의 손등에 잠시 머물러 있었다. 테하라 신의 권능으로 가속된 그의 감각은 산의 손등에서 흔들리고 있는 정령의 본질을 깊숙하게 응시했다. 비첼의 눈빛은 더 깊어졌다.

"이런…… 자아를 획득한 고급정령이군. 보통 이놈들은 군대를 이루는데……."

사제들은 혼잣말을 하는 사도를 불안하게 쳐다보고 있었다. 비첼은 신이 전해준 기록을 통해 상황을 이해할 수 있었다. 이윽고 쓴웃음을 지으며 홍옥 지팡이을 들었다. 누군가를 가르칠 때의 모습이다. 사제들은 허리를 세워 자세를 바로 했다.

"너는 사제로서 사람의 몸에 깃든 악한 정령을 정화시킬 수 있는가?"

"아직 그럴 권능에 이르지 못했습니다."

"그래서…… 아까 어떻게 하려고 했지?"

"성전기사단에게 숙주와 영을 함께 제거하도록 명령했습니다."

"쯧…… 멍청한 놈이로다!"

"예?"

"아직 영을 다룰 수 없는 사제가 자아를 가진 영을 건드리면 어찌 되는지 모른다는 말인가?"

"자아를 가진 영이라 하셨습니까? 그런 건 처음……."

사제들은 영문을 몰라 서로를 쳐다보고 있었다. 비첼이 한숨을 쉬었다.

"아주 번거로운 일이 일어날 뻔했구나."

비첼의 눈빛은 다시 부드러워졌다. 그러나 그의 눈 속 깊은 곳에서는 무시무시한 벼락이 치고 있었다. 비첼은 두 사람을 쳐다보더니, 이윽고 허리를 굽혀 예를 표했다. 사제들은 눈을 동그랗게 떴다. 상상을 아득하게 초월하는 놀라운 광경이다. 사도는 신 이외에 허리를 굽히지 않는다.

"덕분에 여럿이 살았구려. 고맙게 생각하오."

"꽤 귀찮은 놈이죠. 이놈은 아주 영악하거든요."

산이 마주 예를 표하며 싱긋 웃었다.

"그것을…… 어떻게 하실 생각이요? 우리 신전에서 처리할까요?"

비첼이 조심스럽게 산을 바라본다.

산의 손등에서 아지랑이가 움찔하며 한쪽으로 확 몰려갔다.

"아니요. 살려주겠다고 약속했으니 약속은 지켜야지요. 길들여서 키워볼까 생각 중입니다."

"그 위험한 것을 어째서……?"

"쓸 데가 많아요. 이 정도 자아를 가진 놈은 구하기 어렵죠."

비연이 한마디 거들었다. 비첼은 말을 하려다 다시 아랫입술을 지그시 눌렀다. 그는 다시 산의 손등에서 노닐고 있는 영체를 응시했다. 저건 꽤 위험한 놈이다. 고급사도가 나서야 구제할 수 있을 정도…….

정령은 신(神)이 되지 못한 불완전한 파편들이다. 그래서 어떤 정령이라도 신의 속성을 일부 가진다. 물질계 생명으로 비유하면 레트로 바이러스와 비슷하다. RNA라는 복제품 설계도만 가지고 있는 아주 가난한 놈이다. 남의 몸속에서 그 세포의 DNA를 빌어 자신을 번식시키는 바이러스. 정령도 바이러스와 마찬가지로 숙주의 정신에 기생하며 강력한 전염성을 가진다. 보통 인간에게는 가벼운 감기만큼이나 영향이 미미하지만 영매(靈媒)라고 불리는 소수의 인간 속에서는 빠르게 성장한다. 나중에는 의식까지 장악하며 자아를 형성한다. 이런 놈은 신령의 강림을 위한 신체로 정화된 사제들에게는 치명적인 독약과도 같다. 특히 자아를 가진 놈이라면 매우 귀찮은 오염이 연쇄적으로 벌어진다.

비첼은 홍옥 지팡이를 불안하게 만지작거렸다. 그의 눈빛은 여전히 두 사람을 향하고 있었다. 그런 치명적인 정령을 애완동물처럼 길들이는 인간이 앞에 있다. 문득 테하라 신의 당부가 떠올랐다. 등줄기에 약한 오한이 일었다.

"이제 들어가시죠? 수석사도께서 두 분을 기다리고 계십니다."

"이대로 그대들의 신과 면담이 가능합니까?"

"테하라 신께서 직접 명하신 일입니다. 당신을 대하듯 두 분을 모시라는 계시가 있었소."

"그것 고맙군요. 그런데 저 아이는 이제 안전합니까?"

비연이 노을을 가리켰다. 아까 기사들의 행동으로 봐서는 가만두지 않을 것 같았다. 그 부모까지도 안전하지 않을 것이다. 비첼은 금방 질문의 의미를 알아차렸다. 악령이 깃들었던 아이, 부정한 그릇.

"안전하게 될 거요."

신성기사들이 한 발 물러났다.

"많이 아픕니다." 비연이 다시 말했다.

"치료를 받게 될 거요."

비첼이 사제들을 쳐다보았다. 사제들은 고개를 끄덕이고 있었다.

"돈이 없을 겁니다." 비연은 집요하다.

"허허……."

비첼은 말을 잇지 못했다. 헛웃음을 삼키며 비연을 물끄러미 쳐다보고 있었다. 이건 집요를 넘어 무례한 수준이 있다. 갑자기 '영업 방해'라는 단어의 뜻이 이해가 될 것 같았다.

"우리가 어찌해주기를 바랍니까?"

사도의 시선이 차가워졌다. 비연은 씁쓸하게 웃으며 말했다.

"밝은 곳에 있는 사람은 빛을 더 보태준들 별로 고마워하지 않습니다. 어두운 곳에는 조그만 빛을 비춰줘도 많은 사람들이 고마워합니다. 빛의 신 테하라에게도 손해 보는 장사가 아닐 텐데요?"

"……."

"신에게 직접 확인해볼 겁니다. 이게 사람의 뜻인지 아니면 신의 뜻인지. 신이라는 존재가 그토록 어리석다면 우리 두 사람은 지금 시간낭비를 하고 있는 거겠죠?"

"……."

비첼의 표정은 돌처럼 굳어졌다.

한편, 유리센은 잠시 망설이고 있었다. 급한 마음에 소리를 지르며 달려왔지만 상황은 이해할 수 없는 방향으로 전개되고 있다. 그보다 두 사람이 악령을 정화시키는 모습을 보고 커다란 충격을 받았다.

'악령은 신의 권능으로만 퇴치시킬 수 있다고 들었는데…….'

엉겁결에 같이 따라온 유리씨 가문의 시종, 친구, 귀족 들은 유리센의 돌발 행동에 어쩔 줄 모르고 엉거주춤 서 있었다. 그들은 아까 일어난 사건을 전혀 이해하지 못했다. 또한 갑자기 신전에서 고함을 질러대며 평민 차림의 사람이 손짓으로 부른다고 냉큼 달려가는 유리센의 행동은 더더욱 이해할 수 없었다.

"유리센님도 테하라 신의 신도인가 봅니다." 산이 환하게 웃으며 다가갔다.

"예. 그런데…… 어째서 이곳에…… 복장은 또 왜?"

"볼일이 있어서요. 그런데 목소리 좀 낮춰주시겠습니까?"

"예……."

유리센은 고개를 끄덕거렸다. 두 사람은 사람들의 주목을 끌고 있었다. 유리센은 눈이 번쩍 뜨일 만큼 유명한 미인이다. 대공 가문의 최고 귀족이며, 가문 이름으로도 한 수 먹고 들어가는 여자인데…… 문제는 서로가 존대를 붙이고 있다는 것이다. 신관들은 눈치를 살폈다. 그것은 저 사내와 여자의 신분이 만만하지 않다는 뜻이다. 유리센을 따라 동행한 남자들도 의아한 눈으로 눈치를 살피고 있었다. 두 사람은 매우 유명했지만 그들의 얼굴을 아는 사람은 고위 귀족들뿐이다.

“아까 멈추라고 한 사람이 그대였습니까?”

산이 유리센의 귓전에 얼굴을 가까이 가져가며 물었다. 유리센은 몸에서 약간의 소름이 돋는 느낌을 받았다. 속삭이는 듯한 산의 목소리가 귓전에서 울린다. 유리센은 호흡을 골랐다.

“예.” 유리센도 낮게 말했다.

“왜 부르셨죠?”

“그건…… 다칠 것 같아서…….”

“누가요?”

산의 표정이 익살스럽게 변했다.

유리센이 머쓱하게 웃었다.

“그건…… 잘 모르겠습니다.”

“신경 써주셔서 고맙습니다. 오신 김에 부탁이 있는데…….”

“말씀하시지요.”

“저 아이와 부모들을 챙겨주시겠습니까?”

“저 사람들을?”

“혹시 치료할 때 신관들이 돈을 요구하면 주셨으면 합니다. 궁에 돌아가서 갚아드리도록 하겠습니다. 괜찮겠습니까?”

“알겠습니다. 그런데 왜……?”

“아이는 살렸지만 사제들 자존심이 많이 상했을 겁니다. 그리고 귀신 들렸던 아이는 결국 버려지는 운명이 되더군요. 저 아이는 이제 정상입니다. 그건 내가 보증하죠. 유리센 님 신분이라면 원만하게 수습되겠죠?”

유리센은 잠시 머뭇거렸다. 매우 무리한 부탁이다. 그러나 거절할 생각이 별로 들지 않았다. 자신 앞에서 이렇게 자연스러운 행동을 하는 사내가 있었던가?

"알겠습니다. 그런데 대장님들은 이제 괜찮은 겁니까? 대장님들 신분이라면 간단하게……."

"쉿! 이건 황실의 일이 아니라, 개인적인 일이거든요. 황실 소속 대장이 신전에서 행패를 부렸고 귀신 잡는 무당들이라고 동네방네 소문까지 내고 싶지는 않습니다. 가뜩이나 지금도 온갖 악성 소문에 시달리고 있는데."

"……."

"뒤처리를 부탁할게요!"

산이 눈을 찡긋하며 성큼 돌아섰다. 유리센은 깊게 숨을 들이켰다. 약간 호흡이 가빠진 것 같은 느낌이다. 가슴에 손은 가볍게 얹고 숨을 고른 다음 사제들에게 다가갔다. 귀가 밝은 사제들은 두 사람의 뒷모습을 망연하게 쳐다보고 있었다.

두 사람을 처음 맞이했던 뚱뚱한 사제는 소매로 땀을 닦고 있었다.

* * *

태양이 중천을 가르며 뜨거운 기운을 대지로 내리 쏘는 시간이다. 태양신 테하라 신전의 깊숙한 곳에서는 뜨거운 열기가 고조되고 있었다.

"디아나와의 계약은 아직 유효한가?"

태양신 테하라의 수석 사도 '아폴로'가 물었다. 차석 비첼과 비슷한 50대의 남자다. 이곳의 태양신은 로마 신에 대한 추억인지, 그의 사도에게 아주 친숙한 이름을 사용하게 하고 있었다. 아폴로의 화법은 직설적이며 단순하다. 지금은 테하라가 사도의 몸을 통제하며 직접 이야기를 하고 있기 때문에 상대에 대한 인간적 배려는 없다.

"3년간 연장했지. 서로가 만족하고 있으니 좀 더 연장될 수도 있을 거야. 왜 문제가 있나?"

산이 찻잔을 입에서 떼며 말했다. 그 역시 신이라고 존대를 해줄 마음은 없다. 그가 보기에 인간과 신의 서열은 의미가 없었다. 단지 책으로 읽었던 신화 속의 가장 찬란한 존재의 하나와 직접 대화를 한다는 사실에 조금 흥분을 느끼고는 있었다.

"하급 신이었던 디아나의 능력이 갑자기 커졌어. 이런저런 이유로 그대들은 모든 신에게도 가장 큰 관심 인물이지. 그대들이 이곳에 왔다는 것을 알고 아주 급하게 달려왔다네."

"관심이 있다니 다행이야. 사실은 너희 신들에게 협조를 구하고 싶은 게 있었어. 그런데 일이 조금 까다롭기도 하고, 너희들 입장이 어떨지 잘 몰라서 확인차 직접 찾아왔지."

"황실의 일인가?"

"일부는. 그렇지만 대부분은 우리 두 사람과 관련된 일이다."

"현 황실은 제정(祭政)이 분리된 견고한 인간 중심의 체제다. 우리 신이 간여할 만한 것이 별로 없을 텐데?"

"유벌이라는 집단에 대해 알고 싶어서……."

"흠…… 유벌이라면 알고 있지."

아폴로의 여유 있던 표정이 처음으로 조금 굳어졌다.

"유벌은 그대 신들과는 어떤 관계인가?"

"알려줘야 하나?" 아폴로가 차갑게 응수했다.

"황실 사람들 안위에 관련된 일이거든? 조사는 해봤지만 유벌 그 친구들에 대해서는 전혀 알 수가 없었어. 그래서 많이 불안하더라고. 굉장히 위험하다고 들었거든?"

"유벌이라면……."

아폴로는 잠시 말을 멈추고 두 사람을 바라보았다. 묘한 복장과 기묘하지만 익숙한 언어. 문득 묘한 가설이 스치듯 신의 정보망을 타고 번개같이 지나간다. 아폴로는 다시 표정을 정리했다.

"그렇겠지. 그들은 진짜 전문가들이니까. 그들이 하겠다고 맘만 먹으면 자네들도 막기 어려울걸?"

"알고는 있나?"

아폴로가 작게 웃었다.

"하늘 아래 우리가 모르는 것은 없다. 디아나를 겪어봐서 신에 대해 알고 있지 않나?"

"우리에게 그들에 대한 정보를 알려줄 수는 없을까?"

"어려워. 그들과는 아주 특별한 계약을 맺었거든. 비밀 유지 계약도 포함되어 있다. 나뿐만이 아니라 다른 신도 마찬가지야. 매우 좋은 관계를 유지하고 있지."

"모든 것을 아는 신들도 인간에게 아쉬운 것이 있는 모양이네?"

비연이 차갑게 대꾸했다. 신전에 들어오면서부터 계속 불만이 쌓여 있었다.

"신은 알고만 있을 뿐이지. 뭔가를 만드는 것은 인간이 가진 권능이야." 아폴로가 빙그레 웃었다.

"만든다?" 비연이 되물었다.

"인간만이 창조를 할 수 있거든. 그 창조를 통해 새로운 '지식'과

'정보'가 비로소 만들어지지. 신은 그 지식으로 새로운 '관념'을 생성한다. 새로운 하위 신이 만들어지는 거지."

"신의 번식?"

"그렇게 이해해도 무방하네. 유벌은 그 창조에 관한 한 최고의 인간들이 모인 곳이라고 해도 과언이 아니야. 이해가 되나? 왜 우리 신이 그들과 협력하고 싶어 하는지도?"

"그러면…… 일원에 대해서도 알겠네?"

"미안하지만 그건 모른다."

"하늘 아래 있는 것은 다 안 다면서? 모순 아닌가? 신도 거짓말을 하나?"

"하늘 아래 있는 것이 아니니까. 거짓은 아니지."

"그럼 하늘 위에 있는 건가?"

"아니, 그는 특이점 밖에 있는 존재지. '사건의 지평선' 너머에 있거든."

"무슨 말인지 잘 이해가 안가네." 산이 귀를 후볐다.

"모든 법칙이 깨져버린 곳이야. 물리 법칙도 화학 법칙도. 그러니 이 세상 논리의 규칙이 적용될 수 없어. 사실은, 너희 두 인간들과 아주 비슷해. 어디로 튈지 전혀 종잡을 수 없거든."

"그거…… 칭찬이냐?"

"그렇게 받아들여 주길 바라네. 정말 자네들이 궁금한 건 사실이야."

"궁금하면 알 수 있도록 해줄 수도 있는데……."

"꽤나 솔깃한 제안이군."

아폴로는 느긋하게 의자에 등을 기댔다. 신들이 매우 원하던 정보다. 상대의 패가 나온 이상 협상의 주도권을 잡았다는 느낌이 든 것일까?

"유벌에 대해서는 여전히 협조할 수 없나?" 산이 물었다.

"적절한 대가를 주고 유벌과 적대하지 않는다는 서약을 한다면 가능할 수도 있겠지."

"그들이 우리를 적대해도 말인가?"

"아니 우리 신들이 그들을 설득하도록 하지. 아마 그들은 따라줄 걸세. 우리가 주는 것을 잃고 싶지 않을 테니까."

"신은 그들에게 뭘 주지?"

"영감(靈感, insight)."

"영감?"

"인간은 그걸 '가설'이라고 하더군. 신들이 계산 유희를 할 때 쓰는 카드라고 생각하면 돼. 그렇지만 다양한 기예를 창조하기 원하는 인간 대가들에겐 아주 요긴한 거지. 꽤 드물기도 하고. 어때 자네들도 생각이 있나?"

"흠……."

산은 비연을 쳐다보았다. 비연은 웃고 있었다.

"영감 따위……."

"필요 없다는데?"

산이 머리를 긁었다. 이번에는 아폴로가 눈에 띄게 당황했다.

"왜지?"

"우리는 창조가 아니라 파괴 쪽이야. 그리고 계산이 아니라 상상을 더 좋아해."

비연이 차갑게 대꾸했다.

"상상……?"

아폴로가 되뇌었다. 상상…… 비합리, 부조리, 혼돈와 동격의 단어. 신은 상상하지 않는다. 단지 예측할 뿐.

"안 되는 이유를 더 들어줄까? 신들이 놀다 버린 장난감이 영감이라면 그걸로 만든 기예라는 것도 별로 쓸모는 없을 거라고 생각해. 만약 신의 사도와 싸우기라도 한다면 우린 넋 놓고 당하겠지? 아니면 적에게 정보를 팔아넘길 수도 있을 거고. 그런 불리한 거래를 우리가 왜 할 거라고 생각하지?"

"큼……."

비첼이 작은 기침 소리를 흘렸다. 아폴로는 화제를 돌렸다.

"흠…… 유벌과 관련된 건은 연락을 취해보도록 하지. 그런데, 그대들은 우리에게 무엇을 줄 건가?"

"그전에 하나만 더 묻겠는데……,"

비연이 입을 열었다. 아폴로의 파란 눈동자가 비연의 시선과 얽혔다. 진실을 탐색하는 각성자의 눈. 아폴로는 마른 침을 삼켰다.

"계속하지?"

"넥타는 충분히 조달받고 있나?"

아폴로는 비연을 빤히 쳐다보았다. 표정이 묘하게 일그러져 있다.

"충분하지는 않지."

"많이 부족하지는 않고? 사도와 사제의 수는 늘어갈 텐데."

"……."

아폴로는 잠시 머뭇거리다 고개를 끄덕였다.

"다른 신도 마찬가지겠네."

"말해 줄 수 없다."

"그러시든가……."

"……."

"넥타의 제조법은 여전히 개발하지 못했을 것이고?"

"그만 거기까지……!"

아폴로는 손을 저어 대화를 멈췄다.

'정말 사악한 화법이로다!'

옆에 배석한 비첼은 수건을 꺼내 땀을 닦았다. 대화 방식이 정말 마음에 들지 않는다. 거짓을 말할 수 없는 존재에게 이런 식의 화법은 최악이다. 긍정이 아닌 것은 모두 부정으로 해석되고 대답하지 않는 것들은 앞뒤 문맥으로 의도를 그냥 읽어버린다. 여자는 그 틈을 파고들고 있다.

"아마도…… 넥타의 원료 중에 확보할 수 없는 것이 있었기 때문이 아닐까 생각을 해봤는데…… 맞을까?"

"큼……."

비첼이 어색한 기침을 했다. 그러면서도 비연을 바라보고 있었다. 신의 군대를 마련하는 것은 화급을 다투는 일이다.

'마룡의 번식 속도와 평의원들의 확장 속도는 엄청나다. 그들은 인간을 변이시키려는 존재들. 인간의 신앙을 양식으로 살아가는 신에게는 위협적이지…….'

"그것은 아마 우리가 해결해줄 수 있을 것 같아." 비연이 한마디 더 보탰다.

"어떻게?"

"우리는 재료를 다룰 수 있고, 신은 지식을 가지고 있지. 확률이 꽤 높을 거라고 생각하는데?"

"그런!" 아폴로의 눈이 처음으로 크게 떠졌다.

"그걸 담보로 우리는 상호동맹을 원한다. 대상은 그대 신들 전체. 우리의 잠재적인 적은 마룡과 선자라고 부르는 소수의 초인들이다. 어때, 이 제안은 고려할 만한가?"

* * *

태양은 중천을 지나 서쪽으로 뉘엿뉘엿 저물고 있었다. 빨갛게 부풀어 오른 빛이 석양의 산마루에 걸릴 무렵, 산과 비연은 신전을 나섰다.

두 사람은 말이 없었다. 산은 눈을 가늘게 뜨고 석양을 쳐다본다. 비연은 입술을 꾹 다문 채 고개를 숙이고 있다. 저녁나절 훈훈한 바람이 불어왔다. 머리카락이 살랑거리며 눈을 가리고 있었지만 그들은 묵묵하게 걸음을 내딛었다. 얼마쯤 걸어가니 언덕 아래가 보인다. 광활한 들판이다.

산이 바닥에 널린 돌 하나를 힘껏 차 올렸다. 돌이 포물선을 그리며 날아갔다. 언덕 아래 새파랗게 풀이 자란 들판에는 새들이 후두둑 날아오른다. 석양에 물든 구름 사이로 까맣게 치솟는 모습이 가히 장관이다. 누가 뭐라고 이야기하지 않았지만, 두 사람은 마른 풀밭에 나란히 앉았다. 저녁노을이 무척 곱다. 해가 장엄하게 무너지고 있었다. 빛이 있어도 눈이 부시지 않았다.

"결국 막장까지 가봐야 한다는 거지?"

산이 입을 열었다. 목소리는 모래를 씹어 삼킨 듯 씁쓸하고도 건조하다.

"제가 성급했던 걸까요?"

비연의 머리카락이 바람에 날려 흩어지며 시야를 가렸다. 그러나 눈길은 앞에 흐드러지게 피어있는 보라색 꽃들을 향하고 있었다.

"어차피 확인했어야 할 일이었어. 모든 상황을 파악했잖아? 그러면 된 거야."

"작게 남아 있던 희망마저 몽텅 날아간 느낌입니다."

"뭐…… 언제는 우리 팔자에 누구 도움을 기대했었나? 마음을 정리하고 이제 다음을 준비하자. 그까이 꺼……."

"……."

"우냐?"

"……."

산은 말없이 앞을 쳐다보았다. 꾹 다문 입술, 가늘게 뜬 눈, 깊고도 긴 호흡…… 바람이 살랑살랑 불어와 머리카락을 간질인다. 그의 손등에서는 아지랑이가 숨을 죽인 채 파르르 떨고 있었다. 산은 엄지와 검지를 펴고 권총을 겨냥하듯 눈가로 가져갔다.

"신……, 니들 후회하게 될 거다."

검지를 구부려 한 방을 당겼다. 마음속에서 하늘이 무너졌다.

"현자……, 누가 누구를 사냥하게 될지 아직 몰라."

다시 한 방을 당겼다. 대지가 쪼개졌다.

"초인……, 까짓 거…… 우리도 9단계를 넘기면 될 거 아냐…… 어차피 사람 몸으로 하는 경기라고 했거든……."

팔뚝을 잡고 죽 밀어 감자를 먹여버렸다. 세상이 뒤집어졌다.

비연을 힐끗 쳐다보았다. 여전히 멍하니 앞을 바라보고 있다. 사내의 목젖이 잠시 꿈틀거렸다.

"100년이라고 했나? 용을 잡든 넥타를 처마시든 우리는 끝까지 살아남을 거다. 인간 강산…… 그전에는 절대로 못 죽는다고."

산은 팔목에 남겨진 주사 자국을 쳐다보았다. 시퍼렇게 멍이 든 상처가 아물어가고 있었다. 두 사람의의 몸속에서는 신의 알들이 부화하고 있을 것이다. 그들과 신들을 24시간 연결해줄…….

* * *

아폴로의 집무실은 조용했다. 모든 것이 정지한 듯 감감한 적막만이 내려앉아 있다. 색채로 꾸민 창가에서 오후의 햇살이 붉게 번지고 있었다. 사람의 기척이 지워진 듯한 그곳에 여전히 두 사람이 앉아 있었다. 무척이나 지친 모습이다.

"비슷하지만 달랐어……."

아폴로가 낮게 말했다. 비첼이 고개를 돌렸다.

"많이 달랐죠."

"유별 친구들이 재미있어할까?"

"글쎄요……."

"참 공교롭구나. 우연일까?"

"……."

"285라고 했지?"

"예."

두 사람은 대화를 멈췄다. 다시 오랜 정적이 찾아왔다. 햇살이 뉘엿뉘엿 붉어지고 창틀의 그림자는 길어지고 있다.

"조금 걱정이 됩니다." 비첼이 천정을 보며 말했다.

"누구? 우리 아니면 그들?"

"너무 많은 것을 알려줬다는 생각이 들어서……."

"그렇게 생각하나?"

"다른 건 몰라도…… 개인의 상태 정보와 분석 정보까지 다른 존재들에게 제공해왔다는 사실까지 밝힐 필요가 없었을 텐데요."

"상관없을 거야. 신은 계산을 한다네. 의도적인 유출이지."

비첼이 고개를 돌렸다. 아폴로는 차를 한 모금 마셨다. 입술만 약간 적시는 정도지만 표정은 한결 여유가 생긴 모습이다.

"알아봐야 그들이 할 수 있는 일은 아무것도 없으니까. 그대도 두 사람 상태를 봤잖아? 어차피 저들은 이 세계에서 살아남지 못해. 벗어나지도 못할 테고. 어차피 사실을 알려주는 게 더 나아."

찻잔을 탁자에 올려놓고 아폴로는 의자에 깊숙하게 기댔다.

"실루오네는 정말 잔인한 용이더군. 세눈도 마찬가지고…… 최소한 저 두 인간에게만큼은…… 그건 단순한 측정 용도가 아니었어…… 사악한 것들."

"불필요한 오해가 일어날 수도 있지 않을까요? 특히 마룡과 사탄 쪽이 불쾌해할 수 있는데. 자신이 깔아둔 정보단말이 이제부터 우리에게 도청당하게 된다는 사실을 안다면……."

비첼이 조금 더 심각한 표정으로 말했다. 아폴로는 고개를 저었다.

"신의 뜻일세. 우리 수준에서 판단할 일이 아니야. 신들은 이 일원이 창조한 세계에 깃든 이래 용들과는 좋은 관계를 맺어왔어. 그런데 지금 견고한 일원의 세계가 흔들리고 있지. 바로 일원의 세계를 운영하는 강대한 용들의 반란으로 말이야. 문제는……."

아폴로는 잠시 말을 멈추고 벽을 바라보고 있었다. 벽에는 테하라를 상징하는 태양과 불의 문양이 걸려 있었다. 상징들을 따라 드리운 그림자가 석양의 볕에 익어가며 더욱 붉은 빛으로 번지고 있다.

"누가 승리할지 모른다는 것이지."

"일원이 다시 강림한다는 전제에서도 그렇습니까?"

"그렇다네. 제신(諸神)이 모여 결과를 헤아렸는데도 예측이 어려웠다고 하더군. 그만큼 이번 일원의 적은 강력한 힘을 키워가고 있네. 마룡이 선자를 부활시킨 것이 결정적이었지."

"신의 뜻은 중립인가요?"

"적극적 중립이지. 나중에 전쟁의 중재자가 될 거야. 일종의 보험이자 억제력이 되겠지. 누가 되든 신의 정보력이야말로 승패를 좌우하는 중요한 무기가 될 테니."

"저 두 사람이 변수가 되지 않을까요? 이제 유벌과의 관계가 본격적으로 엮일 텐데."

"유벌은 아주 강하지. 아주 오래된 인간의 힘이니까……."

"황실을 겨냥한 밑밥입니까?"

"인간을 무너지게 할 수는 없으니까. 준비를 시켜야지."

"군비 경쟁……?"

비첼은 입을 다물었다. 아폴로가 빙긋 웃었다.

"그래서 그게 바로 신들이 원하는 그림이라는 것이네. 이제 세계는 일원과 선자, 용과 마룡, 그리고 인간과 혈귀들의 쟁패가 시작될 거야. 결코 물러설 수 없는…… 군비 경쟁 속의 팽팽한 균형. 그때야말로 정보가 가장 비쌀 때지."

"……."

"그리고 묘하게도 그 팽팽한 균형 한가운데 저 인간 둘이 등장했지. 그 모든 세력이 가지고 싶어 하는 것을 몸속에 지닌 채. 저들은 카드놀이로 보면 조커와 같은 패야. 누구나 원하지만 누구도 자기편으로 인정하지 않는…… 강하지만 불행한 이물질."

"……."

"어쨌든, 오늘 그들 두 사람이 스스로 신전을 찾음으로써 신의 마지막 안배가 완성된 셈이네. '신의 알'이 자리를 잡으면 우리는 많은 것을 알게 될 거야. 이제 정밀한 위치 추적, 패턴 분석, 그리고 미묘한 생각까지도 읽어낼 수 있지. 기예의 다양한 발현 과정, 그리고 아마 넥타를 만드는 법도 곧 얻을 수 있을 걸세. 사도들의 전투력을 상승시키는 데 결정적인 도움이 되겠지. 덤으로 유벌 아이들이 막아놓은 황궁의 은밀한 속살까지도……."

아폴로는 만족스럽게 웃었다. 잠시 대화가 끊겼다. 오늘 대화는 이런 식으로 간간이 이어졌다. 나머지 침묵은 깊은 고민을 의미할 것이다.

아폴로는 오늘의 협상의 요점을 정리했다.

신들이 그들로부터 얻은 것

-피와 체액(변이된 것, 변이 중, 변이되지 않은 것)

-체세포와 생식세포

-영구 통신단말(신의 알) 및 측정 도구 설치

-(부수 효과)실루오네, 세눈이 설치한 도구의 도청

-인간 세력의 동정, 특히 제국 황실 정보

신들이 그들에게 해줘야 할 것

–인간과 용/선자 분쟁에 대해 중립 보장

–유벌과의 우호적 관계 주선

–용/마룡/선자의 동정에 대한 정보를 실시간 제공.

–두 사람과 지정한 인물의 안전 보장을 위한 사전 경고 체제(48시간 전)

–1회에 한해 48시간 동안 대규모 통신 교란

"이제 뭘 해야 될까요?" 비첼이 물었다.

"혼란에 익숙해지는 것."

아폴로는 신전의 꼭대기로 걸음을 옮겼다.

"마룡과 선자가 전쟁을 일으키기로 결정했다는군. 아마 극심한 혼란의 시대가 올 거야. 우리는 신의 날을 기다려야 돼."

"신의 날……."

"신의 권능은 해석과 예측일세. 용은 측정하지만 신은 해석하지. 이제 100년이 지나면 사도가 현자를 뛰어넘을 수 있을 거야."

아폴로는 신전의 가장 높은 곳에 우뚝 섰다. 서쪽 하늘을 붉게 물들이며 그들의 신, 테하라가 혼돈 속으로 들어가고 있었다.

* * *

이곳에서도 세월은 빠르게 지났다. 봄이 지나고 여름이 넘어가고 가을을 보내고 다시 한 번 추운 겨울을 넘겼다. 이제 산과 비연이 황궁에 온 지 1년이 지나간다. 이 세계에 와서 벌써 5년째 되는 셈이다. 그 괴악한 공간에서 1년, 에센 백작 영지에서 3년, 그리고 황실에서

1년, 총 5년째의 봄이 시작되고 있었다.

그동안 정말 많은 것이 변했다. 세계의 정세는 급격하게 변하고 있었으며 그들은 더욱 가파른 속도로 그 변화에 대비하고 있었다. 다문 황실의 개혁은 황제의 전폭적인 의지를 담아가며 이제 본 궤도에 오르기 시작했다. 황실에서 시작한 개혁은 터진 둑에서 나온 물줄기처럼 과격하게 정가를 휘몰아 가며 바야흐로 거대 세력 간의 재편을 예고하고 있었다.

한편, 대륙 곳곳에서는 전쟁이 터졌다. 한곳에서 터진 전쟁은 영지와 영지, 공국과 영지, 도시와 도시 간 맺었던 동맹들과 조약들을 연쇄적으로 건드렸고 전쟁은 미친 도미노처럼 번졌다. 군대가 전장으로 이동하는 동안, 각 국의 수도와 국제도시 프리고진에서는 치열한 외교전이 벌어지고 있었다. 모든 무가(武家)와 용병단들은 전투를 준비하고 있다. 대가문들은 대대적으로 사병과 용병을 모집하고 있는 중이다. 모든 공방과 상단은 전쟁이 만들어 줄 기회와 위협을 저울질하며 강력한 후원 무가들을 찾았다.

전쟁에서 입신의 기회를 찾는 전략가들과 숨어 있던 지식인들이 영지와 후국을 돌아다니며 유세를 벌이고 있었다. 다문 제국은 한선가와의 결속을 기반으로 대륙 최강 세력의 위엄에 걸맞게 군대를 정비하며 후국들의 동태를 예의주시하고 있었다. 아직 다문 제국에 감히 도전하는 후국은 없었다. 언제나 그랬듯, 그들끼리 분쟁이 끝나면 어차피 제국에 충성을 경쟁하게 되리라고 굳게 믿고 있을 것이다.

그 와중에서 각지의 도시에는 전혀 새로운 사상이 들불처럼 급격하게 퍼져가고 있었다. 문예림의 일부 지식인들은 새롭게 부상하고 있는 '자유'와 '평등'이라는 개념에 대해 호기심을 보였다. 많은 지식인들은 적대감을 드러냈지만 몰락한 귀족이나 평민 출신들은 호감을 보였다. 또한, 누가 퍼뜨렸는지는 모르지만 자유와 평등을 보장하는 '공화국'의 창설을 기치로 전쟁을 벌이고 있는 남부 연안의 도시국가에 대한 소문이 동시에 퍼지고 있었다. 전쟁의 혼란을 틈타 자유를 찾아 남부의 도시로 향하는 평민들과 노예들이 급격하게 늘었다. 지금은 모든 영지의 군주들이 노예 단속에 총력을 기울여야 할 만큼 탈출하는 노예의 숫자는 기하급수적으로 불어가고 있었다. 노예 경제가 무너지면, 영지의 경제력도 무너진다. 아울러 세계를 지탱하던 질서도 한꺼번에 무너지게 될 것이다.

난세는 이렇게 도래했다.

황실에서 은인자중(隱忍自重)하는 두 사람의 이방인은 이 난세를 면밀하게 읽고 있었다. 이념과 탐욕의 경계를 넘나드는 인간의 전쟁, 그리고 시대정신을 격발시켜 그 흐름을 타고 비상하려는 소위 '신의 섭리'와 그 이면에 깔린 초월자들의 추악한 논리들도 그들은 이미 알고 있었다. 두 사람은 끊임없이 준비했으며, 이제 그 준비는 구체화되고 있었다. 그들은 알고 있었다. 언젠가는 이 황실을 떠나야만 할 것이다. 지금 자신들이 세력을 쓸 수 있는 한, 준비할 수 있을 때 모든 것을 진행해야 한다.

지금 그들이 준비하는 것은 그전과 같은 단순한 도피와 탈출이 아니다. 이번에는 피할 수 없는 전쟁이다. 세력과 세력이 부딪치며 스스로의 힘으로 균형을 만들어야 하는 일이다. 그들은 신들과의 협상에서 엄혹한 현실을 인식했다. 이 광대한 세계에서조차 그들이 숨을 수 있는 곳은 아무 데도 없었다. 비록 힘은 얻었지만, 처음 피안에서 탈출할 때보다도 훨씬 일방적이고도 불리한 경기가 그들을 기다리고 있다. 적과 아군이 구별됐고 이제 전선이 선명하게 드러나고 있다. 일원이 만들어놓은 세계를 노리는 가장 강력한 존재들이 그들의 적이다. 불행하게도 그들은 정말 강하다. 그리고 온 세계의 정보를 지배하고 조작할 정도로 영리하다. 더욱이, 이번에는 자신의 전투력과 생각, 그리고 준비 행동까지도 적에게 모두 공개하며 진행해야 하는 매우 허무한 게임이 될 것이다. 한마디로 승산은 한 톨도 없다.

그래서, 그래도, 그럼에도 불구하고, 두 사람은 이 터무니없는 전쟁에서 이기려고 한다. 적어도 지지 않을 전쟁을 준비하고 있는 것은 확실하다. 일원이 온다는 그 100년 동안 말이다.

그들은 전쟁에 앞서 입장을 칼같이 정리했다. 그들은 자신들을 데려온(확실치는 않지만) 일원을 좋아하지 않는다. 그러나 그들 자신이 인간이기 때문에, 그래도 일원이 인간의 편이라고 생각하기 때문에(이것도 확실하지 않다) 일원의 편에 서게 될 것이다. 그것은 억울하고도 불편한 선택이다.

작전의 미션은 간단하다. 생존(生存)할 것. 그리고 소중해진 사람들이 생활(生活)할 수 있게 할 것.

더욱 불행하게도 그들을 노리는 놈들은 많고, 도와줄 놈은 아무도 없다. 화끈하게 살고 죽어버리면 속이라도 편하겠지만, 이 존재들은 죽음조차도 허용하지 않을 능력을 가진 놈들이다. 골수까지 빼먹으며 육신과 정신을 착취할 것이다. 단 한 번의 죽음으로 영원히 그렇게 된다. 따라서 절대로 죽어서는 안 된다.

"왜 그렇게 어렵게 살려고 하지?"

그때…… 아폴로가 이렇게 물었었다.

"무슨 말이냐? 그럼 죽으라고?"

"사도들은 수십 번 이상 죽었던 몸이다. 부활하면 그뿐이다. 왜 그렇게 삶에 집착하지?"

"그래서 즐겁던가?"

"물론! 인간 시절의 기억은 희미하지만, 나는 지금의 삶이 훨씬 즐겁다. 누구나 꿈꾸던 영생 아닌가? 그런데, 너 정도 되는 존재가 왜 죽음을 두려워하는지 이해가 가지 않아서."

"나는 네 말을 믿지 않아." 산이 피식 웃었다.

"믿지 않는다? 신의 사도도 거짓을 말하지 않는다는 것을 알고 있을 텐데?"

"아니, 너는 믿지. 그렇지만 네 경험은 안 믿어."

"내 경험이 거짓이라고 말하고 싶은 거냐? 신이 허락한 이 기쁨을?"

"그러면 넌 계속 믿든가…… 내가 보기엔, 신이 인간을 그렇게 잘 알고 있는 것 같지 않아서 말이지. 사람의 몸은 우리가 더 잘 알걸?"

"너는 뭘…… 봤지?"

"지옥……."

"어떤…… 지옥?"

"감동할 수 없는 자의 지옥, 아주 끔찍하지. 곧 너도 경험하게 될 거야."

"뭐라고?"

* * *

—지운?

—예! 저는 여기 있습니다. 말씀하십시오.

지운이라 불린 사내는 흠칫 어깨를 떨었지만, 곧 표정을 급하게 지웠다. 그가 알기로 이런 의념을 사용하는 존재는 단 네 명이다. 그리고 자신은 네 사람을 알지만, 그들은 결코 세상에 자신을 드러낸 적이 없었다. 그가 알기로는…….

—요새 많이 바쁘다며?

지운은 미소를 지었다. 의념이지만 장난기가 그대로 들어가 있는 어투가 정겹다.

—죽겠습니다. 그래도 아직 영감까지 건드리는 놈은 없었습니다. 동정만 살피러 오는 아이들은 몇 있었죠. 비서감이랑 3차석, 5차석 쪽은 좀 구체적으로 건드렸던 모양입니다. 잔챙이 몇이 걸렸다고 하더군요.

—어디 쪽 아이들이던가?

—야별과 흑별 계열은 아니었습니다. 외국계라고 들었습니다. 3대에서 심문 중입니다.

—레인 황녀 쪽은?

—조용합니다. 그 두 사람에 대해서는 보고를 드렸는데…….

—그것 때문에 우리가 왔다.

—몇 분이나?

—모두 왔지.

—네 분 다 말입니까?

지운은 눈을 크게 떴다. 처음 황제를 모실 때부터 지금까지 전혀 관심이 없었던 사람들이다. 심지어 황제 취임 초기에 위험에 처했던 상황에서도 무관심했던 사람들인데…….

—그들을 만날 생각이십니까?

—응.

—그 정도로 위험합니까?

—이제부터 알아봐야지. 그 밖에 우리가 알아야 할 사항은?

—요즘은 밤 사냥을 다니고 있습니다.

—뭘 잡아?

—평의원이라고 하더군요. 벌써 몇을 잡아넣은 것 같습니다. 혹시 아시는 내용인가요?

—흠…… 아직은.

잠시 대화가 멈췄다.

—황제는 건강하지?

—요즘은 많이 불안해하는 것 같습니다.

—현자 쪽은?

—보름 전 현자 세눈이 황제를 은밀하게 접견한 일이 있었습니다. 면담 내용은 저도 듣지 못했습니다.

—현자의 왕…… 세눈이라. 하긴 똥줄이 타겠지.

—예?

—알 거 없다. 나 간다. 집 잘 지켜라.

의념이 끊어졌다. 지운은 입맛을 다셨다. 그는 황제의 호위무사장이다. 그리고 유벌의 고위 간부이기도 하다. 지운은 가슴을 쓸어 내렸다. 유벌이라는 매혹적인 단체에 소속된 이래 이렇게 긴장되는 나날은 처음이었다. 황제의 의도대로 모든 일이 정리되어가고 있다. 그런데 왜 이리 불안한 것일까…….

'레인 황녀가 복귀했을 때부터였을 거야…….'

* * *

벽난로 때문에 실내가 약간 덥게 느껴졌다. 산은 비연이 작성한 서류를 건넸다. 산의 옆에는 서류가 수북하게 쌓여 있었다.

"신이 문제가 될 겁니다. 놈들은 우리 뇌파의 패턴을 조사했을 것이고, 이제는 생각을 제대로 읽어낼 단계까지 나갔을 겁니다. 지금 이 순간에도 말예요."

비연이 서류를 건네며 헤실헤실 웃었다.

"그래…… 이제는 생각마저 읽히고 있다니, 예전에 날이나 널처럼 속여 넘기기도 힘들어…… 아주 지랄 같은 상태라는 건 확실해."

산이 씁쓸하게 웃었다.

"우리가 가진 패를 다 보여주고 싸워야 하는 상황이죠. 선택을 해야 할 순간이 오면 신은 우리를 버릴 겁니다. 그러려고 서약을 거절했겠죠. 난감하네요. 대책이 없어요."

비연이 작게 한숨을 쉬었다.

"지금 우리 이야기도 듣고 있겠지?"

"그렇겠죠? 다음 이야기도 알겠죠. 생각을 읽고 있으니까……."

"글쎄 그럴까?"

문득 비연은 산을 쳐다보았다. 산은 일어서 있었다. 그의 표정이 미묘하다. 웃고 있는 것 같으면서 화난 것 같다. 비연의 입술이 조금 비틀어졌다. 사내가 씩 웃었다.

"내게 지금 좋은 생각이 하나 떠올랐거든. 무슨 생각을 했을 것 같아?"

"……."

비연은 천천히 고개를 저었다. 산이 한 걸음 다가왔다.

"네가 예쁘다고 생각했어."

"헤……."

"이번엔 무슨 생각을 했을까?"

"놀리지 마세요."

"네가 밉다고 생각했어."

"……."

비연의 표정이 잠깐 굳었다. 산의 눈가에 약간의 웃음기가 보였다.

"진짜 그렇다고 생각해?"

"왜 그런 말을……."

"너 나를 진짜 좋아하니?"

비연의 말허리를 끊으며 산이 갑자기 물었다. 그는 허리를 굽혀 비연의 눈을 빤히 쳐다보았다.

"그걸 말이라고……."

비연은 양쪽 볼을 살짝 조여 오는 부드러운 손길을 느꼈다. 비연의 눈은 더욱 커졌다. 입술 끝에 물컹하고 따뜻한 느낌이 잠깐 머물렀다가 멀어져가고 있다. 비연은 눈을 감았다. 입가에 달콤한 아쉬움이 조금은 남아 있을지도…….

"이건 어떻게 생각하지?"

비연은 정신이 없었다. 이제 사내는 자신의 등 쪽으로 돌아와 있었다. 이윽고 뒤쪽에서 양쪽 겨드랑이 사이로 양쪽 가슴을 뭉클하게 조여 오는 사내의 손길이 느껴졌다. 비연은 우뚝 선 채 숨을 잘게 골랐다. 머릿속이 하얗게 변한 것 같다. 귓가에 따뜻한 입김이 느껴졌다. 목에 약간의 소름이 돋았다. 온몸에 힘이 쭉 빠졌다.

"이게 끝이라고 생각해?"

비연은 멍한 얼굴로 고개를 살짝 돌려 산을 바라보았다. 사내의 눈에서 장난기는 없었다.

"무슨……?"

"지금은! 생각하지 마! 단지 느껴봐. 그대 마음이 머무는 곳에 뭐가 생겨나고 있는지."

산은 다시 비연의 말을 끊어버렸다. 비연은 정신이 없었다. 이제 사내는 떨어진 곳에 서서 조금 더 환하게 웃고 있었다. 어떤 메시지? 비연의 머릿속에서 무언가가 번쩍거렸다. 생각은 구성되지 않았다. 단지 어떤 혼란한 느낌이 무더기로 몰려와 머릿속에서 맴돌고 있다. 말로 표현할 수 없지만 무언가가 마구 섞여 있었다. 그리고 그 무언가가 벅차올랐다. 마치 추상화처럼 어떤 이미지가 통일되며 섞여가는 느낌. 말로는 표현할 방법이 없지만 사내의 의도는 알 수 있을 것 같았다. 말로 표현되지 않는 것은 너무도 많았다. 그들이 표현할 수 있는 것은 아주 작았다. 이런 감정을 어떻게 말로 표현해!

"생각이 꼭 진실일 필요는 없지. 그렇다고 그 생각이 거짓인 것도 아니야. 결정되기 전까지는 모두가 가능성일 뿐이지. 마지막은 마지막 순간에만 알 수 있을 거야. 아무도 그다음에 뭐가 일어날지 몰라. 최종 결정은 아주 짧은 순간에 일어나지."

"진실의 순간(Moment of Truth)!"

비연의 입에 작은 신음이 새어 나왔다. 왜 이 순간에 마케팅 전문가가 쓰는 용어가 생각났는지 모른다. 고객은 최종 순간까지 자신의 결정을 미룬다. 그 결정을 만드는 순간…… 새로운 세계가 생성…… 비연은 떠오르는 생각을 황급하게 지워버렸다. 그녀의 입에 은밀한 미소가 떠올랐다. 그렇지만 산을 향한 눈초리에는 약간의 얄미움이 섞여 있다.

"까짓 거…… 놈들이 보고 싶은 건 죄다 보여주는 거야. 우리가 무슨 죽을죄를 지었냐? 나는 관음증 환자 같은 놈 따위를 하나하나 신경 써가며 살아갈 생각은 하나도 없다고."

"이미 익숙해졌겠죠."

비연이 입술을 닦으며 씁쓸하게 웃었다. 이 세계에 와서 프라이버시를 지킬 생각은 접은 지 이미 오래다.

"생각하기 나름이다. 알겠나? 오히려 우리가 유리할 수도 있어. 작전 한번 잘 짜보라고."

산은 허리를 쭉 폈다. 비연은 자신의 가슴을 만졌다. 사내가 꾹 만지고 지나간 느낌이 생생하다. 얼굴이 많이 붉어져 있었다.

"놈들이 약을 가져다줄까? 이제 여섯 달 남았군."

"모르겠습니다."

"시간이 정말 없다. 대체 무슨 생각을 하고 있나?"

"……."

"두렵나?"

"많이요."

"무엇이 그렇게 두렵지? 너답지 않다."

"모든 것이…… 이 생활이 깨지는 것이 두렵습니다."

"지금이 행복하니? 이토록 바쁘고 불안한데도?"

비연은 대답 대신 고개를 끄덕였다. 진짜 그랬다. 사내는 약속을 지켰다. 자신이 원할 때 '최종 실험'을 해보자고. 그 실험으로 마감을 깰 수도 있고 마감이 완성될 수도 있었다. 너무 위험이 컸다. 그동안 잃고 싶지 않은 것이 생겨버렸다. 그와의 생활은 아슬아슬하면서도 달콤하고 그리움과 설렘이 끊이지 않았다.

비연은 예감한다. 어떤 근거도 없지만 이런 안온한 생활은 이제 다시 오지 않을 것이라고…… 그래서 지금 하루하루가 너무도 소중하다. 그녀가 결심을 내린 순간 모든 것은 깨질 것이다. 성공하면 폭풍같이 쫓기는 나날이 시작되겠지. 실패하면 둘 다 그대로 죽게 될 것이다. 언젠가부터 시각의 왼쪽에 박혀 있는 붉은 숫자가 선명해졌다. 그 숫자는 머릿속에 각인되어 있는 것 같았다. 카운트다운처럼 숫자는 꾸준하게 감소하고 있다. 아마 마감을 표시하는 지침일 것이다.

이제는 미룰 수 없다는 것도 예감하고 있었다. 그녀에게 주어진 소중한 시간은 그렇게 부서져갈 것이고 그들은 다시 죽도록 거친 광야로 나가야 할 것이다. 이제부터 놈들은 강력한 적들을 보낼 것이다. 원래 실험용 쥐들은 죽지 않을 정도로 굴려야 원하는 데이터가 나오는 법이니…… 실험이 본격적으로 시작될 것이다.

* * *

"작위?"

산이 눈을 가늘게 떴다. 그의 앞에는 비서실 1차석 총무감이 보낸 전령관이 웃으며 서 있었다.

"축하드립니다, 산 후작님."

"그게 무슨 변기통 뒤집어지는 소리냐?"

"예?"

"싫다. 누가 원했더냐?"

전령관은 어리둥절한 얼굴로 산을 쳐다보고 있었다. 작위를 원하지 않는다고? 아니면 후작이 너무 약해서? 대가의 경지에 오른 궁정의 호위 수석대장의 공식 대접은 후작급이다. 그러나 근무할 동안에는 작위를 수여하지 않는다. 일에 전념해야 하기 때문이다. 퇴임 후에야 영지와 봉록이 따로 주어지며, 실제 영주로 부임할 경우 황제에게 충성을 맹세하고 공작의 작위로 승급된다. 많은 중신들이 안전하고도 자유로운 영주를 꿈꾼다. 그러나 여유 있는 부동산은 황제의 영토로 한정되어 있고 그나마도 항상 부족하다. 그런데 왜?

"폐하의 특명이십니다."

"음……."

산은 얼굴을 찡그렸다. 거절할 수 없다는 것을 안다. 황제는 자신의 충성을 원한다.

"연 참모장은?"

"후작부인이 되겠지요." 전령관이 조심스럽게 말했다.

"영지는?"

"가깝습니다. 궁에서 반나절 떨어진 '기잔' 지구입니다. 아직 개척이 덜 됐지만 땅은 비옥하고, 풍광이 아름다운 곳이지요."

"그곳은 황제 직할령, 곧 황족에게 할당되는 곳 아닌가?"

"죄송합니다만 그것은 제가 말씀드릴 입장이 아닙니다."

산은 얼굴을 잔뜩 찌푸린 채 눈을 감았다. 입맛이 썼다. 그러나 불편한 심사를 전령관 앞에서 보여준들 무슨 의미가 있을까?

"수여식은 언제인가?"

"열흘 뒤입니다. 그동안 총무감실에서 의전과 절차에 대해 안내를 해드릴 것입니다. 꽤 큰 행사가 될 것 같습니다."

"다른 행사도 있는가?"

"저는 잘 모르겠습니다. 비서실의 조직 개편과 관련이 있다고 하는 소문은 있습니다만……."

"알았다. 가봐."

전령관이 나간 후, 산은 보던 서류를 집어 던졌다. 서류가 집무실 천정으로 날아올랐다가 분분이 흩어졌다.

"뜻대로 되는 게 없구먼. 갈 길은 바쁜데 번거로운 일만 잔뜩 생기니. 해도 저무는구먼, 젠장!"

오후의 붉은 햇볕이 창가에서 슬며시 사라졌다.

그 시간, 마룡 실루오네의 현자 '담'과 '실'이 그들을 찾아오고 있었다.

Episode Ⅳ

풍운
(風雲)

1장
풍운
風雲

시종 둘이 땀을 닦으며 문 밖으로 나왔다. 많은 손님을 모셨지만 이번만큼 긴장한 적은 없었다. 실내는 조용했고 모든 것을 침묵시키는 묵직한 기운이 답답하게 깔려 있었다.

"이야기는 잘 들었다. 그게 용건의 전부냐?"

산이 입을 열었다. 그의 표정은 더할 수 없을 정도로 굳어 있다. 비연은 어떤 표정도 드러내지 않은 채 담담한 얼굴로 그들의 방문자를 응시하고 있었다. 두 사람 앞에는 산의 두 배가 넘는 덩치의 근육질 사내와 농염하게 생긴 여자가 앉아 있었다. 여자의 품에는 두 살쯤 되는 아이가 안겨 있다. 아이가 맑은 눈으로 산과 비연을 번갈아 바라보았다.

"맞아. 약은 더 이상 공급해줄 수 없다. 이제 스스로 마감을 풀든지 아니면 더 발악을 해보든지."

현자 담이 무표정한 얼굴로 말했다. 커다란 얼굴에는 무료하게 보일 정도로 감정이 실려 있지 않았다.

"그러니까…… 모든 능력을 보이고 장렬하게 죽어줘라?"

"아니, 여자의 마감을 풀면 모두 해결되는 이야기야. 그게 가능성이 클 텐데? 왜 미루고 있는 거지?"

담이 짤막하게 한마디를 더 보탰다.

"너희들을 때려잡는 방법도 있겠지." 산이 으르렁거렸다.

"호오…… 진심이야?"

"왜 지금 죽여보지 그러셔? 그럴 만한 힘도 있잖아?" 비연이 빈정거렸다.

담은 입술은 비틀며 손바닥을 탁탁 털었다.

"그러고 싶은데 반대가 많아서 우리도 곤란해. 너희들은 꽤나 귀한 몸이라니까. 다른 현자들의 실험 계획도 빡빡하게 잡혀 있고…… 억울하면 빨리 마감을 해결하든가? 그러면 편해지잖아? 우리도 기다려줄 시간이 별로 없어."

"마감을 풀면?"

"서로 행복해지지. 너희는 오래 살아서 좋고, 우리는 귀한 알을 희생시키지 않아서 좋고. 초인들도 오래 살아서 행복해하겠지."

"우리를 그냥 놔둘 거라고? 그걸 어떻게 믿나?"

"그럼 믿지 말든가."

"말하는 싸가지가 용 새끼가 아니라 개새끼 종자네. 그럼 못 풀면 어쩔 건데?"

"6개월 동안이나마 살기 위해 노력해야겠지. 마감을 포기하는 대신 너희들이 개발한 능력을 얻는 실험을 진행할 예정이야. 아주 재미있는 실험이 되겠다고 모두들 기대하고 있지. 아마 모든 걸 다 보여줘야 할걸? 꽤 강력한 친구들이 준비하고 있거든."

담이 빙긋 웃었다.

"이거 무서워서 어쩌나? 우리가 이 세계에 처음 왔을 때로 다시 돌아간 기분이네."

"그래도 몇 년간 둘이서 꽤 재미있게 지냈잖아?"

"그래…… 눈물 나게 고맙구먼."

"이제 어떻게 할 거지?"

"우리가 콱 자살해버리면 어쩔 건데?"

"바뀌는 건 없다. 재활용하면 되니까, 조금 시간이 더 걸리고 번거로울 뿐이지. 하찮은 버러지 두 마리야 있으나 없으나 다를 게 있나?"

"그러면 우리 몸에 심은 통신 장치를 부숴버리면 되겠네?" 비연이 한마디 거들었다.

담이 피식 웃었다.

"헛수고야. 온몸에 먼지처럼 퍼져 있는 걸 없앨 수 있는 재주라도 익혔나? 그건 분해가 안 되는 영구적인 장치야. 내 몸에 있는 것과 같지. 온몸을 태우지 않는 한 제거는 불가능해."

"그럼 너랑 나랑도 통하는 건가?" 비연이 허탈해 보이는 표정으로 다시 물었다.

"물론이지. 네 상태는 항상 관찰되고 있다." 여성형 현자 실이 거들었다.

"이거…… 직접 들으니 기분이 상당히 더럽네. 그런데 다른 용에게 소속된 현자와도 직접 통신이 되나?"

비연이 심드렁하게 물었다.

"직접은 안 돼."

담이 건성으로 대답했다. 그 순간, 두 사람의 눈빛이 반짝하고 빛났다. 비연이 스쳐 지나가듯 슬쩍 물었다.

"그러면 우리 몸 상태를 모든 현자들이 알게 되는 건 아니로군?"

"아니, 모두 알게 될걸? 너희 일은 공유하기로 약속을 했거든. 거의 동시라고 봐도 돼."

이번에는 실이 비웃는 얼굴로 빈정거렸다. 비연의 입가가 조금 찌그러졌다. '현자가 이리 멍청한가?' 하는 표정이다. 비연은 산의 얼굴을 보더니 갑자기 화제를 돌렸다.

"그런데 왜 이리 서둘지? 만 년을 산다는 너희들이?"

"급한 일이 생겼거든."

"일원이 100년 뒤에 온다는 것?"

"알고 있었나? 비슷해."

"왜 그와 적대하려고 하지? 너희를 만든 존재라면서? 너희들은 사랑받는 아이가 아니었나 봐?"

"그런 것까지 네게 알려줄 의무는 없겠지. 우리는 이제 강력한 군대를 만들 것이고 이 세계를 바꿀 것이다. 그것이 우리의 오래된 염원이다."

"용에게…… 그럴 절박한 이유가 있나?"

"우리는 변이를 선택했다. 그러니 일원은 우리를 멸할 거야. 이 모든 준비는 그 일원에게 대항하기 위한 것이라고 해두지."

"그게 너희들이 인간 세계를 바꾸는 것과 무슨 상관이 있지?"

"일원의 힘은 인간의 존재에서 나오니까."

"그러면 너희는 인간을 멸망시키려고 하는 건가?"

"아니, 인간이 없어지면 세계도 없어지니 그건 안 될 일이지. 단지 일원이 지어준 이름을 지우고 우리의 이름을 다시 새길 것이다. 새로운 인류로의 진화라고 보면 이해가 쉬울까?"

비연은 눈을 크게 떴다. 이것은 완전히 새로운 이야기다. 신은 인간의 신앙을 먹으며 강력해진다고 했다. 그런데 일원의 힘도 인간에서 나온다고? 사탄이라는 놈은 새로운 인류를 원하는 거야? 비연의 가속된 머리가 화려하게 회전하기 시작했다. 그렇다면 모든 것의 아귀가 맞아 들어간다. 인간이 이 초인 전쟁의 핵심이다. 신은 인간의 '신앙'을, 초인과 마룡은 '변이된 인간 자체'를, 현자와 용은 인간의 '억제와 균형'을, 그리고 일원은 인간의 온전한 '존재'를 원한다. 산의 직관이 맞았다. 인간만이 온전한 코드를 가지고 있으며 비연의 짐작이 맞다면 일원은 아마도…… 인간일 것이다. 아니면 가속이 완료된 인간의 궁극형?

이곳은 바로 제작자 일원의 세계. 일원은 자신의 세계에 이런 오염을 원하지 않을 것이다. 그러면 산과 비연, 두 사람이 이곳에 온 이유는 무엇일까? 만약에 일원이 소환했다면 그들에게 무엇을 원했을까? 그런데 왜 엉뚱하게도 '마스터'라는 잘못된 이의 손에 떨어졌을까? 아폴로는 마스터가 사탄일지도 모른다고 했다. 그러나 비연의 판단은 달랐다. 몇 가지 확인을 해봐야겠지만…….

그러면 일원의 적으로 등장한 사탄은 대체 무슨 존재인가? 비연은 아폴로와의 대화를 기억해낸다. 아폴로는 사탄을 일러 '최초의 인간'이며 '이름을 붙이는 자', 그리고 '신들의 어머니'라고 했다. 그렇다면 그 역시 인간이다. 그렇다면 지구의 오래된 신화에서 '세계에 이름을 붙였던 자' 아담과 완전히 같은 자다. 그러나 이곳의 사탄은 여성이라 했다. 그러면 이 세계는 '아담의 언어'가 아니라 '이브의 언어'로 시작했다는 말인가? 왜 갑자기 아담과 이브가 생각나는 거지?

갑자기 비연의 머릿속에서는 어떤 관념이 깨져 나갔다. 아주 오래된 도그마(dogma)가 산산이 부서지고 있었다. 왜 우리는 최초의 인간을 남자라고 생각했지? 비연의 머릿속에는 전에 스쳐 읽었던 과학잡지의 기사 토막들이 필름처럼 거침없이 흘러가고 있었다. 최초의 생명에는 성이 없었다. 유전자의 탄생과 단성(單性) 생식. 그리고 수컷의 탄생과 교배(sex)의 발명. 이어지는 종의 다양성과 변이, 분화, 모계(母系)로만 유전되는 에너지 생산자 미토콘드리아와의 공생…… 그리고…… 인류의 어머니 '아프리카의 루시'! 이 모든 것이 논리적으로 설명된다. 비연은 머리가 터질 것 같았다. 대체 여기는 어디야?

"그다음엔?"

비연은 눈빛을 애써 죽였다. 눈을 내리깔고 손가락을 꺾으며 조심스럽게 물었다. 담은 느긋한 자세로 비교적 성실하게 대답하고 있었다. 호기심 많은 현자는 이 당돌하고도 영리한 인간들과 대화를 즐기고 싶은 모양이었다.

"변이된 현자와 평의원들이 완성되면 인간 세상에서 활동을 시작할 것이다. 너희들이 애는 썼지만 지금까지 꾸민 황제의 개혁도 별 의미가 없을 거야. 황실은 자연스럽게 우리에게 접수될 것이고 새로운 인류의 시대가 오겠지."

"이 황실에 뭐가 있나? 그 엄청나다는 현자와 선자들의 힘이라면 그냥 해결할 수 있잖아?"

"아…… 그럴 사정이 있다고 해두지."

담의 눈이 조금 크게 떠졌다가 금방 제자리로 돌아왔다.

산은 비연을 힐끗 쳐다보았다. 비연이 고개를 한 번 끄덕였다.

"용건이 끝났으면 이제 꺼져줄래?"

"답은 안 줄 건가?"

"너라면 주겠니? 개자식아." 산이 빙긋 웃었다.

담이 피식 웃더니 육중한 몸을 일으켰다.

"한 달에 한 번 선수들이 올 거다. 죽을힘을 다 쏟아야 할 거야."

"매일이 아니고?"

"우리도 분석할 기간이 필요하거든. 보통 복잡한 게 아니라서."

"장소는?"

"그때그때 다르겠지."

"안 가고 튀면 어떻게 되지?"

"너희들이 소중하게 여기는 인간들이 무척 아파하겠지."

"너희도 개 쓰레기 종자로군. 무서워죽겠네."

"신 녀석이 충고해주더군. 그렇게 하면 통할 거라고."

"지랄……."

담을 따라 실이 일어나며 비연에게 눈길을 돌렸다. 실의 얼굴에는 짓궂은 웃음이 흐르고 있었다.

"이 아이가 누군지 궁금하지 않아?"

"별로……."

"글쎄…… 너라면 금방 알았을 것 같은데? 너희 두 사람을 닮았다고 생각하지 않아?"

"사람들은 모두 닮았지. 유전자의 99퍼센트가 같거든. 용건이 끝났으면 나가 줬으면 하는데?"

실의 표정은 미묘하게 일그러졌다. 전혀 기대하지 않던 대답이다.

"네 몸에서 나온 알과 사내의 씨로 내 배 속에서 만든 작품이지. 정말 관심 없어? 인간들은 자기 아이에게 굉장히 집착하던데? 꽤 잔인한 엄마네?"

비연이 피식 웃었다.

"엄마? 네년도 참 가지가지 하는구나. 네 배 속에서 나왔으면 네 자식이겠지. 내가 왜 남의 자식에게 신경을 써야 되지? 나는 그렇게 나쁜 취미는 없어."

"이 아이를 죽여도 그런 말이 나올까?"

"그거야 네 마음이지. 내가 신경 쓸 바는 아니잖아? 그런데 무슨 쓸모가 있어서 일부러 만들었을 텐데, 아깝지 않아? 이렇게 인질로 쓸려고 그 짓을 한 거야? 참…… 수준하고는……."

실은 고개를 갸웃했다. 그녀의 예민한 감각이 저 여자에게 어떤 흔들림도 없다는 것을 보증하고 있다. 그녀의 어머니 실루오네가 예측한 것과 너무 다른 반응이다. 비연의 입꼬리가 약간 올라가는 모습이 보인다. 명백한 비웃음이다. 비연이 입을 열었다. 아주 차가운 음성이 흘러나왔다.

"내 몸의 세포는 60조 개가 넘는다고 하더라. 그 모든 것은 다 소중해. 그렇지만 아무리 소중해도 반드시 버려야 할 것도 있어. 내 몸은 한 달에 한 번 아래로 피를 쏟으면서 그걸 아프게 떼어내거든. 그렇지만 나는 이 몸이 쓸데없는 짓을 한다고 여기지 않아. 그 버린 세포 하나를 가지고 너희가 장난친 걸 가지고 내가 왜 고민해야 된다고 생각하니?"

"……."

"너는 아직 사람을 몰라. 사람 흉내 내려면 좀 더 배워서 와라. 죽이건 살리건 네 맘대로 하고…… 일 다 봤으면 이제 꺼져라. 싸가지 없는 뱀 년아."

실은 비연을 노려보더니, 무표정한 얼굴로 품에 안긴 아이를 쳐다보았다. 아기는 두리번거리며 그녀를 물끄러미 마주보고 있었다. 비연의 눈빛은 점점 깊어졌다.

툭.

"꺄아아!"

찢어지듯 울부짖는 아이의 비명 소리가 실내에 울렸다. 실은 아이의 손가락을 꺾고, 아이의 가녀린 팔뚝을 말랑한 뼈가 드러나도록 부러뜨렸다. 실의 시선은 여전히 산과 비연을 살피고 있었다. 그러나…….

"거…… 정말 이상한 년이네. 왜 이리 시끄럽게 일을 만들지? 진짜 여기서 한판 뜰까?"

산이 고함을 버럭 질렀다. 실이 한참을 쳐다보더니 고개를 저었다.

"이 아이 이름은 혼이다. 그걸 알려주러 왔어. 꼭 기억해야 할걸?"

두 현자는 그렇게 떠났다. 하나는 고개를 갸웃하고 하나는 뒷짐을 진 모습이었다. 아이는 제압당한 채 울음소리조차 내지 못하고 끅끅거리고 있을 뿐이었다.

그렇게 새로운 경기가 시작될 것이라는 공식 선포가 끝났다.

* * *

언제나 그랬듯 두 사람은 다시 준비를 시작했다. 묵묵하게, 죽음보다 더한 적막 속에서 자신들이 해야 할 일에 열중하고 있다.

촛농이 흘러내리고 가끔 벽난로에서 옹이가 튀는 소리만이 툴툴거리고 있었다.

"예쁘더라……."

산이 서류를 넘기며 한마디 툭 던졌다.

"아주 예뻤죠."

비연이 지도를 쳐다보며 건성으로 대답했다. 생각도 마음대로 할 수 없는 머리는 한없이 차갑다. 그러나 그들의 가슴속 깊은 곳에서는 심연과도 같은 시뻘건 색깔의 파도가 두껍게, 그리고 느릿하게 출렁이고 있었다. 깊숙하게 가라앉은 눈빛만큼이나…….

* * *

D-180일.

"작업은 잘 되어가나?"

"말씀하신 물건들은 어느 정도 완성되어가고 있습니다. 보시겠습니까?"

야별의 새덤과 연구소장이 두 사람을 안내했다. 꽤 넓은 공간이다. 복도를 따라 양쪽으로 여러 개의 방이 있고 각 방에는 마치 현대 연구소의 실험실처럼 각종 장비와 제작 도구 들이 빼곡하게 들어서 있었다. 이 건물 안에서 100명이 넘는 사람들이 바쁘게 움직이고 있다. 이곳은 두 사람이 프리고진에 구축한 야별의 공동 작업장이다. 황실의 전폭적인 예산 지원에 힘입어 유례가 없는 엄청난 규모의 연구와 실험을 진행하고 있었다.

"시키신 대로 해봤는데 만족하실지 모르겠습니다."

새덤이 10미터 정도 길게 늘어놓은 물건들을 보면서 진행 상황과 성과를 설명했다. 처음 비연이 손에 든 것은 네모난 상자에 핸들이 달린 물건이었다. 자석과 코일을 이용한 간단한 전기 발생 장치다. 자전거의 조명을 위해 바퀴에 다는 발전 장치와 동일한 원리다. 핸들을 돌리자 전기가 발생되며 구리선으로 연결된 장치에서 전기 스파크가 튀겼다. 축전지와 연결되어 있어 전기를 저장할 수도 있다.

"일단 시작은 괜찮군. 들어가 있는 기어의 배수를 크게 해서 작은 힘으로도 회전수를 늘리는 방법을 찾아봐. 할 수 있겠지?"

"원리는 같으니 해보겠습니다."

"한 50개 정도 만들어줄 수 있겠지?"

"알겠습니다."

산은 또 다른 장치를 집어 들었다. 다이얼이 달린 직육면체 상자다. 열어서 안을 보니 구리선과 몇몇 부품이 보였다. 탄소 등 각종 분말을 소결하여 만든 전기 저항체, 전기를 잠시 저장할 수 있는 콘덴서, 그리고 구리선 코일 들이 기판 위에 조립되어 있다. 다이얼을 돌리자 삐 하는 소리가 흘러나왔다. 진동을 감지하는 예민한 장치가 흔들리며 얇은 침이 마치 심전도계처럼 좌우로 조금씩 움직인다. 먹을 흘릴 수 있는 얇은 바늘이 천천히 떨어지는 종이에 진폭을 표시하는 그림을 그렸다. 일종의 고주파 발진 장치다. 이 장치들은 공고 전자과를 졸업하고 대학에서 전자공학을 전공한 산이 제작 원리를 제공했고 근 2년간에 걸쳐 이곳 연구소에서 구현한 것이다. 산은 장치의 다이얼을 돌리며 동시에 몸을 가속시켰다. 극저주파에서 초고주파는 일반 상태에서는 들리지 않는다. 산은 확장된 감각을 돌려 주파수의 변화에 따른 몸의 반응을 예민하게 점검했다. 라디오 다이얼을 돌려 채널을 탐색하는 원리와 같다. 두 사람은 서로 눈을 바라보더니 어느 순간 서로 고개를 끄덕이며 조작을 끝냈다.

"일단 동작은 되는 것 같군. 다이얼을 이 정도 범위로 조정하고, 크기를 아주 작게 만들어줄 수 있을까? 주머니에 들어갈 정도?"

"조금 어렵겠지만 해보겠습니다. 몇 개가 필요하십니까?"

"많으면 많을수록 좋아. 주파수 범위를 조금씩 다르게 해서."

"알겠습니다."

"지금 몇 개 있지?"

"세 개 있습니다."

"지금 주겠나?"

산은 세 개를 받아 투박한 배터리를 연결하고 가속된 상태에서 다시 섬세하게 다이얼을 조작하더니 그들을 중심으로 삼각형을 이루도록 주변에 설치했다. 비연이 한 번 더 점검했다. 산이 이리저리 실내를 걸어가며 위치를 바꿨다. 이윽고 두 사람이 서로를 바라보며 고개를 끄덕였다.

"몇 개?" 산이 비연에게 물었다.

"아직도 다섯 개 정도는 흘러 나가겠는데요?"

"그 정도면 충분해. 이제 이야기해보자고."

산이 빙그레 웃었다. 새덤이 고개를 갸웃했다.

"무슨 일이 있습니까?"

"아니…… 언놈이 내 욕을 하는지 귀가 매우 간지러워서 그래…… 이제 됐어. 신경 쓰지 마."

"현미경은 설계대로 완성했나?"

"성과가 있었습니다. 정말 놀랍던데요? 어떻게 작은 것이 그렇게 크게 보일 수가 있는지……."

"개선해야 할 부분이 많을 거야. 그래, 그걸로 보니 어떻던가?"

"채취한 체액을 말씀하시는 건가요?"

비연이 고개를 끄덕였다.

"전에 저희에게 넘겨주신 '혈귀'들을 분석하고 있는데, 꽤 까다롭더군요. 거의 스무 명이 동원되어 찾고 있지만 아직 뚜렷한 성과가 없습니다."

"사람의 피와는 많이 다르던가?"

"색깔이 자주색이라는 것 이외에는 큰 차이를 발견하기 어려웠습니다."

"우리가 준 소금은 써봤나? 달라지는 것을 찾으면 될 텐데."

"여러 농도로 분류해서 넣어봤는데 큰 변화는 없었습니다."

"이제 저기 완성된 주파수 발생기를 돌려가면서 실험해봐. 아마 내 생각이 옳다면 어느 지점에서 뭔가 반응하는 게 있을 거야. 혈액 실험 말고 다른 실험도 하고는 있는 거지?"

"전기와 약물 실험을 병행하고 있습니다."

"만약 뭔가가 발견되면 즉시 연락해줘. 그리고 그때의 상태 정보는 반드시 기록해두고. 그리고 가능하다면 어떤 약품에 민감하게 반응하는지 실험도 해보도록. 죽일 수 없다면 마비시키는 것도 괜찮아."

"알겠습니다."

"현재까지 남아 있는 개체는 몇 놈이지?"

"열다섯 놈입니다. 그중 한 놈은 '깬' 놈이더군요."

"한씨 영감님에게 실험 결과를 알리고 있나?"

"그분도 큰 관심을 보이고 있습니다. 이토록 지능을 갖추고 있으면서 인간과 전혀 구별이 안 되는 것들은 처음이거든요."

"게다가 각성까지 한 놈도 있지. 진짜 사람처럼 말이지."

"재앙이죠. 이런 놈이 우리와 섞여 있었다니! 이놈들 평균적인 힘이 성인 셋만큼이나 강합니다. 이런 놈이 도시에 떼로 몰려다닌다면 정말……."

"자네들의 힘으로 막을 수 있게 됐으면 좋겠어. 시간이 별로 없거든."

비연이 다시 물었다.

"그리고…… 우리가 뽑아 준 피는 조사해봤나? 차이가 있던가?"

"말씀하신 대로 핏속에 '알'같이 생긴 것이 있더군요. 아직까지 어떤 약품에도 반응하지 않았습니다. 열에도 강하더군요."

"전기 자극에는?"

"큰 변화가 없었습니다."

"골치 아프네…… 아주 작정을 하고 집어넣었구만."

비연이 얼굴을 조금 찌푸렸다.

"헌혈한다고 생각하라고…… 건강에도 좋다더라."

산이 싱긋 웃으며 팔을 내밀었다.

"아무튼 계속 수고해줘. 아무리 작은 변화라도 꼭 알려주고……."

"알겠습니다."

* * *

"어서 오세요. 요즘은 뵙기가 점점 힘들어지는 것 같구려."

세실이 비연을 반갑게 맞이하며 환하게 웃었다. 세실의 뒤에서는 악사 혼비가 악기를 걸머지고 뒤듯이 나오고 있었다.

"이번엔 조금 늦었습니다. 번거로운 일들이 많아서요."

이곳은 음유시인 세실이 운영하는 극장이다. 이 북방의 노련한 음유시인은 이제 황도 프리고진의 문화예술계에서 가장 유명한 사람이 되어가고 있었다.

"시인께서도 피곤해 보이시는군요. 건강은 꼭 챙기세요."

비연이 세실을 가볍게 포옹하며 안쓰러운 표정으로 노인의 흐트러진 머리카락을 다듬어주었다.

"이젠 나도 많이 늙어서 기력이 예전 같지가 않아요. 공연은 밀리고 두 분 숙제도 해야 되고."

세실이 푸근하게 웃었다.

"덕택에 우리는 거의 살인적인 일정을 보내고 있고요. 뭐 딱히 불만이 있다는 건 아니지만……."

젊은 악사 혼비가 어깨를 으쓱했다.

"두 분도 이제 이곳에서 자리를 확고하게 잡으신 것 같아서 기쁘네요. 새로운 공연 방식은 반응이 어땠어요?"

비연은 혼비가 건네주는 차로 입을 적신 후 손수건으로 닦으며 물었다.

"새로운 놀이 문화에 대한 반향이 대단합니다. 처음에는 일부 젊은 귀족들이 기웃거리더니 지금은 신분에 관계없이 출장 요청이 꽤 많이 밀리고 있습니다."

"잘됐군요."

"노래 연극마당은 세 곳으로 늘렸는데도 매일 극장이 꽉 차서 손님들 돌려보내는 것이 오히려 더 큰일이 됐죠."

혼비가 거들었다.

"이야기가 문제일 텐데. 관객들이 우리가 만든 이야기를 재미있어 하던가요? 교체 주기가 적절해야 할 텐데."

"10일마다 새 이야기를 발표합니다. 음유시인들도 꽤 익숙해져서 대장님이 보내주신 내용을 이야기로 재편집하는 작업은 4일면 충분해요. 소재 자체가 워낙 흥미로우니까 아주 신나하지요. 이야기에 목마른 친구들이니까요."

"이야기 출판 현황은 어때요?"

"동판 인쇄기 덕분에 한 달에 100권 정도는 만들 수 있습니다. 주문이 밀려서 직원을 100명 더 쓰고 있는데도 감당할 수 없어요. 덕분에 필경사들이 때아닌 호황을 누리고 있답니다."

"필경사?"

"공급이 달리니까 책을 베껴서 팔고 있는 거지요. 그림도 넣고 예쁘게 꾸며서 출판본보다 오히려 웃돈을 줘야 살 수 있다는데요?"

그 이야기를 듣고 비연은 큭큭 웃었다. 입가에 쓴웃음이 떠올랐다.

'하기야 이곳에 저작권 개념이 있을 리가 없지…… 그런데 원본보다 복사본이 더 비싸게 될 것이라는 건 전혀 예상을 못 했네…… 아니, 그쪽이 전문가니 당연한 건가?'

"동화집과 동요집은 언제쯤 나올까요?"

"거의 완성됐습니다. 시안을 한번 보시겠습니까?"

세실이 사람을 시켜 동화집과 우화집을 가지고 왔다. 50페이지 가량 각각 다른 이야기를 실은 책으로 총 다섯 권이었는는데 만화를 연상시키는 그림과 글, 각종 도안으로 이야기를 설명하는 방식이었다. 모든 판본은 식자와 판화로 떠서 빠르게 제본할 수 있게 되어 있었다. 비연은 책을 집어 들어 넘겨보았다. 꽤 정성을 들였는지 비연의 안목으로도 그렇게 조잡스럽게 보이지 않는다. 비연은 페이지 하나, 그림 하나까지 꼼꼼하게 살폈다.

"아무튼 빨리 제작되어서 세상의 어느 집에서나 볼 수 있었으면 좋겠네요. 비용은 제가 모두 부담할 테니 아주 저렴하게 팔아주세요."

"비용 걱정은 안 하셔도 될 것 같습니다. 처음 보는데도 혁신적인 내용이고, 교훈과 재미까지 있으니 팔리는 것은 걱정하지 않아도 될 겁니다."

"동요도 작곡이 끝났나요?"

"지금까지 스무 곡 정도가 완료됐고 그중 열두 곡을 아이들 놀이마당에서 항상 부르게 하고 있으니까 금방 퍼질 겁니다."

"미술 작품 전시회도……."

비연의 얼굴에 비로소 짙은 미소가 떠오르고 있었다. 운이 좋았다고 생각한다. 서로 믿을 수 있고 더구나 유능한 사람과 일을 함께 도모하는 것은 축복이다. 비연은 문화의 힘을 안다. 그리고 그 문화의 힘을 어떻게 사용하는지도 알고 있다.

'모든 유행을 지배하는 아이콘(icon)을 세우는 것, 그리고 그 아이콘을 통해 지배적인 트렌드와 새로운 태도를 만들어내는 것. 그 트렌드 속에 내가 원하는 메시지를 넣는 것. 그로서 아주 자연스럽게 의제(議題, agenda)가 설정되는 거지……'

세실이 비연을 배웅하고 혼비도 나와 손을 흔들었다. 비연은 마차에 올랐다. 세상이 천천히 움직이기 시작한다.

'이제 우리가 보낸 메시지와 노래가 공기처럼 퍼질 때, 이 세상은 우리에게 적응하게 될 거야. 우리만 적응하라는 건 너무 불공평하잖아?'

* * *

산은 손등을 응시했다. 이윽고 손등에서 아지랑이와 같은 기운이 피어오르기 시작한다. 맨 처음 나온 놈은 정령 커키였다. 태양신 테하라 신전에서 잡은 놈. 비연이 그 앞에서 마치 실뜨기 하는 것처럼 산의 손등에 손바닥을 대고 커키를 받아들였다. 그다음에도 수십 개의 정령들이 계속 흘러나왔다. 각각 다른 성질을 가진 놈들이다. 이 세계에 와서 이런저런 모험을 하는 중에 잡아놓았던 것들이다.

그들이 처음 정령을 상대한 것은 에센에 머물 때였다. 그때 정령의 존재를 처음 느꼈다. 정령은 어디에나 있었다. 그것은 간단한 파동의 묶음 같은 것이었는데, 대개 의식은 가지고 있지 않았다. 뭐랄까? 논리세계의 세균이나 바이러스와도 같았다. 아이디어와 에너지 파동으로 구성된 절(節), 혹은 간단한 문장이라고 하면 좋을까? 그때부터 정령의 존재를 알았지만 대화는 할 수 없었다. 이후 가속의 단계가 여러 개 지나면서 뇌파를 다룰 수 있게 됐고 세계와 대화할 수 있는 상태로 전진해 갔다. 그때부터 비로소 정령과 대화를 시도했다. 사람에게 빙의된 놈은 사람의 언어를 쓰지만 동물이나 사물에 깃든 놈들은 그 의사를 알 수 있는 방법이 없었다. 그래서 고안한 것이 몸에 직접 실어 그 파동으로 대화를 하는 것이다.

시간은 꽤 오래 걸렸지만 결국 그들은 정령의 언어를 익힐 수 있었다. 정령의 단어는 매우 간단했고 사람만큼 의사 전달이 복잡하지 않았다. 그러나 자아를 가진 놈은 달랐다. 거의 인간, 혹은 그 이상의 복잡한 의사 표현이 가능하다. 그만큼 신체에 대한 이해 수준도 높았다. 정령과 직접 대화가 가능해지면서 그들은 정령을 수집했다. 정령들도 두 사람의 몸이 자신들에게는 최상의 집과 같다는 것도 알았다. 에너지는 넘쳤고 대화를 통해 스스로 자아를 갖추는 놈이 급격하게 늘어났다. 그리고 두 사람의 강대한 의지에 눌려 길들여졌다. 마치 정제된 논리처럼.

정령은 몸 자체가 메시지의 형태를 가진 전자파 생명이다. 대화를 할 수 있다는 것은 몸 자체가 언어인 정령의 본질을 지배할 수 있다는 것이었다. 정령은 숙주의 상태에 따라 정말 다양한 속성으로 진화를 한다. 그것은 마음을 의지로 치환하는 것과 같았다. 정령술사는 이런 정령을 이용하여 상대의 감각을 조종할 수 있다. 그래서 적 중에 정령술사가 있으면 상대하기가 매우 까다롭다. 자신의 감각을 전혀 믿을 수 없기 때문이다.

두 사람은 새로운 시도를 하고 있었다. 모든 것이 도청당하는 지금 상태에서 이 정령들은 다른 목적으로 사용할 수 있을 것이다. 만약 그들의 생각이 옳다면 아주 재미있는 작전도 가능할지 모른다.

정령들은 책을 읽고 있었다.

『어린이를 위한 동화집』.

『모험가를 위한 유용한 지식』.

모든 세계에 공기처럼 퍼져갈 책이다. 그리하여 메시지를 사용할 수 있는 존재에게는 '표준 촛불' 같은 축복이 될지도 모른다.

* * *

"이게 효과가 있을까요?"

비연이 물었다. 눈에는 불신이 가득 깔렸고 손에는 자그마한 잔이 들려 있다.

"우리 생각이 복잡하면 지들 해골은 더 복잡해지는 거야. 우리가 헤매면 지들은 죽는 거지."

"우리도 우리가 뭘 해야 하는지 모르잖아요?"

"싸우는데 무슨 생각이 필요하냐? 음주 전투라면 나도 한 경력 하지. 자 일단 한 잔 더 하고……."

산이 술병을 들어 비연의 잔에 가득 따랐다. 비연은 얼떨결에 받아 쥐었다.

"마셔…… 쭈욱."

산은 자신의 잔을 홀짝 비웠다. 비연도 한 잔을 다시 홀짝 넘겼다. 얼굴을 조금 찡그렸다. 이미 많이도 마셨다. 머리가 어질어질하다. 기분은 좋고 온 세상이 내 것 같다. 마음이 풀어지자 온갖 이야기가 입에서 풀어져 나왔다. 오랜만에 즐기는 행복한 수다다. 술잔은 계속 돌아가고…….

"소주랑 맛이 비슷하지? 만드느라 신경… 많이 썼다고."

산이 조금 벌게진 눈으로 비연을 쳐다본다.

"그렇긴 해요……."

"시작하지?"

산과 비연이 일어섰다. 다리가 살짝 휘청거렸다. 이제 대련 시간이다. 오늘의 수련은 '무념무상'의 전투법을 개발하기 위해 산이 특별히 고안한 것이다. 술을 마시면 아무 생각이 없어지니까. 믿거나 말거나.

두 사람의 표정은 한없이 장난스럽고 유쾌하다. 그들은 적에게 자신의 몸 상태를 결코 곱게 가르쳐 줄 생각은 없었다. 대신 다른 것은 가르쳐줄 생각은 있었다. 그리고 그것은 그들에게 무척 도움이 될지도 모른다. 아마도 결정적으로 중요하게 될지도 모르고. 그렇게 두 남녀는 싸우고 있었다.

"야밤에 남녀가 술 처먹고 웬 개싸움이래? 시끄러워 죽겠네."

그 시간 신전에서 아폴로가 머리를 벅벅 긁고 있었다. 그러면서도 사도답게 성실하게 전투 기록을 따라간다. 이윽고 그의 표정은 점점 진중하게 굳어갔다.

'생각과 몸이 따로 논다? 직관과 본능으로도 협력이 가능하다는 건가?'

* * *

D-175일.

"오래간만입니다."

동예가 밝게 웃으며 들어왔다.

"어휴…… 이거 상상도 못 할 만큼 높은 곳에 계셔서 이젠 쳐다보기조차 두렵네요."

곁에서 동명가 여인 동하가 인사를 한다. 그녀 곁에서 동영이 미소를 짓고 있었다. 두 사람은 얼마 전에 성혼을 한 사이이다.

"그간 많이 바쁘셨죠? 큰 진전이 있으셨나 봐요? 좋아 보이는데요?"

"초청을 안 했다면 아마 특급 암살단을 보냈을 겁니다. 궁금해서 죽는 줄 알았다니까!"

기빈이 껄껄 웃으며 인사를 한다. 레인과 두 사람은 그들을 맞이하며 환하게 웃었다. 이어 도하 상단의 도벨과 도요, 한선가의 대가 세겸과 세염 형제도 보였다. 이제 공식으로 황태손이 된 건도 어색한 얼굴로 들어왔다. 그는 한선가에서 본격적으로 무사 수업을 받고 있다. 한선가 생도의 옷으로 말쑥하게 차려입은 에센의 대원들도 같이 인사를 나눈다.

세 사람은 오랜만에 반가운 손님을 맞이했다. 이곳은 그들이 마련한 특별한 공간이다. 황실 외곽에 위치한 아담한 건물로, 앞에는 커다란 연못이 있고 산을 등지고 있어 아취가 그윽하고도 호젓한 곳이다. 손님들은 그들이 만났던 가장 소중한 사람들이다. 특히 절대금역을 같이 고생하며 통과한 사람들은 형제와 다름없을 정도로 친밀한 느낌을 간직하고 있었다. 산과 비연은 그들과 포옹하며 반가움을 나눴다.

근사한 식사와 향기로운 술이 돌았다. 그들은 옛 추억을 이야기하며 즐거운 시간을 보냈다. 흥겨운 노랫소리가 울리고, 음유시인의 노래가 퍼졌다. 오랜만에 즐거운 시간이다. 두 사람은 긴장을 풀고 오랜만에 사람다운 분위기를 즐겼다.

'오늘은 그래도 되는 날이지.'

비연은 사람들을 둘러보며 푸근한 미소를 지었다. 술기운이 오르고 입도 가벼워진다. 황녀 레인도 조금씩 말이 많아지더니 같이 고생했던 이야기로 접어들면서 수다 수준으로 목소리가 빨라졌다. 평소의 근엄한 모습은 눈 씻고 찾아볼 수가 없다. 하기야 분위기 자체가 고위 귀족이 모인 자리라고는 상상할 수 없을 정도로 떠들썩하고 자유롭다. 자연스럽게 대화 상대를 옮길 수 있는 배치이기 때문에 여기저기서 웃음소리가 터져 나오고 있었다.

오늘은 레인의 생일이다. 그동안 경황이 없어서 거의 잊고 넘어갔다. 하지만 지금은 바쁜 일도 어느 정도 정리됐고 그간 생겼던 소중한 인연들을 챙기고 싶은 마음에 비연이 기획한 자리다. 다행히도 초청장에 대한 호응은 폭발적이었고 먼 거리임에도 불구하고 전원이 참석했다. 심지어 중요한 출장을 포기하고 달려온 사람도 있다. 가문의 전폭적인 지지와 협박에 가까운 강요가 있었다는 것은 후에 알려진 이야기다.

"공부는 잘돼?" 산이 물었다.

"아직 자랑할 수준은 아닙니다. 많이 부족하죠."

건이 어색하게 웃었다. 건의 성격은 확연히 바뀌어 있었다. 거친 여행을 같이하면서 건은 산에게서 자신이 원하는 삶의 이상형을 찾았다. 호쾌함과 자유로움, 그리고 굳건한 신뢰. 황궁에 와서도 꽤 많은 대화를 나눴고 지금은 거의 형제처럼 스스럼없이 지내고 있다.

"졸업 후 뭘 하려고 하지?"

"군으로 가려고 합니다. 전쟁이 번지고 있거든요."

"그 위험한 곳에?"

"그 위험한 곳에 국민들만 가라고 할 수 없잖아요?"

산이 놀란 듯 건을 바라본다. 건이 머쓱하게 웃었다.

"몸을 지킬 만한 실력은 돼?"

"올해 반드시 특급무사로 승급할 겁니다."

"흠……."

산은 고개를 끄덕였다.

"내일부터 나에게 와"

"예?"

"배워야지."

"뭘요?"

"죽지 않는 법. 내가 이래봬도 매우 끈질기게 살았거든. 생존 기술에 관한 한 나를 따라올 선수는 없을걸?"

"인정할 만하죠. 알겠습니다."

"힘들 거야."

"기대해보겠습니다."

"기념으로 한 잔 더?"

건은 주먹을 꾹 쥐어 보였다. 산이 환하게 웃었다. 건은 가슴을 쓸어 내렸다. 한선가에서 비연과 산의 강의는 초유의 인기 과목이 되어 있다. 무수한 실전에서 탄생한 산의 기예들과 그 기예의 발현 원리에 대한 강의는 한선가와 구별되는 독특한 데가 있었다. 극히 경제적이면서도 상식을 깨는 원리와 기법들이 무사들의 호기심을 사로잡았다. 학생들을 제치고 대가급 선생이 모든 자리를 차지하고 앉아 있다는 사소한 문제만 제외하면…….

"몰라볼 정도로 아름다워지셨습니다."

동예가 비연에게 다가오며 말을 건넸다. 술을 많이 마셨는지 약간 상기된 얼굴이다.

"그전에는 별로 예쁘지 않았다는 이야기죠?"

비연이 눈가를 약간 찡그렸다. 입가에는 미소를 머금은 상태라 마치 신 것을 입에 문 듯한 표정이다.

"아…… 아니 그럴 리가! 그러니까 내 말은……."

동예는 눈에 띄게 당황했다. 40대 후반에 접어든 나이이고 많은 여인을 상대해왔지만 이 여인에게는 가슴을 덜컥하게 만드는 무언가가 있다. 사냥터에서의 모습이 너무 강렬하게 남아 있기 때문일까…… 어떻게든 대화를 이으려 어렵게 어휘를 찾고 있는데 비연의 부드러운 목소리가 먼저 귓전에 와 닿는다.

"말씀만으로도 고맙습니다. 황실에는 꽃 같은 미인이 너무 많아서 저는 눈에 띄지도 않을 정도예요. 예쁘게 봐주는 사람은 한 사람밖에 없어요."

비연이 산을 턱으로 가리키며 환하게 웃었다.

동예는 고개를 갸웃했다. 쓴웃음이 입가에 걸렸다. 그가 다시 입을 열려는 찰나, 곁에서 다른 남자의 걸걸한 목소리가 크게 울렸다.

"에이…… 그건 동의할 수 없겠는데요."

사내 기빈이 어느새 머리를 들이밀었다. 동예는 멍하게 서 있었다. 그는 전에 기빈을 본적이 없었다. 기빈은 동예를 무시하고 끼어들어와 비연의 모습을 탐색하듯 아래위로 훑어보았다. 비연은 미소를 지은 채 그가 하는 모양을 바라본다.

"며칠 전부터 지켜봤는데, 연회에 참석한 여인들 차림새가 아주 눈에 익더라고. 모두가 조그만 가방을 들고 다니는 것도 그렇고. 딱 보니까 비연님이 퍼뜨린 것 같던데? 맞죠?"

"별걸 다 조사했네요."

"아! 그건 무척 중요한 일이거든요. 자고로 무사도를 추구하는 무인이란 여인의 관심을 소중히 여기죠."

"뭐…… 얼굴이 안 따라주니 차림이라도 신경 썼어요. 그게 좋아 보였던 모양이죠?"

비연이 머쓱하게 웃었다.

"거. 그 사람들 아주 까다로운 귀족들이랍니다. 저얼대로 아무나 따라 하지 않아요. 그 바닥에서 아름다워 보이는 건 살벌한 전쟁이라고요. 비연님은 그 여인네들과는 격이 달라요. 나도 지금 앞에서니 가슴이 벌벌 떨리는데…… 혹시 오늘 시간이 좀……?"

비연이 손으로 터져 나오는 웃음을 가렸다. 이 친구는 여전하다. 눈치도 정말 빠르고…….

"큼…… 나와 말씀 중이었네만……."

동예가 근엄한 얼굴로 기빈의 말을 끊었다.

"어? 아직 계셨습니까? 젊은이들끼리 나눌 이야기가 있는데, 노인장께서 좀 양보해주시면 아주 고맙겠습니다만……."

"어…… 나는 노인장은 아니……."

"저기 언니… 이 옷에 말인데요."

기영이 뒤쪽에서 비연의 옷을 만지며 대화에 끼어들었다.

"……."

동예는 결국 다음 말을 할 수 없었다. 비연은 이미 젊은 사람들에게 둘러싸여 있었다. 씁쓸한 표정으로 우두커니 서 있던 그의 얼굴이 미묘하게 실룩거렸다. 그의 눈길은 산과 대화를 나누고 있는 여인에게 머물렀다.

'2차석…… 레인.'

* * *

“한 잔 주시겠어요?”

레인이 어정쩡하게 서서 유리잔을 만지작거렸다. 산이 혼자 있는 모습을 본 레인이 다가와 건넨 말이다. 오늘 잔치의 주인공이다. 조금 흥분했는지 얼굴이 발그레하게 물들어 있다. 산이 묵묵하게 과실주를 레인의 잔에 채웠다.

“무슨 생각하세요.”

“글쎄요. 이것저것…….” 산은 빙그레 웃으며 머리를 긁었다.

레인이 잔을 들고 산의 곁에 앉았다. 술을 한 모금 마셨다. 유리잔을 돌려본다. 말간 호박색 술이 빙글빙글 돌았다. 막상 다가오긴 했지만 더 할 말이 생각나지 않는다. 그런데도 마음이 편하다. 달라진 게 없으니까…… 이 사내는 원래 이랬다. 사람들과 어울리기보다는 조금 떨어져 바라보는 것을 더 좋아한다. 사람들은 그를 의식하지 않는다. 가깝지도 멀지도 않은, 있는 듯 혹은 없는 듯…… 레인은 그 부분에서 위화감을 느꼈다.

‘이 사람이 만약 이 자리에 없다면 무엇이 달라질까?’

레인은 눈을 감았다. 상상이 유리처럼 부서졌다. 레인은 눈을 떴다. 생각은 더 나아가려 하는데 가슴이 거부하고 있었다. 술을 한 모금 더 마셨다. 술 맛은 달았다.

“매일 이렇게 지낼 수 있다면 얼마나 좋을까요?”

레인이 앞을 보고 중얼거렸다. 질문 같기도 하고 독백 같기도 하다. 사내가 대답을 해도 좋고 안 해도 그뿐인…… 아주 어정쩡한…… 방어적인…… 비겁한 심리 조작 게임.

"글쎄요. 사흘만 지나면 생각이 바뀔걸요? 세상은 변하죠. 사람도 변하고. 그렇지만, 오늘은 기쁜 날이잖아요? 즐길 수 있을 때 즐기세요."

산이 한 모금을 마셨다.

"그래야겠죠?"

"그렇죠."

레인은 유리잔을 만지작거렸다. 도톰한 입술에 살짝 묻은 술이 샹들리에 불빛에 반사되며 반짝인다. 손을 들어 귓가에 흐트러진 머리카락을 쓸어 올렸다. 조금 덥다고 느꼈다. 상큼한 향과 어울려 몽롱한 기운에 휘청거릴 것 같다.

"그래도 두려워요. 지혜로우신 산 님은 그 이유를 아시나요?"

그녀의 눈길은 어느새 그를 향하고 있었다. 눈은 웃는다. 그러나 눈 속에는 맑은 물이 찰랑거리고 있다. 넘치지도 흐르지도 않으며 잔잔하게. 산이 한 모금을 더 넘겼다. 목젖이 한 번 크게 움직였다.

"사실 두렵죠. 기쁨은 쉽게 증발하니까요. 그래서 더 소중할지도 모르죠. 잡을 수 없는 걸 잡아두고 싶은지도……."

"……."

산은 유리잔을 눈높이까지 들어올렸다. 커다란 잔에 비치는 세상은 이리저리 굽어 있었다. 그저 취한 듯…….

"기쁨은 좋은 술과 같거든요. 들떠서 증발하기도 하고 속으로 흘러서 따뜻하게 퍼지기도 하지요. 그래서 아프고 부족한 사람들 가슴 속에서는 짙은 향기로 더 오래오래 머문답니다. 충분히 취한 사람은…… 그리고 술이 깰 무렵에는 더 이상 기뻐할 수만은 없죠. 그래도 사람들은 술을 싫어하지는 않아요."

산은 자기 잔에 다시 술을 한 잔 따라 레인에게 건넸다.

"이렇게 손만 내밀면 금방 잡을 수 있으니까……."

레인은 잔을 건네받으며 엷게 웃었다.

"참…… 알 수 없는 분입니다. 산 님은……."

"그런가요?"

"확실히…… 그렇죠. 그래서 무척 짓궂은 분이죠."

산이 끄덕였다. 입가에 옅은 미소가 떠올랐다. 어린 시절부터 마음속에 담아둔 아픔이 켜켜이 쌓여 있을 여자. 아마 누구도 그녀의 속 이야기를 들어주는 사람은 없었으리라.

"그렇게 짓궂은 사람은 아닙니다. 하긴…… 제가 좀 수줍음을 타긴 하죠."

레인이 킥 하고 웃었다. 그러고는 산이 건넨 술을 단숨에 죽 들이켰다. 향긋한 과일 향기와 함께 칼칼한 액체가 목을 타고 넘어갔다. 향기가 독했는지 아니면 다른 이유인지 눈꼬리를 타고 맑은 물이 조금씩 흘렀다.

"혹시 그건 아시나요? 앞에서 서성거리는 사람의 억울한 마음을……."

"네……?"

산이 고개를 돌렸다. 조금 의아한 표정이다.

"오래오래 할 말을 되새김질하며 마음속에 단단히 새겨놓았는데도 막상 앞에 서면 까맣게 지워져…… 이렇게 실없는 사람이 되어버리는…… 그런 허탈함에 대해서는요? 그것도 아시나요?"

"이런…… 그것은…… 참 억울하겠네요."

산이 담담하게 대꾸했다. 둘의 시선이 만났다. 그 와중에도 레인은 놀란다. 정면으로 그의 시선을 바라보는 것은 이번이 처음이었다는 사실에. 레인은 눈을 아래로 내렸다.

“많이 묻고 싶었어요. 참 궁금했지요.”

“…….”

“산 님은 언제 기뻐하시나요? 어떨 때 기쁨을 느끼시나요? 슬플 때도 있나요? 가슴이 아플 때도 있나요? 사람 앞에 서서 숨이 가빠 본 적이 있나요? 자기 가슴이 뛰는 소리가 너무도 급해서, 아니면 너무도 벅차서 아파해본 적이 있나요? 숨소리가 시끄럽다고 느낄 때는 있었나요?”

“…….”

“이 모든 것이 무엇인지…… 저에게 대답하실 수 있나요? 당신은 지혜로운 분이 아니셨나요?”

톡.

폭포처럼 질문을 쏟아내 버린 레인의 눈가에서 물방울이 하나 떨어졌다.

“이런…… 가슴이 많이 아픈 공주님이셨네.”

문득 레인은 얼굴에서 따뜻한 손길을 느꼈다. 그의 손이 부드럽게 눈가를 닦아내고 있다. 레인은 석상처럼 굳은 채 그의 얼굴을 바라본다. 눈이 마주쳤다. 문득 그가 뜬금없이 내민 손이 보인다. 자연스럽게 빈손을 들어 그의 손바닥에 얹었다. 왠지 그래야 할 것 같았다. 산은 레인의 손등을 감싸 쥔 채 그의 가슴 쪽으로 이끈다. 왼쪽 가슴이다.

“소리가 들리나요?” 산이 물었다.

레인은 그의 표정이 묘하다고 느꼈다.

“…….”

"많이 시끄럽나요?"

그가 다시 물었다. 눈가에는 옅은 웃음이 보였다. 그래도 그 표정은 사뭇 진지하다. 장난은 아니라는 뜻이다.

"풋, 어림도 없어요……."

레인이 작게 웃었다. 그 웃음에 놀라 눈물이 또 한 방울 또로록 떨어졌다. 레인은 자신의 손을 덮은 그의 두툼한 손바닥에서 손등으로 전해오는 느낌이 참으로 따뜻하다고 느꼈다. 가슴에 얹혀 있는 손바닥에는 그의 심장의 거친 박동이 묵직하게 전해진다. 산은 가슴에서 손을 뗐다. 놓아버린 사내의 손끝에서 레인의 손가락이 모래처럼 빠져나간다. 레인은 거두어지는 산의 손을 낚아채듯 다시 잡았다.

산이 의아한 눈으로 레인을 쳐다보았다. 이쪽을 힐끔거리던 몇몇 사람들이 눈을 크게 떴다. 어떤 사람은 손을 들어 신음이 터져 나오려는 입을 급하게 막고 있었다.

"잘 안 들리시나요? 이토록 시끄러운 소리가……."

레인은 산을 똑바로 바라보았다. 산의 손바닥은 레인의 손에 잡혀 그녀의 왼쪽 가슴에 깊게 닿아 있었다.

"언제고 떠나버리면…… 이 소리도 멈추겠죠?"

사람들의 놀란 눈길은 바로 비연을 찾았다. 그러나 비연은 그 자리에 없었다.

'밤바람이 참 시원하네…….'

비연은 발코니 난간에 손을 얹고 바깥 풍경을 바라보고 있다. 입가에는 옅은 미소가 걸려 있었다.

그들이 마지막 작전을 시작하기 180일 전의 어느 날 저녁 풍경이다.

* * *

연회가 끝난 다음 날 사람들은 다시 모였다. 이번에는 특별하게 선정한 장소였고 사람들도 소수다. 어제와는 사뭇 다른 분위기가 장내에 감돌고 있었다. 언제 준비했는지 각종 상황판과 모형, 그리고 커다란 지도가 양쪽에 걸려 있다. 이날 레인은 참석하지 않았다.

"대단해! 정말 대단해!"

기빈이 연신 감탄을 터뜨렸다. 참석한 사람들 모두 얼굴이 붉게 상기되어 있다.

"이런 식으로 제작된 지도는 처음 봅니다. 정교하기도 하거니와 대단히 요긴한 정보가 들어가 있어요."

상단주 도벨이 침을 삼켰다. 지도에는 제국의 강역(疆域)에 걸쳐 있는 제후국과 영지 들의 지리적 위치는 물론, 특산물, 도로망, 인구와 가구 수, 그리고 주요 시장에 대한 접근 정보가 빼곡하게 기입되어 있었다. 역참의 위치, 각 시장 간의 거리와 시간, 기후 특성 등등…… 상인들에게는 이 지도만으로도 천금의 가치를 가지리라.

"이건 일부겠죠?"

동하가 비연에게 물었다. 동하의 곁에서 기영도 비연의 대답을 기다리고 있다. 이들은 유능한 정보요원들이다. 비연은 짤막하게 말했다.

"용도별로 여러 개가 있지."

"군사용 지도도 있겠죠?"

비연이 고개를 끄덕였다.

"무가, 공방, 용병, 산업, 종족에 관한 것도 작성되고 있고. 지금 보여줄 수는 없지만 말, 노예, 신전의 분포에 대한 것도 있지."
"그럼 지금 제국 전체에서 벌어지고 있는 대대적 조사가……."
"시작에 불과하지."
"맙소사! 이런 건 전시 동원 체제에서나……."
기영은 말을 하다 황급하게 입을 가렸다. 다른 사람들도 같은 생각이었는지 산의 얼굴로 시선이 집중됐다.
"맞습니까?"
기빈이 물었다. 그답지 않게 진중한 표정이다.
"맞아."
"제후들이 반란을 꾀하고 있나요?"
"그렇게 생각하고 있다. 다른 이유도 있고."
"지금 남쪽 해안 도시국가들이 대대적으로 용병을 모집하고 있던데 그것도 관련이 있습니까?"
"꽤 많은 제후들과 연결되어 있지."
"음……."
여기저기서 신음 소리가 들렸다. 의미는 명확해 보였다.
난세(亂世)의 도래!
지난 500년간 제국의 통치는 평화롭고 안정된 시절을 보장해왔다. 물론 그동안에도 사소한 국지전과 영지전은 항상 있어왔지만 강대한 다문 제국의 중재로 해결되곤 했다. 비연은 처음 황실에 와서 이 체제가 중국 고대 군국제(郡國制)를 채택한 한(漢) 제국과 비슷하다고 진단했다. 강력한 황제가 중앙에 존재하고 동시에 상대적으로 자유로운 제후국이 주변에 공존하는 체제. 지금 이 체제가 커다란 위기를 맞이하고 있다.

'이곳 황실은 썩지 않았다는 것이 큰 차이겠지…….'

"제후들이 반란을 일으킬 이유가 있을까요? 그 사람들은 서로 동맹을 맺을 입장이 아닌데…… 그럴 동기가 무엇이라고 보시는지요?"

도벨이 조심스럽게 물었다. 그 역시 정보를 다루는 상인이다. 아무리 머리를 굴려봐도 반란은 제후에게 이득이 되지 않는다. 황권은 여전히 강력하고 재정은 충분히 견고하다. 그것은 장사를 하는 자신이 가장 잘 안다. 그런데 왜 황제는 이 시점에 전쟁을 준비하는 것일까?

초대받은 사람들은 바짝 긴장했다. 그들은 레인과 이 두 사람이 왜 자신들을 찾았는지 그 진정한 배경을 알고 싶었다. 기회와 위기는 같은 모습으로 오는 법이다.

"눈에 보이는 것이 전부는 아니랍니다. 이제 제가 말씀드릴 몇 가지 현상을 접했을 때 여러분은 어떤 생각을 하게 되실지 궁금하네요."

비연이 나섰다. 웅성거림이 멈추고 모든 사람이 주목하자 비로소 비연의 입이 열렸다.

"만약 황실의 재정과 인사를 장악해온 5대 외척들이 누군가에게 장악됐다면? 혹은 누군가가 장악하고자 한다면?"

"……."

실내는 쥐 죽은 듯 조용해졌다. 비연의 목소리는 낮아졌다.

"만약 남쪽 도시국가들의 전쟁 준비가 단순한 영역 싸움이 아니라면?"

"……."

"만약 지금 모든 도시와 지식인들 사이에서 급속도로 퍼지고 있는 새로운 사상이 노예들을 어디론가 이끌기 위한 목적으로 퍼진 것이라면?"

"자유와 평등 사상이라고 했지……."

누군가가 중얼거렸다.

"만약 요즘 북부에서 오롬 산맥을 따라 자주 출몰하는 괴수들이 앞으로 크게 늘어난다면?"

"……."

"만약, 만약에 우리가 사는 곳에서 사람과 구별할 수 없을 만큼 닮은 것이 같이 살고 있고 급격하게 늘어가고 있다면? 그리고 그것의…… 먹이가 사람이라면?"

비연은 말을 멈췄다. 실내에는 깊은 침묵이 감돈다. 가끔 마른 기침 소리가 들렸지만 모두들 말을 삼갔다. 마지막으로 산이 한마디를 보탰다.

"그리고 이 모든 것이 누군가에 의해 의도된 것이라면?"

꿀꺽.

어디선가 침 넘기는 소리가 들렸다. 기빈이 겨우 입을 열었다.

"그러니까…… 말씀의 요지는 인간 세상을 노리는 거대한 세력이 있다는 말씀인가요? 그것도 사람이 아닌?"

"그렇게 판단하고 있다. 그렇지만 인간의 전쟁으로 진행될 거야. 일단 전쟁이 시작되면 극도의 혼란과 증오 속에서 왜 싸워야 했는지도 까맣게 잊히게 될걸? 서로 지쳐 나가떨어진 후 놈들은 손쉽게 이 삭줍기를 하겠지."

"새로운 이종족(異種族)인가요?"

기빈은 이해하는 데 어려움을 느꼈다. 이 세계 인간들은 오랜 세월 동안 36개의 이종족, 즉 지능종(知能種)과 목숨을 걸고 싸워왔다. 대가라는 각성자가 등장한 이후 지금의 인간, 즉 평인족(平人族)의 우세가 지속되어왔지만 이종족과의 싸움이 이렇게 대규모로 전개된 적은 없었다.

"그렇다고도 할 수 있지. 혈귀(血鬼)라고 부르는 종족이다. 놀랍게도 놈들은 인간처럼 대가로 각성한다. 자기들끼리는 평의원이라고 부르더군."

"증거가 있나요?" 동영이 물었다.

"여기 있는 사람들은 곧 보게 될 거야."

"황제께서도 알고 계십니까?"

"아직 보고는 안 했어. 워낙 교활하고 은밀한 놈들이라서 증거가 좀 더 필요해. 그것이 여러분께서 해주셨으면 하는 일의 하나이기도 하고."

"황실은 우리에게 뭘 원하고 있지요? 절대무가의 힘을 원하는 걸로 보입니다만……."

동예가 조금 긴장한 얼굴로 물었다.

"황실이라기보다는 우리 모두의 사업에 관한 일입니다. 서로 도움이 될 겁니다. 저는 세상을 구하는 일에도 적절한 대가가 필요하다고 생각하거든요." 비연이 말했다.

이로써…… 분위기가 상당히 달라졌다. 사람들은 진지한 대화에 임할 준비가 됐다. 그들은 인간이 처한 위기에 대해 듣게 될 것이다. 기회에 대해 알게 될 것이며 상응하는 준비를 해야 할 것이다.

그렇지만…… 그 뒤에 숨겨진, 그래서 결코 이야기할 수 없었던 다른 전쟁에 대해서는 알 수 없을 것이다. 세계에 드러난 혈귀는 아주 작은 일부분이라는 것. 용과 신, 그리고 훗날 악마로 불리게 될 선자들과 대결해야만 하는 두 인간의 외롭고도 거대한 투쟁도…….

* * *

제국의 개혁은 새로운 국면으로 접어들고 있었다. 황제는 정말 폭풍처럼 일을 진행시켰다. 유유자적하던 사람이 완전히 바뀐 것 같았다. 1년 동안 광대한 황제 직할령에는 엄청난 수의 관료들과 조사관이 파견되어 나갔다. 그야말로 수만 명이 동원됐다. 황제의 비선(秘線)이 움직였고 황궁에서조차 그 실체가 드러나지 않았던 비밀조직들이 숨 가쁘게 움직이기 시작했다. 황제는 대체 무엇을 본 것일까?

모든 형태의 지도가 만들어졌고 전쟁 상황실에 준하는 커다란 홀에는 전쟁 시뮬레이션을 방불케 하는 온갖 작전 도구들이 설치됐다. 제후, 귀족, 신전, 상단, 공방 등 제국을 구성하는 모든 요소들에 대한 정보가 체계적으로 쌓였다. 황제에게는 좋은 상황이었다. 그는 원하는 그림을 얻게 될 것이다. 또한 산과 비연은 자신들이 원하는 것을 손에 쥐게 됐다. 그것들은 두 사람이 이 세계에서 살아가는 데 커다란 자유를 줄 것이다.

이와 함께 제국에는 새로운 연락 시스템이 급속하게 보급되고 있었다. 조사관의 이동을 위한 역참과 파발이 전국에 설치됐고 역참에는 소규모 군대를 주둔시켰다. 역참에는 대량의 말이 필요했다. 황실은 역참과 인접한 대가문이 대량의 말과 노예를 임대해주기를 원했다. 동의한 가문도 있었고 거절한 가문도 있었다. 그러나 대부분의 가문들은 이런 일로 황제의 분노를 사고 싶어 하지 않았다. 대신 황제는 고가의 임대료를 가문들에게 지불했다. 대여 기간은 3년. 지불은 새로운 화폐로 이루어졌다. 안정적인 현금이 필요했던 가문들은 이 방안에 동의했다.

6개월 뒤 최초의 전쟁이 터졌다. 황제는 전국의 모든 말 시장과 노예 시장의 거래를 전쟁이 끝날 때까지 제한했다. 말과 노예의 값은 천정부지로 치솟았으며 누구도 대량으로 살 수 없었다. 가문들과 영주들은 당황했다. 현금이 있어도 말을 구할 수 없었고 말이 부족한 상태에서는 원거리를 공격할 수 있는 수단이 충분하지 않았다. 가문들은 황제의 보호를 원했으며 이로써 황제의 군사 장악력은 급격하게 강화됐다. 이로써 황제는 이 상황을 즐기게 됐다. 무언가를 예측하고 일을 꾸밀 수 있는 참모를 가진다는 것은 그만큼 좋은 것이다.

* * *

레인의 발표 뒤 1년이 지나면서 황실의 회계 제도는 완전하게 바뀌었다. 상단 출신 300명의 훈련된 요원이 투입되어 장부를 완전히 바꾸는 중이다. 황실의 씀씀이는 표준 소요량과 면밀하게 비교됐고 각 부처의 자산과 비용의 변동이 놀라울 정도로 정확하게 파악됐다. 3개월에 한 번씩 실시되는 예비감사는 사치와 방탕에 물든 황실 식구 모두에게 최악의 경고음을 울렸다.

대대적인 숙정(肅正)의 바람이 불었다. 제3황후와 제5황후가 폐비가 되며 실각했다. 사명씨와 영무씨 가문은 권력에서 급격하게 밀려나게 됐다. 또한 황실에 납품되는 물자의 흐름도 모조리 파악됐다. 가문의 인맥을 통해 밖으로 자산을 빼돌려 왔던 암중세력들은 이제 무엇도 할 수 없는 처지로 몰렸다. 그들과 관련 있는 비서실장들과 비서감도 곧 실각하게 될 것이라는 소문이 돌았다. 황실은 이렇게 과격하게 정화되어갔다.

* * *

화폐 개혁은 경제 전반에 매머드급 태풍을 몰고 왔다. 이제 지폐가 보급된 지 겨우 6개월이 지났지만 경제의 흐름은 급격하게 바뀌고 있었다. 황실이 보유한 금이 충분하다는 사실과 더불어 지폐를 금으로 바꾸어준다는 선언이 실제로 현실화되자 금화는 시장에서 급속하게 자취를 감추기 시작했다. 동시에 황실에 금을 맡기고 지폐를 사가는 상단이 크게 늘어나고 있었다. 원할 때는 언제든 돈을 인출할 수 있는 일종의 요구불 예금 같은 것이다. 이자가 없어도 상관없었다. 지급만 보장된다면 황실에 금을 맡기는 것이 상단에게는 훨씬 안전하고도 유리한 선택이다. 이 험악한 사회에서 금을 지키기 위해 상단이 무가에 지출하는 비용은 상상을 초월한다. 물론 상단이 가진 금 전부를 황실에 예치하는 것은 아닐 것이다. 그러나 새로운 금융 시스템을 정착시키기에는 충분한 만큼의 금이 황실에 모였다.

화폐 개혁은 제국 전역뿐 아니라, 제국과 교역을 하고 있는 모든 제후국, 주변국에까지 거대한 영향을 미쳤다. 각국의 상인들은 지폐 없이 다문 제국과 교역할 수 없었다. 그들 역시 금을 맡기고 지폐를 가져가야 했다. 이렇게 황실에 충분한 금이 모이자 지폐를 발행할 수 있는 담보 한도가 커졌다. 그리고 그것으로 다시 시중의 금을 더욱 많이 끌어들였다. 더욱이 전쟁이 발발하면서 국제 자금까지 움직이기 시작했다. 불안한 거대 무역 상단이 정치 경제적으로 가장 안정적인 다문 제국으로 자금을 이동시키기 시작한 것이다.

황실은 금을 담보로 5배수의 지폐를 발행하여 유통시킬 수 있었다. 21세기 지구 기준으로 보면 은행의 BIS 자기자본비율이 20퍼센트인 셈이다. 금 보유량이 늘어나면 화폐의 발행도 더욱 늘릴 수 있다. 화폐의 만성적인 부족에서 해방된 상거래는 신용을 기반으로 폭발적으로 늘어나기 시작했다. 황실의 신용이 탄탄하고 금을 맡긴 모든 사람이 동시에 황실에 지불을 요구하지 않는 한 이 시스템은 건강하게 돌아갈 것이다. 상거래가 늘자 거래에 따른 세수(稅收)의 규모도 기하급수적으로 늘었다.

황실은 점점 부유해지고 있었다. 이제는 대가문들에게 손을 벌리지 않아도 충분한 자금을 마련할 수 있을 정도다. 이제 황실의 재정은 독립됐고, 모든 영주와 제후를 압도하는 자금력을 확보해가게 될 것이다. 황제는 이제 절대왕정하에서 대규모의 투자 여력을 갖춘 거대한 자신만의 기업들을 가지게 될 것이다. 이것이 원시(原始) 자본의 본원적인 축적 과정이 될 것이라는 사실은 아직 누구도 모른다.

* * *

산과 비연은 숙고를 거듭하고 있었다. 황제는 작위를 담보로 구체적인 충성을 요구할 것이다. 이제 황제와의 관계를 어찌 다룰 것인가? 또한 이 세계에서 어떤 존재로 살아갈 것인가? 당면한 문제가 단순히 먹고사는 생존의 문제일 뿐이라면…….

"쪽 팔리지 않은가?"

산이 점잖게 중얼거렸다.

이 세계는 두 사람에게 질문을 하고 있었다. 본의든 아니든 그들은 존재하는 그 자체로도 이 세계의 질서에 커다란 영향을 미치고 있다.

이 세계를 망가뜨리는 세균이 될 것인가? 아니면 질병을 고치는 백신이 될 것인가? 아니면, 스스로의 목적을 가지고 진화하는 존재가 될 것인가?

"비전이 있어야겠죠. 목숨을 걸 만한 것……."

두 사람의 문제란 삶의 이정(里程)을 다시 세우는 것, 곧 자신들이 살아갈 대(大)전략을 세우는 것이다. 인생의 새로운 비전을 세우고 미션을 정하는 일이다. 그리고 굳세게 밀고 나가는 것이다. 그래야 비로소 자기 삶을 책임진다고 할 수 있지 않을까? 혹여 죽더라도 보다 폼 나고 떳떳하지 않을까? 그게 '인간다움' 아닐까?

그들이 하는 작업은 분명히 '주권'과 '국가'라는 거창한 주제를 건드리고 있다. 그것이 '건국(建國)'이라는 단계까지 나갈지는 아직 알 수 없는 이야기다. 그러나 황제의 작위를 수락하고 영지를 받는다면 그것은 이미 국가로서의 시작이 아닐까?

'더 이상 이방인이 아니게 되는 거지. 그러나 몸에 맞는 옷은 아니다. 한 치 앞을 짐작할 수 없는 불안한 운명도…….'

두 사람은 아이디어를 정리했다. 자신들만의 정치사상과 용어를 정리하고 새로운 운명에 도전하기로 했다. 만약…… 살아남을 수만 있다면 그리고 이 세계에서 살아야만 한다면 어떻게든 '자알' 살아야 할 것 아닌가? 비연은 모든 가능성을 염두에 깔고 작전 계획을 수립했다. 이 계획은 도청되고 있을 것이다. 그것까지 고려한 계획이 되어야 한다.

1단계, 마감을 풀고 모든 구속으로부터의 해방
2단계, 기지를 구축하고 가상의 적들과 전쟁 준비
3단계, 아피안 정찰, 지구로 복귀 가능성 탐색

산과 비연은 천성적으로 게릴라다. 게릴라는 비정규전을 수행한다. 적의 뒤통수를 치고 후방을 교란한다. 끊임없이 적의 빈틈을 타격하고 무수한 도피와 탈출을 감행하며 이용할 수 있는 모든 것은 이용할 것이다. 그리고 어디서든 베이스캠프를 구축하고 게릴라를 번식시킨다. 언제까지? 적이 지칠 때까지. 제압 비용이 감당할 수 없을 만큼 커질 때까지. 그렇게 소수가 다수의 발을 묶는다. 이곳이라고 다를 것이 있을까?

"중노동에 고임금은 당연한 겁니다. 보너스까지 챙겨야 돼요."

"누가 뭐래?"

"그런데 작위는 어떻게 하실 겁니까?"

"받기는 해야 할 것 같다."

"황제의 의도가 건전한 것 같지 않은데요?"

"다른 대안이 있나?"

"그런데…… 영지도 받으실 건가요?"

"작위를 받는다면 당연히 받아야겠지. 그 기잔이라는 곳은 알아봤나?"

"남쪽 해안 지역과 인접한 전략적인 요지입니다. 되팔면 돈 좀 만지게 될 겁니다."

"어느 천 년에?"

"열심히 개발하면 10년이면 충분해요." 비연이 빙그레 웃었다.

"열심히 해봐."

"예킨과 에센의 친구들에게 맡기면 되겠죠."

"그래…… 에센 영지에서 한번 해봤으니 잘하겠지."

"그리고요?"

"영지 백성들을 모집해야지."

"노예를 생각하시는 건가요?"

"정확하게는 해방 노예가 되겠지. 목숨을 걸 의사가 있을 만큼 절박한 사람들이어야 돼."

비연은 표정을 굳혔다.

"그건 아주 신중히 생각해야 됩니다. 자유와 평등은 제국에서 아주 위험한 사상이 되고 있어요. 놈들이 선수를 치는 바람에……."

산은 지도로 눈길을 돌렸다.

"그러니까 황제와 협상을 해야 한다는 거지. 아주 거친 협상이 필요할 거야. 우리 요구와 입장을 확실하게 해야겠지. 얻어내야 할 것도 있고."

"협상이라고요? 그 엄청난 권력자와 뭘 가지고 협상을 한다는 거죠? 우리가 가진 패가 있나요?"

산이 옷깃을 툭툭 털며 일어났다. 나가야 될 시간이다.

"어차피 지금은 막장이야. 해야 할 일은 많고 시간은 없다. 갈 때까지 가봐야지."

"그렇지만 황제는 시간은 많고 하고 싶은 일도 엄청 많은 사람이죠. 그가 원하는 대로 하지 않으면……."

비연은 말을 멈췄다. 산의 깊은 눈이 그녀를 응시하고 있었다.

"우리가 언제 그렇게 살았냐?"

"……."

"왜 우리가 가진 게 없다고 생각하지? 황제가 우리에게 원하는 게 있다는 건 최소한 그가 그걸 가지지 않고 있다는 거야. 우리가 그렇게 가치가 없는 사람일까? 나는 그렇게 생각하지 않아."

"……."

"아니, 가치가 없으면 지들이 어쩔 건데? 우리는 신과 싸웠고 현자와도 싸웠어. 만약 황제의 그릇이 작고 대화조차 안 된다면 우리는 거기 담겨서는 안 돼. 그건 내가 용납을 못 한다고. 여기 인간들 눈치를 보며 찌질하게 살자고?"

"……."

"나는 이곳의 권위와 규칙은 가급적 지켜준다. 그렇지만 존중해줄 뿐이다. 만약 이곳 사람이 세운 권위 따위가 나를 부당하게 구속하려 한다면 온 세상이 내 적이 되더라도 나는 싸울 거야. 너는 어때?"

비연은 비로소 입가에 옅은 미소를 띤 채 산을 쳐다보았다. 산은 지도에 눈길을 고정시킨 채 고개를 가볍게 끄덕였다. 침묵이 길어졌다. 산은 문득 고개를 들어 비연을 바라보았다. 비연의 미소는 훨씬 짙어져 있다. 산은 허리를 곧게 폈다. 비연에게 무언가 하고 싶은 이야기가 있을 것이다.

"그럼. 레인을 받아들이세요."

산은 눈을 크게 떴다. 입을 떡 벌린 채.

"너…… 너, 아침에 뭐 먹었냐?"

"두부찌개 먹었잖아요? 야채쌈도 곁들여서……."

비연은 담담하게 대꾸했다. 입가에는 여전히 미소를 지우지 않은 상태다.

“쌈을 잘못 싸 먹었나 보다. 못 들은 걸로 하겠다. 무슨…… 말 같은 소리를 해야지.”

산은 재킷을 집어 들고 툭툭 털었다. 손끝에는 약간의 신경질이 매달려 있었다.

“저는 진지합니다. 우리를 위해서예요. 레인을 위해서도 좋아요.”

“그래서 레인을 이용해라?” 산의 목소리가 약간 높아졌다.

“그러실 분이 아니라는 건 제가 누구보다도 잘 알잖아요?”

“…….”

산은 입을 꾹 다문 채 비연을 바라보고 있었다. 비연은 침착하게 말을 이었다.

“지난 번 연회에서의 일…… 혹시 네가 꾸민 거냐?”

“대답하지 않을래요.”

“망할!”

“그게 최선일 수도 있어요. 그녀를 위해서나, 우리를 위해서나 또한 황제를 위해서나. 가장 잘 아시잖아요?”

“…….”

산은 대꾸하지 않고 재킷을 걸쳐 입었다. 비연이 한 발 앞으로 나섰다. 산은 얼굴에 닿을 듯 가까이 다가온 열은 숨결을 느꼈지만 무시했다.

“레인은 보호를 필요로 합니다. 그리고 우리는 세력이 필요합니다. 그 영지도 필요하고요.”

“헛소리!”

“저라고 기분 좋겠어요? 속이 터질 것 같다고요!”

“너, 그 망할 연속극을 너무 많이 봤구나. 네가 무슨 불치병 걸린

천사표 여주인공인 줄 아냐? 우리는! 운명을 건 전투를 앞두고 있다고. 내 몸 하나 추스르기도 벅차 죽을 지경인데 진짜 몰라서 하는 소리냐?"

산이 소리를 버럭 질렀다.

"제가 작은 일에 연연하는 사람으로 보여요?"

비연의 목소리도 날카롭게 올라갔다.

"그런데 왜 이래? 알 만한 사람이……."

"평생을 쫓겨 다니고 이렇게 살자는 건 아니잖아요? 이곳에서 보란 듯이 살아가기로 했잖아요? 그러면 이 세상에서 원하는 것도 해줘야 하는 겁니다."

"그런데?"

"우리는 우리 세력을 가지기로 했어요. 그래서 노예들을 백성으로 거두기로 했잖아요?"

"그게 이것과 무슨 상관이지?"

"남부 도시에서 자유와 평등을 먼저 들고 나왔어요. 그들은 노예들을 끌어모으면서 전 세계에 싸움을 걸고 있고 덤으로 자유와 평등이라는 사상도 최악의 사상이 되고 있죠. 이건 아시죠?"

"……."

"우리가 노예를 끌어들이면 이 세계가 우리에게 호의적일까요? 이건 인간마저 적으로 돌리는 일이 돼버린다고요. 어떤 영악한 놈인지 몰라도 선수를 친 거라고 생각이 안 드세요?"

"큼…… 아직도 무슨 말인지 난 이해가 안 돼. 그래서 그게 레인과 무슨 상관이냐고?"

"지금 노예는 물론이고 부유한 평민들도 돈을 싸 들고 남부 도시로 몰려가고 있습니다. 어떤 놈들 짓인지 아시잖아요? 그 노예와 평민은 결국 혈귀가 될 것입니다. 딱하게도 그 사실은 우리만 알고 있고…… 놈들은 돈과 사람, 둘 다 끌어들이는 묘수를 쓴 거라고요. 놈들이 국가적으로도 강력해지면 우리에게는 정말 할 수 있는 것이 아무것도 없어져요. 고립된 채 말라 죽게 될 거라고요."

"그래서 네가 생각한 해법이……?"

"그걸 황제에게 이해시킬 수 있는 유일한 사람이 레인입니다."

산은 비연을 쳐다보았다. 그 눈빛은 처연하게 변해 있다. 뜻 모를 분노도 더욱 짙어져가고 있었다. 그는 이 여자의 의도를 안다. 그래서 뭐라고 말해도 듣기가 싫다.

'너 혼자 비참하게 죽고 나만 남아서 공주님과 잘 먹고 잘 살라고?'

산은 손가락을 쭉 뻗어 비연의 코를 꾹 눌렀다. 비연의 허리가 뒤로 젖혀졌다. 산이 손을 쭉 뻗은 채 빙긋 웃었다. 그 웃음에는 비릿한 분노가 섞여 있었다.

"고렇게는 못 하지…… 요 망할 여자야."

산은 문을 박차고 저벅저벅 걸어 나갔다.

오늘은 요원들이 조금 괴로운 날을 보내게 될지도 모르겠다.

* * *

"폐하의 용안이 밝아 보입니다."

"그렇게 보였나? 아주 골치 아픈 일이 잘 해결되어가고 있어서 그런가 보네."

"일이 이렇게 순조롭게 풀리리라고는 상상도 못 했습니다."

"그래…… 레인을 다시 평가하게 됐네. 엄청난 혼란과 피바람을 각오했었는데. 정말 기대 이상이야."

"데리고 온 두 젊은이의 역할도 대단했습니다."

"그렇지. 곧 보게 되겠군. 내일인가……."

지난 1년간 황제는 두 사람을 직접 찾은 적이 없었다. 그러나 황제가 그들에게 가지는 관심이 적은 것은 아니다. 오히려 인내심의 한계를 넘을 만큼 커지고 있다. 그도 그럴 것이 레인과의 대화 중 절반 이상이 그들에 관한 것이었고 황제의 직속 비선조직들의 보고 중 가장 재미있는 것이 바로 그들과 관련된 사항이었다.

"누구도 생각하지 못했던 방법으로 황실의 문제를 풀어가고 있어. 아마 그 친구들이 계획을 만들었겠지. 놀라울 정도야."

황제가 미소를 지으며 말했다. 그의 앞에는 한 사람의 노인이 거의 대등한 자세로 앉아 있었다. 황제의 면전에서 이렇게 독대할 수 있는 사람은 둘밖에 없다. 대륙 제일의 절대무가 한선가의 가주 한선군(君) 한혁, 그리고 그의 동생이자 제국의 무상인 한영이다. 그들과 독대할 때는 황제의 비밀조직들도 자리를 피한다. 그만큼 다문 황가와 한선가의 맹약은 남다른 데가 있다. 그중에서도 한영은 황제의 오래된 벗이다.

"다 폐하의 영명한 다스림 덕분이지요." 한영이 빙그레 웃으며 대답했다.

"사람하고는…… 그건 내가 듣고 싶은 말이 아니잖나? 그래, 자네는 어떻게 보나?"

"폐하께서 원하시는 대로 된다면 천군만마를 얻은 것과 같지요.

그만큼 곧고 반듯한 사람을 구하기도 쉽지 않습니다. 그렇지만 아마 이번에는 어려울 겁니다."

"왜 그렇게 생각하지?"

황제의 얼굴이 약간 굳어졌다. 한영은 씁쓸한 표정을 짓고 있었다.

"보시면 알겠지만 그들은 우리와 아주 다른 사람들입니다. 폐하께서는 그런 인간들을 한 번 보신 적이 있는 것으로 압니다만……."

황제의 눈이 조금 커졌다가 잠시 생각에 잠기면서 점점 가늘어지고 있었다.

"유벌…… 혹시 그 사람들?"

"아직은 확실하지 않습니다. 그렇지만 같은 유의 인간일 확률이 높습니다."

한영은 황제의 눈을 똑바로 쳐다보고 있다. 황제는 수염을 쓸어 올렸다.

"왜 그렇게 생각했는가?"

"생각하는 방식, 즐겨 입는 복식, 행동하는 모습, 그리고 고급 대가로 각성하는 속도…… 그 모든 것이 지나칠 만큼 비슷하더군요. 다만 마음에 걸리는 게……."

"……."

황제는 말없이 한영의 입을 바라보고 있었다.

"두 사람은 완전히 독립적으로 움직이고 있다는 점입니다. 유벌의 인물들은 처음부터 '아피안'에서 왔다는 사실을 밝혔지요. 두 사람은 그곳을 모르고 있다는 것도 이상한 점이고……."

"우연하게 비슷할 가능성도 있지 않을까?"

"그럴 수도 있겠지요. 그렇지만 그들이 그곳을 찾아다니고 있다는 것은 확실합니다. 그곳의 이름과 존재 의미는 황제 폐하와 한선가의 가주 이외에는 알 수 없지 않습니까? 지금은 다시 감춰졌지만."

"그들이 아피안을 찾아다녔던가?"

"확실합니다. 황실에 들어온 이유 중의 하나이기도 합니다. 제가 처음 레인 황녀를 보낼 때 아피안을 언급해보라고 했었지요. 역시 그들은 그 이름을 알고 있었습니다. 결국 이곳으로 왔고 근 1년간 황궁에 있는 모든 문서를 읽었다고 하더군요. 아울러 우리 한선가의 문서도 모두 열람한 것으로 알고 있습니다. 제국의 지도를 만든 것도 그 작업의 일환이라고 봐야 할 겁니다."

황제는 눈을 비볐다.

"흠…… 유벌과의 관계는?"

"아직 만난 적이 없을 겁니다."

"만약 유벌과 다툼이 생긴다면?"

"승부를 장담할 수 없을 겁니다."

황제는 입을 떡 벌렸다.

"그 정도인가? 유벌의 수뇌부는 이 세상에서 처음으로 인간에게 '대가(大家)'라는 경지를 일깨워 준 자들 아닌가? 그 네 사람은 나이가 500년도 넘은 괴물들이고?"

"유벌의 인물들이 끔찍할 만한 권능을 가지고는 있지만 진정한 전투의 전문가는 없습니다. 그래서 우리 한선가의 존재 이유가 있는 것이지요. 내일 제가 참석하고자 하는 것도 그 이유 때문입니다."

"그렇다면? 그 두 사람이 전투의 전문가라는 말인가? 조직의 전문가가 아니라?"

"전투뿐만 아니라 전략, 전술, 무기, 조직 장악력까지 달인의 경지에 이른 괴물들이라고 보시면 될 겁니다. 문제는…… 지금도 강해지고 있다는 것이지요."

"호오……."

황제는 흥미로운 표정을 지었다. 한영이 이렇게 인정할 정도라면 생각보다 훨씬 대단한 인물들이다. 지금까지 생각했던 것을 바꿔야 할지도 모른다.

"그러면 내가 어떻게 해야 될까?" 황제는 신중하게 물었다.

"그들을 적으로 만드는 것은 하책(下策)입니다. 유벌과 한선가가 나서면 제거할 수는 있겠지만 큰 피해를 각오해야 할 겁니다. 대가가 크더라도 진솔한 협력을 구하는 것이 장기적으로 이득이 될 겁니다."

"레인에 대해서는 어떻게 생각하나?"

"2차석 본인의 생각은 어떻습니까?"

"내게 이야기를 할 리가 있나? 그렇지만 느낀다네. 이야기를 할 때 그 아이의 표정을 자세히 바라보면 저절로 알게 되지. 내게 뭘 원하는지도."

"의사를 물어보셨습니까?"

"얼굴만 빨개진 채 대답을 안 하더군. 애비로서 걱정이 되네. 많은 자식들이 있지만 요즘 들어 그 녀석만큼은 챙겨주고 싶다는 생각이 들어. 제 어미도 제대로 챙겨주지 못했지. 참…… 할 수 없는 것이 많아. 이 황제라는 자리는……."

"그렇다고 권력으로 강제하면 부작용만 더 커질 겁니다. 그들의 선택에 맡기시죠. 설령 결과가 실망스럽더라도 그동안 신뢰가 많이 쌓였으니 좋은 벗으로 남지 않겠습니까?"

"영지는?"

"계획대로 남부 기잔으로 배치하는 것이 최선입니다. 그곳이야말로 남부 연합의 북진을 막는 요충이 될 겁니다. 천재들이 필요한 곳이지요."

"정말 그 세눈이라는 현자의 예언대로 되는 것인가?" 황제가 한숨을 내 쉬었다.

"혈귀라는 이종족이 급속하게 퍼져가고 있는 것은 확실합니다. 지금 준비해두지 않으면 다음 세대가 무너집니다. 아직 적의 실체가 확실하게 드러나지 않은 상태지만 인간 종족에 대한 도전은 언제나 있어왔습니다."

"그래…… 우리는 오랜 세월에 거쳐 강력한 종족들과 싸워왔지. 500년 전 모든 지능 종족이 연합해 대륙의 쟁패를 다퉜던 전쟁에서 우리 평인족이 승리한 이래, 우리는 이 대륙을 성공적으로 지켜왔네. 이번에도 예외는 있을 수 없어."

"중하씨는 어떻게 하실 생각입니까?"

"둘째가 알아서 하겠지. 준경 그 놈은 그릇이 커. 제 처가에 대한 일은 맡겨달라고 했으니까."

"제가 도울 일은?"

"둘째의 길을 만들어주게. 이젠 나도 전 같지 않아."

"알겠습니다."

두 사람은 오랜 시간 동안 말없이 차를 마셨다. 한영은 쓴웃음을 지었다. 그의 뇌리에는 산이 부탁했던 말들이 여운처럼 흩어지고 있었다. 사실은 부탁이라기보다 협박에 가까웠지만…….

* * *

D-170일.

“가급적, 부디…… 아니 제발 잡소리는 하지 마라. 이번에는 제발 참아줘. 내 방식대로 갈 거다.” 산이 눈을 부라렸다.

“봐서요.” 비연이 대꾸했다.

“정말 때려줄 거다.”

“맞죠 뭐…… 한두 번 맞아봤나…….”

“누가 들으면 진짜 팬 줄 알겠다?”

“사실이잖아요? 매일 밤 터지는데…….”

산과 비연은 서로 구시렁거리며 황궁 대전으로 향하고 있었다. 두 사람을 따르는 열 명의 시종과 시녀들은 웃음을 참느라 고개를 숙이고 있다. 이들은 결코 기대에 벗어나지 않는다. 일생에서 가장 긴장되고 가장 엄숙한 순간을 앞두고 이렇게 농담할 수 있는 여유를 가진 사람을 본 적이 없다.

오늘은 작위 수여식이 있는 날이다. 두 사람은 화려한 복장을 하고 있었다. 황제는 형식적으로 충성을 확인하는 질문을 던질 것이고 후작은 맹세하면 되는 것이다. 그리고 큰 이변이 없다면 수여식은 오후에 시작되고 커다란 연회가 이어질 것이다. 그전에 그들은 황제와의 면담을 위해 미리 대전으로 들어가고 있었다.

“흠…….”

“음…….”

들어가기 직전에 두 사람은 문 앞에서 약속이나 한 것처럼 우뚝 섰다. 뒤따라오던 시녀와 시종들이 걸음을 멈추느라 휘청거렸다. 두 사람은 고개를 돌려 건물을 좌에서 우로 한 번씩 훑었다. 마치 감상하려는 것 같았다. 그러나 그들이 나눈 대화 내용은 달랐다.

―넷?

―강하군요. 아주…….

―호위겠지?

―시험일지도 모르죠.

―다른 것은?

―셋…… 그리고 넷…… 이건 겪어봐야 알겠는데요?

―긴장되나?

―조금은…… 그렇군요. 세상에 황제를 만난다니! 이게 꿈인지 생시인지…….

―그래봐야 그도 볼일 보는 사람이야.

―네…….

―긴장 풀어. 우리에게는 잃어버릴 것도 없잖아? 이제 즐겨보자고.

* * *

접견실은 원통형의 건물로 되어 있었다. 안쪽 벽에는 정교하게 조각된 선대 황제의 청동제 반신상들이 가운데를 향하고 있고 출입문을 정면으로 바라볼 수 있는 가운데에 황제의 보좌가 자리 잡고 있었다. 황제의 자리와 조금 떨어진 아래쪽에는 커다란 둥근 탁자가 있었다. 황제와 면담을 하는 사람들이 앉는 자리다. 황제의 자리 좌우에는 푹신한 팔걸이가 있고 황제만을 위해 준비된 차를 놓는 작은 탁자와 서가가 있었다.

전체적으로 웅장하지만 채광이 좋아 따뜻한 느낌이 드는 접견실에서 산과 비연은 황제를 처음 만났다. 황제는 이미 무상 한영, 한선가 가주 한혁과 담소를 나누고 있었다. 한혁은 한영의 형으로서 4품에 이른 대가다. 발군의 정치적 감각을 가진 인물로 현재 한선가의 가주 직책을 맡고 있다.

대전의 문이 열렸다. 시녀가 그들의 도착을 먼저 고했다. 들어서자 중앙의 황제가 보였다. 황제는 손을 들어 두 사람이 앉을 자리를 직접 가리켰다. 바로 황제의 앞자리였다. 시종들은 약간 당황한 모습이다. 보통은 준비된 자리에서 대기하고 황제가 몇 마디 묻는 것으로 면담은 끝난다. 그런데 갑자기 황제의 지시가 달라졌다. 예행연습에서 없었던 일이다. 시녀들은 아무 소리 없이 두 사람을 황제가 지정한 자리로 안내했다.

황제는 눈을 약간 찡그렸다. 두 사람은 시녀들을 따라 발걸음을 옮기기 전에 잠깐 서더니 황제를 향해 허리를 반쯤 굽히며 예를 취했다. 황제의 입가가 조금 비틀렸다.

'빈틈이 없다. 아주 긴장한 상태에서 의외의 상황에 접하면 누구라도 당황하기 마련일 텐데…… 그리고, 긴장감이 거의 없어.'

황제는 기분이 묘해졌다. 그들이 방금 표현한 예법은 그에게도 익숙한 것이었다.

'사신(使臣)의 예라…….'

두 사람은 지정한 자리에 앉았다.

"이제야 소문난 그 두 사람을 보게 되는군. 어서 앉게나."

"폐하께 영광과 홍복이 영원히 같이하시기를! 신(臣) 강산 인사드리옵니다."

"신, 비연 인사드리옵니다."

황제가 고개를 가볍게 끄덕였다. 그러나 그의 눈길은 두 사람에서 떨어지지 않고 있었다. 실내는 조용했지만 평화롭지는 않았다. 지금은 지독한 탐색이 벌어지고 있다.

근래에 이 정도로 황제의 호기심을 건드린 인물은 없었다. 그리고 오늘 드디어 그들과 만났다. 황제는 소문과 평판을 결코 믿지 않는다. 그것들이 얼마나 정치적으로 조작되는지를 누구보다 잘 알기 때문이다. 한선가의 지도자, 한영과 한혁은 두 사람보다 오히려 황제 쪽을 쳐다보고 있었다. 사람에 대한 판단은 관점에 따라 달라진다. 무인과 정치가의 관점은 어떻게 다를까?

"그래…… 그대들에 대한 이야기는 레인으로부터 들었다. 사람됨이 반듯하고 아주 출중하다고 하더니 과연 그 말에 틀림이 없도다. 그동안 두 사람이 제국을 위해 아주 큰 공을 세웠다는 것은 짐도 잘 알고 있다. 이제 그간의 노고를 치하하고 싶구나."

두 사람이 자리에 앉자, 황제가 먼저 말을 건넸다.

"폐하의 지지와 결단이 없었으면 진행되지 못했을 일입니다. 저희들은 그저 주어진 임무를 성실하게 전달했을 뿐, 오히려 황실의 요원들이 고생을 많이 했습니다."

산이 대답했다. 어투는 간결하고 목소리는 신중하다. 지나친 겸양도 피했다. 두 사람의 시선은 황제의 코와 입술 사이 인중에 맞춰져 있고 두 손은 자연스럽게 무릎 위에 올려놓고 있었다. 황제는 고개를 저었다.

"짐은 지나친 겸양을 좋아하지 않는다. 세상에 누가 있어 그 방대하고도 치밀한 계획을 만들었을 것이며, 또한 온갖 권문세가의 반대와 저항에도 불구하고 그 계획을 빈틈없이 진행시킬 수 있었겠는가? 황실의 간부들은 자네들이 오기 전에도 많이 있었다. 그러나 그들은 못 했고 그대들은 해냈다. 둘 사이엔 분명한 차이가 있다고 해야겠지?"

황제가 눈을 가늘게 뜨고 두 사람을 살폈다. 이제 어느 정도 탐색은 끝났다. 본론이다. 황제의 입안에는 침이 고였다. 뇌리에서는 레인의 얼굴이 살짝 떠올랐다가 사라지고 있었다.

"앞으로도 많이 고생해야 될 게야. 그런 의미에서 자네들의 노고를 치하하고 상을 내릴까 해서 불렀다네. 또한 앞으로 더 큰일을 해주었으면 하는데…… 그렇게 해주겠나?"

"더 큰일이라 하시면?"

"이제는 밖의 문제를 해결해주었으면 하네. 제국을 적으로부터 방어하는 일일세. 남쪽 기잔을 맡아줬으면 하는데?"

"군(軍)을 말씀하시는지요?"

"아니, 국(國)이라고 해야겠지. 영지를 개발하고 군대까지 키워주기를 바라고 있다네. 그래서 두 사람에게 마땅한 작위를 내려주기로 했지. 짐은 공작이 그 공로에 적합하다고 생각하네. 어때, 마음에 드는가?"

황제는 문제를 던졌다. 비연은 산을 쳐다보았다. 얼굴에는 쓴웃음이 흐르고 있었다.

'작위가 올랐다. 더구나…… 황제는 작위의 가부(可否)를 묻는 것이 아니라 작위의 격(格)에 대해서만 묻고 있다. 이미 결정된 것이니 토를 달지 말라는 무언의 경고겠지…….'

"외람된 말씀이오나, 몇 가지 사항을 폐하께 확인하고 난 뒤에 결정하고 싶습니다."

산이 말했다.

"흠……."

"음……."

황제는 눈을 크게 떴다. 한선가의 두 노인은 신음을 눌러 삼켰다. 천정, 바닥, 원형의 공간에서 날카로운 기운들이 비명을 지른다. 산은 여전히 황제를 쳐다보고 있었다. 사내의 태도에는 위축된 느낌이 없었다. 황제는 두 사람을 물끄러미 바라보았다. 사내도 여자도 너무 자연스럽다. 꾸민 것이 아니라는 것.

황제는 흰 수염을 천천히 쓰다듬었다. 점점 재미있어진다. 정말 대단한 배짱이다. 최소한 누구들처럼 앞에서는 충성을 맹세하고는 돌아서서 뒤통수를 갈길 친구는 아니다. 그래서 더 들어보기로 한다. 그렇지만, 장내를 휘감고 있는 기운은 점점 맹폭(猛爆)해지고 있다. 황제의 살갗에도 약간의 소름이 돋을 정도…….

"질문을 허락한다."

황제의 허락이 떨어졌다.

"기잔은 땅이 척박하지만 남쪽에서 프리고진으로 이어지는 군사적 요충지라고 들었습니다. 그리고 저희 두 사람은 이방에서 온 사람입니다. 이곳에서 어떤 기반도 가지고 있지 않습니다. 그러면 이제 폐하께 감히 묻습니다. 저희의 어디를 신뢰하셔서 그 중대한 영지의 경영을 맡길 생각을 하셨습니까? 만약 우리가 힘을 키우거나 반란 세력에 붙어 전쟁을 일으키면 어떻게 하시겠습니까?"

산은 황제를 쳐다보았다. 황제의 얼굴에 약한 웃음이 돌았다. 깍지를 낀 손가락이 까닥거리고 있다.

"질문이 많을 텐데, 계속하라."

"저희는 황실의 중요한 정보를 다뤄왔습니다. 그중에는 밖에 알려져서 좋을 것은 거의 없습니다. 어떤 것은 앞으로 진행하실 일에 치명적일 수도 있지요. 그런데 지금 폐하께서는 저희 두 사람을 황궁 밖으로 내보내고자 합니다. 우리는 어떤 판단을 내려야 합니까?"

"그렇다. 그대들이 지득(知得)한 정보는 정말 중요하지. 그래서 어찌해야 좋을꼬? 그대들은 이곳 황실에서 더 큰 권력을 원하는가?"

황제는 허리를 뒤로 약간 젖혔다. 산은 즉답을 유보했다. 대신 고개를 천천히 주변으로 돌렸다. 황제를 앞에 두고 다른 곳을 쳐다보는 행위. 대단히 위험하고도 매우 불경한 행동이다. 과연…… 접견실의 기운들이 사방에서 형상을 갖추며 요동치기 시작했다. 그러나 사내의 서늘한 눈길은 흔들림이 없었다. 한선가의 거인 두 사람에게서 잠시 머물더니 다시 위쪽 천정으로 향했고 다시 오른쪽 한곳에 잠시 멈췄다가 다시 황제의 시선을 찾았다. 황제는 눈썹 사이를 한없이 좁혔다. 사내가 서서히 뿜어내는 기백에 가슴이 쿵쿵 뛴다. 산은 입을 열었다. 묵직한 저음이 흘러나왔다.

"권력 따위는 한 끼 식사만큼도 중요하다고 생각하지 않습니다. 저희는 어디에서 용병질을 해도 먹고 살 수 있습니다. 지금은 오직 하나만이 중요합니다. 그러므로 폐하께 다시 묻습니다. 저희는 사람입니다. 그리고 폐하는 사람의 대표입니다. 그런 우리 두 사람이 지금 '사람'에 대해 안전합니까? 그리고 이후에도 그러합니까? 질문은 그것이 전부입니다."

산은 황제를 쳐다보았다. 이 사내의 입은 이제 고집스럽게 닫혀 있다. 원하는 답을 듣지 않으면 다시 열릴 일이 없을 것처럼…… 황제는 사내와 여자, 두 사람을 쳐다보았다. 어찌 분위기가 이리도 같을까? 마치 한 사람을 보는 것 같다. 황제가 수염을 쓰다듬던 손을 내렸다. '사람의 대표'로서 사람에게 안전을 보장할 수 있는가? 잠시 적막이 흘렀다.

"안전할 것이다. 지금도 그리고 앞으로도 안전할 것이다. 인간의 대표, 황제의 이름으로 약속하지."

황제가 부드럽게 말했다. 무언가가 통했고 안전보장을 확약한 셈이다. 동시에 모든 기운이 갑자기 사라졌다. 더 시험하는 것에는 의미가 없었다. 두 사람의 분위기는 소소한 위협 따위로 바꿀 수 있는 것이 아니었다. 만약 더 궁지로 몰아간다면 진짜 박차고 일어날 것 같았다. 그것은 황제가 원하는 상황이 아니다. 황제는 다시 손을 흔들었다.

"호위는 모두 물러가라. 대화가 끝날 때까지 아무도 이곳에 들이지 말라. 예외는 없다."

공간에는 잠시 무거운 침묵이 흘렀다. 찻잔이 딸각거리는 소리만 공간에 퍼져나간다. 한영이 침묵을 깼다.

"폐하, 이제 번거로운 확인도 끝났으니 본론으로 들어가는 것이 좋겠습니다."

"그러지. 이제 네 사람도 나오구려. 아무래도 같이 이야기해야 할 상황인 것 같소만……."

황제의 말이 끝나자마자 네 방향에서 각각 한 사람씩 걸어 나왔다. 원통형의 벽에는 이렇게 사람을 숨길 만한 공간이 있었던 모양이다. 황제와 한선가의 두 지도자는 두 남녀의 표정을 유심하게 살폈다. 그들은 눈을 정말 크게 뜨고 있었다. 산은 굳은 얼굴로 비연의 손을 잡았다.

"유벌을 만든 네 분이지. 한선가가 밝은 세계에서 황실을 지탱하는 축이라면, 유벌은 어두운 세계에서 황실을 보전하고 있는 진정한 힘이네. 세간에 알려진 것과는 많이 다르지?"

황제가 소개했다. 어지간한 두 사람도 이번에는 매우 놀랐다. 유벌을 처음 만나서가 아니다. 저 복장, 저 모습들…….

'285 에피소드! 바로 그곳에서 온 사람들…….'

'우리의 소환은 인간세계의 황실과도 연관이 있는 것이었나……?'

상황은 두 사람이 상상했던 것보다 훨씬 크고 복잡하게 흘러가고 있었다. 제작자가 자신의 세상을 방치하지 않고 있으리라는 것은 어느 정도 예상했었다. 현자 담의 말대로 '일원'을 유지하는 축이 인간이라면 당연히 자기 종족을 보호하는 힘을 인간에게 부여했으리라는 것도 예측했었다. 이제 그 실마리를 찾은 것 같다. 과연 황실에는 무언가가 있었다. 황제가 뜬금없이 거대한 개혁을 밀어붙인 것도, 한영이 자신들을 찾은 것도…….

두 사람은 자신이 할 수 있는 한 최고의 몸 상태를 만들고 있었다.

지금 확실한 것은 세 가지였다. 첫째, 이제 그들은 원하는 정보에 접속할 수 있을지도 모른다. 이것은 좋은 소식이다. 둘째는, 고약하게도 신, 현자 등등…… 그들의 정신을 들여다보는 적들 역시 놈들이 가장 보고 싶은 곳을 보게 될 것이다. 아주 나쁜 소식이다. 그리고 마지막 하나는…… 두 사람이 그 인과관계를 아주 잘 알고 있다는 것이다. 자신들이 변이하게 될 경우 그들의 존재 자체가 인간에게 가장 위험한 사건이 될지도 모른다는 현실도.

"겨우 찾았더니 이게 무슨 개 같은 시추에이션이냐……."

이제 어떤 선택을 해야 할 것인가?

비연이 산을 향해 눈짓을 했다. 산이 고개를 끄덕였다.

"잠깐 실례하겠습니다."

비연이 일어섰다. 황제가 의아한 눈으로 쳐다본다. 다른 사람들의 표정도 굳어졌다. 그만큼 두 사람의 행동과 분위기는 묘했다. 그들은 유별 인물들의 복장만 힐끗 보더니 딴짓을 하고 있다. 여자는 문 쪽을 바라보고 있고 사내는 고개를 약간 숙인 채 탁자 위를 응시하고 있었다. 새로 등장하는 사람들을 무시하거나 의식적으로 피하려는 듯이 보였다. 그것도 매우 노골적인 모습이다.

"아무 소리 하지 마시고 먼저 제 이야기를 들어주셨으면 합니다." 비연이 말했다.

"심하다! 이건 너무 무례하구나."

한선가 가주 한혁이 일갈했다. 한혁은 세계 최강의 한선가를 지휘하는 가주다. 확실히 황제 앞에서의 비연의 행동은 용서할 수 있는 정도를 넘어서 있었다. 그러나 비연은 꿈적도 하지 않은 상태로 역대 황제들의 조상을 바라보고 있었다.

"그럴 만한 이유가 있지 않겠습니까? 이건 우리도 전혀 생각하지 못한 상황입니다. 매우 난감하군요……."

산이 거들었다. 그 역시 여전히 고개를 숙인 상태다. 한영은 오히려 흥미롭다는 표정으로 한혁을 향해 손가락을 입가에 가져갔다. 상대는 젊지만 아주 사려 깊은 친구들이다. 이 상황에서 저렇게 하는 이유가 반드시 있을 것이다.

"고향 사람인 것 같은데, 이거…… 초면에 많이 까칠하구먼……."

"우리 얼굴조차 보기 싫다는 거냐? 그런 거야?"

"무려 이백십 년하고도 삼십이 년 만에 처음 만나는 고향 친구들이라고 해서 달려왔는데 매우 섭하네?"

여기저기에서 유쾌한 목소리들이 들렸다. 일부는 혀를 차고 있었다.

"그만들 하시고 이제부터 제 말을 잘 들으셨으면 합니다. 이해가 가지 않겠지만, 아주! 매우! 중요한 이야기입니다."

비연이 속삭이듯 낮게 말했다. 이렇게 소란스러울 때는 높은 소리보다 낮은 소리가 훨씬 효과적이다. 중요한 이야기는 항상 낮은 소리로 포장되기 마련이다. 갑자기 소리가 잦아들었다.

"누군가 우리 이야기를 듣고 있습니다."

비연이 말했다. 이제 숨소리밖에 들리지 않고 있다.

"누구를 말하는가?"

황제가 얼굴을 굳힌 채 다시 물었다. 호위들은 완전히 물러갔을 것이다. 이 사람들은 황제의 결정을 의심하는 건가?

"어찌어찌 살다 보니 우리 두 사람은 몸속에 여러 가지를 키우게 됐답니다. 하나는 용이라고 부르는 존재가 설치한 감지 장치, 다른 하나는 신이 분신이라고 자기 알을 까 넣더군요. 그중 용이 설치한 것은 저희 몸의 상태를 정밀하게 추적합니다. 여러분들이 믿을 것이라고 생각하지는 않지만……."

황제와 한선가의 두 거인은 서로를 쳐다보고 있었다. 어리둥절한 표정이다. 용이라는 존재는 신화 속의 동물이다. 유별나게 지능종이 많은 이 세계에서 오만 가지 종족들과의 전쟁을 치렀던 역전의 인간들이지만 용이라는 존재를 직접 대면한 사람은 아무도 없었다. 황제 역시 현자의 존재를 알고는 있지만 지혜로운 인간 각성자로만 알고 있을 뿐 현자와 용의 관계는 몰랐다. 그러나 이와는 대조적으로 유별의 네 사람은 표정을 심각하게 굳혔다.

"그뿐이 아니죠. 이곳의 신들은 우리 두 사람의 마음과 감각까지 공유하고 있습니다."

이번에는 산이 탁자를 응시한 채 씁쓸하게 중얼거렸다. 황제는 눈을 부릅떴다. 이번에는 신이라고? 그것들이 정말 실재한다는 것인가? 이 사람들이…… 지금 농담을 하는가? 반면 유벌 인물들의 표정은 다채롭게 바뀌고 있었다.

"따라서…… 우리가 여기서 본 것들, 들은 것들은 그놈들도 듣고 있다고 생각하시면 정확할 겁니다. 그리고 제 판단이 옳다면 지금 이곳에서 일어나는 모든 상황은 그들에게 알려져서는 곤란할 것입니다. 그러므로……."

산이 일어서서 비연의 손을 잡았다.

"폐하께서 여기서 저희와 무엇을 논의하려 하는지 모르겠지만, 이제 아무것도 듣지 않고 보지 않으려고 합니다. 이점 양해해주시기 바랍니다."

"현자들도 보고 들을 수 있나?"

유벌의 인물인 듯한 사람의 목소리가 울렸다.

"현자들은 우리들의 의식을 추적하고 몸 상태를 감지할 뿐일 겁니다. 하지만 아마 신들이 중계해준다면 보고 들을 수 있겠지요? 유벌의 사람이라면 잘 알고 있을 텐데요?"

비연이 답했다.

"그러면 신만 막으면 되겠네?"

"그럴 겁니다. 100퍼센트 확신하지는 못하지만……."

"그럼 문제없어. 그건 내가 전문이거든…… 잠깐만 기다려봐. 어디 신이라…… 꽃신, 고무신, 등신, 해구신……."

유벌의 다른 인물이 명랑하게 말했다. 머리를 짧게 깎았고 몸에 착 달라붙은 청바지를 입은 중년의 남자다. 그는 자신의 가방에서 삼각뿔 모양의 조각들을 꺼내 들었다. 사람들이 위치한 뒤쪽으로 육각형의 방위를 잡고 하나씩 놓았다. 그리고 또 하나의 장치를 꺼내 들고 이것저것 조작하더니 가운데 원탁에 배치했다. 그리고 손을 털며 말했다.

"됐다. 이제 이야기를 해도 놈들은 못 들어."

"교란 장치입니까?"

"비슷해. 이게 엉성해 보여도 효과가 직빵이거든. 신들도 록 음악을 좋아했으면 좋겠는데…… 뭐 아니면 말고……."

"어떻게 확신할 수 있죠?"

비연은 여전히 천정을 바라보며 퉁명스럽게 대꾸했다. 그러나 굳은 얼굴에는 환한 웃음이 번지고 있었다. 상상했던 것보다 정말 재미있는 사람들이다. 이 황당한 세계의 비밀에 대해 많은 것을 알 수 있을 지도 모른다. 저 사람들이라면…….

"한두 번 해본 일이 아니라서 말이지…… 여기 신들은 우리가 잘 알아. 서로 돕고 사는 관계지. 서로 사는 게 팍팍하고 아쉬운 게 많아서리……."

"신들은 저쪽 진영에 우호적입니다. 알고 있습니까?"

"저쪽 진영? 아! 그 오염된 도마뱀 떨거지들? 신이 걔네들 편이라고? 글쎄…… 그건 아닐걸?"

이번에는 다른 사람이 말을 받았다. 50대 정도로 보이는 남자인데 하얗게 센 긴 머리를 묶어 뒤로 넘겼고, 르네 마그리트의 '가면이 벗겨진 우주'가 프린팅된 하늘색 셔츠를 입고 있었다.

"우리가 직접 확인했는데도요?"

"거, 상관없대도 그러네. 신들은 우리가 살던 동네 기준으로 보면, 기자(記者)와 아주 비슷한 놈들이야."

"기자?"

"정보생물이잖아. 뭐든지 알고 싶어 하지. 기자는 누구에게라도 친한 척하잖아? 가끔 협박도 하고…… 그래야 알고 싶을 걸 얻을 수 있거든. 그리고 취재원을 보호하려는 본능이 있지. 놈들은 정보를 쉽게 팔지 않아. 그런 걸 진짜 우호적이라고 생각하면 웃기는 이야기야. 안 그래?"

"그거 그럴듯하네……." 산이 중얼거렸다.

"그 친구들은 그렇게 모은 정보를 가지고 지 입맛대로 써 갈기는 거야. 그러면 사람들의 생각이 자기들 원하는 대로 바뀌지. 하루에도 수억 건이 넘는 사건 사고들이 넘쳐흘러도 그놈들이 관심을 꺼버리면 세상에는 절대로 알려지지 않아. 사람들은 그놈들이 보고 들은 것만을 세상의 전부라고 착각하며 살고 있겠지?"

"그랬지요." 비연이 떨떠름하게 말했다.

"여기 신들도 마찬가지야. 그 친구들도 그렇게 정보로 이곳 사람의 관심을 등쳐먹고 살고 있더라고. 뭐…… 그래봐야 이 생활이 오래 못 간다는 것도 놈들도 잘 알거야."

"짐작은 하고 있습니다."

"자네들도 혹시 알까 모르겠지만, 우리가 살던 지구에서의 신들도 먹고 살기 위해 진화를 해야 했지. 그때 놈들이 이사한 곳이 바로 언론이었거든. 여기도 언젠가는 비슷해질 거야. 그 새끼들은 죽지도 않아."

사내는 정말 총알같이 말을 쏟아냈다. 오랜만에 신이 난 어린이 같은 모습이다.

"신들이…… 교회가 아니고 언론에 산다고요?"

"'아이콘(icon, 우상)을 파는 곳'과 '아이콘을 만드는 곳'의 차이 정도라고 말해주면 이해가 될라나?"

"재미있군요." 산이 피식 웃었다.

"너희들, 기자(記者)와 정자(精子)가 비슷한 점이 뭔지 알아? 우리 때 돌던 우스갯소리였는데……."

"잘 모르겠는데요?" 비연이 고개를 갸웃했다.

"사람 될 확률이 3억 분의 1이라는 거지…… 낄낄."

"……."

"어? 썰렁했나? 왜 안 웃어? 차원 높은 농담이었다고."

"뭐, 그런대로 웃기기는 하네요. 비유가 너무 심했다는 느낌이 있지만."

두 사람의 입가에도 밝은 미소가 저절로 떠올랐다. 이제 그들을 향해 고개를 돌렸다. 그들 모습이 한눈에 들어온다. 남자 셋에 여자 하나. 정말 익숙한 복장들. 분명히 21세기 초반을 살던 사람들의 전형적인 복장이다. 같은 시대의 인물이라는 뜻이다. 늙어 보이는 겉모습에 비해 복장이 지나치게 젊다는 것이 좀 언밸런스한 느낌이 있지만. 그게 무슨 상관이랴.

네 사람을 찬찬히 바라보는 두 남녀의 눈가에는 이윽고 약간의 물기가 맺혔다. 눈물 나도록 반갑고도 고맙다. 이 숨 막히도록 처절한 고독의 세계, 완전히 격리된 공간에서 이 사람들이 존재한다는 자체로도…… 나쁜 놈이든 착한 놈이든 그건 알 바 아니다. 같은 세계를 공유할 수 있는 사람이라는 것. 타자(他者)를 껑충 뛰어넘어 확 다가오는 더욱 강렬한 동질감. 그래도 이제는 조금 덜 외로울 것 같다는 안도감.

그렇지만 그건 그거고…….

그들의 대화를 전혀 이해하지 못하는 세 사람이 그 여섯 사람을 멍하게 쳐다보고 있었다. 황제, 그리고 한선가의 두 인물. 그들은 이 세계를 대표하는 데 부족함이 없는 거인들이다.

"문제는 해결됐나?"

한영이 산을 쳐다보며 물었다.

"그런 것 같습니다. 이제 이야기를 해도 괜찮을 것 같군요."

* * *

산과 비연, 황제, 한혁과 한영, 그리고 유벌의 네 사람은 숙의를 거듭했다. 작위 수여식은 취소됐다. 꽤 거창하게 준비된 연회도 모두 취소됐다. 누구도 불만을 가질 수 없었다. 그것은 황제의 뜻이었고 황제의 결정에 대한 질문은 금지되어 있다. 그렇지만 황실의 모든 사람들, 대신들과 커다란 권력을 넘보는 인물들은 극도로 긴장했다.

"폐하께서 이렇게 오래도록 사람을 만난 적이 있었던가?"

1차석이자 황실의 의전을 담당하고 있는 총무감 오유가 중얼거렸다. 그녀는 행사가 취소됐다는 소식에 망연한 표정을 감추지 못하고 있다.

"무슨 일이 벌어지고 있는 걸까요? 폐하께서 가장 중요하게 생각하시는 행사가 바로 작위 수여식인데 그것까지 취소하셨다면 대체 얼마나 중요한 일이기에……."

3차석 류인이 입술을 질경질경 깨물고 있었다. 모든 행사가 취소된 대전에는 서늘한 느낌마저 감돌고 있었다. 점점 뜻 모를 불안감이 엄습했다. 툭 튀어나온 가시 같은 그 두 사람이 영지로 떠나는 것을 말리고 싶은 황실 사람은 아무도 없었다. 아마도 가장 환영하고 축하해줄 사람이 있다면 바로 황실 사람들일 것이다. 그런데 수여식이 취소됐다니 대체 무슨 의미일까? 대체 무슨 이야기를 이토록 길게 하고 있는 건가?

"뭐가 또 있는 거냐……?"

어느 때부터인가 일부 사람들은 레인의 진정한 배경에 대해 의심하고 있었다. 또한 레인이 초빙한 두 사람의 출신과 관련해서도 온갖 추측이 난무하고 있었다. 두 사람에게는 분명히 특출한 면이 있다. 그러나 자신들을 직접적으로 드러낸 적은 없었다. 그들이 노출했던 것은 오로지 탁월한 무력과 그리고 유별난 조직 통솔력뿐이다. 이상할 것은 없었다. 그런 능력은 비서실의 대장이라면 의당 갖추고 있어야 할 덕목이니까. 아직도 대부분의 사람들은 이번 개혁의 입안과 실행 과정에서 드러난 구상과 전략이 모두 천재 레인의 머릿속에서 나온 것으로 믿고 있다.

그렇지만 신경을 건드리는 사건들이 이어졌다. 누구도 건드릴 수 없었던 야별과 흑별의 움직임이 소리 없이 사라졌다. 유별은 연락 자체가 되지 않았다. 절대무가 한선가가 레인의 일에 깊숙하게 개입하고 있었다. 동명가와 기장가라는 왕가(王家)급의 거대 무력 세력들이 어느새 프리고진에 들어와 자리를 잡아가며 권문세가의 사업을 외곽에서 견제하고 있었다. 더욱 기묘하게도 한선가는 이들의 행동을 알면서도 침묵했다. 자신의 안마당인데도 말이다. 그렇지만, 그때까지만 해도 이 일련의 움직임을 레인 개혁과 연결시켜 생각한 사람은 아무도 없었다.

시간은 평화롭게 흘러갔다. 사람들의 관심은 자연스럽게 일상으로 되돌아갔다. 레인 개혁이 본 궤도에 올랐다. 잦은 비가 내리는가 싶더니, 어느덧 폭풍우가 몰아치기 시작했다. 그 무렵에야 황실의 주요 세력과 권문세가들은 비로소 위기의 징후를 느끼기 시작했다. 그러나 몸을 움직이기도 전에 상황은 이미 종료되어 있었다. 한선가, 동명가, 기장가의 3대 정통파 절대무가, 그리고 야벌, 흑벌의 재야파 무벌들…… 무력으로는 제압할 수 없는 세력들이 길목을 막고 그들의 행동을 까칠하게 지켜보기 시작했다. 한편, 유리센을 중심으로 한 문예림의 지식인들까지 개혁을 지지하며 연일 권문세가의 전횡과 부패에 대한 격문을 토해냈다. 어디에서나 그들의 사업은 묘한 견제를 받았다. 결정적으로 사명씨가 정계은퇴를 선언함과 동시에 영지로의 귀향을 서두르면서 연합 전선조차 와해되어버렸다. 그렇게 유력 권문세가들은 저항 한번 못 하고 소리 없이 쇠락의 수순을 밟고 있었다.

그것은…… 인사와 재무를 관장하는 레인이 기획할 수 있는 범위의 일이 아니었다. 그러면 누구일까? 제법 똑똑한 자들의 시선은 자연스럽게 두 사람에게 다시 향했다.

보려고 하니 더 많은 것이 보였다. 그 두 사람은 그들이 상상했던 것보다 훨씬 깊이 관련되어 있었다. 황실과 황실 밖의 모든 정보는 거의 실시간으로 그들에게 들어가고 있었으며 심지어 아침 식사 시간에 나왔던 사소한 잡담과 불평까지도 듣고 있었다.

가벼운 마음으로 두 사람의 거동을 조사하던 이들은 예외 없이 등줄기에서 꼬리뼈까지 소름이 훑고 내려가는 묘한 경험을 했다. 황실의 시녀들, 시종들이 소문 없이 장악되어 있었다! 황실 귀인들의 평생 수족이었던 사람들이다. 그러나 정기적으로 순환 근무를 하도록 제도가 바뀌면서 내 사람으로 만들 수도 없게 됐다. 이제 확실해진 것은 황실의 권력으로 몰래 할 수 있는 것은 아무것도 없다는 사실이다. 숨이 막혔다. 이것조차도 계산된 행동이었을까?

그러던 와중에 작위 수여에 관한 공고가 돌았다. 거의 모두가 환성을 질렀다. 물론 속으로…… 그들은 이날을 손꼽아 기다려왔다. 만면에 웃음을 띠고 정말 진심으로 축하해주러 왔다. 모두가 한마음 한뜻으로 정성을 모아서…… 레인과 함께 보낸다면 그보다 바람직한 일은 없을 것이다. 그러나…….

"되는 게 없네……."

류인이 한숨을 쉬며 내뱉은 말이다.

* * *

"그 두 사람은 처음 폐하를 뵙는 거지?"

"그렇게 알고 있습니다."

"레인은?"

"많이 불안한 모습입니다. 바로 숙소로 퇴청했습니다."

"그래…… 알았다. 이제 가보거라."

전령관을 보내고 비서감 가유는 의자에 깊숙하게 몸을 누였다. 늦봄의 다사로운 저녁 바람이 창가로부터 살살 스며들어 온다. 머리가 맑게 개는 느낌이다. 편안하다. 약간의 졸음이 몰려왔다. 얼마 만에 느끼는 참다운 휴식인가?

“내일은 오빠를 만나봐야겠어…….”

그녀는 눈을 감았다. 그녀의 눈꺼풀 속에는 오빠의 젊은 시절이 스르르 흘러가고 있었다. 황제가 되기 전에 참 다정다감했고 유쾌했던…… 그녀의 입가가 조금씩 위로 올라갔다.

* * *

길었던 회의가 끝났다. 황제는 허리를 한껏 뒤로 젖힌 채 천정을 바라보고 있다. 한영은 팔을 턱에 고인 채 의자에 비스듬히 앉아 있다. 한혁은 아직도 감상이 끝나지 않은 듯 두 남녀를 뚫어져라 쳐다보고 있었다. 유별의 인물 네 명은 이미 사라지고 없었다.

산은 의자를 약간 뒤로 빼 깍지 낀 손을 무릎에 올려놓고 다리를 자연스럽게 포갠 상태로 앞을 응시하고 있었다. 비연은 고개를 약간 젖혀 산의 어깨에 자연스럽게 기댄 채 역대 황제의 흉상을 물끄러미 쳐다보고 있었다.

스무 시간이 넘는 마라톤 회의 때문인지 모두가 심적으로 지친 모습이다. 이 사람들이야말로 이 세계에서 가장 바쁜 사람들이다. 이렇게 모두 모이기는 매우 어렵다. 그러므로 오늘 거의 모든 전략과 방향을 결정해야 했다. 하지만 대강 결론은 낸 것 같다.

이제 출입이 허락된 호위들과 시종들이 뒷정리를 위해 접견실 안에서 조심스럽게 움직이고 있다. 안쪽의 모습을 보며 그들은 숨을 죽였다. 지엄한 황제 앞에서 사람들이 이렇게 흐트러져 있는 모습은 그들로서도 처음 보는 광경이었다.

"이만 들어가 보겠습니다."

산이 비연의 어깨를 잡고 천천히 일어났다. 그의 얼굴에는 그런대로 만족감이 걸려 있었다. 비연은 피로감이 역력해 보였지만 옅은 미소를 보내며 황제에게 예를 표했다.

"고맙네. 이제 짐이 잘 부탁한다고 말해야겠지?"

황제가 의자에서 등을 떼며 짤막하게 말했다.

"별 말씀을…… 저희가 원한 일입니다."

"짐은 자네가 부럽군. 이상하게 들리겠지만……."

황제는 산을 쳐다보며 웃고 있었다. 이 웃음에 맛이 있다면 아마 소태같이 쓴맛일 것이다.

"모든 것을 가진 제국의 황제께서도 부러운 것이 있으신가요? 무척 욕심이 많으시군요."

산이 황제의 말을 받았다. 파격적인 말투다. 마치 오랜 친구를 대하는 듯한 친근함과 세대와 계급을 뛰어넘는 자연스러움이 있다. 시종들은 터져 나오는 비명을 참느라 황급하게 입을 가렸다. 그들의 불안한 눈길은 황제를 향했다. 황제는 오히려 편안한 표정이다.

"가지지 못한 것도 많다네. 아니…… 가지고 있었지만 지금은 잃어버렸는지도 모르지."

"조금 겪어보니, 권력은 자극이 강한 감미료와 같더군요. 웬만해선 만족하기 어렵게 만들죠."

황제의 눈길이 비연에게 돌아간다. 비연은 살짝 목례를 하며 그 시선을 흘렸다.

"아주 좋은 부인을 두었어."

황제는 잠깐 말을 삼켰다. 뭔가 이야기가 나오려다 다시 목안으로 기어들어 갔다.

"전 양보다 질입니다."

산은 먼지를 털어내듯 비연의 어깨 언저리를 툭툭 쳤다. 갑자기 산의 얼굴이 약간 찡그려졌다. 비연의 작은 주먹이 산의 옆구리에 꽂혀 있다.

"……."

황제는 산과 비연이 노는 모양을 물끄러미 쳐다보다 빙그레 웃으며 고개를 끄덕였다. 두 사람은 허리를 살짝 숙여 예를 표했다. 황제가 손을 흔들었다. 두 사람은 천천히 돌아서서 걸어 나갔다. 두 손을 꼭 잡고. 여자의 고개는 사내 쪽으로 살짝 기울어져 있다. 그 옆으로 시종과 시녀들이 종종 걸음으로 따라붙었다. 황제의 눈길은 그들의 뒷모습에 한참 동안 꽂혀 있었다. 불빛이 멀어지고 어둠이 사람의 모습을 삼킬 때까지…… 황제가 '인간의 대표'로서 위대한 두 인간에게 나름대로 헌정하는 최상의 예의였다.

'이 세계…… 그리고 이 세계가 베푼 무시무시한 운명과 당당하게 맞서려는 이방인 친구들에게…….'

* * *

"태어나서 오늘만큼 놀란 적도 없었어."

"저도 그렇습니다. 끔찍했죠."

황제와 한영이 바깥으로 발길을 옮겼다. 밤을 꼬박 새서 그런지 황제의 눈가에는 검은 띠가 드리워져 있다. 그러나 눈빛은 어느 때보다도 형형하게 빛나고 있었다. 황제는 젊은 시절 무인으로서 전장을 휘어잡았던 역전의 용사이기도 하다. 군에서 복무한 경력이 없으면 작은 성의 영주도 할 수 없는 것이 다문 제국 귀족들의 운명이다. 그만큼 피와 살이 튀는 전장에서의 통솔력은 제국의 지도자가 가져야 할 자질 중 가장 중요하게 평가된다.

오전에 시작한 회의는 식사 후 늦은 밤을 지나 새벽까지 진행됐다. 토론은 바위처럼 진중했고 한없이 격렬했으며 아주 솔직했다. 모든 사람은 산과 비연이 들려주는 놀라운 이야기를 들었다. 때론 놀람의 탄성을 질렀고 때때로 그들의 처지에 대해 깊은 동정을 표시했다. 그리고 두 사람이 수집해온 초월적 존재들에 관한 정보를 경청했다. 두 사람이 겪었던 또한 지금도 겪고 있는 어마어마한 이야기는 모든 사람에게 심대한 충격을 주었다. 여기까지는 화기애애하고 좋았다. 그 다음에는 황실에 들어와서 진행한 일에 대한 이야기로 이어졌다. 여기서부터는 모두들 아는 내용이기에 그들의 관점에 대해 소소한 흥미를 불러일으키는 정도일 것이라고 생각했다.

황제는 한영을 힐끗 바라보았다. 한영이 고개를 한 번 끄덕거리는 것으로 화답한다. 그동안 은밀하게 진행해왔던 노력들이 떠올랐으리라. 한영은 진지하게 이야기를 꺼내는 두 사람을 바라보며 쓴웃음을 지었었다.

'레인과 함께 버리는 패였다는 사실을 알면 어떤 표정을 지을까? 지금 황제의 생각이 조금 바뀌어서 다행이긴 하지만…….'

황실의 개혁을 주도한 주역은 레인이지만 배후에는 황제와 무상의 오래된 계획이 있었다. 그 계획은 그다지 착한 것이 아니었다. 레인이라는 똑똑하지만 하찮은 배경을 가진 '버리는 패'도 있었고 레인이 데리고 올 유능한 이방인에 대해서도 커다란 기대를 하지는 않았다. 결국 방향이 어찌 되든 황제의 의도대로 흘러갈 테니까. 그리고 이들을 희생양으로 삼아 권문세가와 황실 요소요소에 깔려 있는 암중세력에 대한 대대적인 공격 전략을 수립했다.

그 원대한 계획에 대해서는 2황자와 황제의 측근들도 알고 있었다. 오직 레인과 레인의 조직만 몰라야 할 사실이었다. 계획은 성공적으로 마무리되고 있었고 황제와 그 측근들은 자신들이 한 일에 대해 대단히 만족하고 있었다.

레인과 두 사람은 운이 좋았다. 그들은 예상보다 훨씬 능력이 있었으며 더욱 쓸모 있는 것으로 평가됐다. 그것이 이들을 폐기하지 않고 지금같이 그나마 신경을 조금 써주겠다는 알량한 생각이 드는 데 한몫했으리라. 이제 마무리를 남겨둔 상태였다. 두 위험한 이방인에게는 작위를 주어서 골치 아픈 영지로 보내고 레인도 덤으로 딸려 보내면 자신이 아니라도 일은 자연스럽게 마무리될 것이었다. 요행히 살아남으면 제국의 남쪽을 보강하면 될 것이고 죽으면 그로써 된 것이다. 그런 것이 정치 아니었나?

그러나 이야기가 진행되면서 황제의 얼굴은 굳어졌다. 한영은 칼자루에 손을 얹었다.

"으……음……."

한영의 입술 사이로 신음이 기어이 비집고 나왔다. 모든 계획들이 다시 펼쳐졌고 재해석됐다.

"그래서 그런 무엄한 의도가 있었고 지금도 진행 중이라는 것인가?"

한영이 굳은 얼굴로 물었다.

"우리가 살던 곳에 이런 격언이 있습니다. '사냥이 끝나면 사냥개를 삶는다.'"

산이 말했다. 어투는 냉정하다.

"무슨 뜻이지?"

"권력자는 자신에게 골치 아픈 일을 끝내면 그 일을 진행하던 사람들을 숙청한다는 의미입니다."

비연이 씁쓸하게 말했다. 황제와 한영, 한혁의 얼굴이 하얗게 굳었다.

"계속해보게." 황제의 목소리는 약간 떨리고 있었다.

"우리는 이곳에 와서 누구도 믿을 수 없다는 것을 알게 됐습니다. 믿음이 전제가 되지 않으면 믿음 따위가 없어도 일이 되게끔 만들어야 했습니다."

산이 말했다.

"음……."

"따라서 우리 두 사람, 그리고 레인 황녀가 세웠던 첫 번째 전제는 '안전'을 확보하는 것이었습니다. 마지막 전제 역시 '안전'하게 빠져야 한다는 것을 포함시켜야 했습니다. 여기서 안전이란 외부 세력으로부터의 안전, 그리고 내부로부터의 안전을 모두 포함하는 것이어야 했죠."

비연의 목소리였다.

"여기서 내부로부터의 안전이란, 일이 끝난 후 숙청을 당하거나 암살을 당하게 되는 상황까지도 고려해야 한다는 뜻입니다."

산이 친절하게 부연 설명했다.

"……."

황제의 눈가가 파르르 떨렸다. 그들의 이야기는 계속된다. 유벌의 네 사람은 흥미로운 얼굴로 사태를 지켜보고 있다.

"만약 황제와 한선가가 우리의 안전을 위협하는 세력이 된다면? 그에 대비하는 '작전'도 같이 진행되어야 했지요. 필요하다면 그 위험 요소들을 치우는 작업도 포함해야 합니다. 설령 상대가 이 제국의 주인이라 할지라도."

이 위험한 이야기를 전하는 두 사람의 말투는 담담하고도 거침이 없었다. 황제의 얼굴은 붉게 물들었고 한영과 한혁은 기운을 있는 대로 끌어 올렸다.

"반역……까지 생각했던 것이었나?"

"반역이라고요? 적절한 표현은 아니죠. 우리는 권력 따위를 원한 적이 없으니까요."

비연이 날카롭게 응수했다.

"우리가 계약한 주체는 레인 황녀였지 제국의 황제는 아니었습니다. 그녀는 우리를 참된 벗으로 여겼고 목숨을 던질 정도의 용기와 강력한 믿음을 보여주었습니다. 반면, 황제는 우리를 쓰고 버리는 패로서 믿지 않고 있다는 사실이 달랐죠. 아마 비밀 유지를 위해 우리를 살려두지 않을 것이라고 봤습니다. 맞나요?"

"……."

"우리는 사람 간의 계약을 중시합니다. 우리가 인식한 임무는 레인이 원하는 사업을 성사시키는 것, 그리고 레인과 우리 자신을 보호하는 것이었습니다."

"……."

차분한 정적 속에 미칠 듯한 혼돈이 요동치고 있었다. 이제 새하얀 칼날이 칼집에서 반쯤 고개를 내밀기 시작했다.

"이 자리는 상호 안전보장을 서약한 자리입니다. 우리는 누구처럼 방금 맺은 서약을 깰 정도로 사악하지는 않습니다. 한선가의 두 분은 부디 기운을 거두시지요?"

산이 조용하게 말했다. 아직도 그들 사이의 공간에는 시퍼런 칼날 같은 기세들이 쉴 새 없이 요동치고 있었다. 산이 기세를 먼저 거뒀다. 이윽고 한영이 기세를 서서히 거뒀다. 한혁이 그 뒤를 따랐다. 그들의 허탈한 눈에는 싱긋 웃고 있는 여자의 모습이 잡혔다. 한영은 이를 악물었다.

"계속할까요?" 산이 빙긋 웃었다.

"계속하게."

죽음과도 같은 침묵 속에서 두 사람은 레인과 자신의 '안전'을 위한 작전의 진행 과정을 담담하게 설명했다.

황실의 핵심 하부 조직을 모두 장악하는 과정. 우호 세력을 확보하는 과정. 하부조직의 정보 흐름을 철저하게 통제하는 과정. 그리고 황제와 황실을 견제하는 2차 작전에 대한 설명이 이어진다. 황제의 권력을 빌어 흑별을 장악하고 모든 황실의 청부 목록과 청부자를 확보하는 과정. 시녀장과 시종장 그리고 시녀와 시종 조직을 우호 세력으로 끌어들이는 과정. 결국 그 예민한 조직조차 황제의 결정과 두 사람의 결정을 전혀 식별하지 못하게 된 현재 상황까지.

그런 상태에서 레인도 몰랐던 숨겨진 게임이 재현됐다. 결국…… 그들의 사전 공작에 따라 개혁안은 쉽게 가결됐으며 멍청한 황제와 더욱 멍청한 귀족들이 매우 불편한 대치 상태를 유지하게 된 모습이

다른 각도에서 드러났다. 그리고 누가 패를 쥐고 있는지도…….

"이 황제 우위의 팽팽한 상황이야말로 레인 황녀와 우리에게 가장 안전한 구도라고 보았습니다." 비연이 말했다.

"왜 그렇게 생각했지?"

"이 정도의 복잡한 사안을 다룰 수 있는 유일한 비서조직을 다른 사람에게 맡길 수 있으리라 생각하지 않았기 때문이죠."

"글쎄…… 그럴까? 이 황실에서?" 황제가 쓴웃음을 지었다.

"레인 황녀만큼 충직하고 믿을 수 있는 사람이 더 있다고 생각하시는 모양이죠? 저는 차라리 비서실을 해체하는 것이 더 안전하다고 생각했습니다만."

산이 빙긋 웃으며 황제를 바라본다.

"허허……."

황제는 아무 말도 하지 않고 헛웃음을 토했다. 황실의 아픔을 속속들이 알고 던지는 말이다. 황제는 태어나서 처음으로 다른 사람의 손바닥 위에 얹혀 있는 느낌을 받았다. 너무도 주도면밀해서 오히려 통쾌하다는 생각마저 들 정도다.

두 사람은 더 이상의 이야기를 생략했다. 그러나 황제와 한영, 한혁 모두가 생략된 메시지를 알고 있었다.

'그들은 필요하다면 무엇이든 할 수 있다. 최악의 경우, 황제가 죽어서 레인이 안전해진다면 이 두 사람은 가차 없이 그렇게 했을 것이다.'

한영의 등줄기에 땀이 자작하게 흘렀다. 만약 오늘 황제가 신뢰를 보여주지 않았다면……? 한영은 처음으로 공포를 느꼈다. 이제야 알 것 같았다. 그들이 왜 황제에 대해 신하의 예를 갖추고 싶어 하지 않았는지, 평소 한영 자신에 대해서도 그다지 마음을 열지 않았는지도.

"지금 이런 이야기를 하는 이유를 알 수 있을까?"

"필요하다고 보았으니까요." 산이 짧게 말했다.

"우리 자신의 항구적인 안전보장을 위해서지요. 뒤끝이 불안한 분에게 받은 작위를 얼마나 믿을 수 있을까요?"

비연이 친절하게 설명을 보탰다.

한영은 눈을 질끈 감았다. 온갖 분노와 살벌한 전의가 난무하며 비명을 지르고 있다. 황제는 더할 수 없을 정도로 분노했으며 그 분노를 풀 수 없는 현실에 대해 더욱 분노했다. 그때 산이 한마디를 툭 던졌다. 아주 차갑게…….

"신뢰가 우리 모두를 자유롭게 할 것입니다."

"이제 협상을 하시죠? 우리는 권력에 관심이 없습니다."

비연이 마무리를 지었다.

그리고 모든 판이 새로 짜였다.

* * *

"꿈을 꾼 기분이군요."

황제의 약간 옆 반보 정도 뒤에서 따라가던 한영이 말을 받았다. 얼굴이 아직까지 하얗게 질려 있다.

"꿈이라…… 꿈이라면 악몽이지."

"계약에는 만족하십니까?"

"레인과 맺었던 계약이 그토록 중요했다면 나와 맺은 계약도 그만큼 중시하겠지. 그러면 된 게야. 어쩌면 정말 믿을 수 있는 유일한 사람들일지도 모르지."

"이제 어떻게 하실 생각이십니까?"

"상황은 우리가 생각했던 것보다 훨씬 심각한 것이었어. 자네는 군부를 단단히 챙겨주게. 아울러 그 '혈귀'라는 종족을 박멸할 수 있는 연구를 서둘러주었으면 하네."

"이미 동명가와 함께 진행 중에 있습니다."

"동명가와? 한선가와 동명가가 협력을 한다고?"

"흔한 사례는 아니지요. 사실은 그것도 저 두 사람이 주선을 했습니다."

"그래? 참…… 대단한 수완이라 할 수밖에……."

"대단한 협박이었죠."

한영이 이를 뿌드득 갈았다. 황제는 고개를 갸웃했다. 한영의 머릿속에서는 아픈 기억이 재생되고 있었다. 3대 무가의 인물들을 모두 앉혀놓고 대가의 강약(强弱)점 비교 분석에 관한 강의 겸 판매 겸 공개 협박을 자행하던 두 남녀의 가증스러운 얼굴도…….

"유벌의 사람들과는 비슷하면서도 다르더군."

"복장과 태도만 비슷했습니다. 유벌 네 사람이 그렇게 착하게 느껴지는 것도 아주 충격적인 경험이었습니다."

"무력 경지는 어느 정도던가? 정말 무시무시하더군."

"5품이었습니다. 그것도 둘 다……."

한영은 짤막하게 답했다. 한혁이 고개를 끄덕였다. 그 대답에는 극심한 허탈함이 깔려 있었다.

"5품……."

황제가 걸음이 꼬인 듯 휘청거렸다. 시종이 황급하게 부축했다.

한영이 쓴웃음을 삼켰다. 4품 정도라고 예상했다. 가속의 단계는 그 '속도'와 '힘'으로 선명하게 구별할 수 있다. 잠깐이었지만 자신과 유별을 상대로 대치할 때 보였던 그들의 경지는 분명히…… 그래서 도저히 개입할 수 없었다. 진짜 전투가 벌어지면 이곳 황궁을 포함한 광대한 영역에서 살아남을 존재는 아무도 없을 특급 위기 상황.

한영은 새삼 눌러두었던 숨을 크게 내쉬었다. 한선가를 이끄는 가주 한혁도 손가락을 쥐락 펴락 하고 있다. 그들은 자신의 두 눈으로 본 5품 대가, 즉 새로운 '전설'의 등장과 그것이 가지는 정치적 의미를 곱씹고 있다.

각 품 간의 속도와 세기 차이는 대략 네 배다. 누가 그렇게 정했는지 모르지만, 한영은 절묘한 창조주의 안배를 느꼈다. 네 배의 차이는 일견 매우 커 보이지만 감각적으로 크게 차이를 느끼기 어렵다. 소리의 세기가 10이라고 기준을 잡았다면 100의 세기를 가진 소리는 어떻게 들릴까? 사람의 감각에서는 열 배의 차이가 아니라 겨우 두 배의 차이로 인식된다. 이론적으로 왜 그렇게 되는지 알 수는 없지만 한영은 경험적으로 이 사실을 알고 있었다. 실제로 일반 사람들의 감각으로는 각성자들이 실제로 가지고 있는 힘과 속도를 그리 강하게 느끼지 못한다. 하수가 고수를 판단하지 못하는 것은 그들의 감각 범위 내에서 보기 때문이다. 그러나 고수가 하수를 쳐다보는 것은 다르다. 큰 차이가 천천히, 그리고 고통스러울 만큼 정밀하게 드러난다.

5품, 즉 7단계 가속자들은 3차 각성과는 또 다른 경지를 넘어선 사람들이다. 시(視), 청(聽), 촉(觸) 개별 감각의 경계가 없어지고 통합된 감각이 새롭게 등장한다. 이 경지에서는 형태와 언어와 의미가 통일된 형태로 느껴진다. 공간의 본질을 파악할 수 있고 그 입체적 구조가 보인다. 그것은 상대가 나아갈 모든 선과 면을 파악하고 그 흐름을 지배할 수 있다는 것을 의미한다. 1품이 점(点)의 경지, 2품이 선(線)의 경지, 3품과 4품이 면(面)의 경지라고 하면 5품은 이른바 체(體)의 경지 혹은 '공간 장악의 능(能)'이라고 부르는 궁극의 경지다. 그다음에는 시간과 공간을 통합한 '시공(時空)의 검(劍)'을 만들 수 있다는 소문도 있지만 정신이 오락가락하는 어떤 노인이 들려준 이야기일 뿐, 인간은 누구도 가보지 못한 꿈의 경지다.

유벌은 예술가, 건축가 출신들답게 모든 감각을 통제하고 흐르는 모든 것을 장악할 능력을 가진 사람들이다. 그들의 사고는 자유롭고 기예의 패턴과 흐름도 예측하기 어렵다. 그래서 유벌의 기예는 지독하게 까다롭다. 그러나 이런 유벌도 3대 절대무가들의 견제를 받고 있다. 바로 그들을 뛰어넘는 5품 대가가 존재하기 때문이다.

"저들로 인해 유벌이 진정으로 완성된 듯한 생각이 드는군. 전략과 전투의 달인…… 그 말이 정말 어울린다고 생각했지. 처음부터 대화로 풀어간 것이 정말 현명한 판단이었어."

"그렇습니다. 적이 되어서는 아주 곤란한 상대죠."

"유벌과는 이야기가 잘된 것 같지?"

"다행히도 서로 입장을 이해한 것 같습니다. 최소한 황실의 동맹으로서 공동의 전선을 펴게 될 것입니다."

그들은 이제 대전으로 들어서고 있었다. 아침 햇살이 창틀 사이사이로 대전 안을 비추며 황제를 맞이했다. 황제는 옥좌에 앉았다. 한영과 한혁은 이제 퇴청을 준비하기 시작했다. 한선가에서 해야 할 일이 너무 많다. 황제는 눈을 비볐다.

"유벌의 네 사람은 이 500년 다문 제국의 기초를 세운 바로 그 사람들이지." 황제가 말했다.

"한선가에게 '각성의 길'을 보여준 그 사람들이기도 하지요."

한영이 대구를 놓듯 황제의 말에 호응했다.

"이 황실을 설계했고 황궁을 건설한 것도 그 사람들……."

"한선가를 이끌어 황실과 맹약을 맺게 한 것도 그들이었습니다."

"그런 유벌이 맹약의 이행을 요구해왔다. 바로 짐의 시대에. 그리고 두 사람이 약속이라도 한 듯 나타났고 짐으로 하여금 세 번째 맹약을 맺게 했다. 이것은 대체 무슨 운명일까?"

"섭리라고 해야겠지요. 세계와 인간의 위기가 온다고 했습니다. 우리가 실패하면 맹약은 깨지고 인간은……."

"쉿, 그럴 일은 없을 거야. 자! 이제 일을 하자고."

"명을 받듭니다."

이윽고 황제의 엄숙한 선언이 울렸다. 오직 한영만이 그의 선언을 보증하고 있었다.

"'그'의 길을 예비하라. '오래된 하나'! '아피안' 건설을 선포하나니……."

* * *

"이제 그대들이 맡아줘야 할 일을……."

유벌의 리더 격인 남준이 말문을 열었다. 그의 목소리는 진중했고 오랜 세월을 겪어온 노련함과 자연스러운 위엄이 있었다. 나머지 유벌의 세 사람도 거장의 장엄한 기품을 공식적으로 아낌없이 드러냈다. 그러나…….

"그것보다 댁들 올해 연세가 어떻게 되시는지?"

기대했던 반응 대신 엉뚱한 질문이 터졌다. 남준이 갑자기 기침을 했다. 그는 '설계의 권능'을 가지고 있으며 공간 디자인과 해석 분야에서 최고의 경지에 도달한 자로 알려져 있다. 남준은 황당한 듯 입을 약간 벌린 채 사내를 바라본다.

비연은 고개를 젖히며 손으로 이마를 짚었다.

'아, 또…… 이 아저씨가?'

왜 한국 사람은 처음 만났을 때 꼭 나이를 확인하려고 할까? 척 보면 나이든 걸 모를까. 참 불가사의한 사내들의 정신세계다.

"오백쉰셋." 남준이 또박또박 말했다. 위엄을 가득 담은 눈빛은 붉게 타오르고 있었다.

"오백서른여덟." 이강이 이어받았다. 고개를 빳빳하게 세우고 있다.

"오백열아홉." 오기가 허리를 세우며 말했다.

"오백다섯." 미리는 다소곳이 말했다. 여자라고 그래도 많이 깎은 것이다.

산이 얼굴을 찌푸렸다.

"거의 레벨이 무덤 속 송장급이군 그래. 근데 그거 말고 '민증!' 대체 몇 년생이냐고? 지구 나이로."

"그건……."

남준의 근엄한 얼굴이 갑자기 설익은 석류 알갱이를 씹은 것처럼 일그러졌다.

"그따위가 뭐가 중요해. 실제 살아온 나이가 더 중요하지."

오기가 소리를 버럭 질렀다.

"아무렴 그렇지. 그것만이 유일하고도 합리적인 기준이야."

이강이 정색을 했다. 그들은 오랜만에 의견 일치를 보고 있었다.

"민증? 다 삭아서 없어졌어. 500년도 넘은 숫자를 기억할 리가 있나!"

미리는 손수건을 꺼내 이마를 닦으며 연신 눈을 깜빡거리고 있다.

"아무래도 수상해……."

산이 네 사람을 노려보며 중얼거렸다.

비연도 산의 말에 새삼 흥미를 느꼈다. 저들의 옷차림, 패션…… 분명히 21세기 자신이 왔던 시절에서 멀지 않은 시절의 복색들이다. 그것도 자신이 기억하는 유행에 없으니 과거는 아닐 것이고 조금 더 미래일 가능성이 크다. 옷이야 이곳에 와서 다시 만들어 입었겠지만. 또한 이 네 사람은 겉으로 나이 차가 많아 보이는데 이들은 서로 친구처럼 스스럼없이 대하고 있다.

"그런 건 지금 중요한 게 아니잖아……."

남준이 어물거렸다. 위엄은 떨어져 바닥에서 구르고 있다.

"아니, 나는 중요해."

산이 말을 끊었다. 여전히 의혹의 눈길로 네 사람을 노려보고 있다. 그와 시선을 마주치려는 사람은 없었다. 아마 과거 그들이 벌여왔던 서열 싸움의 악몽이 뇌리에 스치고 있을 것이다.

"어쩌라고……?"

"그럼 알기 쉽게 게임으로 할까?"

산이 주먹을 들어 올렸다.

"……."

이로써 서로의 입장이 깨끗하게 정리됐다.

"그래…… 이런 게 편하지. 앞으로 잘 부탁한다!" 산이 씩 웃었다.

"나도." 비연이 활짝 웃었다.

"좋은 친구가 되기를!"

네 사람이 박수를 쳤다. 역시 그쪽 에피소드 출신 인간들은 만만하지 않다는 걸 확인하며.

이로써 산과 비연은 자신의 의사와 상관없이 네 사람과 동등한 지위의 멤버로 위촉됐다. 필요할 때 무력을 제공해야 한다는 부담이 있었지만 두 사람 역시 거절할 이유는 없었다. 두 사람은 이제 유벌의 방대한 조직과 장비들을 사용할 수 있을 것이다.

"저 친구들은 가위 바위 보를 싫어하나 봐……."

산이 걸어 나가며 조그만 소리로 비연에게 말했다. 뒤쪽에서 누군가 휘청거렸다.

이후 유벌과의 대화는 매우 유익했다. 유벌의 네 사람은 모두 모두가 신화와 역사, 마법과 과학, 환상과 현실의 경계에 서 있는 인간들이다. 그들 중 제일 먼저 이 세계에 왔다고 하는 남준은 '설계의 권능'으로 프리고진과 황실을 디자인하고 설계한 인물이다. 전직은 어울리지 않게도 행위예술가라고 한다. 30대로 보이는 미리는 역학의 천재로 '모델링과 계산의 권능'을 가진 유벌의 실질적인 브레인이다. 전직은 초등학교 교사라고 하는데 비연과 무척 친해지고 싶어 했다. 40대 덩치, 오기는 '흐름의 권능'을 가진 자로 성질이 다른 파동과 유체를 섞어가며 자신이 원하는 효과를 낸다. 전직 환경 엔지니어, 부업은 대중음악가이다. 유벌의 마지막 인물인 이강은 '배열의 권능'으로 불확실에서 가능성 있는 대안을 찾는 전직 애널리스트로 도박사가 부업이다.

이 네 사람은 경이로울 만큼 오랜 세월 동안 이 세계에 질문을 던졌고 스스로 그 답을 찾아왔다. 그토록 궁금했던 것. 상식이 뭉개져 버린 세계와 인간의 본질. 기나긴 대화가 끝나고도 산과 비연은 한참이나 말을 잊었다. 심대하고도 강력한 충격이 먼저 왔고 무너진 상식에서 새로운 상식이 재구성됐다. 완전히 다른 세계관을 받아들여야 했다.

그들이 떠난 뒤 지구에는 무슨 일이 있었는지. 그리고 285 세계와 314 세계의 관계. 신, 악마, 개질(改質)된 세계. 과학과 상상의 만남. 그 탄생과 전개가 파노라마처럼 펼쳐졌다. 그리고 그들이 선택해야 할 길에 대한 강력한 시사(示唆)도.

* * *

D-160일.

소박하게 꾸며진 정원에 꽃들이 가득하다. 아침인데도 제법 포근해진 바람이 분다. 널찍한 마당에는 한 무리의 사람들이 자연스럽게 앉아 휴식을 취하고 있었다. 방금 격한 경기를 마쳤는지 이마와 몸에는 땀이 번질거린다. 에센의 요원들이다.

"할 만해?" 유렌이 물었다.

"뭐가?" 라론이 다시 물었다.

"한선가에서 가르쳐주는 거."

"뭐 별거 아니더라. 좋은 교육 받았다는 귀족들도 내가 보기엔 그게 그거던데?"

"정말 그렇지? 쥐어 깨지면서 들었을 때는 내가 바보인 줄 알았는데 우리가 배운 건 정말 굉장한 것 같아."

"그렇지. 그 대단하다는 한선가 시험이라고 엄청 겁먹었는데, 그렇게 어렵지는 않더라고."

"우리 에센 형제들이 모두 선방했더군. 너 어제 한선가 귀족들 표정 봤나?"

"물론 봤지. 모두들 눈을 동그랗게 뜨고 우릴 쳐다보더라. 150명이 치른 시험에서 1등에서 20등까지를 우리가 먹었으니…… 특히 실기를 치를 때는 표정들이 정말 볼 만했지. 우리 대장이 그 모습을 봤어야 되는 건데."

"통쾌했어."

"정말 통쾌했지……."

잠시 침묵이 흘렀다.

"어떻게 할 거야?"

"뭘?"

"대장 곧 떠난다며?"

"새삼 뭘 물어보나? 어디에 떨궈놔도 나는 세상 끝까지 그분들 따라갈란다."

라론이 피식 웃어버렸다.

"아깝지 않아?"

"뭐가?"

"한선가에서 무사 수업을 마치면 출셋길이 열리잖아?"

"우리 같은 평민이 출세하면 어디까지 하겠냐? 고작해야 대형 상단에서 호위무사장이나 하겠지."

"호위무사장 씩이나? 너 많이 컸다? 꿈이라도 꿀 수 있었던 자리냐?"

“그렇게 따지면 이 황실에서 비서실 요원 하는 게 더하지. 이건 귀족 중에서도 선택된 사람만 있을 수 있는 자리 아냐? 임시직이긴 하지만. 그렇게 아까우면 넌 남아라. 아무도 뭐라고 안 할걸?”

“죽을래? 오늘 날 잡았냐?”

“그럼 가든가. 왜 묻는 건데?”

두 사람은 빙그레 웃고 있었다. 다른 요원들도 비슷한 이야기를 하고 있을 것이다.

“오늘 저녁 행사 준비는 잘 되어가나? 산 대장이 챙기던데?”

“물론! 그런데 왜 하는 거지?”

“뭐. 오랜만에 모여 회포를 풀려는 게 아닐까? 요즘은 조금 한가해졌잖아?”

“짝은 다 구했을까?”

“너만 구하면 될걸?”

“그럼…… 유렌! 너마저!”

“실망하지 마. 오늘 초대한 사람들도 많다니까.”

“모두 쟁쟁한 사람들이잖아!”

“혹시 아냐? 눈먼 숙녀가 있을지?”

“젠장…… 대책을 세워야 돼!”

* * *

“너는 어찌 할 생각이냐?” 예킨이 물었다.

“아직 모르겠어. 오빠는 어떻게 할 생각이야?” 예리아가 풀 죽은 얼굴로 대답했다.

"난 따라갈 생각이다. 어차피 형이 아버지의 영지를 물려받을 테니 그쪽은 걱정할 일이 없을 거야."

"난…… 어떻게 하는 게 좋겠어?"

예킨은 동생을 쳐다보았다. 이제는 스물여섯의 성숙한 처녀다. 평범한 여인이라면 이미 애 둘 정도는 가졌을 나이다. 이 화려한 황실에 와서도 그 미모와 재능은 권문귀족의 어떤 여자들에게 밀리지 않았다. 이번에 한선가 시험에서 종합 1등을 차지한 인재가 바로 예리아다.

가슴속에 어떤 생각을 품었는지는 모르지만 그녀는 정말 열심히 살았다. 처음에 아버지의 의지로 거의 울면서 그들을 따랐지만 영지를 떠날 때는 스스로 웃으며 왔다. 이곳에서 그녀가 원한다면 아주 좋은 집안에 가 안온한 삶을 살 수도 있을 것이다. 화려하고도 기름진 인생이 되겠지. 아버지의 배경이 너무 초라하기는 하지만 그녀의 재능과 품성이라면 극복하기 어려운 것은 아니다. 그럴 자신도 있다. 그러나…….

"그게 행복한 걸까?"

예리아는 고개를 저었다. 이 사람들과 함께 일하고 사내처럼 함께 험한 곳을 뒹굴면서 독한 기쁨을 너무 일찍 알아버렸다. 이 시대 여성에게는 결코 허락되지 않았을 아주 통쾌한 것, 설레고도 기쁜 것. 가슴이 저미도록 아픈 어떤 것만 빼놓으면 그 이상 바랄 것이 있을까? 너무 위험하다는 그 두 사람의 경고는 전혀 와 닿지 않는다. 설령 위험하다고 한들 그게 어떻다는 것인가? 다른 대안이랄 것이 없는데…….

"네 머리가 아니라, 네 가슴의 의견을 따르는 것이 후회가 덜하지 않을까?"

"평생을 그리워해도……?"

"더욱 그리워하지 않으려면……."

황실의 핵심 정보를 다루는 덕택에 그들은 대장의 상황에 대해 거의 정확한 추측을 하고 있었다. 이제 새로운 국가가 만들어질 것이라는 것. 대규모의 노예들과 같이 척박하고도 위험한 곳에서 어렵게 살게 될 것이라는 것. 한마디로…… 두 사람을 따르면 지금까지 향유하던 모든 기득권과 안온한 삶을 포기하고 쪽박을 찬 인생이 될 가능성이 100퍼센트라는 것이다.

예킨과 에리아는 천천히 일어났다. 오늘은 선택해야만 할 것이다. 항상 이런 식이다. 스스로 질문을 하고 스스로 답한다. 누구도 강요하지 않는다. 어떤 선택도 존중한다. 지금은 바로 그 선택을 해야 할 때다.

* * *

실내는 떠들썩하다. 이곳은 하루 일과를 마치고 피로를 씻으려는 사람들이 모이는 곳. 이곳에는 쌉쌀한 맥주와 함께 풍성한 이야깃거리가 항상 넘친다. 전쟁의 어두운 그림자가 드리운 흉흉한 시대지만 그만큼 화제가 많고 모임이 많아지는 곳이기도 하다. 영웅과 협객의 이름이 회자되고 사건과 사고가 입에서 입으로 전해진다.

"'무사와 숙녀의 쉼터'. 볼 때마다 느끼지만 간판은 정말 마음에 든다. 이곳도 이젠 안녕이구나."

"그동안 꽤 정들었는데 말이야."

두 사람이 커다란 식당 안으로 쑥 들어섰다. 그들의 표식을 알아본 점원이 빠르게 후원 쪽으로 안내한다. 앞쪽이 일반인을 위한 왁자지껄한 분위기라면 후원 쪽으로 들어가면 고급 무사들의 사교 공간이 마련되어 있다. 무사들의 공간답게 중앙에는 간이 대결 장소도 구비되어 있는 것도 특징이라면 특징이다. 이미 꽤 많은 사람들이 이곳저곳에 자리를 잡고 담소를 나누고 있다. 주로 숙녀와 함께하는 자리라서 거친 분위기는 아니다. 문인들이 주로 문예림과 같은 모임을 즐긴다면 무인들은 이런 곳에서 청춘의 기백을 뽐내고 의기를 불태운다.

에센의 용사들이 문 앞에서 손님들을 맞이하고 있었다. 모두 대장의 엄명으로 성장(盛裝)을 갖춰 입은 깔끔하고도 늠름한 모습이다. 마치 그들이 연회의 주인인 것처럼…… 이 유별난 연회에 초대를 받은 사람들은 서로의 면면을 탐색하고 있었다. 귀족도 있고 유력한 상인도 있으며 공방에서 온 사람들도 눈에 띄었다. 그들은 각자 어울리는 사람끼리 삼삼오오 모여서 반갑게 인사를 나누었다. 종이로 감싼 등의 은은한 불빛에 비친 얼굴들이 상기된 듯 붉다. 마치 이곳에 초대받은 사실에 어떤 안도감과 자부심마저 느끼는 듯…….

"대체 무슨 행사지? 이렇게 아무것도 모르고 초대받은 경우는 또 처음이네."

한 남자가 곁의 여자에게 속삭였다.

"그러게 말예요. 그런데 초대장은 읽어보시고 온 건가요?"

여자가 킥킥 웃었다.

"예의상 보낸 것이니 굳이 오지 않아도 된다고 써놨더군. 궁금해 미치겠더라고. 진짜 빠져도 되는 건지."

"주변 사람은 확인해보셨겠죠?"

“초대장을 받지 않은 사람도 의외로 많았어. 내색은 안 하지만 꽤 불안해하는 눈치더군.”

“그래서 결국 이렇게 오게 된 거군요. 뭔지도 모르고, 확인도 못 해 보고.”

“그렇게 됐지.”

“저도 비슷해요.”

잠시 대화가 멈췄다. 여전히 꾸역꾸역 들어오는 엄청난 행렬들이 그들의 눈에 들어왔다. 사내가 먼저 말문을 열었다.

“고단수지.”

“고단수죠.”

여자는 눈을 가늘게 뜨고 연회장을 둘러보았다.

“그런데 이번에는 신분이 굉장히 다양하네요. 이렇게 여러 신분이 한자리에 모인 행사는 저도 처음 보는 것 같은데. 딱히 공통점은 없어 보여요. 뭔가 목적이 있을 텐데 전혀 짐작이 안 가네요.”

“워낙 엉뚱한 사람들이니 지켜보자고. 이번엔 뭘 또 보여줄 건지…….”

“지난겨울 그 ‘가면무도회’라는 연회는 정말 놀랐었죠. 어떻게 그런 생각을 했을까…….”

“이젠 모르는 사람이 없을 정도지. 평민들 연회에서도 대유행이라더군.”

“정말 재미있으니까요. 그렇게 격식에서 벗어난 은밀한 자유가 있다는 것을 처음 알았죠.”

남자가 음료로 목을 잠시 축이더니 낮게 말했다.

“그런데…… 지난번 후작 작위 수여식이 취소됐잖아? 오늘 모임은 그것 때문인가? 위로연 비슷한……?"

"아까 들으니까 취소가 아니라 연기라는 말이 있어요. 그 작위도……."

여자가 조심스럽게 주위를 살피더니 귓속말로 사내에게 속삭였다.

"대공(大公)이라는 이야기가 돌던데요?"

"뭐? 대공? 설마! 그럼 제후국을 세운다는 말이야?"

사내가 놀란 얼굴로 여자를 바라보았다. 대공은 공작보다 높은 작위다. 대공은 단순한 작위 이상의 것이다. 황제의 절대적인 신뢰가 실린 맹약으로 맺어지고 주로 황족이나 개국공신에게만 주어지는 자리다. 당연히 제국의 대공은 아주 드물다. 대공부터는 제후로 분류되어 독립된 군대와 정치 체계를 갖출 수 있다. 대신 황실과는 군사, 정치, 경제적 동맹을 맺게 되며 황제의 요청을 거부할 수 없다.

"대공은 의전의 차원이 다르잖아요? 제국 군단의 대장군을 맡긴다는 말도 돌고 있어요. 소문은 무성한데 확실한 건 들어봐야 알겠죠."

"설마! 황제 폐하가 저 사람들 뭘 보고 대공의 작위를 하사하겠어? 다른 권문귀족들의 반발을 어떻게 하려고?"

"그게 이상한 일인데 아무도 반대하지 않았다는 거예요. 그리고 온 사람들이 누군지 자세히 보세요. 장난처럼 보낸 초대장에 거물 귀족들이 이렇게 모이는 걸 보신 적 있어요?"

여자는 여기저기를 둘러보다 턱짓으로 한쪽을 가리켰다.

"저기 에센에서 왔다는 그 요원들 복장이 좀 특이하지 않아요?"

"흠…… 그렇긴 하네."

"모시는 사람이 대공이 된다면 저들은……."

짝짝짝.

짧은 박수 소리가 울렸다. 음악이 멈췄다. 사람들은 대화를 멈추고 소리가 들린 쪽을 바라본다. 안쪽 휘장이 걷히면서 산과 비연이 밝은 얼굴로 걸어 들어왔다. 사회자의 명랑한 목소리가 넓게 퍼졌다. 그는 제국의 최고의 음유시인이자 공연 기획자로 명성을 얻고 있는 세실이다.

"이제부터 행사를 시작하겠습니다."

사람들은 흥미로운 표정으로 그를 바라본다. 궁금증을 참지 못한 젊은 귀족 하나가 손을 번쩍 들었다.

"그런데 무슨 행사입니까?"

"투자 설명회입니다." 세실이 짤막하게 대답했다.

"투자 설명회? 그게 뭐지?"

사람들이 고개를 갸웃하며 다음 말을 기다렸다.

"아마도 여기 오신 분들 모두가 관심을 가질 만한 내용일 겁니다. 모두 편하게 자리에 앉아주시기 바랍니다."

사람들은 웅성거림을 멈추고 빠르게 자리에 앉았다. 어느새 정면에 기잔 지역의 지도가 위에서 아래로 내려오며 펼쳐졌다. 사람들의 시선이 지도로 옮겨갔다. 비연이 그 앞에 우아한 걸음으로 나섰다.

"초대에 응해주신 점 감사의 말씀을 드립니다."

비연의 소개가 이어졌다. 행사는 어떤 사전 배경 설명도 없이 건조한 어조로 진행됐다. 지역의 일반 개황, 이주 정책, 세제 정책, 장기 도시 계획 등의 발표가 이어졌다. 모든 사람들이 영문도 모른 채 멍하게 바라보고 있는 가운데 설명회는 매우 짧고 간단하게 끝났다. 청

중들이 질문할 기회는 결코 주어지지 않았다. 사람들이 숨을 돌리고 있을 때 비연은 인사를 마치고 자리로 돌아가 버렸다. 그러나 곧 사람들의 눈빛이 점차 가라앉고 숨소리는 조금씩 가빠졌다. 그 이유는 사람마다 달랐다. 무가, 상인, 공방 모두…….

에센의 용사들은 그 모습들을 보며 미소를 지었다. 에센에서는 무척 익숙한 행사다.

"대장이 이번엔 정말 크게 벌이려고 하나 보다."

라론에게 말했다. 라론은 손가락을 꺾고 있었다.

"사막과 밀림까지 합하면 에센의 다섯 배가 넘어. 제대로 해보고 싶은 거지. 나도 가슴이 두근두근한걸."

다음 행사가 이어졌다. 양쪽으로 불이 켜지면서 깃발이 세워졌다. 기잔의 지도 앞쪽으로 현수막이 펼쳐진다. 현수막에는 다음과 같이 쓰여 있었다.

'불패 무사단(武士團) 결단식.'

에센의 대원들이 정렬했다. 산과 비연은 새로운 무사단의 창설을 공식적으로 선포했다. 그리고 각 요원들에게 준비한 무사단의 휘장을 부여했다. 사람들이 보기에, 그 모습은 마치 제후가 기사를 서임하는 의식처럼 보였다. 모든 사람들이 공증인으로 참여한 행사.

많은 사람의 뇌리에는 괴상한 초대장이 춤을 추고 있었다.

'우리 여기 왜 온 거냐?'

'정말 예의상 보낸 게 맞았던 거야!'

그러나 에센의 대원들은 눈물을 꾹 참고 있었다. 그들은 황실의 정보를 다루는 특급요원들이다. 대장이 이 행사로 무엇을 의도하고 있는지 모를 리가 없었다.

'우릴 진짜 제국의 귀족으로 만들 생각이야. 대장은…….'

대공의 경우, 작위를 받을 때 그가 공식으로 신청한 가신들은 모두 황제가 하사하는 귀족 서품을 받게 되는 효과가 있었다. 일종의 특혜 같은 것이다. 또한 이 사람들은 황제의 신하라는 확실한 신분으로 제후의 전횡을 견제하는 숨은 역할도 하게 된다. 그래서 제후는 작위를 수여받을 때 믿을 수 있는 사람을 한두 명 천거하는 것이 일반적이다. 제국의 귀족과 제후국의 귀족은 같은 작위라도 그 신분이 완전히 다르다. 황제가 직접 서품을 내린 귀족은 제국 전역에서 보호를 받는다. 황제가 자신의 신하로서 생활을 챙겨주는 것이다. 그러나 제후가 서임한 귀족들은 운명이 다르다. 일단 제후국이 되면 황제는 제후의 일에 더 이상 간섭하지 못한다. 그래서 제후는 귀족을 임명하고, 그 귀족은 제후와 운명을 같이하게 된다. 만약 영지를 벗어나면 귀족으로서 보호를 받지 못하기 때문이다.

정식으로 임명된 에센의 용사들이 두 사람에게 처음으로 신하의 예를 올렸다. 아직 정식으로 대공의 작위를 받은 것은 아니지만 이들은 두 사람을 왕가(王家)의 예로 대했다. 사람들은 그 모습을 지켜보았다. 행사는 지극히 진지했지만 사람들은 그것이 공연인지 실제인지 구별할 수 없었다. 작위가 없는 사람이 작위를 수여하는 모습은 우스꽝스러운 장난으로 보일 수도 있었다. 그러나 제국의 심장에서조차 에센의 용사들을 무시할 사람은 아무도 없었다. 지금의 그들은 완성된 무사로서의 늠름한 풍모를 풍기고 있었다. 무사의 격(格)은 모두가 특급에 이르렀고, 이제 명검을 지나 암검의 경지에 올라 있다. 여기에 지혜와 신념을 갖췄고 귀족의 소양과 경험을 배웠다. 지난 2년간 비서실 조직 누구도 에센의 사람들만큼 해내지 못했다. 밑

바닥의 논리를 훑어가는 통찰력과 유연한 사고방식으로 그들은 가장 어려운 과제를 주로 해결하는 특급 해결사의 위상을 얻었다.

연회가 무르익어 가고 있었다. 비연이 사람들에게 던진 설익은 화두도 같이 익어가고 있을 것이다. 아마 내일쯤이면 초조한 사람들이 찾아오게 되리라.

"이제 또 모험인가?" 세실이 그들에게 물었다.

"인생은 모험이죠." 예리아가 밝게 대답했다.

* * *

"이제 열흘 남았군. 과연 어떤 놈을 보내려나?"

산이 비연의 긴 머리카락을 장난스럽게 감아 올렸다. 머리카락이 손가락 사이로 흩어지며 떨어진다. 비연이 눈을 떴다. 무릎베개를 사이에 두고 약간 퍼석하고 불안한 웃음이 맴돈다.

"우리 방학도 끝난 건가요?"

"그렇긴 한데, 그때와는 기분이 좀 다르네. 마지막이라서 그런가?"

"막다른 골목 같은 거?"

비연이 웃었다. 살짝 드러난 흰 이가 가지런하다.

"길은 언제나 없었지."

"모험이 다 그렇죠."

"이제 가보자. 손님 맞을 준비를 근사하게 해야지."

"사전답사?"

"바람도 쐴 겸……."

산은 고개를 숙여 비연의 입술을 꾹 누른 후 천천히 일어났다. 입가에 묻은 타액이 달콤했다.

"장비는?"

"양호합니다."

"유벌은?"

"내일쯤 찾아오라고 하더군요."

"레인은?"

"약속대로 가유가 실각되고 레인이 차기 비서감이 될 거라는군요."

"가유는?"

"어디론가 격리되어 있습니다. 5차석 외에 모든 비서실장이 교체될 겁니다."

"5차석? 영인 황녀라고 했지?"

"황실의 건강을 책임지고 있는 사람이죠. 레인과는 우호적인 관계를 유지하고 있는 것 같더군요. 사적인 교류도 꽤 많았던 것 같고."

"분위기가 참 묘한 여자였지."

"존재감이 거의 없었죠."

잠시 침묵이 흘렀다.

"잘됐군……."

"잘됐죠."

"이제 레인과의 계약은 모두 이행한 셈이구나."

"프로젝트가 끝났죠."

"몸은?"

"아직까지 별다른 징후가 없어요. 현자 세눈이 준 약이 괜찮기는 한 것 같네요."

"6개월…… 아니지 5개월 조금 더 남았을 뿐이야. 실패할 가능성을 생각하면 대책을 세울 기회조차 없을지도 모른다. 계획을 앞당겨야 돼."

"제가 실패하면…… 정말 결행하실 생각인가요?"

"넋 놓고 당하는 것 보다는 나아. 어차피 피할 수 없는 싸움이야. 이 세상에서 진정한 해방을 원한다면……."

"……."

"됐고. 단 0.1퍼센트의 확률이라도 있으면 난 할 거다. 그리고 경고하는데 부디 딴 생각 먹지 마라."

"……."

"부탁이니 이번만큼은 내 의견을 따라줘. 강요한다고 들을 너도 아니지만……."

"시기는 언제로 하지요?"

"적당한 때. 시간은 별로 없다. 일단 첫 전투를 치러보고…… 우리는 상대를 몰라. 일단 우리 몸이나 만들자. 그동안 너무 쉬었어."

비연은 산을 물끄러미 쳐다보았다. 사내의 말이 맞다. 약속한 일은 끝났고 좋은 시절은 갔다. 이제는 피와 눈물, 그리고 끝없는 투쟁과 결의가 다시 둘을 맞이하게 될 것이다.

비연은 눈을 꾹 감았다. 귓전에는 285 에피소드 시절 어느 종교의 성인들 이름을 딴 그룹의 아주 오래된 노래 소리와 박수 소리가 환청처럼 들리고 있었다.

Day is done.

We shall overcome.

* * *

D-155일.

"'담'과 '툭'이 간다고? 네가 가진 전투현자 중에서도 가장 강한 아이들 아닌가? 그것도 둘이나? 대체 무슨 생각이지?"

현자 나쿤이 마룡 실루오네를 찾았다. 굳은 얼굴이다. 갑자기 왜 불렀을까?

"우선 최근 자료를 먼저 살펴보겠나?"

어디서 들리는지 방향을 짐작하기 어려운 목소리가 공간 전체에 울렸다. 이곳은 실루오네의 본체가 있는 곳이다. 포라토 시의 외곽에서 지하로 이어지는 거대한 동굴을 거점으로 둥지를 튼 이 용은 너무 커서 육안으로는 볼 수 없다. 직경이 20미터쯤 되는 이곳은 실루

오네가 허용한 구형(球形)의 대화 공간이다. 이윽고 나쿤의 눈앞에 거대한 3차원 화상이 펼쳐졌다. 동시에 실루오네가 제공한 접속 단말이 나쿤의 몸에 연결됐다.

"음……."

한참을 응시하던 나쿤의 입에서 신음 비슷한 소리가 흘러나왔다. 아직도 그의 눈앞에는 남자가 수련하는 장면이 시뮬레이션으로 펼쳐지고 있었다. 몸속에서는 물결 같은 파동들이 색색의 3차원 패턴으로 그려지고 있다. 그것들은 사내의 몸 상태, 뇌파의 흐름, 힘과 기운의 세기, 주변에 미치는 온도와 충격 등 모든 데이터를 기초로 충실하게 재현된 것이다. 이 패턴들은 용과 현자가 대화하는 '직접언어'다. 이 형태의 언어는 의미와 의지가 통합된 것이다. 가상 시뮬레이션이 아니라 실제로 능력과 상태 정보가 함축될 수 있는 메타(meta) 메시지였다.

나쿤은 의도된 침묵 속에서 실루오네가 제공하는 정보를 음미하고 있었다. 그렇게 열 시간이 흘렀다. 그동안 나쿤의 주변은 밝아지기도 하고 어두워지기도 했다. 실루오네의 음성이 낮게 울렸다.

"이제 이해가 가나?"

나쿤은 고개를 끄덕였다. 그리고 다시 물었다.

"여자도…… 상태가 같은가?"

"비슷하지."

"할 말이 없군. 이게 사실이라면, 전투현자 하나로는 조금 버겁긴 하겠군. 그래, 원리는 규명됐나?"

"그런대로 해석은 해놓은 상태지. 지금 그대가 해본 대로 어느 정도 수준까지 재현하는 것은 문제없어. 아직은 위력이 안 나와서 문제지.”

“여자 쪽은?”

“비슷해.”

“내가 지금 본 기예만 해도 열 가지나 되는데, 아직도 더 볼 게 있다는 건가? 이 정도만 해도…….”

나쿤은 놀랍다는 표정을 감추지 않았다. 실루오네가 웃는 소리가 들렸다.

“글쎄…… 나는 열 가지의 열 배만큼은 있지 않을까도 생각하고 있다네.”

“설마……?” 나쿤이 눈을 크게 떴다.

“자네는 저것들이 얼마나 영악한 놈인지 몰라. 놈들은 결코 끝까지 보여주지 않아. 그나마 끝을 본 것이 겨우 그 열 가지였다네. 다른 것들은 언뜻 드러내기는 하는데 결정적인 순간에서는 쓰지 않더군.”

“그러면……?”

“그래, 최악까지 몰고 가야만 할 것 같아. 저것들이 가진 기예들을 다 드러내게 하려면.”

“그래도 전투현자가 둘이나 동원된다면 저 둘은 거의 망가져버릴 텐데? 진짜 죽게 될지도 모르지 않나?”

“노력은 해보겠지만 죽어도 어쩔 수 없지. 시간이 별로 없다면서? 선택을 해야 할 때라고 하지 않았나? 자네는 어느 쪽인가? 마감 해제에 대한 결과를 얻고 싶은가? 아니면 ‘다양한 기예’를 얻고 싶은가?”

나쿤은 얼굴을 찡그렸다. 어쩐지 실루오네가 빈정거리고 있다는 느낌을 받았다.

“마감 진행 상태는 어떻지?”

"한마디로 지지부진. 그런데, 패가 하나 더 있었더군…… 정말 볼수록 영악한 놈들이라니까. 마감 연장을 위해 '용의 약'을 얻었더라고. 신은 잊힌 교국에서 세눈에게 받은 것 같다고 알려왔네. 마감 쪽은 시간이 더 걸릴 거야."

"세눈? 그 친구는 아직 약을 생산할 때가 아닌데?"

"현자 하나를 희생시켰겠지. 그건 길어야 1년이야. 효과가 확실하지도 않고."

"세눈이 자기 현자까지 희생시켰다고……? 그는 무엇이 그리 절박했던 거지? 일원의 의지가 개입된 건가……."

나쿤이 굳은 얼굴로 실루오네의 공간을 응시했다. 벽에 여인의 입체 영상이 비춰지고 있다. 실루오네가 대화를 위해 제공한 이미지다.

"그래봐야 세눈은 아무것도 얻지 못할걸. 결국은 내가 얻게 될 거야."

"왜지?" 나쿤이 물었다.

"내가 마감 하나만 심어놓았을 것 같나? 저 인간들의 운명은 내 권한 안에 있지. 세눈도 이미 알고 있을걸?"

"뭘 심었지?"

"넥타. 자아를 가진 놈. 가장 진화가 빠른 놈으로……."

"저들과 안전보장에 관한 계약을 하지 않았나? 그럼 내게도 거짓을 말한 건가?"

"그게 무슨 상관이지? 저놈들은 아주 위험해. 나를 위협했고 내 몸까지 훔쳐본 유일한 인간이지. 내가 불안 요소를 남겨둘 것 같나?"

나쿤이 차가운 눈빛으로 실루오네를 바라본다. 자신과 현자의 대표 자리를 다투었을 만큼 지나치게 엄격하고 강했던 용이다. 그러나 지금은? 자신이 서약한 신성한 계약을 뒤집는 자. 거짓과 오해를 즐기는 존재가 되어버렸다.

나쿤은 오랜만에 찾아온 실루오네의 변한 모습을 더듬으며 문득 불쾌감을 느꼈다. 차가운 젤이 질척거리며 온몸으로 흘러내리는 듯 불쾌한 이물감.

'마룡이란 이토록 사악했던가?'

곧 변이를 예고해두었으면서도 나쿤은 이 새로운 규칙에 본능적인 거부감을 느낀다. 세눈도 아마 이렇게 느끼고 있었을까?

"저 아이는 그걸 알고 있나?"

나쿤의 눈은 화면 속의 비연을 쳐다보고 있다.

"아마 그럴 거야. 해체해보려고 꽤 많이 건드려보더군. 제법이지만, 인간 따위가 감히……."

"사내는?"

"마감은 못 심었지만, 다른 건 여자와 조건이 같아. 여자는 알지만 사내놈은 그 위험성을 모르는 것 같더군. 무슨 이유인지 여자는 이야기를 안 한 것 같고…… 그래서 놈은 여전히 희망을 가지고 저토록 살고 싶어 하지. 어때? 재미있지 않아?"

"인간 여자에게 뭘 한 거지?"

"선택권을 줬지. 둘 다 죽느냐, 하나를 살리느냐."

"꽤 잔인하군. 그렇게 하면 즐겁나? 변이하더니 이제 인간을 닮아가는 것 같은데?"

"변이도 못 해본 네가 날 이해할 것 같나?"

"……."

"나는 저토록 타자(他者)에 대한 호의가 강한 인간들을 본 적이 없다. 이제 그 신뢰가 가장 강해질 때, 그리고 그것이 한꺼번에 무너질 때 무슨 일이 일어나는지를 보고 싶어. 굉장할 거야. 뭐가 또 드러날까? 영리한 여자니까 내 뜻을 이해했을 거야"

나쿤은 고개를 설레설레 저었다.

"그대답지 않다. 오직 혼돈과 증오만을 보고 싶은 건가? 누구보다도 합리적이고 지적이었던 존재가?"

"그게 어쨌다는 거지? 그래서 이 세상이 합리적이던가?" 실루오네가 날카롭게 대꾸했다.

"나는 오랫 동안 저 유별난 두 인간을 관찰하면서 강한 확신을 키워왔다. 이놈들은 절대로 합리적이지 않았어. 오히려 무모한 놈에 가까웠지. 그런데 보라고! 모든 기록을 깨고 있어. 그 지혜롭다는 용들이 수만 년 동안 풀지 못했던 것을!"

나쿤은 불쾌한 표정으로 실루오네를 바라보았다.

"그래서 무슨 이야기를 하고 싶은 거지? 그대는 비합리적인 것이 해답이라는 건가?"

실루오네가 깔깔 웃었다.

"그럼 혼돈은 아무것도 아닌가? 오직 네 머릿속의 공준(公準)으로 해석되는 합리적 현상만이 세상에 존재할 가치가 있다는 거야? 혼돈은 실체다. 질서보다 무질서가 더 근본적인 실체지."

"그래, 그 혼돈에서 뭘 봤지?" 나쿤이 시큰둥하게 물었다.

"욕망. 제어할 수 없는 미래……," 실루오네가 짧게 답했다.

"제어할 수 없는 것. 그런데 그걸로 대체 무엇을 할 수 있다는 것인지?"

"우린 뭔가 다른 걸 볼 수 있을 거야."

"막연하고도 막연하다. 혼돈은 혼돈만을 생산하거늘."

"가엾은 나쿤. 그래서 넌 아직 이해를 못 해. 내가 변이한 다음 어떤 세계를 보고 있는지 대체 이 몸에서 무슨 일이 일어나고 있는지. 뭘 봤어야 이해를 할 텐데? 그대도 곧 보게 될 거야."

나쿤은 생각에 잠겼다. 오랫동안 침묵만이 실루오네의 공간을 차지했다. 현자들의 대화 방식은 시간을 다투지 않는다. 끊임없이 숙고하고 논리적인 대화를 즐긴다.

"후회하나?" 나쿤이 물었다.

"설마! 그럴 리가 없잖아? 단지 내가 느끼고 있는 것을 너는 느낄 수 없으니 우리 대화가 꽤 어렵다고는 느끼고 있지."

"내가 느끼지 못하는 것? 변이 후 새로운 감각이라도 더 생겼나?"

실루오네는 머리를 저었다.

"친절하게도 일원은 우리 종족에게 앎과 지혜를 주었지만 비합리와 부조리라는 상태를 허락하지 않았어. 그래서 우리 현자는 불확실한 것을 무서워하고 논리적인 모순을 견디지 못하지."

"……."

"뭐, 그것도 나름대로 괜찮았어. 왜? 인간들처럼 허튼 주제로 고민할 필요가 없었으니까. 우리는 일원의 규칙을 근거로 칼같이 판결만 내리면 됐었지. 여기까지 문제는 없었어. 그렇지만 변이하면서 내게 무슨 일이 생겼는지 아나?"

"……."

"바로 그것들이 필요해진 거야. 차가운 심판관에서 갑자기 뜨거운 승리를 갈구하는 선수가 된 거지. 규칙을 깨버리는 한이 있어도 꼭 이기고 싶어졌어. 그 고약한 심정을 아나?"

현자 나쿤은 눈을 가늘게 떴다. 마룡 실루오네의 분위기는 그간 더욱 달라져 있었다. 그의 음성은 보다 낮아졌고 보다 음산해졌다. 아니, 조금 슬프다고 해야 할까.

"그리하여! 내 새로운 삶에 희한한 문제가 생겼어. 들어보겠나? 내가 그동안 무엇을 경험하고 있는지?"

"……."

실루오네는 이야기를 시작한다. 그 이야기는 마치 독백 같기도 했고 노래처럼 운율마저 느껴지고 있었다.

"위대한 현자의 왕 나쿤이여! 나는 그대의 의뢰에 따라 성실하게 모든 시도를 다 해왔다. 내 몸을 재료로 스스로 변이했고 변이 후 어떤 변화가 있었는지 모든 동족에게 자료를 제공해왔다."

"……."

"일원의 힘은 곧 사람으로부터 나오는 것. 나는 그대의 요구에 따라 사람이 개척한 길을 따라가 보았지. 사람이 도달했던 각성, 사람이 할 수 있는 기예 따위를 우리 현자가 재현하는 것에는 아무 문제가 없었다. 아니, 인간보다 훨씬 세련되고도 아름답게 만들어왔다. 우리의 것은 인간보다 우수했다. 여기까지는 아무런 문제가 없었다."

"……."

"그러나…… 아무리 해도 나는 그 오의(娛義)를 도저히 추측해낼 수 없었다. 나는 인간의 그 불안한 정신과 허약한 육신이 결합되어 힘이 생성되는 과정을 아직도 이해하지 못하고 있다. 어떻게 쓰레기에서 귀한 것이 나오는 거지? 어째서 우리는 인간이 뭘 만들기를 기다려야 하는 건가? 대답해줄 수 있나? 위대한 현자여?"

"……."

"그 인간들이 만드는 힘은 마치…… 그래 마치 내겐 무(無)에서 유(有)가 만들어지는 창조의 과정처럼 보였다. 심지어 존재하고 있는 것조차도 끊임없이 변하고 있지. 복제품을 만드는 건 쉬웠지만 창조를 하는 것은 완전히 다른 문제였다. 뭐가 부족한 걸까? 내겐? 나쿤 그대는 대답해줄 수 있나?"

"……."

실루오네의 음성은 점점 불안해지면서 떨렸다. 웃음소리인지 울음소리인지 모를 소리를 웅얼거리고 있었다. 나쿤은 입술을 질끈 씹었다. 불안? 용이 불안을 느껴?

"자네라면 알고 있겠지? 모른다면 내게 해명을 해야 할 것이다. 왜 나를 이끌어 이런 갈등과 갈망이 넘실거리는 고통의 세계로 오도록 권유했는지? 내게 그대의 답을 보여다오. 나는 진화하고 있는 것인가? 아니면 퇴화하고 있는 것인가? 나는 그대를 믿어야 하는가? 아니…… 나는 여전히 그대를 따라야 하는가?"

나쿤의 눈빛이 조금씩 변하고 있다. 위험하다는 신호가 뇌리를 헤집고 다닌다. 이 마룡은 인간을 닮아가고 있다. 균형을 잡아야 한다는 아직 남아 있는 일원의 심판관으로서의 본능이 나쿤을 극도의 긴장 상태로 몰아갔다.

"글쎄……."

"말해다오. 그대가 내게 이야기해 주지 않은 것이 무엇인지?"

"뭘 알고 싶은 건가?"

"사탄을 불렀을 때, 그리고 그녀를 통해 마감된 선자들을 깨웠을 때…… 그 일원의 파편들을 그대 안으로 불러들였을 때…… 그대는 뭘 봤나?"

나쿤은 입술을 꾹 깨물었다.
"꼭 알고 싶은가?"
"내가 지금 보는 것과 같았나?"
"아마 그럴걸세. 불안했지만 황홀했지."
"지금 내가 얻고자 하는 것을 얻었나?"
"그럴지도…… 아닐지도 모르지. 그렇지만 '자아(自我)'의 기쁨은 '타자(他者)'의 고통과 함께 온다네. 그런 태도는 별로 권하고 싶지 않군. 현자답지 않아."
실루오네의 웃음소리가 공간을 쩌렁쩌렁하게 울리고 있었다.
"그러면 나를 막을 건가? 나는 그들이 필요해. 사탄은 그들을 가지지 못할 것이다."

* * *

D-151일.
전쟁은 확산일로를 걷고 있었다. 제국의 남부 해안 도시에서 일어난 최초의 전쟁은 이제 대륙 전체의 영지전으로 번졌다. 탈출 노예들이 급격하게 늘어나면서 각 후국과 공국의 군주들은 전쟁 물자의 생산과 조달에 커다란 어려움을 겪고 있었다. 이 상황이 다시 노예 조달을 위해 인접한 영지를 대한 침략하는 행위로 이어지면서 전쟁은 도미노처럼 번져갔다. 남부 전선은 노예 해방을 부르짖는 도시국가를 정벌하기 위한 군주들이 연합군을 결성함으로써 대규모로 확장됐다.
하지만 죽음과 멸망의 노래가 퍼지는 땅에서 좋은 시절을 보내는 곳도 있었다. 전쟁 용병에 대한 수요가 급격하게 늘면서 기장가를 비롯해 용병을 주요 사업으로 하는 이동국가(移動國家)들은 엄청난 특수를 누리고 있다. 유능한 무사들과 전술가들은 대형 용병단을 찾았으며 동명가와 야벌 역시 산하의 모든 공방들을 가동시키며 전쟁 무기를 공급했다. 대형 군사력을 갖춘 군주들은 주변의 국가를 회유하거나 점령하면서 독자적인 국가의 길을 모색하고 있었다. 동북부의 포란 왕국, 중북부 초원의 피부노 후국, 서북부의 카림 왕국이 독립국가를 향한 기치를 치켜들고 군사력을 확대하고 있었으며 북부 대삼림 지대와 서남부 정글에서는 인간의 견제가 풀린 종족들이 곳곳에 창궐하고 있었다.

동쪽 바다 건너에서는 또 하나의 위협이 등장했다. 지구의 인도와 비슷한 규모의 대륙에서는 백년 전쟁을 마무리 짓고 거대한 단일 국가가 모양을 갖춰가기 시작했다. 동쪽 언어로 '한' 혹은 '칸'이라고 부르는 또 하나의 제국이 역사 속에 등장을 알리고 있었다. 이 제국을 이끄는 지도자는 '훈묵'씨로서 강력한 해군력을 기반으로 서쪽까지 군사 경제적 영향력의 확대를 노리고 있다. 아직까지는 다문 제국이 지배력을 가지고 있는 서쪽 대륙과의 교역에만 신경 쓰고 있지만, 서쪽 대륙이 혼란해지고 군사적 결속력이 약화되면 언제라도 치고 들어올 것이다.

산과 비연이 이동할 기잔 영지는 대략 서울 정도의 크기다. 남부로는 자유도시연합, 서남부로는 사막이 이어지고, 사막 너머로 온갖 이종족들이 서식하는 광대한 밀림이 이어진다. 면적은 넓지만 산악이 많고 워낙 위험한 요소가 많아 드문드문 무장한 사냥꾼들의 작은 군락이 형성되어 있을 뿐이다. 땅은 비옥했지만 개간을 할 만한 경작지는 분산되어 있고 특별하게 값비싼 자원이 발견된 것도 아니기 때문에 경제적인 가치도 별로 없었다. 만약 주변 지역을 흡수한다면 면적은 거의 한반도 수준까지 커진다.

그러나 이 지역은 항상 황실 사람들이 주목하고 있는 곳이다.

첫 번째 이유는 남쪽 도시국가에서 수도 프리고진으로 이어지는 유일한 교역로이기 때문이다. 남쪽 바다에서 올라오는 산물에는 특별한 것이 많았다. 약탈의 대상이 될 만큼 매우 고가의 물건도 있었고, 특산품으로 인기가 있는 것도 있었다. 대부분이 황실의 전매품이었기 때문에 황실의 재정에는 큰 도움이 되는 물건들이다. 최근에 남쪽 도시들이 전쟁에 휩쓸리면서 교역에도 아주 복잡한 문제들이 생기고 있다.

두 번째 이유는 카이 산맥을 경계로 북동쪽에 인접한 황제의 직할령을 방어하는 최전방 기지로서의 역할이다. 이곳은 제국의 가장 중요한 군사 경제적 요지중의 하나다. 제국 최대의 금광과 철광산이 있고 조금 더 들어가면 대규모 노천 암염(巖鹽) 지대가 펼쳐져 있다. 프리고진을 수도로 정하게 만든 가장 중요한 이유를 제공한 곳이기도 하다. 따라서 동쪽 산의 모든 접근로에는 가장 강력한 군대들이 주둔하고 있다. 이곳 기간 지구가 잘못된 손에 떨어지면 황실은 매우 불편해진다. 황제는 아마 주저 없이 이곳을 치게 될 것이다. 그러나 군대를 주둔하면서까지 유지하기에는 비용이 너무 든다. 그렇다고 개간해서 식민(植民)을 하자니 노예들이 탈출해 보다 자유로운 남쪽 도시로 흘러들어 가는 것을 막기 어렵다. 여기에 기잔과 남쪽 도시를 갈라놓는 포라토 강의 지류가 세차게 흐르고 있고 여름철에는 범람이 심해 제대로 된 둔전(屯田)도 기대하기 어렵다. 황실의 고민은 여기에 있었다. 어떤 영주도 이렇게 유지 비용이 크고 얻는 것은 별로 없는 영지를 다스리기 원하지 않았다. 그러나…….

"오호…… 괜찮은데?"

"죽이는데요? 지도로 보던 것과는 아주 달라요."

산과 비연은 가장 높은 곳에서 기산 영지를 굽어보고 있다. 대략 3000미터 정도 되는 고지다.

"뭐가 좋겠나?"

"카지노, 무기상, 암시장…… 딱이군요. 결코 들키지 않을 거예요."

"왜? 성인용 놀이공원도 넣지 그래?"

"투자비가 많이 들어요."

"인구가 많지 않아도 되겠군. 좋은 소식이야."

"게릴라 유격전을 위한 최고의 지형이기도 하지요. 이 정도면 해볼 만합니다."

"잘하면 떼돈도 벌겠어."

"에센과는 조금 다른 컨셉으로 가보죠."

"근처에 마적들이 많다고 하더군. 경제에 도움이 될 거다."

"평탄한 지형이 많아 자전거를 많이 만들어도 되겠는데요."

"저게 사막인가? 어째 푸른빛이 도는데? 오아시스?"

"스텝 기후에 가까운 것 같네요. 초원 뒤에는 사막이 이어질 겁니다. 지도상으로 사막은 그리 크지 않습니다. 유목에 적당한 곳인데……."

"저쪽 사막 너머 정글에는 뭐가 있다고 하던가?"

"정글에는 비족(飛族), 사막에는 갑족(甲族)이라는 지능종이 있다고 하던데요. 그 밖에도 사막과 정글에 적응한 인간들이 있는 모양인데 확인해봐야 할 것 같습니다."

위쪽 하늘은 한없이 맑고 개운하다. 봉우리 아래로 낮은 구름이 노닐고 있다. 산바람이 아래에서 시원하게 불어온다. 정상에는 낮게 기울어진 고사목(枯死木)과 바위들이 어울려 하늘 위에 떠다니는 정원 같은 느낌을 주고 있다.

비연은 조그만 병을 열어 산에게 건넸다. 금방 끓인 듯 하얀 김이 모락모락 피어오르고 구수한 토톰 향기가 정겹다.

다사로운 햇살을 이고 바위에 걸터앉아 아래를 내려다보니 온 세상이 그윽하게 들어온다. 희뿌연 구름이 이리저리 흘러가는 모양을 보니 운치도 있고 여유가 생긴다. 둘은 그렇게 말없이 아래쪽을 쳐다보고 있었다. 비연은 바람에 흐트러지는 머리를 연신 쓸어 넘겼다. 오랜만에 즐기는 둘만의 휴식이다. 인간의 의무에서도 자유로워졌고 이제 책임져야 할 삶들의 무게도 없다. 이대로 훌쩍 떠나버려도 뭐라고 할 놈은 없다. 혹여 뭐라고 한들 무슨 상관이랴. 이 세계에서 전쟁이 터지든 사람이 수없이 죽어나가든 그게 무슨 문제가 될까? 그들이 있든 없든 어차피 일어날 일이었다.

"내일인가?"

"내일이죠."

"아주 '쎈' 놈이라고 하더라."

"담과 툭, 가속 수준은 6단계, 4품이라고 평가하더군요. 무섭죠?"

"겁나네. 신이 보내준 전투력 프로파일에서 내가 더 알아야 할 것이 있던가?"

"별로……."

"숏 타임(short time) 게임이겠군." 산이 말했다. 빙그레 웃으며.

"쇼 타임(show time)이죠." 비연이 정정해주었다.

다시 광야로 나선 두 사람의 표정에서는 느긋한 여유가 보인다. 어딘지 모를 자유로운 품격마저도 느껴진다. 아이가 자라서 성인이 된 듯한 느낌? 유별과의 만남은 그들에게 중대한 분기점을 제시해주었다. 세상이 다르게 보이기 시작했다. 이 세계에 대해 품었던 많은 의문들에 대답이 주어지면서 그들은 급격한 진화를 경험했다.

비연이 유리병을 기울였다. 찻물이 야전용 잔에 차오른다. 뜨거운 김이 모락모락 피어올랐다. 그녀의 손에서 금방 데워진 것이다.

'전자레인지의 원리. 손바닥에서 발생시킨 고주파가 액체에 전달됐을 것이고, 물 분자가 진동하며 열을 전달했겠지.'

비연은 손을 쳐다본다. 평범한 손이다. 가늘고 긴 손가락이 조금 예쁘기는 하다. 이 평범한 손으로 전에는 할 수 없었던 일을 할 수 있다.

'이 재주를 가지고 21세기 현대로 다시 가면 어떨까? 아마 마녀가 등장했다고 호들갑을 떨겠지? 그렇지만 이제는 신기하지도 않아. 이곳 사람들은 마법이라고 불렀다. 나는 이곳에서 진짜 마녀가 된 건가?'

그녀는 산 아래를 굽어보았다. 울긋불긋하게 물들어 가고 있는 산하가 웅성거리며 시야에 가득 들어온다. 비연은 가속한 눈으로 그것들을 바라보았다. 자동차에 기어를 넣듯 가속의 단계를 높여본다. 경치가 바뀐다. 물체의 경계가 없어진다. 색과 향과 소리가 달라진다. 무한한 혼돈. 그 혼돈이 쌓아 올리는 장대한 질서. 깨어 있는 사람이 아니면 결코 볼 수 없을 어떤 코드들…….

비연은 한 모금을 더 마시고 병마개를 닫았다. 가볍게 스트레칭을 하면서 일어섰다. 뜨거운 차가 식도를 타고 흘러내리는지 가슴이 따뜻하다. 고개를 돌려 산을 쳐다본다. 사내는 바위에 자연스럽게 걸터앉아 세상을 응시하고 있었다. 비연은 그 모습이 바위 같다고 생각했다. 천천히 사내를 향해 걸어간다. 뒤에서 사내의 양 어깨에 두 손을 얹었다. 이윽고 팔을 둘러 사내의 목을 꼭 껴안았다.

비연의 머리카락이 바람에 흩날리며 산의 얼굴을 부드럽게 스쳐간다. 둘의 시선은 같은 방향을 향하고 있었다. 아주 멀리, 아득하게 먼 곳까지…… 경계 너머, 사건의 지평선까지.

정찰은 끝났다. 또 다시 전투의 시절이다. 마지막 전쟁을 위한 첫 번째 준비는 끝났다.

* * *

D-150일.

사막과 밀림이 공존하는 곳이었다. 방벽같이 길게 내뻗어 있는 거대한 산맥이 그 원인이다. 습기를 머금은 공기가 산을 넘지 못하고 가진 비를 모두 뿌린 곳은 밀림이 되고, 그렇게 바짝 마른 공기만이 열풍이 되어 불어대는 산 너머는 사막이라는 가혹한 운명을 감수해야 한다.

기잔 영지의 서쪽은 사막 지대다. 그러나 평균 해발 3000미터가 넘는 산맥을 넘어가면 바로 대륙 최대의 밀림이 등장한다. 인간의 발길을 완강하게 거부할 수 있었던 이곳에는 다양한 식생이 형성되어 있다. 사막이라고 해도 모래만 있는 곳이 아니다. 이곳의 북부는 스텝 지대로 남쪽으로 갈수록 사바나 기후에 가까워진다. 서쪽 깊은 곳에는 사구가 형성되어 있어 진짜 사막의 느낌이 난다.

더운 바람이 분다. 먼지가 바람에 휩쓸려 소용돌이치며 여기저기 흩어지고 있다. 산은 시계를 들여다보았다. 오전 10시. 이 시계는 유벌에게 의뢰해서 얻은 기계식 시계다. 프리고진을 자오선으로 하여 기준시를 잡았다. 두 사람은 유벌에서 이것을 몇 개 얻어 작전에 필요한 사람들에게 나누어주었다. 산과 비연은 생체시계를 고안하여 서로의 시간을 맞추어왔지만 다른 사람들과의 연계 작전에는 반드시 필요한 물건이다.

"대강 설치는 끝났지?"

"일단 여덟 군데로 끝을 봤습니다."

"장비는 된 것 같고…… 근데 저 친구들은 웬일이래?"

"구경 왔네요."

"도와줄 생각은 없는 것 같지?"

"어차피 도움이 안 되니까요……."

산은 팔짱을 낀 상태로 생각에 잠겼다. 팔뚝에 손가락을 툭툭 쳐가며…… 비연은 발끝으로 땅을 톡톡 차고 있었다. CW(Continuous Wave)라는 특수부대의 원시적 통신 방법이다. 비록 약어의 형태로 메시지가 하나하나 뚝뚝 끊겨 교환되지만 '관찰자'들 입장에서는 그 압축된 의미를 알아내기가 어려울 것이다. 또한 그들이 말한 것이 생각한 것의 전부가 아니라는 것, 그리고 생각한 것이 모두 결정된 것은 아니라는 사실도 유능한 도청자들을 괴롭히게 될 것이다. 어떤 것이 진실이 될지는 누구도 모른다. 그중에서도 한국말은 끝까지 들어봐야 안다.

"나중에 관람료 받아라."

"살아남으면요."

"죽이기야 하겠어? 이번 한 번으로 될까?"

"그건 누구도 모르죠. 얼마쯤 걸릴까요?"

"짧을수록 좋겠지. 그런데……."

"예?"
"전투현자라는 놈들이 6단계 4품이라고 했던가?"
"그렇게 알려주더군요."
"신은 거짓말을 못 하지?"
"그렇죠. 그렇지만 인용문이나 전달하는 정보는 그렇지 않을 수도 있겠죠."
"흠……."
산은 눈을 가늘게 뜨고 하늘을 쳐다보았다. 마치 신을 째려보는 것처럼.
"그런 놈이 몇이나 된다고 하던가?"
"현자는 2000 정도, 그중 전투현자는 30 정도라고 했습니다."
"위협적인 숫자군."
"현재 이 세계 인간 중 5품 대가가 네 명이라고 했고 4품으로 알려진 수는 열에서 스물쯤 된다고 했으니 표면적으로 균형은 이룰 수 있을 겁니다. 문제는 각성의 품질이겠죠. 4품이라도 단순히 가속만 열심히 키운 자는 전투력이 그렇게 크지 않았습니다. 선무대가라면 2품이라도 4품에게 위협적일 수 있습니다."
"지난번 포라토에서 붙어봤던 실은 3품이었지?"
"대강 세 가지 기예를 썼었죠."
"그때는 할리우드 액션이 먹혔는데…… 지금은 어렵겠지?"
"제대로 붙어야 할 겁니다."
"아마도 현자들은 능력을 공유하겠지?"
"같은 품이라면 가능하다고 합니다."
"4품이나 5품이 어떤 기예를 가지고 있는지는 직접 겪어봐야 알겠고……."

"우리 것을 베꼈다면 아주 재미있어지는 거죠."

"흠……."

산이 씩 웃었다.

"오늘…… 시간 많이 걸리겠다."

"날 잡은 건가요?"

"애들 하는 거 봐서……."

산이 하늘을 힐끗 쳐다보았다.

"이해했냐?"

하늘은 아무 말이 없다.

"아니면 말고……."

비연이 하늘을 보고 씩 웃어주었다. 왠지 씁쓸한 웃음이었다.

산은 이마의 땀을 훔쳐냈다. 오랜만에 모자를 꾹 눌러쓰고 알칸의 가죽을 재료로 만든 회색 전투복을 입었다. 요대에는 권총과 대검, 그리고 용도를 알 수 없는 것들이 주렁주렁 달려 있었다. 비연은 머리를 뒤로 묶었다. 산과 커플 복장처럼 날렵한 전투복 차림에 편안한 전투화를 맞춰 신었다. 장갑을 꼈지만 두 손은 자유로운 상태다. 칼은 가죽 끈으로 묶어 등 뒤에 메고 언제라도 뽑을 수 있도록 했다.

비연은 산의 복장을 꼼꼼하게 정리해주었다. 묵묵하게, 마치 직장으로 나서는 남편을 챙겨주듯. 그녀의 표정은 밝고 여유가 있다.

그들이 서 있는 곳은 깨진 바위와 키 작은 풀들이 섞여 있는 전형적인 황무지다. 여기저기 움푹 파여 있지만 물은 없다. 까마득히 먼 곳에는 해발 3000미터가 넘는 바위산이 병풍처럼 둘러쳐져 있고 그 뒤로는 밀림에 걸맞지 않게도 하얀 눈을 이고 있는 산꼭대기가 아스라이 보인다. 대지에 큰바람이 불었다. 곳곳에서 작은 회오리가 치솟아 오른다. 이제 놈들이 오고 있다. 땅 위에 있는 모든 것들이 진저리를 치며 미쳐 돌아가고 있었다.

* * *

"저것들 미친 거 아녀?"

"전투현자가 둘이나 온다는데 봄날 소풍 온 것처럼 태평하구만. 뭐 믿는 게 있겠지?"

"아니, 아닐 거야…… 그놈들이 어떤 놈인지 몰라서 저럴지도 몰라. 이야기는 해줬어?"

"아니."

"왜?"

"재미있잖아? 이런 구경을 언제 해? 난 200년 만에 처음이라고."

"미친 새끼……."

전투가 예정된 곳으로부터 약 3킬로미터 떨어진 산꼭대기에 유별의 네 사람이 뭔가를 마셔가며 아래쪽을 쳐다보고 있었다.

"신체 기능 평가전이라고 하더라. 설마 죽이기야 하겠냐? 안 그래도 수명이 얼마 없는데."

전직 행위예술가답게 울긋불긋한 티셔츠를 입은 남준이 술을 한 모금 마시며 말했다.

"저 친구들 실력을 확인해볼 필요가 있기는 해. 진짜라면 광팬 하나 생기는 거야……."

'모델링과 계산의 권능'을 가진 미리가 말했다. 유별의 실질적인 브레인답게 간단하게 차려입은 등산복이 유난히 빨갛다.

"난 왜 자꾸 화장을 하고 싶지? 긴장했나 봐."

40대 덩치 오기가 흘러내린 머리를 추스르며 투덜거린다. 그 옆에 있던 이강은 흰머리가 휘날리게 낄낄거렸다.

그들의 권능은 원래 가지고 있었던 재능이 극단적으로 진화된 것이라고 한다. 이곳에 불려 와 각성을 해가면서 재능은 권능이 됐다. 그 권능은 무가와는 다른 길로 개척된 각성자의 기예다. 그러나 전투를 위한 무기로 사용될 경우 상상 이상의 커다란 위력을 발휘한다. 실제로 그들과 손을 섞어본 절대무가 한선가의 역대 5품 대가, 전설들조차도 큰 곤욕을 치러야 했다. 전혀 원리가 달랐기 때문이다.

이들은 이 권능을 '카리스마'. 즉 '일원의 은총'이라고 불렀다. 현자들이 세계의 균형을 잡는 데 실패하거나 인간에게 극단적으로 위험한 존재가 됐을 때를 대비한 일원의 오래된 안배 중의 하나라고 했다. 이 사람들은 현자들과 비슷하지만 여러 측면에서 다르다. 현자와 같은 점은 인간 세상에 대해 지나친 개입을 할 수 없다는 것이고, 다른 점은 현자가 '유지'와 '방어'에 관한 권능을 얻었다면, 이들은 '창조'와 '제어'에 관한 권능을 얻었다는 것.

"자자…… 지방방송 끄고…… 이제 경기가 시작될 모양이다."

남준이 소리쳤다.

* * *

꽝.

첫 번째 격돌이 있었다.

격돌 장소를 중심으로 뽀얀 먼지가 버섯구름처럼 피어오른다. 산은 약간 떨어진 곳에서 옷을 털며 고개를 좌우로 꺾었다. 담은 커다란 주먹을 쥐락 펴락 하고 있다. 그들은 서로의 눈을 응시하며 입을 꾹 다문 채 말이 없었다. 선수들답게 일단 상대의 순수한 육체적인 능력을 가늠하고 있는 중이다. 이제 그들은 기운을 극한으로 끌어올렸다. 표정은 사뭇 경건하다.

둘은 매우 현명한 투사들이다. 처음 상대를 대하는 순간 이 경기의 의미를 깨달았다. 단순한 친선경기가 아니라는 것을. 상대의 크기와 무게는 이미 가늠할 수 있는 한계를 넘었다. 즉, 목숨까지 친절하게 살펴주면서 측정할 수 있는 수준이 아니라는 것이다. 이제 전투는 측정자의 의도와 상관없이 흘러갈 것이다. 매 경기가 항상 마지막 테스트가 될 것이다. 그것이 상대든 자신이든 서로가 뿜어대는 기세에 약간 소름이 돋을 지경이다.

현자 툭은 비연을 쳐다보고 있었다. 툭은 여성체 현자다. 비연은 표정을 말끔히 지운 채 산과 담의 전투를 응시하고 있었다. 멀리 떨어진 뒤쪽에서 팔짱을 끼고 손으로는 조그만 병을 만지작거린다. 손가락이 여전히 병 표면에서 톡톡 움직이고 있다. 툭의 뇌리에 어머니 실루오네의 당부가 울린다.

'여자는 감히 개입할 수 없을 것이다. 사내를 살리고 싶다면…….'

툭은 고개를 돌려 사내들의 전투를 보기로 했다. 어차피 자신의 차례까지는 오래 걸리지는 않을 터…….

쾅.

이번에는 담이 먼저 움직였다. 공기가 찢어지는 소리가 그 뒤를 따른다. 쾌속! 2미터 50센티미터에 달하는 거대한 몸집이 20미터 거리를 순식간에 압축시키며 터지듯 튀어 들어왔다. 맨주먹이지만, 체술(體術)에 특화된 대가의 위력은 엄청나다. 몸통만 한 화강암 바위를 가루로 만들 정도다. 살갗에 스치기만 해도 짓이겨질 것이다. 산은 발이 살짝 비틀었다. 몸이 왼쪽으로 슬쩍 돌아간다. 짧게 끊어 친 담의 주먹이 쉿 소리를 내며 지나갔다. 뺨을 아슬아슬하게 비껴갈 정도다. 동시에 산이 허리를 약간 비틀었고 손바닥을 아래로 돌렸다. 허리 쪽을 파고들던 담의 주먹은 산의 손바닥에 휘감겨 돌아가며 바깥쪽으로 흘러나간다.

산의 표정에는 변함이 없다. 그는 턱을 살짝 뒤로 젖혔다. 담의 무릎이 코끝에 시큼한 바람을 남기며 치고 올라갔다. 왼발을 살짝 들었다. 그 자리에 담의 커다란 발이 땅속으로 파고들어 온다. 산의 군화가 발등을 그대로 찍어버렸다. 이미 발을 뺀 담의 표정은 여전히 무덤덤하다. 동시에 산의 오른발이 크게 휘어들어 갔다. 발등이 거대한 허벅지 아래 관절 부분에 작렬했다. 담의 무릎은 타격 전에 미리 살짝 꺾이며 충격을 흡수했다. 산은 그 반동으로 치고 올라간다. 몸을 허공에서 뒤집으며 왼발로는 담의 목젖을 찔러가고 동시에 두 손을 모아 찔러 들어오는 주먹을 부드럽게 말아 쥐었다. 담은 주먹을 회수하며 다음 공격을 준비한다. 싸우면서도 두 사람의 시선은 언제나 상대의 눈에 고정되어 있다. 산이 씩 웃어준다. 담의 얼굴에도 옅은 미소가 돌고 있다. 자신의 상대로 매우 적합하다는 만족감.

둘의 공방은 거의 한 시간 이상 이어졌다. 그 동작들은 마치 약속한 대련처럼 깔끔하고도 현란하다. 그러나 극히 위험하다. 한 수 한 수가 필살의 의지를 담고 치명적인 급소를 노리며 최단거리와 최적의 기세를 다루고 있다. 결코 낭비가 없는 대가들의 전투다. 둘은 이 전투의 목적을 잊지 않고 있다. 각성된 인간으로서 낼 수 있는 육체의 극한과 능력의 최대치를 이끌어내는 것. 그것은 피차 궁금했던 것이다. 산은 비연과 대련하면서 끊임없이 육신의 극한을 두들기고 깨뜨려왔지만 이런 강적과의 실전 전투는 처음이다.

담은 이 전투 방식이 정말 마음에 들었다. 그의 특기는 바로 이 근접 격투다. 온몸이 살상 무기이고 현자 중에서도 가장 강한 방어 능력을 가진 자가 바로 담이다. 인간이 감히 자신 앞에서 맨손으로 나서는 걸 보았을 때 담은 고개를 갸웃했었다. 그러나 일단 손발을 섞어보니 아주 만족스러웠다. 지난 200년간 수없이 많은 종류의 전투를 치러왔지만 이렇게 몸을 극한 가까이 보내본 적은 없었다. 또한 온몸을 쓰는 단순 격투는 마룡 실루오네가 가장 원하던 것이기도 했다. 능력의 참값을 측정하는 데 가장 기본이 되는 데이터를 얻을 수 있기 때문이다. 실루오네는 지금 넘쳐나는 양질의 데이터에 만족하고 있을 것이다. 3단계부터 끌어올린 신체 능력이 바야흐로 6단계의 끝을 향하고 있다. 4품의 대가 둘이 펼치는 기세와 바람만으로도 주변은 이미 원래 지형을 알아보기 어려울 만큼 초토화되고 있었다. 일격필살의 의지를 담은 치열한 격투지만 아직 상대에게 결정적인 타격을 주지 못하고 있었다.

담의 얼굴이 점점 굳기 시작했다. 6단계 이상의 속도에서는 상대의 공격을 피하기 어렵다. 대신 통각(痛覺)의 감도를 조절하면서 필요한 만큼 타격을 허용하는 전투를 한다. 몸의 방어 체계는 강화(强化)와 연화(軟化)를 반복하며 충격을 튕겨내거나 흡수한다. 그러나 충격 그 자체는 누적된다. 충격을 흡수할 수 있는 한계를 넘어버리면 몸 자체가 내부로부터 붕괴한다. 따라서 재생도 불가능해진다. 이 정도까지 왔다는 것 자체가 정말 대단했다.

담은 입술을 실룩거렸다. 그는 처음으로 의심을 하고 있었다. 어머니 실루오네의 자료는 어디까지 믿을 수 있는가? 이놈은 3품이 아니라 4품 수준에서도 능력의 변별이 불가능하다. 몸속에 축적되는 충격량도 거의 한계에 다다라 있다. 이제 몸은 휴식을 호소하고 있었다. 담은 저 인간의 상태가 어떤지 궁금했다. 최소한 자신과 비슷하게 힘들지 않을까? 그러나 지금은 알 수 없었다. 이때 어머니 실루오네의 명령이 들어왔다.

'7단계, 살상 허가.'

담은 처음으로 긴장했다. 7단계, 5품이라…… 가속을 높이는 것은 문제가 아니다. 문제는 그 지속 시간이다. 5품에서 자신의 한계는 5분…… 5분이면 근접 전투에서는 영원만큼 긴 시간이다. 그러나 만약의 경우 놈도 5품이라면?

툭은 입술을 잘근잘근 씹고 있었다. 그녀의 전투력은 담과 비슷하다. 정말 가벼운 마음으로 왔다. 어떻게 밟을 것인가? 무엇을 어떻게 토하게 할 것인가? 흥미로운 장난 아닌가? 그러나 지금 그녀의 눈빛은 깊게 가라앉고 있었다. 툭은 힐끗 비연을 쳐다보았다. 그녀는 여전히 표정이 없다. 그러나 계속 관전 장소를 바꿨다. 지금도 위치를 조금씩 바꾸고 있다. 언제 꺼냈는지 검은 안경을 쓰고 있었다. 툭은 비연의 시선을 읽을 수 없었다. 왠지 조금씩 불안해졌다.

비연의 입꼬리가 조금 올라갔다.

산은 빙그레 웃고 있었다. 담의 기운이 달라지기 시작했다. 몸에서 연한 주광색의 후광이 비치고 얼굴의 형태를 구별하는 피부의 선들이 희미해지고 있다. 몸과 주변의 경계가 융화된다. 마치 유리로 둘러싸인 것처럼 피부의 경계가 투명해졌다. 전형적인 5품, 즉 7단계 가속의 양상이다. 산도 비슷하게 변화하고 있다. 그런 산의 모습을 바라보는 담의 얼굴은 흉하게 일그러졌다.

'5품…….'

툭은 자신도 모르게 터져 나오는 신음을 삼키느라 입을 막았다. 비연은 시계를 쳐다보고 있다.

팟.

담의 몸이 사라졌다. 산 역시 그 자리에서 꺼져버린 것처럼 몸의 윤곽이 흐릿해졌다. 200미터 반경이던 전투 공간이 갑자기 1킬로미터 이상 벌어졌다. 반경 500미터 전역에 걸쳐 엄청난 굉음이 연속적으로 터졌다. 대지 가득히 뽀얀 먼지가 한꺼번에 일어난다. 광범위한 지역에서 동시다발적으로 무언가가 터졌다. 폭탄이 터진 것처럼 땅거죽이 100미터 이상 파이며 거대한 분화구가 태어났다. 먼지와 바위 조각들이 한꺼번에 공중으로 떠오르며 시커먼 회오리가 생겨나고 있다.

담은 쉴 새 없이 산을 몰아붙였다. 짧은 시간에 자신이 가진 모든 능력을 한꺼번에 쏟아내는 중이다. 하늘 아래, 땅 위의 모든 것이 들떠 일어난다. 담은 이를 악물었다. 어머니의 절대명령이다. 거역할 수 없다. 어머니는 무엇을 원하는가? 시간은 흘러가고 있다. 그러나 놈은 여전히 멀쩡하다! 사내가 짓쳐들어온다. 담은 거의 울먹거리고 있었다. 핏발이 선 눈, 거북이 등처럼 바짝 말라가며 갈라지는 피부, 악문 입술 사이로 흘러내리는 핏줄기. 그의 얼굴에 조그만 사내의 주먹이 포탄처럼 작렬해 들어온다. 아래로는 칼날 같은 발끝이 휘어들어 온다. 엄청난 위력. 그러나 피할 수 없다. 이윽고 몸이 부르르 떨렸다. 담은 처음으로 휘청거렸다.

"끄윽."

담의 목구멍에서 신음 소리가 저절로 흘러 나왔다. 롤러코스터같이 폭주하는 5품의 경지에서 생전 처음 겪는 지독한 피로감이 몰려왔다. 마비조차 용납되지 않는 예민한 감각, 온몸이 부서질 것 같은 강력한 충격, 그리고, 무엇보다도 지독한 허탈과 갈증이 정신과 육신 모두를 잠식해 들어가고 있다. 담은 이 전투 동안 단 한 번도 사내에게 우위를 점하지 못했다. 그리고 그렇게 그의 시간은 끝나 가고 있었다. 5분이 지났다. 이제 감속이 시작됐다. 담의 눈은 여전히 사내의 움직임을 따라가고 있었다. 허공 멀리 까마득한 곳에서 사내가 다가오고 있다. 놈에게는 아직도 여유가 있는가? 그의 접근 속도가 엄청나게 빨라지고 있다. 아니, 자신의 몸이 감속되고 있는 중일 것이다. 담은 점점 흐릿해져 가는 사내의 실루엣을 보았다.

꽤 괜찮은 놈이다. 정말 진지하게 싸워줬다. 결코 회피하지 않고 어떤 꼼수도 부리지 않았다. 그리고 보란 듯이 자신을 뛰어넘었다. 인정할 수밖에 없는 강자……! 담은 머리 쪽에서 바람을 느꼈다. 시원하다고 생각했다. 뇌리에서 어머니 실루오네가 뭐라 떠드는 소리가 들렸다. 멀리서 툭이 총알처럼 튀어 들어오는 모습이 아스라이 보였다. 여자 둘이 갑자기 움직이기 시작했다.

탕탕탕탕.

총소리가 울렸다. 비연이 두 개의 총을 양손에 들고 쾌속하게 이동하며 움직이는 툭을 향해 한꺼번에 갈겼다. 총알은 툭의 가속 경로를 따라 달려갈 궤적을 정확하게 봉쇄하며 날아간다. 툭은 날아가면서도 두 가지 상황을 이해할 수 없었다.

'담이 당할 정도로 강한 인간이 존재했는가……. 여자는 움직이지 않는다면서? 짝을 죽이겠다는 건가?'

총알이 휘어져 날아온다. 툭은 총알을 보면서도 피하지 못했다. 아니, 피하지 않았다. 툭은 안경 속에 감춰진 비연의 시선을 놓쳤고 실루오네의 명령은 그만큼 다급했다. 툭은 담을 구해야만 했다. 콩알만 한 금속 덩어리가 날아오고 있다. 툭은 웃었다.

'그까짓 총알 따위…….'

퉁.

그때 무엇인가 툭의 진행 방향 위쪽에서 터졌다. 이상한 분말이다. 여자가 미리 발사했던 것이다. 툭은 숨을 멈추고 그대로 도약한다. 흩어지는 가루가 따갑게 얼굴을 때린다.

'금속 먼지…….'

아직도 툭의 미소는 지워지지 않았다. 아직은 찰나의 가능성이 있다. 가속만 제대로 된다면…… 툭은 이를 악문다. 아슬아슬한 시간. 인간 사내의 주먹은 이미 담의 머리에 닿아 있다. 담의 머리가 쇠망치에 맞은 듯 뒤로 크게 젖혀졌다가 다시 돌아갔다. 툭은 입을 벌렸다. 담의 한쪽 얼굴이 붕괴되는 모습이 보인다. 비명이 뒤이어 터져 나왔다. 담의 얼굴 거죽이 과자처럼 바삭거리며 폭풍 속에서 부서져 간다. 툭이 달려가며 칼을 휘둘렀다. 칼바람이 살벌한 비명을 지르며 산을 향해 짓쳐 들어간다.

툭의 몸은 이미 7단계를 넘어서고 있다. 거의 다 왔다. 아직은 가능성이…… 이제 사내의 한쪽 발끝은 담의 목젖을, 다른 발끝은 심장 쪽 가슴을 파고들어 가고 있었다.

툭툭툭툭.

폭풍처럼 치고 들어가는 툭의 몸에 비연이 두 번째 날려 보낸 총알이 이제야 연속적으로 박혔다. 툭은 멈추지 않았다. 그렇게 믿었다. 그러나 몸은 더 이상 나아가지 않았다.

"응?"

몸속으로 파고들어 온 총알이 한 번 더 터졌다.

'염산?'

몸이 즉각 반응하며 방어 체계로 전환한다. 염기 중화제가 분비된다. 그러나 또 멈칫한다. 다른 총알이 또 터졌다.

'수산화나트륨?'

몸의 방어 체계가 혼란에 빠졌다. 무엇을 중화제로 투입해야 할지 허둥대고 있었다. 다시 총알이 터졌다. 알칸의 뼈로 된 세침이 폭죽처럼 사방으로 터져 나갔다. 알칸의 뼈는 대가의 기운이 흐르는 길을 가닥가닥 끊었다. 다른 총알에는 마취 성분의 약물이 들어 있었다. 또 다른 총알은 나트륨 폭탄을 쏟아냈다.

툭의 몸은 공중에서 망가진 인형처럼 기괴하게 비틀렸다. 혼란한 툭의 시선에 다시 절망을 주는 모습이 잡혔다. 바람에 소멸되며 그대로 무너져 내리고 있는 담의 커다란 몸. 그 장면은 비틀린 거울에 비친 영상처럼 비현실적으로 흘러내렸다.

"어떻게…… 담이 이렇게 허망하게……."

툭은 머리를 떨궜다. 정말 잠깐의 방심, 어머니 실루오네의 오판, 대가의 전투에 개입해버린 치명적 실수. 게다가 완벽한 방어 체계가 구축되어 있는 현자의 몸이라는 것도 동시다발적으로 터지는 이물질들의 폭발 속에서 최적의 대책을 찾지 못하고 있다. 그 짧은 시간의 머뭇거림이었지만 5품으로 확인된 저들 앞에서 사격을 허용한 것이 결정적 실수였다. 아직도 몸 여기저기에서 폭발과 화학 반응이 어지럽게 진행되는 가운데, 툭은 안전한 장소를 찾았다. 최소한 뒤쪽을 지킬 수 있는 곳으로 빠르게 이동한 후 툭은 상대의 움직임을 살폈다.

"왜?"

사내는 공격 대신 뒤로 물러나고 있었다.

물러난다고? 왜? 역시 놈도 시간이 다 됐던 것일까? 그렇다면 여자는? 선글라스를 착용한 여인 역시 한참 뒤쪽으로 물러난 상태로 뭔가 이상한 것을 만지고 있다.

"너에게는 미안하지만……."

비연의 차분한 목소리가 툭의 귓전에 울렸다. 툭은 얼굴을 찡그렸다. 몸속에 무엇을 집어넣었는지 속이 부글부글 끓는다. 넥타 농축액? 갑자기 기분이 좋아진다. 그러나 툭은 이를 갈았다. 6단계를 넘어가면 넥타는 전투에서 독으로 작용한다. 감각의 명료함을 방해하고 칼처럼 벼려진 전의를 죽인다. 집중하지 못하는 신체로는 가속의 권능을 유지할 수 없다. 쾌락으로 포장된 절망이 자신을 향해 대가리를 서서히 내밀고 있었다. 툭은 비틀거리는 몸을 바로 세웠다. 여자는 여전히 무언가를 조작하고 있다. 툭은 비로소 신들이 전해주는 마지막 정보를 들었다.

"함정이라고……?"

"너무 알려고 하지 마라. 어차피 다친다."

번쩍.

섬광이 터졌다. 눈이 부셨다. 아까 온몸에 뒤집어쓴 먼지가 피부 위에서 지글지글 끓고 있었다. 가열된 금속 먼지가 피부를 파고들었다. 갑자기 터진 전자파의 폭풍 속에서 감각을 상실한 툭은 본능적으로 위로 도약했다. 이곳을 탈출해야 한다는…….

"빙고! 바로 그거야! 착하지!"

툭은 소리가 나는 쪽으로 고개를 돌렸다. 하얗게 멀어버린 시각 속에서 비연이 보였다. 그리고 그것이 그녀가 200년 동안의 생에서 본 마지막 장면이 됐다.

꽝꽝꽝꽝꽝꽝꽝꽝.

툭이 올라간 하늘을 향해 여덟 방향에서 여덟 개의 '파멸무기'가 동시에 터졌다. 툭의 몸은 흔적조차 남기지 못한 채 모든 방향으로 흩어졌다. 궁극의 대규모 인명 살상용 지뢰, 이 세계에서 다시 재현된 대인지뢰 '클레이모어'의 매우 소박한 위력이었다.

"오늘은……."

비연이 말했다.

"정말 싸게 잡았다."

산의 결론이었다.

2장
대결
對決

"담! 툭!"

땅이 갈라졌다. 폭풍이 몰아쳤다. 아름드리나무가 뿌리째 뽑히고 숲이 터져 나갔다. 살아있는 모든 것들이 숨을 죽인 채 고막을 틀어막고 둥지에서 떨고 있었다. 포라토 시 외곽 시리드 묘역에는 거대한 돌풍이 휘몰아쳤다. 시커먼 하늘에서는 천둥소리와 함께 흙비가 내렸다. 놀란 용병들이 때아닌 날벼락에 넋을 잃고 하늘을 쳐다보았다.

"대체 무슨 일이지?"

용병 하나가 아직도 흔들리는 땅에 납작하게 엎드린 채 두려운 눈으로 하늘을 바라보며 말했다.

"신이 노했나?"

"귀가 멀어버릴 것 같아!"

옆의 동료가 고통스럽게 울부짖었다. 포라토 시민들은 일찍 집으로 돌아가 문을 닫아걸었다. 신전에서는 사제들의 기도 소리가 커졌다.

"이젠 좀 진정이 되나?"

나쿤은 실루오네를 쳐다보았다. 그러나 아직도 실루오네는 공황에 빠져 울부짖고 있었다. 그녀의 둥지 밖 반경 5킬로미터는 폭풍이 쓸고 지나간 것처럼 완전히 초토화됐다. 실루오네가 이렇게 분노한 모습은 본 적이 없다. 나쿤 자신도 전투의 결과를 믿을 수 없었다.

"겨우…… 겨우 인간 둘에게! 전투현자가!"

실루오네는 전 세계 서른 명밖에 없는 전투현자 중 둘을 보유한 막강한 존재였다. 지금 그 자랑스러운 전투현자 둘이 그냥 비명에 가버렸다. 그것도 하나는 가장 자신 있다는 근접 격투에서 완패했고 다른 하나는 조악하기 이를 데 없는 함정과 무기에 걸려서 형체조차 남기지 못했다.

실루오네는 아직도 이 상황을 이해할 수 없었다.

"사특(邪慝)하고도 교활한 인간이다! 우리를 속였어."

"아니지. 속일 것을 몰랐던 건 아니잖아? 예측 범위를 아득히 벗어난 것이 문제지."

나쿤 역시 숨을 작게 내쉬며 중얼거렸다.

"비슷하지도 않았어. 신체에서 직접 측정한 능력까지도 속였다는 거지. 대체…… 이게 어떻게 가능한 거지?"

"6단계 가속 상황 전투를 다시 보여주게. 이건 나도 반드시 확인을 해봐야겠어."

실루오네는 말없이 전투 상황을 재현했다. 실루오네의 강대한 기운이 다시 꿈틀거렸다. 자식이 소멸되는 모습을 다시 보는 것은 고문일 것이다. 특히 변이된 이후 감정이라는 것이 생긴 이후에는 더욱…….

"자…… 남자의 전투 상황과 동일한 시간으로 해서 여자의 상태를 겹쳐 보자고."

산의 상태 정보에 비연의 상태 정보가 중첩되고 있었다.

"이제 신이 중계해준 남녀 의식의 변화도 같이 묶어보고, 담과 툭의 상태도 보여줘 봐."

"……."

"자. 보여다오. 방금 대체 무슨 일이 일어났었는지."

전투가 진행된다. 짧은 시간이다. 그러나 실루오네의 눈빛은 더욱 깊게 가라앉았다.

"이런……."

실루오네가 기어이 신음을 토했다.

여자는 가끔 전투에 개입하려는 의지를 보였다. 신은 그 정보를 거르지 않고 중계해주고 있었다. 끊임없는 정보 교란과 과잉 정보. 담과 툭은 결정적인 타이밍을 놓쳤다. 반면 실루오네 자신은 방대한 데이터를 주워 담느라 집중력이 떨어져 있었다. 급기야 영리한 담은 어머니가 보내주는 정보를 무시하기 시작했다.

6단계 마지막. 여자와 남자의 기운이 완전히 일치되어 있었다. 실루오네는 침을 꿀꺽 삼켰다. 그 정보는 시차(時差) 없이 겹쳐서 들어왔다. 실루오네는 그 신호를 사내 하나의 힘이라고 착각하고 있었다. 결국 오판이 일어났다. 담에게 7단계의 무리한 전투를 지시했다. 이로써 담의 운명은 파국으로 치달아 갔다.

7단계. 여유가 없어진 담이 보인다. 인간 사내는 오히려 힘을 줄였다. 반면 여자의 힘이 사내에게 보태지고 있다. 시간이 지나간다. 여자는 계속 자리를 옮겼다. 다차원의 의도가 쉴 새 없이 중첩된다. 신은 여자의 생각 속에 있는 '함정'을 읽었고, 그에 대해 분명한 경고를 보내왔다.

그러나…… 그 순간에는 아무도 듣지 않고 있었다! 그리고 여자가 '실제로' 움직였다. 실루오네는 결단을 망설였다. 그리고 툭을 투입할 타이밍을 놓쳤다. 뒤늦게 툭이 움직였다. 그리고 모든 것은 끝나 있었다.

재현이 끝났다.

"이건…… 이건 반칙이야!"

나쿤과 실루오네는 한참 동안 말이 없었다. 뭔가 가슴속에서 치밀어 오르고 있다. 정보전이라는 아주 더럽고 치사한 전투 방식을 처음 겪는 자들이 공통적으로 드러내는 분노다. 머릿속에서는 억울한 비명이 터져 나왔다.

"허탈하군. 신이 주는 정보가 오히려 독이 되어버렸어. 저 정도라면 신의 정보는 혼란만 가중시킬 뿐이야. 아! 이거 정말 미쳐버리겠네. 저것들을 어떻게 해야 하나!"

실루오네는 이를 갈았다.

"현자의 투입은 중지해. 의미가 없겠어. 이 일은 사탄에게 넘겨."

나쿤이 엄숙하게 말했다.

"무슨 뜻이지?" 실루오네가 으르렁거렸다.

"보고도 모르나? 저걸 잡으려면 적어도 전투현자 셋을 투입해야 할 것이다. 설령 셋이 투입되어도 둘까지는 희생된다고 봐야 돼. 지금 그 정도로 저들의 일이 다급한가? 이제 전투현자는 28기 남았다. 5년 뒤에 완성될 5기를 합해도 모자란다고! 더 이상의 전력 손실은 곤란해. 우리는 앞으로 할 일이 정말 많아."

"……."

"그리고 저놈들이 우리에게 보여준 기예들도 이제는 믿을 수 없겠어. 여기저기 독을 잔뜩 발라 놓았을걸?"

"천만에! 그들의 기예는 원리와 응용까지 다 파악했다. 내 능력을 의심하는 거냐?"

"글쎄, 백번 양보해도 그 기예는 쓸모가 없어. 최소한 그들에게 감히 쓸 수 있겠나? 알려진 기예는 오히려 가장 큰 약점이 된다는 걸 모르나?"

"……."

"그리고 내 판단이 옳다면……."

나쿤은 고개를 들고 실루오네의 모습을 쳐다보았다. 3차원 홀로그램으로 이루어진 원숙한 여인의 형태로 도도하게 앉아 있다. 나쿤이 말을 이었다.

"너 자신의 안위를 걱정해야 할 거다."

"뭐? 큭큭…… 그건…… 농담이겠지? 애새끼 둘 잃었다고 걱정해 주는 건가?"

실루오네가 허리를 잡고 깔깔거리며 웃었다. 농담은 아니지만 농담보다 더 우습다. 막강한 선자들도 함부로 건드릴 수 없는 존재가 바로 용의 본체다. 용은 세계의 균형을 유지하는 자. 수천만 년 동안 어떤 도전도, 극악한 환경도 견디며 스스로 진화해온 전천후 생체기계 복합체가 바로 용이라는 존재다. 그중에서도 만 년에 가까운 세월 동안 가장 높은 완성도를 가진 존재 중의 하나가 바로 마룡 실루오네다.

"아니? 나는 진지하게 충고하는 거야. 저놈들은 능력을 드러내 보였어. 게다가 현자 둘을 가차 없이 소멸시켜버렸어. 저 영악한 놈들이 아무 생각 없이 그랬을까?"

"도발을 했다는 거냐?"

"아니, 전혀 모르겠어. 이젠 아무것도 못 믿겠거든. 대비해서 나쁠 것은 없겠지."

"충고는 고맙다고 해둘게. 내가 놈들에게 심어놓은 폭탄이 뭔지 아나?"

"넥타라고 했지 않나?"

"그래. 특별하게 조련된 넥타지."

"변이 정도는?"

"9할쯤 되더군."

"그 정도면……."

* * *

산과 비연은 휴식을 취하고 있었다. 산은 간이침대에 누워 있고 비연은 그의 머리맡을 지켰다. 비연은 만신창이가 된 산을 이곳 안전한 장소로 옮겼다. 정찰 때 미리 만들어둔 기지다. 주변에는 유벌이 경계를 서고 있다. 지하수가 솟아오르는 작은 오아시스에는 관목들이 우거지고 사막식물들이 제법 무성하게 자라 있었다.

"어떠냐?"

"최악에서 일을 뺀 정도입니다. 꼭 그렇게 무리를 해야 했을까요? 쉬운 방법도 있었는데."

비연이 씁쓸하게 대꾸했다. 약간의 짜증이 묻은 목소리다.

"오랜만에 한계를 맛보고 싶었거든. 미칠 만큼."

산은 천정을 바라보고 있었다. 비연은 그의 말에 어쩐지 기운이 빠져 있다고 느낀다.

"왜……?"

비연은 뭔가 말을 하려다 입을 다물었다.

"넥타 줄래?"

"꼭 드셔야 하겠습니까?"

"우리에게 시간이 그렇게 많은가? 이왕 저지르기로 했으면 확실하게 끝을 봐야지."

산이 피식 웃었다. 비연은 말없이 넥타를 건넸다.

"지켜줄 거지?"

산은 비연의 손을 꼭 잡았다. 비연은 대답 대신 고개를 끄덕였다. 산은 넥타를 마셨다. 천천히 눈을 감고 반응을 기다린다. 조금 긴장했는지 목울대가 출렁거린다. 독백처럼 한마디가 겨우 흘러나왔다.

"우린 끝까지 같이 가는 거야. 딴 생각하지 마."

"……."

"뭘 고민하고 있는지 모르겠지만, 고민이 문제를 해결해주는 건 못 봤다."

산이 한마디를 보탰다. 비연의 손끝이 조금 떨렸다. 산은 얼굴을 조금 찡그렸다. 이번에는 꽤 많이 다쳤다. 모든 뼈에 금이 갔고 내장과 순환계도 내출혈과 엄청난 스트레스로 거의 망가졌다. 마치 일부러 망가뜨린 것 같은 모습. 비연의 눈빛은 축축하게 가라앉아 있었다.

산은 서서히 가속 단계를 높였다. 넥타는 3단계 수준의 가속 상태에서 아주 서서히 스며들게 해야 치료 효과가 가장 크다. 환각을 이겨낸 뒤에 고통이 지랄같이 크다는 단점이 있지만…… 산이 독백처럼 중얼거렸다.

“넥타…… 난 너 따위에게 먹히지 않아. 자 이제 재미있게 놀아보자고…….”

몸 안에서 또 다른 전쟁이 벌어진다. 그것은 곧 그들의 전쟁이었고, 지금도 진행형이다.

산의 눈꺼풀이 움찔했다. 아픔과 쾌락의 유혹이 동시에 엄습하고 있을 것이다. 그래서 더 고통스럽다. 고통을 피하기가 너무 쉬워서 그냥 사람이기를 포기하기만 한다면…… 비연은 손수건을 꺼내 산의 이마를 닦았다. 수건을 물끄러미 바라보았다. 수건이 벌겋게 물들었다. 땀이 아니라 무슨 기름 같다. 달콤한 향이 미치도록 가슴을 충동질한다.

“하아…….”

비연은 숨을 깊게 내쉰다. 그 숨결에서도 옅은 비린내가 느껴진다. 식사할 때 입 안쪽을 잘못 깨무는 횟수가 늘었다. 치아가 하나 둘 빠지고 또 새로 자랐다. 좀 더 날카롭게, 좀 더 강하게. 비연은 지독한 갈증을 느낀다. 더 이상은 참고 싶지도 않고 견디고 싶지도 않은 것들. 항상 틈만 보이면 울컥 튀어나오는 질문. ‘왜 참아야 되지? 그래서 뭐가 더 나아지는데? 무슨 좋은 날을 보겠다고!’

* * *

D-147일.

“괜찮아요?”

“시간이 얼마나 지났나?”

"사흘."

산은 천천히 일어나 팔을 휘둘러 보았다. 다리를 만져보기도 하고 허리도 돌려본다. 차례차례 가속의 단계를 밟으며 몸 상태를 점검해 본다. 그리고 씩 웃었다.

"음…… 회복은 잘된 것 같다. 왠지 더 나아진 것 같기도 하고. 고맙다."

비연이 다소곳하게 앉아 뭔가를 끼적거리며 그를 바라보았다. 얼굴에 비친 옅은 미소가 저무는 햇살에 비쳐 아름답다. 이제야 첫 번째 전투가 모두 끝난 셈이다.

"결국 저질러버리고 말았네요. 죄다 죽였으니 실루오네 꼭지가 어지간히 돌았겠는데요."

비연이 킥킥 웃었다.

"우리가 하는 일이 다 그렇지. 또 사고 쳐버렸다."

산이 뒷머리를 벅벅 긁었다. 신이나 현자가 들으면 뒤집어질 이야기겠지만(지금 뒤집어지고 있다) 사실이 그랬다. 그들에게는 계획이 없었다. 그러면서도 이렇게 될 줄은 예감했었다. 미지의 세계에서 미지의 상대와 전투를 치르는 것은 혼란과의 경쟁과도 같다. 큰일은 백 번을 숙고하고 준비하지만, 천 번 변하고 만 번 바뀌는 것이 상례인 현장에서는 현장의 방식으로 한다.

두 사람은 앞날을 전부 예측하고 계획하는 것은 바보나 하는 짓이라고 생각한다. 모름지기 팀이란 재즈 악단처럼 큰 흐름을 놓치지 않으면서도 개개의 역량을 믿고 즉흥성을 포용할 수 있어야 제대로 돌아가는 법이다. 전투는 모든 복잡성이 광기처럼 얽혀 있는 진정한 현장이다. 이런 곳에서는 머리보다도 서로의 감을 믿어야 할 때가 있다. 어쨌든 그들은 또 이겼다.

“신이나 현자나 같은 종류의 놈들이야. 아무튼 논리만 앞선 놈들은 전투도 논리적으로 하더군. 이번엔 쉬웠다.”

“음주 전투가 무섭긴 하지요.”

“큼…… 그런데…… 뭐 하냐?”

“비망록 쓰고 있습니다. 정리할 생각이 꽤 많네요.”

“요즘은 유서 쓰는 기분이겠다. 죽을 때가 되니 별생각이 다 들지?”

“후훗…… 그 정도는 아니에요.”

“표정이 밝네? 그새 새로운 깨달음이라도 있었나?”

“새로운 친구들과 이야기를 나누다 보니 불확실한 것들이 많이 해결되는 것 같습니다.”

“유별 친구들?”

비연이 고개를 끄덕였다.

* * *

D-140일.

이후로도 유별의 네 명과 두 사람은 자주 만났다. 두 사람과의 대화는 유별에게 더욱 절실했음에 틀림없다. 유별은 표면적으로 무가와 대립되는 무별 계열의 무력 집단으로 알려져 있지만 사실은 인간 세계를 지탱하는 가장 오래된 조직이다. 설계와 건설, 조화와 흐름, 그리고 조정과 제거가 그들이 자랑하는 권능이다. 그러나 전투와 전쟁에 관한 역량은 상대적으로 약했다. 그 약한 부분은 성격이 서로 다른 두 개의 집단이 보완해왔다.

인간 사회에서 황실과 한선가
자연과 현상계에서 용과 현자

지금 현자라는 세계의 한 축이 스스로 무너져가고 있다. 아니, 그들 자신이 문제의 원인이 되고 있었다. 현자는 일원의 금기를 깨고 인간세계에 들어오고 있었다. 현자의 왕, 세눈도 더 이상 믿을 수 없다. 이제 인간의 일은 인간이 해결해야만 하는 상황이다. 그러나 아무리 유벌이라고 해도 이번만큼은 알 수 없는 것이 너무 많았다. 대체 이 세계에 무슨 일이 벌어지고 있는 것인가? 무엇이 원인이고 어떤 대책이 필요한가?

그 와중에서 이 특별한 두 사람이 그들 앞에 나타났다. 이들은 그들이 애타게 찾던 것 그 이상을 가지고 있었다.

현자와 용에 대한 방대한 데이터,
다양한 기예들과 그 강약점, 전투 운영 방법론
현란하고도 다양한 전투 기록들……
극히 효율적이고 다양하며 새로운 무기들……
어둠과 취약한 세계를 지배하는 암살자의 힘

이것들은 이미 선명하게 확인된 것들이다. 그날 두 사람이 벌인 전투를 보고가장 놀란 존재가 있었다면 바로 이 네 사람이었다. 그러나 불행하게도 주어진 시간이 별로 없었다. 겨우 4개월 남짓. 그것이 이 두 사람이 이 세계에 존재할 수 있는 시간이다. 마감과 죽음, 그리고 저주스러운 마물 넥타. 이것들은 결코 타자가 도와줄 수 없는 숙제였다. 그리고 인간에게는 피할 방법이 전혀 없다고 증명된 것들이다.

"이놈의 세계는 원하는 것이 참 많기도 해. 이건 뭐 만나는 선수마다 뭘 보여달라고 하니……."

산이 말했다. 유벌의 요구를 듣고 처음에 내뱉은 말이다.

"해준 것도 없으면서 말이죠. 그런데도 대가는 엄청 짜더라고." 비연이 의견을 보탰다.

"대체 원하는 게 뭐야? 곧 떠날 친구들이."

남준이 투덜거렸다. 그는 땀을 닦고 있었다. 지난 500년 동안 그가 더워서 땀을 흘린 적은 없었다. 다른 세 사람도 조금 난감한 표정이다. 그러나 그들은 심하게 불평할 수 없었다. 이 두 사람이 지금 그들을 위해 얼마나 노력하고 있는지를 알기에.

유벌이 운영하는 장원의 깊숙한 정원. 그 안쪽 중앙 마당에서는 산과 비연 두 사람이 세 시간째 시범을 보이고 있다. 가끔 기침 소리가 났지만 모두 숨을 죽이고 있었다. 깊숙하고도 느리게 움직이는 호흡만이 그들이 얼마나 긴장하고 있는지 설명해줄 수 있을 것이다.

같은 가속 단계라 해도 두 사람이 보여주는 기예들은 그 격이 달랐다. 새로운 원리가 포함되어 있었고 서로 다른 기예를 융합되며 부단하게 진화시킨 것들이었다. 그중에는 각성 시 생존 확률을 획기적으로 높일 수 있는 아이디어도 포함되어 있었다.

그러나 그것은 양날의 칼과 같았다. 지금의 격렬한 토론은 바로 그 문제에 대한 것이었다.

"가급적 이 기예들이 널리 공개됐으면 한다. 황실이나 특정 무가가 우리 정보를 독점하는 것은 난 반대야. 인간 모두가 스스로 싸울 수 있게 해야 돼."

산이 단호하게 말했다.

"위험한 기예는 중앙에서 통제해야 돼. 우리가 그걸 막느라 지난 500년간 얼마나 고생해왔는지 아냐?"

이강이 강력한 반대 의사를 표명한다.

"일원이 왜 각성 과정을 그토록 어렵게 설정했는지 생각을 해보라고. 잘못된 손에 들어가면 다시 주워 담는다는 건 불가능해. 이 기예들은 너무 위험하다니까!"

남준이 한마디 거들었다. 미리도 이 견해에 동의하고 있었다. 반면 오기는 신중하게 그들의 이야기를 듣고 있다.

"힘없는 인간들이 죄다 잡아먹힌다는데 그대들은 힘 있는 인간들의 세력 다툼을 걱정하고 있구나. 너희들은 권력에 익숙해서 그쪽에 더 끌리는지 모르겠지만, 나는 생각이 달라."

산이 으르렁거렸다.

"그런 뜻이 아니잖아!" 이강이 소리를 질렀다.

"기예가 풀려버리면 모든 무가들은 커다란 힘을 가지게 돼. 서로 협력하기보다는 거침없이 국가로 독립하려고 할걸? 그건 오히려 인간의 분열과 반목만을 부추기게 돼. 그저 각개격파당할 거라고! 기예에서 우위를 잃게 될 절대무가가 경쟁 무가의 등장을 넋 놓고 방치할 거라 생각해?"

산 역시 마주 고함을 질렀다.

"그렇다고 지금처럼 힘을 황실과 절대무가에 집중시키면 뭐가 달라지나! 지금 같은 평화 균형 체제가 얼마나 유지될 것 같아? 10년?

20년? 놈들은 사람을 변이시키며 점점 강해지는 놈들이라고! 귀족과 절대무가들, 그 귀하신 새끼들이 하찮은 평민들을 위해 전방에서 몸빵으로 막아줄 것 같나? 너희들 정말 그렇게 생각하는 거야? 최소한 개인이 스스로를 지킬 수 있는 힘은 줘야 해."

비연이 산의 말을 거들었다.

"너희가 황실과 무가만이 인간의 주축이라고 생각하는 건 니들 취향이니까 말리지 않겠는데, 미안하지만 우리는 황실의 안녕 따위에는 관심이 눈곱만큼도 없어. 그들이 인간을 대표한다고 생각하지도 않아. 지금처럼 합법적으로 평민들을 때려잡을 수 있는 이따위 체제가 균형이 맞는다고 생각하지도 않아."

"말조심해!"

미리가 소리를 꽥 질렀다. 두 사람의 시선은 미리에게 향했다. 거대한 분노, 폭풍 같은 오라가 그녀를 감싸고 있었다. 미리의 두 눈은 퍼렇게 빛나는 듯했다. 눈가에 약간의 물기도 보였다.

"너희들, 착각하지 마! 여기에 와서 너희만 죽을 고생 한 건 아니야. 우리가 이 세계에 와서 어떤 일을 겪었는지 우리가 무엇을 봤는지 모른다면 우리가 해온 일을 절대 그렇게 이야기해서는 안 돼."

"농담이라도!"

오기가 거들었다.

그들의 목소리가 차례로 쏟아진다. 폭포처럼.

"통제되지 않은 폭력이 얼마나 무서운지!"

"철학이 없는 지식이 얼마나 잔인한지!"

"원칙이 없는 규칙이 얼마나 끔찍한지!"

"처벌을 잊은 거짓이 얼마나 가증스러운지."

"……."

"여자 노예의 신분으로 이방인 생활을 시작해봤어?"

"무기도 없이 전쟁에 끌려가 봤어?"

"새로운 가족들이 눈앞에서 찢겨 죽는 거 봤어?"

"100년 동안 홀로 갇혀봤어?"

"……."

"최소한의 규칙이 없으면 그렇게 돼."

"우리가 추구한 건 그 최소한의 규칙이야."

"이 규칙을 세우기 위해 우린 300만을 죽였어. 이곳에서."

"그들 중엔 네가 싫어하는 귀족들도 포함되어 있지."

"우리를 모독하지 마."

"밤에 필요한 것이 낮에 얼마나 필요할까?"

"밤에 만든 규칙이 낮에도 옳을까?"

"지금은 새벽이야, 아직은 어둡다고……."

"아직은 길잡이가 필요해."

산과 비연은 입을 꾹 다문 채 네 사람의 얼굴을 번갈아 쳐다보고 있었다. 그들은 각각 돌아가며 이야기했지만 묘하게도 그 메시지는 일관성 있게 이어졌다. 산이 두 손을 들어 보였다. 손바닥을 쫙 펴서 앞에서 보일 수 있도록 그리고 손가락을 펼쳐 올곧은 호의가 전해질 수 있도록.

"그만!"

네 사람의 말이 멈췄다. 산은 어깨를 으쓱했다.

"졌다."

"미안해."

비연이 역시 손을 들어 사과했다. 네 사람은 여전히 식식거리고 있었다.

그들의 격렬한 토론은 이후로도 오랫동안 이어졌다. 유벌은 자신들이 오랜 세월 동안 구축해온 세력 구도가 한꺼번에 무너질 수 있다는 점을 우려했다. 반면 산과 비연은 새로운 판을 짜는 한이 있더라도 자신들이 개발한 '생존 도구'들이 널리 퍼지기를 원했다.

"이런 절충안은 어떨까요?"

비연이 말을 꺼내며 산을 바라보았다.

* * *

D-138일.

토론은 사흘째 이어지고 있었다. 비연의 절충안으로 합의가 이루어졌다. 새로운 기예와 무기는 유벌의 의견대로 대표적인 무력 집단에게 공개되고 향후 순차적으로 확대될 것이다. 단, 이 집단들은 황실과 사용권 계약을 맺고 황제의 명에 따라 작전을 수행해야 한다.

"절대무가의 기득권은 인정해주면서 장기적으로는 서로 경쟁할 수밖에 없는 대안이야. 구 질서는 자연스럽게 없어지겠지."

"무가는 황제의 동원령에 응할 수밖에 없으니, 적극적으로 전투에 앞장서야 할 것이고."

"상세한 절차와 실행 계획도 잘 정했으니 우리에게 문제가 생겨도 대응할 수 있을 것이고."

"결론적으로 꽤 괜찮은 대안이야."

계획은 승인됐다.

"자, 그럼 이건 됐고……."

산이 손바닥을 마주 비비며 말했다.

"이제 우리 이야기를 좀 하자. 물어볼 것이 참 많아. 우리가 좀 무식해서 말이지. 부탁할 것도 조금 있고."

유벌은 유쾌하고도 괴팍한 사람들이 모인 곳이다. 워낙 처절하고도 비상한 삶을 살아왔기에 그렇겠지만 그래서 오히려 기대고 싶은 편안함이 있었다.

"우리에게 보여준 헌신에 대한 보답으로 마법 이야기를 해주도록 하지. 너희들에게 아주 필요할 거야."

미리가 말했다.

"마법……이라고?"

"그래, 무에서 유를 창조하는 경지. 사람들은 기적이라고 불렀고 우리들은 판타지라고 부르지."

"그게 가능한 거야?"

"9단계부터 가능할 거야. 너는 지금 7단계 각성을 이뤘지? 너희가 만약 선자들과도 싸워야 한다면 반드시 알아둬야 해."

"선자?"

"그래. 그들이야말로 마법을 쓰는 존재들이니까. 세계를 심판하는 자만이 가졌던 무시무시한 권능. 그걸 우린 마법이라고 부르지."

* * *

D-135일.

"유벌의 네 친구야말로 진정한 지식인이 아니었을까요?" 비연이 말했다.

“유쾌한 구도자들이지. 깨달은 사람들이고.” 산이 말했다.

“좋은 스승이기도 해요. 두고두고 곱씹어 보며 생각해봐야겠어요.”

비연은 작은 상자를 만졌다. 유벌이 준 선물이다. 상자 안에는 손바닥만 한 물건이 들어 있었다. 원뿔 나선이 안쪽으로 감겨 들어가는 소라 같은 모양의 물건인데 껍질에 해당하는 부분에 버튼들이 달려 있다. 비연은 버튼을 하나 눌렀다. 작은 기계에서 소리가 흘러나왔다. 소리는 놀라울 정도로 선명했다.

“이 세계는 물리(物理) 세계와 논리(論理) 세계의 밸런스 측면에서 논리적 세계가 조금 우위에 있으며, 다른 것은 285 지구와 같다……고 했나?”

물건 속에서 비연의 목소리가 들렸다. 조금 불퉁한 소리다.

“그래, 그게 우리가 내린 결론이야. 그래서 이곳에서는 마법이 가능해.”

유벌의 미리가 대답하는 소리가 들렸다.

＊＊＊

D-130일.

정원을 손질하는 시종들의 가위 소리와 대화 소리가 나무 벽 너머로 두런두런 들린다. 비연은 노트에 무언가를 적고 있고 산은 팔베개를 하고 누워 발을 건들거리고 있었다. 요즘 할 일이 없어진 두 사람의 한가한 오전 풍경이다. 그러나 긴 여행을 준비하는 사람들의 휴식이란 언제나 짧다. 그 여행이 다시 돌아온다는 보장이 없는 것이라면 더욱더 짧을 것이다. 그것이 충전의 시간이라면 더욱더 짧겠지.

비연은 노트를 덮었다. 조금 홀가분한 표정이다. 여전히 모르는 것이 더 많다고 해도 무슨 상관이랴. 세상을 돌아가게 하는 굵직한 질서를 짐작할 수 있는 정도라면 그로써 된 거다. 더 많이 알아봐야 더 행복해지는 것도 아닐 터.

"아이디어가 좀 정리가 됐나 보다?" 산이 물었다.

"가속이요?"

"응"

"답답한 게 많이 가셨어요. 이 세계가 열두 개 차원이라면, 가속도 열두 단계가 있겠죠. 끝이 있기는 있었네요."

"12단계까지 가면 우리 문제가 해결되는 거냐?"

"모르죠. 된다고 해도 시간이 거의 없다는 게 문제죠."

잠시 거북하고도 묵직한 침묵이 둘 사이에 고였다. 비연은 하늘을 물끄러미 쳐다본다. 하얀 구름이 있어 더욱 파랗게 보이는 하늘이 눈속으로 들어온다.

"선자라는 놈은 아주 강하겠지?"

"걸어다니는 핵발전소라고 보면 된답니다. 용의 본체는 그 이상이라고 추측하더군요. 그중 강대한 열 놈은 태풍을 일으키고 대륙을 움직일 정도라니 뭐……."

"겁나는군"

"겁나죠."

산은 눈을 가늘게 떴다. 까마득하게 높은 하늘에 커다란 새가 빙빙

돌고 있었다. 배는 하얗고 날개는 푸르다. 아마 먹이를 찾고 있겠지. 놈은 지상의 모든 것을 살피지만 지상에 있는 먹이는 놈을 보지 못한다.

"일원은 12차원의 정신을 가진 존재겠지?"

"그보다 더 높지 않을까요? 아니면 차원 밖의 존재인지도 모르죠."

"그의 목적이 뭘까?"

"글쎄요. 작가라고 했으니 작품이겠죠."

비연은 이 세계를 창조한 제작자가 가장 만들고 싶은 궁극의 작품을 상상한다. 무엇일까? 아마도 가장 마지막으로 만드는 작품이겠지. 여러 종교들의 창세 신화에서 마지막으로 뭘 만들더라?

비연은 산의 눈길을 따라 같은 하늘을 쳐다보았다. 새는 어디론가 사라지고 없었다. 산은 크게 기지개를 켰다. 토론은 재미있지만 그의 취향은 아니다. 그는 단순한 게 아름답다는 소신을 가진 사람이다. 그렇지만 비연은 이런 고상한 대화를 좋아한다는 게 그들 사이에 걸려있는 사소한 문제다.

"일원은 왜 이리 복잡한 걸 만들었을까? 그 전능한 자가 뭐가 아쉬워서?"

"아마도……."

비연이 하품을 했다.

"아마도?"

"외로웠을 거예요. 그래서……."

산이 귀를 후볐다.

"나는 괴로워."

"……."

"이 세계의 끝을 보고 싶어?"

"궁금하긴 하죠. 평범한 일상이 더 좋기는 해도."

"그래도 엔딩은 봐야지? 과연 볼 수는 있을까?"

"보장은 없죠."

"원래 보장된 건 하나도 없었어."

"정말 얼마 안 남았네요."

"이제 때가 됐지."

두 사람은 대화를 멈췄다. 그렇지만 따뜻한 교감은 더욱 깊게 얽힌다. 두 사람 사이에서 열은 바람이 일어났다. 마치 둘의 관계가 얽고 얽히며 또 다른 힘을 만들어내는 것처럼.

"고마워요."

"내가 더 그렇지. 이제 잘 부탁한다."

참 오랫동안 같이 있었다. 앞으로도 더 오랫동안 같이 있을 수 있을까? 이 사람이 없는 삶을 이제 상상할 수 있을까? 비연은 사내의 무릎 위에서 머리를 쓸어 올렸다.

'상상할 수 없는 것도 있지…….'

'상상하기 싫어.'

* * *

늦봄이다. 두 사람은 여행을 떠났다. 이런 날은 여행을 하기에 적당하다. 햇볕은 제법 따갑다. 살아 있는 모든 것들이 약동한다. 대지에는 생명의 기운이 들떠 일어나고 짙푸른 초원 위에 야생 꽃들이

물감처럼 번져간다. 마치 누군가 거대한 손을 흔들어 그림을 그리고 있는 것 같다.

비연은 뒤를 돌아보았다. 남겨질 것, 버려질 것, 지켜야 할 것들이 혼재되어 있는 세계가 아스라이 멀어져 간다. 바람이 시원스레 불어온다. 길어진 머리카락은 바람에 흩어져 눈을 가리고 등을 떠밀어 가야 할 길을 재촉하는 듯…… 비연은 고개를 흔들어 머리카락을 넘기고 발걸음을 내딛는다. 힘차게 그리고 미련을 남기지 말라고 스스로를 재촉하며.

'이제 떠나면 돌아올 수 있을까?'

* * *

산이 달린다. 비연이 뒤를 따른다. 비연이 하늘로 튀어 오른다. 산이 그 아래로 질러 나간다. 둘은 초원을 가로질러 바위를 뛰어넘어 나무를 건너뛰며 그렇게 쑥쑥 나아간다. 점점 속도가 빨라진다. 서로가 앞질러 나간다. 그렇게 신나게 달린다. 가슴이 벅차게 뛴다. 폭풍이 지나간 듯 땅 위에 놓인 것들이 모두 출렁거렸다. 귓가에는 바람이 황급하게 비켜 지나가며 고함을 질렀다. 지나간 곳마다 잘게 끊어진 풀잎이 휘날리고 꽃잎들은 사방으로 흩어져 나갔다. 둘의 입가에는 흐뭇한 웃음이 걸린다. 그렇게 거침없이 나아갔다. 세상을 헤치며 세상을 아우르며 세상의 끝까지.

지금 두 사람은 남쪽의 땅끝에 서 있다. 더 이상 나아갈 곳이 없는 까마득한 절벽. 1000미터도 넘을 만큼 높은 곳이다. 그 아래에는 수평선이 아스라이 보이는 망망(茫茫)한 창해(滄海)가 펼쳐진다.

바다!

모든 생명이 시작된 곳. 짭짤하고도 익숙한 냄새가 물씬 풍겨온다. 바닷바람. 싱그럽다. 냄새가 똑같다. 정겹고도 아련하다. 눈물이 저절로 흘러나올 만큼.

산은 낭떠러지를 등진 채 비연을 바라보았다. 서너 걸음 앞에서 비연은 고개를 약간 옆으로 젖힌 채 환하게 웃고 있었다. 산이 서서히 몸을 뒤로 넘기며 절벽 아래로 떨어져 내린다. 바닥이 보이지 않을 만큼 까마득한 곳. 비연은 발을 구르며 산의 품을 향해 달려간다. 산은 허공에서 두 팔을 활짝 벌렸다. 입가에 환한 미소를 머금은 여자가 사내의 넓은 가슴 위로 꽃잎처럼 떨어져 내렸다. 짭짤한 바닷바람이 사정없이 귓전을 치고 올라왔다.

산의 눈길은 아득하게 먼 하늘을 향했다. 벼랑의 끄트머리가 시야에서 점점 멀어져간다. 비연은 떨어지는 사내의 가슴에 편안하게 기대어 두 팔로 턱을 고였다. 바로 앞에 사내의 코가 서로 마주 닿을 듯 가깝다. 눈이 마주쳤다. 산이 씩 웃고 있었다. 비연은 고개를 숙여 사내의 두툼한 입술을 살짝 찍어 눌렀다. 사내가 눈을 깜빡인다. 가속이 시작된다. 바람이 휘감아 돈다. 떨어지는 속도가 서서히 줄어든다. 두 개의 몸이 하늘에서 한가롭게 맴돌았다. 깃털처럼 이리저리 흔들거리며…….

"이제 어디로 가지?"

산이 물었다.

"북쪽 끝."

비연이 속삭였다. 입을 달싹거릴 때 마다 입술 끝이 산의 입술에 닿았다. 촉촉한 느낌과 함께 달콤한 향이 숨결에 섞여들어 온다.

"우리가 왔던 곳?"

"원인이 있는 곳에 결과가 있으니까……."

"좋군."

그들만의 허니문은 그렇게 소박하게 흘러가고 있었다.

* * *

D-120일.

기잔 영지의 건설이 시작됐다. 본래 기잔 영지는 황실에서 파견한 하급 지방관이 담당하고 있었다. 영지의 이름이 된 중심 도시 기잔은 인구가 2000명 남짓한 아주 작은 고을이다. 넓은 평야가 없어 농사짓기 어렵고 곳곳에 경사가 가파른 산과 작은 하천들이 늪을 형성하고 있어 풍광은 우수하지만 지역 발전에는 별로 보탬이 안 되는 곳이다.

그러나 광활한 영지 내에는 시민들보다 더 많은 사람들이 살고 있었다. 등록되지 않은 사람들, 결코 환영받지 못하는 사람들이 모여들어 제각각 특색 있는 해방구를 형성하고 있다. 주로 이동하며 생활하는 사냥꾼, 지나가는 상단을 노리는 마적들, 다른 영지를 탈출한 노예들의 은신처가 곳곳에 형성됐다. 비연은 그것까지 포함하면 남한 정도의 면적일 것으로 추정했다.

지금 이곳으로 대규모의 인원들이 속속 도착하고 있었다. 무려 3만에 달하는 인원이다. 대공의 작위를 받은 두 사람의 신료로 배속된 자작, 남작급의 귀족들이 다수 포함되어 있고 노예의 신분에서 해방된 평민들이 그들을 따르고 있었다. 이들은 황제의 특명에 의해 각

직할령에서 차출되어 두 사람에게 소속된 인물들이다. 이 중 5000명은 전투 요원이며 나머지는 모두 공사에 필요한 인원들이었다. 이들 이외에도 매우 특별한 사람들이 저마다 특별한 임무를 가지고 동행했다. 한선가, 동명가, 기장가로 대표되는 절대무가에 소속된 무사들, 야벌과 흑벌에 소속된 인물들, 그리고 거대 공방과 황실에 연결된 일을 하고 있는 정보집단들도 다수 포함되어 있다.

이들의 면면은 이 새로운 곳에서 건설하고자 하는 일이 만만치 않은 규모라는 것을 시사한다. 아울러 황제가 얼마나 큰 관심을 보이고 있는지도 온 세계에 명확하게 드러냈다. 그것은 새롭게 서품을 내린 젊은 대공 부부에 대한 황제의 신임과 배려라고 알려졌을 것이다.

"대공 부부는 대체 여행에서 언제 돌아오신다고 했나?"

예킨이 물었다.

"글쎄요. 언젠가는 오시겠죠. 안 오실 수도 있고요."

라론이 대답했다.

"무슨 답이 그래?"

"여행을 떠나기 전 그분은 저에게만 친히 세 가지 말씀을 남기셨습니다."

"그래? 무슨 말?"

"첫째, 잘 먹고 잘 살아라."

"음…… 그건 당연하지. 둘째는?"

"둘째, 기다리지 마라. 안 오면 어디서 죽은 줄 알고 있어라."

"별 말씀을 다하십니다. 누가 당신들을 죽여? 셋째는?"

"놀지 말고 일 제대로 해놔라. 혹시 오게 되면…… 아아…… 감동이 복받쳐서 그다음 말은 차마 안 나옵니다."

"바뀐 게 없네."

"바뀐 게 없죠. 젠장……."

두 사람은 서로를 빤히 쳐다보았다. 예킨은 황제로부터 자작의 작위를 받았다. 라론은 남작의 작위를 얻었다. 다른 요원들도 전원 기사 이상의 귀족 작위를 받았다. 파격적인 인사였지만 반발하는 간 큰 귀족은 없었다. 능력과 실적 면에서도 손색이 없는 인물들이니 반대할 명분도 없었을 것이다. 황제는 선심을 쓸 수 있게 되어 좋았고 다른 귀족은 자신의 몫을 뺏기지 않아서 기뻐했을 것이다.

"일하자. 대원들 모아봐."

"알겠습니다. 에센 때 생각이 나죠?"

"그땐 참 재미있었지."

"여기서도 재미있을 겁니다."

기잔의 건설 작업은 빠르게 진행되고 있었다. 금방 여기저기 가건물이 세워졌고 곳곳에 작업을 위한 기반이 갖춰져갔다. 일은 모두 에센 출신의 신흥 귀족들이 주도하고 있었다. 그들은 특별한 주인의식뿐 아니라 대단히 풍부한 경험과 설계 시공 능력도 갖추고 있었다. 그들의 일 처리는 제국 공방의 건설 전문가들도 고개를 끄덕일 만큼 빠르고 효율적이었다.

"차질이 없도록 최선을 다하라."

한영이 지시를 마쳤다. 한선가의 무사들이 일사불란하게 움직였다. 한선가는 기잔 영지에 무려 1000명이 넘는 인원을 투입했다. 놀랍게도 이곳의 건설은 제국의 무상 한영이 직접 지휘하고 있다. 한영은 이곳에 자신이 신뢰하는 3품 대가 한목을 투입했다.

"깨진 달이 어떻게 보이는가?"

한영이 물었다. 한영은 하늘을 올려다보고 있었다.

"말씀대로 깨진 달의 운행이 조금씩 빨라지고 있습니다. 향후 큰 일이 일어날 조짐이라고 들었습니다만……."

한목이 조심스럽게 대답했다.

"이제 세상이 바뀌게 될 거야. 변화는 이미 시작되고 있지." 한영이 말했다.

"남쪽의 바다가 거칠어졌다고 들었습니다. 폭풍과 번개 때문에 배를 띄울 수 없을 정도라고 합니다. 동쪽에서는 수백만 마리의 새 떼가 몰려들어 많은 사람들이 죽었다고도 하더군요. 대체 무슨 일이 일어나는 걸까요?"

"그보다 훨씬 과격한 시대가 올 거야. 깨진 달이 사라지고 땅과 바다가 뒤집히고 하늘에서는 불비가 내리겠지. 세상은 재투성이 속에서 다시 시작될지도 모르지. 현자의 예언이 정말 실현된다면."

"그 말씀만으로도 저는 두렵습니다."

"두렵지. 그렇기 때문에 우리는 준비를 해야 돼."

"이곳에서 말입니까?"

"기간은 여러 안배 중의 하나다. 가장 중요한 준비는 이곳에서 이루어질 거야. 자네의 역할이 크다. 꼭 부탁하네. 상세한 도면은 공사가 끝날 때마다 보내주겠네. 나는 이제 포라토로 갈 것이다. 항상 연락을 유지할 수 있도록 해주게."

"알겠습니다. 그런데 포라토에는 무슨 일이 있습니까?"

"북쪽 동정은 정말 심상치 않아. 엄청난 규모의 지진이 수시로 발생하고 있고 오롬 산맥 너머 화산도 크게 폭발하고 있다고 하더군. 얼마나 큰 규모인지 밤에도 북쪽 하늘이 붉게 타오를 정도라는데. 강풍을 타고 넘어오는 화산재로 포라토 위쪽으로는 이미 잿빛 세상이 됐고."

"큰 재앙이 닥치겠군요." 한목이 두려운 표정으로 말했다.

"뭔가가 일어나려는 징조임에는 틀림없겠지. 그러나 지금 당장 심각한 문제는 따로 있어."

"다른 문제가 있습니까?"

"엄청난 수의 괴수들이 남쪽으로 이동하는 모습이 관측됐다고 한다."

"괴수들이라고 하셨습니까? 오롬 산맥에 막혀서 못 넘어오는 것으로 알고 있는데……."

"이번 지진 때문에 북쪽 길이 연결된 것 같다. 용암 계곡이 암반으로 메워졌다면 충분히 가능한 일이지. 만약 사실이라면 거대한 괴수 우리의 빗장이 풀려버린 거야."

"재앙이군요."

"시련이지."

"대책을 세워야 되겠군요."

"인간의 힘을 모아야지. 몇 가지 확인을 해본 후에 결정할 생각이다."

한영은 이방인 두 사람의 충고를 떠올렸다.

'정말 불안하다네. 이번 괴수들의 이동이 만약 단순한 자연현상이 아니라면…….'

한영은 눈을 들어 다시 하늘을 올려다본다. 커다란 달을 따라 4분의 1 크기의 깨진 달이 가파른 속도로 달을 가로질러 간다. 기잔을 떠나는 한영의 눈빛이 불안하게 흔들렸다. 거창한 질문들이 쉴 새 없이 그의 뇌리를 맴돌고 있었다.

'이번 아피안은 무엇을 예비하는 것일까? 불인가? 물인가? 아니면 바람인가? 현자의 왕 세눈이라는 자, 우리는 그의 말을 어디까지 믿을 수 있을까?'

기잔에는 더운 바람이 불고 있었다. 한선가는 기잔에서의 일을 시작했다. 다른 무가들도 나름대로 바빴다. 한선가가 엄청난 거물을 척박한 영지의 파견대장으로 배치하자 다른 무가들 역시 질세라 3품을 보냈다. 한 영지에 3품이 셋이면 1급 왕국에 해당하는 중요도를 시사하는 것이다. 이렇게 경쟁적인 모습들은 마치 기잔에 뭔가 대단한 것이 있으니 기대를 가져보라고 전 세계를 향해 주장하고 있는 듯이 보였다. 일단 치안과 기초 시설이 확보되자 대단히 많은 상단과 공방이 지사를 설치하고자 긴급 조사단을 파견하기 시작했다. 이렇게 단기간에 계획도시 건설을 위한 전략은 순조롭게 진행되고 있었다.

* * *

D-110일.

"무슨 일이야? 이 바쁜 시국에 이렇게 급하게 찾을 만한 일이 있나?"

나쿤이 눈을 찌푸리며 실루오네의 둥지를 찾았다.

"오랜만이야. 실루오네."

나쿤의 옆에서 눈이 부실 만큼 아름다운 여자가 짤막하게 인사를 했다.

"어어…… 사탄께서도 역시 와줬군. 궁금한 게 많이 생겨서 말이지. 현자의 지식으로는 도저히 알 수가 없는 것들이 너무 많이 생겼어. 그래서 '현자들의 왕'과 '최초의 인간'을 어렵게 모셨지."

"모든 통신을 끊어놓고 있더니. 혹시 새로운 걸 발견한 건가?"

나쿤이 실루오네의 빈정거리는 말투에 얼굴을 찌푸렸지만 현자답게 흥미를 보이고 있었다.

"나까지 부른 걸 보니 인간의 일이겠군." 사탄이 눈을 반짝였다.

"그래, 그 두 놈에 관한 일이야."

"그건 내게 맡기기로 하지 않았었나?" 사탄이 입술을 비틀었다.

"내 새끼 둘을 잃었어. 나는 내 방식대로 한다. 아무리 너라도 말릴 수 없어."

"그런 태도는 우리 일에 별로 도움이 안 돼. 이렇게 감정적인 모습은 정말 그대답지 않은데?"

"그런 시시껄렁한 이야기하자고 여기까지 부른 게 아냐. 관심 없으면 그만 가도 좋아. 나 혼자 풀어도 돼."

"네가 부를 정도면 간단한 현상은 아니겠지. 같이 고민해보자고."

실루오네가 심히 못마땅한 표정으로 다차원 영상을 펼쳤다. 원래라면 혼자 고민했겠지만 시간이 너무 없었다. 그리고 그녀는 알아야만 했다. 그녀가 본 현상은 그렇게 쉽게 넘어갈 일이 아니었다.

"음……."

열 번째 시간이 지나면서 최초의 신음 소리가 흘렀다. 여유롭던 사탄의 얼굴도 점점 굳어지고 있었다. 그들이 보고 있는 것은 최근에 변화하고 있는 두 사람의 신체 상태에 대한 것이었다. 또한 두 사람의 이동 경로와 행동에 관한 영상들, 그리고 마감과 넥타의 움직임에 대한 각종 시계열(時系列) 자료들이다. 그것들은 모두 3차원 이상의 방법으로 표현되고 있다. 이 세 존재는 그 의미를 알고 있다. 그러나 그들이 관심을 가지고 보는 분야는 각각 달랐다. 지금 이 자료들은 그들의 상식을 아득하게 넘어서 있었다.

"이건…… 엄청나군. 저게 설마 가속 단계는 아니겠지……?" 나쿤이 신음을 흘렸다.

"마감? 어떻게 저런 움직임이 가능하지?" 사탄이 짧게 말했다.

"또 다른 변이일까?" 실루오네의 말이었다.

그들이 보는 화면에는 두 남녀에서 흘러나온 모든 신호 패턴들이 공간을 꽉 채우며 요동치고 있었다. 육신과 정신, 이성과 본능, 감성과 오성, 환희와 절박, 갈증과 만족. 그 모든 것이 하나로 어우러지며 장대한 파노라마처럼 흘러간다. 그것이 무엇을 의미하는지 알 수 없었음에도 불구하고, 그 패턴들은 보는 것만으로도 아름다웠고 유쾌하며 또한 놀라울 정도로 강렬했다.

한쪽 영상에서는 남녀의 몸, 남녀의 의식이 얽히고설켰다. 다른 쪽 영상에서는 그 행동에 대한 해석이 실시간으로 그려지고 있다. 두 개의 근원에서 두 개의 기운이 터져 나왔다. 그 기운들은 서로를 보듬고 감싸 안으며 하나의 기운으로 분명하게 수렴해가고 있었다. 매 순간마다 거의 모든 측정치는 위쪽과 아래쪽을 극한으로 오갔고 인간에 대한 모든 상식을 박살 내며 전진하고 있었다.

"이제 무슨 뜻인지 자네들 의견을 말해줄 수 있겠나?" 실루오네가 말했다.

"모든 것이 정상은 아니라는 건 확실해. 미친 상태야." 나쿤이 고개를 저었다.

"마감의 상태가 저렇게 불안정한 건 처음 보는데. 저렇게 진동하는 패턴이 있었다니…….”

“넥타와 세포의 상태는 어떻지?”

“진화가 폭주하는 상태라고 해도 되겠어. 저 정도 활동성이라면 가장 품질이 좋은 넥타 성능의 다섯 배도 넘어가겠군. 저런 건 한 번도 본 적이 없어.”

“그런데 도대체 무슨 일이 일어나고 있는 걸까? 우리가 알고 있는 질서와는 너무 다르지 않은가!”

실루오네는 나쿤을 쳐다보았다. 나쿤이 고개를 저었다. 문득 나쿤과 실루오네는 옆에서 기묘한 공기를 느끼고 사탄에게 눈길을 돌렸다. 사탄은 입을 꾹 다문 채 모든 화면을 응시하고 있었다. 나쿤은 눈을 가늘게 떴다. 깊이를 알 수 없는 여자의 눈동자가 그의 주의를 끌었다. 그 어딘가에 약간의 물기가 언뜻 비쳤던 것도 같다.

“뭘 봤습니까?”

“뭔가 알아냈나?”

나쿤과 실루오네가 동시에 입을 열었다.

“쉿.”

사탄은 손가락을 입에 가져가며 두 존재의 질문을 막았다. 그리고도 한참 동안 화면을 바라보았다. 입꼬리가 약간 올라가 있었다. 이윽고 사탄이 둘을 쳐다보았다.

“자료를 더 봐야겠어.”

사탄이 말했다. 냉정하고도 차가운 표정이었다.

“무슨 자료?”

“285에서 들여온 모든 소환자들에 대한 모든 실험 자료. 그대도 가지고 있겠지?”

"물론."

실루오네는 1구역에서 40구역으로 분류된 자료 중 사탄이 원하는 곳을 꺼내 올렸다. 사탄의 요청대로 한쪽에는 비교표본들을 띄우고 다른 한쪽에는 산과 비연에 관한 처음 실험 자료를 띄웠다. 그 두 사람에 관한 자료는 방대했다. 그 자료가 하나하나 떠올랐다.

그들이 처음 소환됐을 때, 첫 육신의 한계에 도달했을 때, 최초의 전투, 독에 중독됐을 때, 소금을 먹었을 때, 최초로 넥타를 마셨을 때. 각성 시기라고 추정되는 때, 그리고 탈출 이후 디테가 수집해 보내온 자료, 실루오네에게 잡혔을 때, 정기 검사를 받았을 때.

다른 한편에서는 비교표본이 되는 여러 에피소드 출신 인간들의 자료가 떠올라 있다. 수백 번도 넘게 한 비교 작업이다. 그래도 별다른 차이점을 찾지 못했다. 이 한없이 지혜롭다는 자들조차 여태까지 무언가를 못 보았던 것일까?

"이제 상태 정보를 분류하고 이름을 붙여보자." 사탄이 말했다.

"무슨 이름?"

"사람만이 아는 이름들이지."

사탄이 차갑게 웃었다.

"3452 시점, 8563 시점에서 저 45, 48번, 106번 뇌파 상태와 그 시점의 육체 상태 정보를 동시에 추출해봐. 비교표본과 함께."

실루오네가 영상과 자료를 한꺼번에 띄웠다. 자료를 한참을 응시한 뒤 쓴웃음을 삼켰다.

"이거, 상당히 까다롭군. 그대가 지적한 시점은 모두가 두 가지 이상의 상태 정보가 중첩되는 곳이야. 한 상태에서 다른 상태로 넘어가는 변곡점인데? 이런 건 불안정한 경계조건 상태라서 정확한 측정 결과가 없어."

"계산하면 돼. 일단 차이를 취해보도록 하지? 계산식은……."

이번에는 새로운 변수로 계산된 데이터들이 화면에 떠오르기 시작했다. 셋은 의도된 침묵 속에서 새롭게 구성된 자료를 쳐다보았다. 사탄은 고개를 갸웃했다. 작업이 다시 반복됐다. 시점을 다시 선정하고 다른 상태를 넣고 빼고 하면서 작업을 반복했다. 그 작업은 매우 오래 걸렸다.

나쿤과 실루오네는 사탄을 쳐다보며 씁쓸한 표정을 짓고 있었다. 그들은 문득 그녀의 다른 이름이 '이름을 붙이는 자'라는 것을 상기했다. 이름을 붙일 수 있을 만큼 사물의 본성을 깊이 통찰하는 존재. 그러나 막상 그녀는 그 표현을 좋아하지 않았다. 정확하지 않은 표현이기 때문이란다. 사탄에 따르면 용들이 태어나기 까마득히 전에도 '처음 사람'이 있었다. 그 최초의 인간은 여자였다. 그 여자는 세계의 '존재'에 이름을 붙였다. 그리고 두 번째 인간이 생겼다. 그는 남자였다. 그가 생겨남으로 해서 세계에는 비로소 '사람 사이' 즉, '관계'가 탄생했다. 그래서 남자는 그 뒤에 생겨날 '관계'들에게 이름을 붙일 권능을 얻었다.

물질을 대표하는 '존재', 논리를 대표하는 '관계'는 그렇게 만들어졌다고 한다. 나중에 '관계'가 '권력'으로 나아가고 그 권력이 다시 어머니 '존재'를 지배하면서 모든 것이 바뀌기 시작했다. 용의 세계에서는 이 때문에 일원과 '처음 사람'과의 관계가 파탄이 났다는 미확인 전설도 퍼져 있다.

이윽고 사탄은 자신의 작업을 끝냈다. 표정을 보니 어느 정도 만족스러운 것 같다. 사탄은 그렇게 다시 계산된 자료를 몇 개 그룹으로 분류하고 그중 하나를 가리켰다.

"이 상태에 '희망'이라는 이름을 붙여보자. 아마 크게 틀리지 않을 거야."

"희망?"

"그래. 내 짐작이 옳다면, 물리와 논리세계의 엔트로피를 동시에 낮추는 첫 번째 단계가 그거야. '희망'은 생각의 방향을 정렬시키지. 힘을 한 방향으로 모으고 육신을 긴장시켜 목표에 전념하도록 준비시킨다. 요컨대, 희망은 논리세계가 물리세계의 문을 두드리는 첫 번째 열쇠다. 생식 행위로 비유하면 전희(前戲)라고나 할까? 신랑이 주춤거리며 다가가는 것. 신부가 두렵게 기다리는 것. 그러나 결코 싫지 않은 것."

"희망이 그런 건가?"

"그리고 저것은 2098 시점으로 옮겨봐……."

그렇게 사탄의 지시에 따라 이름을 얻은 자료의 흐름들이 정리됐다. 그리고 그것들을 일목요연하게 왼쪽에 정렬하고 오른쪽에는 다른 비교 표본의 계산된 자료를 띄웠다.

"아……."

"오오!"

비로소 나쿤과 실루오네의 입에서 탄성이 터져 나왔다. 완전하지는 않지만 상황을 설명할 수 있는 패턴들이 보였다. 두 사람과 다른 표본이 확실히 다르다는 것을 선명하게 보여주는 것들…….

"'희망'…… 저 상태는 결코 약해진 적이 없었군. 다른 표본의 그것들은 거의 초기에 다 무너졌고……."

"'신뢰'…… 상상을 초월하는 차이. 이건 비슷한 표본도 없어. 거의 유일했군."

"'용기'…… 저런 불안정한 상태가 인간의 용기였던 거냐? '강함'과는 성분 자체가 달랐구나."

나쿤과 실루오네는 진심으로 탄성을 질렀다. 확실히 사탄의 분류를 따라 재조합된 인간의 정신은 용의 상식과는 완전하게 다른 측면을 보여주고 있었다.

이런 분류는 처음이다. 용은 인간형 개체인 현자를 육성하는 과정에서 오랜 시간 동안 인간을 연구해왔다. 그러나 그들의 이해에는 결정적인 한계가 있었다. 행동을 흉내 낼 수는 있을지 몰라도 정신만큼은 그렇게 하지 못했다. 인간의 정신은 진정한 모순덩어리였고 원인과 결과가 일치하지 않았다. 동일한 조건에서 다른 결과가 나왔다. 한마디로 아무짝에도 쓸모없는 쓰레기였다.

그러나 새로운 분류에 따라 다시 파악한 두 사람의 상태는 정말 다르게 보였다. 가히 압도적인 차이였다. 그 차이는 어디에서 기인하는가? 그 차이를 알아내는 것이 문제의 핵심이다. 모두가 긴장하고 있었다. 이 작업은 일원의 세계 중 가장 비밀스러운 곳을 들여다보는 것과 같았다. 인간의 정신, 그 광란의 세계. 결코 알 수 없었던 곳. 그들은 진정한 '창조의 공간'을 보고 있다고 느꼈다.

"저 패턴들이 저 이상(異狀) 상태의 원인인가?"

실루오네가 물었다. 자존심이 많이 상해 있었다. 사탄이 고개를 끄덕였다.

"더 있을지도 모르지만, 지금 본 것들이 가장 중요한 원인일 거야."

"저들은 더 강해진 건가?"

"아마도……."

"마감은 풀리고 있는 건가?"

"불안하긴 하지만 아닐 가능성도 있어. 아직은 모르겠어."

"넥타는?"

"역시 모르겠다. 저들 속에서 변이된 넥타는 경탄할 만큼 강해 보인다. 그렇지만 아직도 두 사람의 의식을 점령하지 못하고 있어. 그것은 둘이 가진 정신의 차원이 그만큼 높다는 의미겠지. 한 차원? 혹은 그 이상일지도 몰라. 정말…… 의문이다. 어떻게 저런 게 가능한지."

"확실히 다르다는 것은 이제 알겠어. 그런데 저 지표를 무슨 기준으로 꺼낸 거지?"

실루오네가 물었다. 이 작업의 핵심에 대한 질문이다.

"'거역(拒逆)'의 코드다."

"거역의 코드?"

"본성을 거역하고, 기존 질서를 거부하고, 현상 유지를 거절하는 것들. 인간의 정신을 들뜨고 혼란하게 만드는 주범들이지. 저것들은 안정된 상태가 없어. 그래서 아마 너희 현자들이 가장 싫어하는 속성들이 됐겠지."

"나는 여전히 이해가 되지 않아. 저 둘을 저토록 다르게 만든 것이 겨우 그거라고? 네 말대로라면, 다른 인간에게도 흔히 있는 것들 아닌가? 네 논리에 모순은 없나?"

실루오네의 반론에 사탄이 허리를 잡고 깔깔거리며 웃었다. 명백한 비웃음이다.

"그토록 오랫동안 인간을 연구했다는 너희들이 왜 그래? 그런 너는 왜 발견을 못 했는데?"

"그건……."

"'희망', '신뢰', '용기'…… 확실히 인간세계에서는 특별할 것도 없는 흔한 단어들이지. 그러나 사실은 거의 멸종된 비운의 이름들이야."

"멸종된 이름이라고?"

"멸종된 개념이기도 하지. 모든 에피소드에서 한 번도 예외는 없었어. 짧은 생애 동안 이 상태를 진정으로 경험한 인간은 몇 명 없었으니까. 혹시 있었어도 함량 미달에다가 지속 시간이 너무 짧아서 그런 사건이 있었는지조차 관측하기는 어려웠을 거야. 이해가 되나? 그들이 왜 분석이 안 되는지도? 표본이 너무 없었던 거야. 그렇게 보면 소환자 프로그램에도 문제가 있었다는 거지."

"……."

"현상에 분노하고 현실을 부정하는 정신 상태에서 출발하는 '희망'은 그나마 조금 흔해. 그러나 불신과 불안이라는 극악의 압박 상태를 항상 달고 다녀야 하는 '신뢰'는 정말 드물거든? 그리고 극한에 가까운 두려움 속에서도 몸에 대한 정신의 통제를 잃지 않는 '용기'도 마찬가지로 희귀하지. 공통점이 보이나?"

"아주 불안정한 상태이기 때문이 아닐까? 지속 시간도 짧고."

"맞아. 문제는 그게 논리세계에서 아주 고(高)에너지 상태라는 거야. 정상 상태로 가기 위해 엄청난 '의지'를 방출하지. 물리세계에서 고에너지 강입자(强立子, hardron)가 붕괴할 때 에너지를 방출하는 것과 같은 현상이야. 핵폭탄이라고 들어봤겠지?"

"……."

“더 큰 문제는 저 두 사람은 그 모든 상태를 일상적으로 만들어낼 능력을 갖춰가고 있다는 것이고. 그나저나 이건 정말 문젠데. 사태가 어디로 튈지 전혀 예측이 안 되네.”

“그러면…… 마…….”

나쿤은 입에서 어떤 단어가 튀어나오려는 것을 막았다. 저주받은 한 에피소드의 어떤 종족에 대한 기억이 잠깐 튀어 올랐다가 황급하게 가라앉고 있었다.

“게다가 저 새로운 환경에 적응해가고 있는 넥타는 어떨까? 우리는 저게 어떤 형질인지도 몰라. 저게 넥타라면 수퍼급 넥타라고 해야 할 것이고, 그것에 저항하는 것이 우리가 걱정하는 백신이라면…….”

사탄은 입술을 질겅질겅 씹고 있다. 두 현자는 사탄의 말을 들으며 사태의 심각성을 인식했다. 실루오네가 물었다.

“생체 분석이 필요하다는 것인가?”

사탄은 대답 대신 고개를 끄덕였다. 입술을 꾹 다문 채 뭔가 골똘하게 생각에 잠긴 모습이다. 생체 분석이라…… 쉽지 않은 작업이다. 저것들을 어떻게 확보할 것인가부터 걸린다. 전투현자? 사탄은 고개를 저었다. 보다 확실한 게 필요하다. 초인, 선자? 아직 불안정하다. 그들이 자칫 폭주하면 사태는 더욱 곤란해진다. 게다가 설득이 정말 쉽지 않을 것이다. 다시 많은 시간이 흘렀다. 밤낮이 세 번 바뀌었다.

“현자 세눈은 아직 태도를 결정하지 않았나요?” 침묵을 깨고 사탄이 나쿤에게 물었다.

“여전히 유보적인 태도를 보이고 있지요.” 나쿤이 답했다.

“저 두 인간에게 약을 줬다고 들었습니다. 이미 투약을 한 상태인가요?”

"그렇습니다. 확인된 사항입니다."

"그 영향은 없었을까요?"

"내가 아는 한, 없습니다. 저 현상은 우리 용의 약과는 상관없습니다."

"그런데 왜 줬을까요? 세눈이 몰랐을까요?"

"아마 호기심 때문이 아닐까요?"

"세눈도 최근 저들의 몸을 들여다보았다고 했지요?"

"그렇습니다."

"그 자료는 입수했습니까?"

"아직 받지 못했습니다. 조만간 받을 수 있을 겁니다."

"혹시 그가 이야기하지 않은 것이 있을까요?"

"그렇지는 않을 겁니다. 그는 약속을 반드시 지키니까요."

사탄은 눈을 감고 생각에 잠겼다. 시간이 다시 흘렀다. 사탄은 눈을 가늘게 뜨고 다시 영상을 쳐다보았다. 여전히 그들의 사업은 진행 중이다. 사탄이 자리를 툭툭 털고 일어났다.

"로키를 만나봐야겠어요. 그것도 당장."

"그 정도입니까!"

나쿤이 입을 떡 벌렸다.

로키라면…… 강대한 종족이 지배했던 한 에피소드 자체를 심판하고 대세기를 종결지었던 초인이다.

"그런데 저건 왜 이름을 붙이지 않았지?"

실루오네가 마지막 자료 영상을 보며 사탄에게 물었다. 그곳에는 하나로 되어가며 요동치는 거대한 두 개의 흐름이 있었다. 하나가 다른 것을 잡아먹고 다른 것은 상대를 잡아먹고 있는 형상이다. 그것은 거대한 투쟁이었으며 광폭하게 주변의 모든 것을 부수고 있었다. 스스로 분에 못 이기며 무너지기도 했고 스스로 들떠 일어서기도 했다.

그리고…… 관련 수치는 무한대, '측정 불가'라는 지표를 가리키고 있었다.

사탄은 고개를 돌렸다. 여전히 입을 다문 채 대답하지 않는다. 마치 홀린 듯 눈길은 허공에 고정되어 있었다. 그 눈빛에는 모든 것이 담겨 있었다. 슬픔과 노여움, 무한한 기쁨, 아련함…….

"이름을 붙이기가 무서우니까."

* * *

D-90일.

"남쪽의 상황은 어떻지?" 실루오네가 물었다.

"순조롭게 되어가고 있어. 이제 전쟁이 내륙으로 번지고 있지. 예정대로야." 나쿤이 답했다.

"동쪽 대륙은?"

"'칸'의 훈묵씨가 대륙을 통일했고 국호를 '고한'으로 바꿨다고 하더군. 내부 정비를 끝내는 대로 이쪽을 들여다볼 거야. 이제 북쪽을 시작할 차례지. 자네의 영역이네."

"이미 이동을 시키고 있어. 일단 10만 정도는 될 거야."

"포라토부터 시작할 건가?"

"그렇게 되겠지. 거점도시니까."

다시 오랜 침묵이 다시 흘렀다. 나쿤과 실루오네는 여전히 마지막 영상을 응시하고 있다.

"저것도 거역의 코드라고 할 수 있습니까?"

나쿤이 물었다. 사탄은 고개를 끄덕였다.

"거역이죠. 그렇지만 저건 다른 것과는 차원이 달라요. 다차원 복합체입니다. 혹은 하나의 완성된 체계일 수도 있습니다. 나쿤 현자의 처음 감상은 어떤가요?"

"거래(去來, business)를 보았습니다. 공정해 보이지는 않는군요. 아주 일방적인데요?"

"그리고?"

"부조리, 불합리, 불안, 초조, 미움, 갈증으로 이어지는 흐름, 저건 섬뜩하군요."

"그렇습니까? 그다음 패턴은 어떻죠?"

"포기, 부정, 부인, 모순…… 이건 뭐 삶을 포기한 느낌이고. 정상적인 건 아무것도 없군요."

"한마디로 요약하면?"

"저것이 인간의 정신 상태라면 아마 쓰레기 정신의 종합 모음이겠군요. 스스로 정신 줄을 놓은 미친놈의 상태랄까."

사탄이 재미있다는 표정으로 나쿤을 쳐다보았다. 나쿤은 현자답게 솔직한 표정을 짓고 있었다. 문득 사탄의 얼굴이 확 밝아지더니 깔깔거리며 웃었다. 정말 통쾌하다는 표정이다.

"정확합니다. 쓰레기죠."

"저런 쓰레기를 이해하고 다룰 수 있어야 저 어마어마한 힘을 다룰 수 있다는 이야기인가요?"

"바로 보셨습니다. 이제 일원이 오면 바로 저런 힘들을 인간으로부터 뽑아가며 당신들을 잡으려 하겠죠. 또한 인간의 능력을 얻어내는 방면에서는 신도 만만치 않습니다. 지금 그대들의 능력으로 감당할 수 있겠습니까? 고귀하고도 깨끗한 현자여?"

사탄이 물었다. 그 말투에는 약간의 빈정거림과 안타까움이 담겨 있었다.

"우리에게 힘과 지혜는 있지만 시간은 없습니다. 이제 인간의 정신에 대한 이야기를 해주시죠. 최초의 인간이여." 나쿤이 정색을 하고 말했다.

"무엇을 가르쳐드릴까요?"

"저것은 무엇이며 어떻게 생긴 것이며 이 섬뜩하고도 두려운 느낌은 무엇입니까?"

사탄은 씁쓸한 눈으로 나쿤을 바라보았다. 실루오네가 팔짱을 낀 채 자신을 쳐다보고 있다. 이 자존심 강한 존재들이 이렇게 부탁을 하는 일은 흔하지 않다. 두려움보다는 호기심이 있었을 것이다. 이제 적이 된, 한때 그들의 주인이었던 존재가 동원할 근원적 힘에 관한 일이니 만큼. 사탄의 입꼬리가 조금 위로 올라갔다.

'마룡들은 인간의 위험성을 과소평가하고 있고, 초인들은 아직 제 힘을 찾지 못했다. 이건 오합지졸이야. 눈앞에 보여주는데도 무엇을 해야 할지 모르고 있다. 이대로는 안 돼.'

사탄은 실로 오랜만에 당혹감을 느꼈다. 아니 설렘이라고 할까? 일원과 마감을 합의했던 '그날' 이후 처음이다. 사탄은 입술을 꾹 깨물고 눈으로는 폭주하고 있는 자료들을 응시하고 있었다. '측정 불가'라는 수치가 여전히 눈에 밟혔다.

'저런 사랑이라니. 일원, 그대는…… 행복하시겠군요.'

사탄은 눈을 비볐다.

"어쨌든 시간이 정말 없어요. 여기를 떠나기 전에 이야기를 마무리 하지요. 그전에 나쿤님, 우리 이야기는 지금 모든 현자들이 듣고 있습니까?"

"그렇습니다."

"통신을 끊어주시죠?"

"그럴 이유가 있을까요?"

"나는 그대 용들을 믿지 않습니다."

"무슨 뜻이지요?"

"들어서는 안 되는 존재가 있을지도 모르죠."

"반발이 대단히 심할 텐데요. 우호 관계를 심각하게 위협할 겁니다."

"비밀 유지가 안 된다면, 나는 이야기하지 않겠습니다."

나쿤은 사탄을 응시했다. 옆에서는 실루오네가 입맛을 다시고 있다.

"끊었습니다."

나쿤이 실루오네를 쳐다봤다.

"끊었어."

실루오네가 말했다.

"그러니까 두 분은 까마득한 옛날, 그가 나를 버렸을 때 내게 남겨두신 쓰레기의 이름을 굳이 알고 싶다는 건가요?"

사탄이 허리를 쭉 펴며 말했다. 눈빛이 서늘하게 바뀌고 있었다.

"……."

"당신들, 인간을 비웃고 깔보기 전에 인간에 대해 공부를 더 하시지요. 인간은 당신들이 생각하는 것보다 훨씬 큽니다. 훨씬 위험하고 훨씬 강합니다. 상대의 참된 실체를 모르면서 함부로 무시하는 것은 좋은 태도가 아니겠죠? 나는 그것을 '자만'이라고 부릅니다. 이제부터 자만을 내려놓아야 할 겁니다. 저것을 본 이상은."

"……."

"나는 저것의 옛 이름을 알고 있지만, 알려주지 않으려 합니다. 지금 살아남아 떠도는 이름은 이미 퇴색되고 변이한 것. 그리고 더 이상 입에 올리고 싶지도 않고요."

"……."

"일원의 거래는 공짜가 없어요. 아주 길고도 고통스럽습니다. 희망이 설렘과 두려움이 섞인 전희라면, 신뢰는 길고도 고통스러운 축적 과정입니다. 어떤 과정일까? 바로 절정(orgasm)의 에너지를 얻는 과정입니다. 그 막대한 에너지는 희망, 신뢰, 용기, 그리고 '저것'이 온전하게 종합됐을 때만 생성됩니다."

사탄은 걸음을 앞으로 옮겼다.

"그 에너지야말로 물리적 세계와 일원을 연결하는 것. 그리고 일원으로 연결되는 '로그인(login)'을 위한 핵심 코드. 즉, 일원을 움직이는 궁극의 언어라고 해야 할까요?"

"사랑이군……."

나쿤이 신음처럼 한마디를 기어이 토해냈다. 아주 익숙한 일원의 절대 계명. 사탄이 찌푸린 얼굴로 고개를 끄덕여 동의를 표했다.

"맞습니다. 진정하게 완성된 '저것'은 일원을 기뻐하게 하고 들떠 움직이게 하는 것. 즉, 논리세계를 움직이는 힘들의 몸통입니다. 당신들이 만든 넥타가 이루어야 할 궁극의 모습이겠죠?"

"지금 넥타로는 부족하다는 뜻인가?"

실루오네가 물었다.

"가히 우스울 정도지."

사탄이 짧게 말하며 손가락으로 한곳을 가리켰다. 실루오네는 사탄이 가리킨 화상을 물끄러미 응시하고 있었다.

"잘 보라고. 그 강력하다는 실루오네의 넥타도 저것에게는 전혀 우위를 점하지 못하고 있는 꼴을."

"예상하지 못했던 변수가 생긴 거군. 단순한 백신이 아니었던 건가?"

나쿤이 말했다.

"큼……."

실루오네의 불편한 기침 소리가 흘러나왔다.

"이제, 뭔지는 알겠고. 저 상태를 어떻게 해석하느냐인데. 저 사랑이라는 시스템은 넥타로 구현이 가능한 건가?"

"그게 지금 내 고민이야. 그나마 '씨앗(seed)'이 비슷한 시스템이긴 한데. 턱없이 부족한 개념이지. 그렇지만 아직 안심해도 좋아. 인간 중에도 저걸 온전하게 이해한 사람은 없으니까. 널리 퍼질 가능성은 전혀 없어. 저것이 완성되기 전까지는 말이지."

"씨앗?"

"존재의 씨앗, 고통의 씨앗, 그리고 눈물의 씨앗."

사탄이 킥킥 웃었다. 어느 시절 어느 에피소드의 통속가요는 그것을 그렇게 불렀다. 그리고 그 표현은 매우 적절하다. 본질은 언어를 까다롭게 가리는 법이다.

"씨앗이라. 시어(詩語)로서는 좋을지 몰라도 너무 막연하다고."

실루오네가 중얼거렸다. 사탄은 실룩 웃었다. 어느새 그녀의 기운은 점점 강하게 바뀌기 시작했다.

"본질을 응시하는 눈은 머리가 아니라 심장에 달려 있지. 그대는 심장의 소리를 들을 수 있나?"

"그럼, 네 잘난 심장으로 그 '씨앗'의 본질을 해석해 보여줘. 넥타로 구현은 내가 해주지." 실루오네가 으르렁거렸다.

사탄은 말없이 실루오네를 바라보았다. 본질을 응시하는 눈에 잡힌 익숙한 신호들이 어지럽다고 느낀다.

'마룡…… 감정의 기복이 너무 심하다. 저 지독한 불안감은 대체 뭘 의미하는 걸까?'

사탄은 자신의 기운을 슬며시 억눌렀다. 그녀의 목소리는 침착하고도 냉정하게 바뀌어 있었다.

"씨앗은 자신의 존재를 부정하는 운명을 타고난 아주 슬픈 존재지. 자신을 물어뜯고 자아를 나락에 떨어뜨려 어둡고도 끔찍한 바닥 아래에서 머물게 해. 그것으로도 부족해서 자신의 존재 자체를 포기해야 돼. 그리고 자신이 아닌 다른 존재가 되도록 이끌지. 넥타와 작용 방식이 아주 달라."

"자살(自殺)과 변이(變異)의 코드?"

실루오네가 중얼거렸다. 사탄은 쓰게 웃으며 천천히 고개를 저었다. 이어 나쿤이 쓰레기라고 지칭한 한 무리의 자료를 쳐다보았다.

"이제 저 '정신 쓰레기'들의 진짜 이름을 알려드리지. 아주 중요한 '논리부품'이니까 잘 듣도록."

사탄은 두 사람의 자료와 비교표본의 자료를 다시 올리게 했다. 여러 가지 상태 정보들이 떠올랐다. 사탄은 그중 네 개의 패턴을 추출했다. 그 패턴에는 이름이 없었다.

"저 코드의 이름은, 희생(犧牲)이라고 한다. 그대들은 저쪽 자살한 놈의 패턴과 구별할 수 있나?"

"저것은 용서(容恕). 불합리와 부조리의 패턴과 구별할 수 있을까?"

"저것은 측은(惻隱). 오만(午慢)의 코드와 분리해봐. 할 수 있으면."

"저것은 이입(移入). 왜 그대들은 위선(僞善)과 구별할 수 없었을까?"

실루오네와 나쿤은 사탄이 지적한 두 개의 패턴을 응시했다.

"자. 볼 건 다 본 셈인데. 앞의 이름과 뒤의 이름, 무슨 차이를 기준으로 나는 그렇게 이름을 구별해서 붙인 것일까?"

나쿤과 실루오네는 눈을 끔뻑거리고 있었다. 마치 숙제를 하지 못해서 선생에게 혼나는 학생 같다.

"전혀 차이가 없어. 우릴 놀리는 건가?"

실루오네가 항변했다. 사탄은 차갑게 웃고 있었다.

"맞아. 차이는 없어. 두 가지 상태의 본질은 같으니 너희가 발견하지 못한 것은 당연하겠지."

"그럼 뭐가 문제야?"

"달랐던 것은 동기지. 이타(利他)였느냐? 이기(利己)였느냐? 여러분 현자들이 수집할 수 있었던 인간의 동기는 거의 이기 쪽이었을 거야."

"그러면 저 두 사람의 동기는 이타(利他)적이라는 건가?"

"그래, 저건 아주 드문 거야. 거의 구제 불가능한 인간의 모순이지. 자신의 존재를 비웃고 버리고 생명까지 기꺼이 헌납하는 것. 그래서 나는 궁극의 거역이라고 정의했어. 그 거역에서 나오는 응력(凝力, 스트레스)은 상상을 초월해. 그만큼 에너지가 크겠지."

"뭘 위해서?"

실루오네가 고함을 질렀다. 나쿤은 고개를 저었다.

"오직 상대의 기쁨을 위해서."

사탄이 간단하게 말했다. 묵직한 침묵이 잠깐 흘렀다.

"그래서 뭘 얻지? 결국 자기만족 아닌가?"

"그게 어때서? 자기만족이라면 저게 더 쉬워 보이나?"

"……."

"눈을 감고 가슴을 열어. 그리고 본질을 봐. 저것이 존재가 다른 존재를 제대로 대접하는 궁극의 거래다. 대가를 바라지 않기 때문에 보상이 더욱 커지는 것. 그게 이 세계의 각성 게임의 빌어먹을 규칙이지. 이 각성 게임은 상대를 인정할수록 상대는 더욱 나를 인정하게 되는 되먹임(feedback) 시스템이거든. 그게 무한 반복되는 거야. 그리고……."

사탄은 다시 차트를 바라보았다.

"제대로 걸리면 저렇게 하늘과 땅이 뒤집어질 만큼 끝없이 폭주해버리지. 저건 아무도 말릴 수 없어. 자기 것만 두 손에 꼭 움켜쥔 놈들은 죽었다 깨어나도 저런 건 못 봐. 그런 놈들은 '존재'가 아니라, '소유'에다가 투자를 한 거야. 그래서 각성은 고사하고 일원의 세계에 아예 입장도 못 하는 거지. '존재' 그 자체가 찌그러졌으니까 백날 기도해봐야 일원과의 소통도 불가능할 것이고. 그래도 돈으로 구원을 사겠다고 발악을 하지. 어리석은 것들……."

사탄은 말을 멈추고 다시 화면을 응시했다.

"저 두 놈은……."

그녀는 입속에 고인 침을 삼켰다. 목이 메는 듯…….

"저 두 놈은 놀랍게도 이 게임의 법칙을 알고 있었던 거야. 저기

'신뢰'를 봐! '의심'이 '0'이야. 저게 믿어져? 나도 저렇게는……."

사탄이 말을 멈추고 눈을 살짝 비볐다. 눈가에 물기가 흩어져 반짝인다. 죽음 같은 침묵이 흘렀다.

"그렇다면 혹시 일원과 접속이 됐을 가능성도 있나?"

실루오네가 조심스럽게 물었다.

"그럴지도……."

"그렇다면?"

"그가 오는 시기가 빨라질 수도 있다는 의미가 되겠지. 그것도 완벽한 백신을 가지고."

"그렇다면 넥타는?"

"실루오네의 의지를 따르느냐, 아니면 저들 인간의 의지에 굴복하느냐의 전쟁이겠지?"

"전쟁인가?"

"어때, 자신 있어? 위대한 마룡 실루오네여!"

"저놈들이 특별하다는 건 인정하지만, 만 년을 살아온 내 의지를 이길 수는 없어. 그리고 넥타와 맺은 인증(認證)의 계약은 막강한 권능이 있지. 결국 내 통제에 따를 거야."

"마감은 이제 90일쯤 남았나? 얼마나 시간이 필요하지?"

사탄이 물었다.

"90일 후면 늦다. 30일 전까지는 놈들을 내게 데려와야 돼. 그 이후는 늦어. 마감 뒤에는 접속이 불가능해."

"네가 직접 접속해야 되나?"

"그렇게 되어버렸지. 담과 툭만 그렇게 허망하게 당하지 않았어도 일이 쉬웠을 텐데."

"자신 있나?"

"나는 바보가 아니야."

"다행이군."

사탄은 떠나기 전 실루오네를 물끄러미 바라보았다.

"왜 더 볼일이 있나?"

"온 김에 부탁할 게 하나 있는데……."

"뭐지?"

"저 두 인간의 변이된 유전자로 만든 아이가 있었지?"

"있지. '혼'이라는 이름을 붙였어. 그런데 왜?"

"내게 줘."

"그 아이는 중요한 표본이야. 알고 있어?"

"알고 있어. 그래서 더욱 필요해. 사회화의 단계가 늦으면 곤란하잖아?"

"우리가 원할 때 실험을 하게 해준다면 뭐, 어려울 것도 없지."

"약속하지. 고마워. 그리고…… 이번에 저 둘을 잡게 되면 같은 표본을 채취할 건가?"

"당연하지. 생식세포의 변이 단계가 '혼'과는 또 다를 거야. 넥타에 의해 변이된 생식세포 중 완성 단계가 아닐까 하고 기대하고 있지. 항체를 발견하게 될지도 모르고."

"변이된 인간 중 생식 능력이 있는 개체는 생겼나?"

사탄이 다시 물었다. 실루오네의 표정이 구겨졌다.

"임신 자체가 안 돼. 변이된 인간 개체들 자체도 매우 불안정하고."

"아직도 인간을 수집해서 변이시키는 길밖에 개체 수를 늘릴 방법이 없다는 이야기군."

"이번 전쟁에서 많이 모을 수 있을 거야. 남부 도시에서는 벌써 노예 10만을 모았어."

"어쨌든 이제는 근본적인 접근이 필요해. 우리에게 필요한 건 생식할 수 있는 개체, 그리고 혹시 나타날 백신에 대한 저항 체계다. '혼'이 그 희망이 될 거야. 그의 유전자가 새로운 인류의 시작이 될지도 모르지. 가능성은 매우 높아 보여. 그런데…… 사내아이지?"

"그래."

"좋군."

사탄이 씩 웃었다.

* * *

D-85일.

"정말 많이 망가져 있군요. 형태를 알아보기도 어렵네요."

"이곳이 그곳이 맞기는 한 거냐? 아무리 봐도 여긴 지진 흔적인데……."

"그럼 아까 그 산이었나……?"

비연이 고개를 갸웃했다. 머리를 긁으며. 쫓아가던 산의 몸이 조금 휘청거렸다.

두 사람은 북쪽 산악 지대의 봉우리 꼭대기에 올라와 있다. 해발 7000미터가 넘는 곳이다. 만년설이 쌓인 꼭대기에서 이곳저곳을 쳐다보며 두리번거리는 중이다. 아래쪽에는 수천 개가 넘는 봉우리가 머리를 내밀고 있었다.

지금 그들의 문제는…….

“너무 넓어…….”

“끝도 한도 없네요.”

“꼭 오늘 찾아야 하겠냐?”

“시간이 있을 때 해야죠.”

“어이구, 날도 어두워지는데. 좀 쉬면 안 되겠냐?”

“저쪽 한 군데만 더 뒤져보기로 해요.”

비연이 달려 내려간다. 산소가 희박한 곳인데도 동작은 날렵하다. 산이 입맛을 다시며 따라간다. 눈빛은 형형하지만 어딘지 모르게 피곤한 모습이다. 눈가에 약간의 검은 기운이 남아 있었다.

‘밤이 무서워’

그렇지만 유쾌한 농담에 가려져 있는 두 사람의 눈빛은 야수처럼 섬뜩하게 빛나고 있었다. 보여주는 것은 언제라도 조작할 수 있는 능력을 이미 개발한 이들이다. 떠나는 그들의 주위에는 온갖 정령들이 춤을 추고 있었다. 신의 감각을 속일 수 있는 메시지를 사방에 뿌려대며.

* * *

D-70일.

실루오네가 둥지를 튼 시리드 묘역에는 때아닌 복구 공사가 한창이었다. 갑자기 들이닥친 지진과 엄청난 폭풍으로 묘역의 여기저기가 무너져버렸고 반경 3킬로미터에 이르는 영역이 거의 폐허가 됐다. 사람들은 이 재해를 신의 진노라고 여겨 두려움에 떨고 있었다.

덕분에 신전과 사도, 사제들이 바쁘게 움직이며 구호와 전도 활동에 나서 있다. 그곳 동쪽에 인접한 북부의 대도시 포라토 시에도 묘한 긴장감이 돌았다. 이미 잿빛 도시로 변한 도심은 물론 주변의 광대한

산야에는 재와 흙이 섞인 회색 먼지가 회오리에 말려 올라가고 있었다.

"거의 죽음의 도시가 되어버렸어."

동예가 혀를 찼다. 그는 완전 무장을 하고 있다. 어깨에서 동명가의 청동 문장이 빛나고 있었다.

"먹을 물이 오염되어 전염병이 창궐했고 반 이상의 사람들이 도시를 떠났다고 합니다. 참담한 풍경이군요. 어떻게 그토록 아름답던 도시가 이 정도까지 됐을까요?"

곁에 있던 동영이 동의를 표했다.

"포라토 위쪽 상황은?"

"탈출한 사람들에 따르면 괴수들의 천지가 됐다고 합니다. 북쪽의 거의 모든 도시와 영지가 무너졌을 겁니다."

"에센은?"

"그나마 나은 편이라고 들었습니다. 워낙 견고한 곳이라서 무너지지는 않겠지만 문제는 식량이 될 겁니다. 3개월 이상 버티기 어려울 거라고 판단하고 있습니다."

"식량이 부족해? 북부에서 가장 풍족한 곳 아니었나?"

"피난민들이 끊임없이 몰려들고 있으니까요. 백작은 그들을 모두 수용하고 있다고 합니다."

"허어…… 정말 큰일이군."

동예는 한숨을 쉬며 주변을 둘러보았다.

"저쪽은 기장가의 부대인가?"

"한 달 전부터 소집됐습니다. 거의 매일마다 식수원 발굴과 기동 훈련을 병행하고 있습니다. 병력의 규모는 대략 5000명 정도입니다."

"우리와 비슷하군. 한선가는?"

"무상 한영이 직접 부대를 이끌고 온다고 합니다. 그곳도 대략 정규군 5000명 정도이고 대가가 열다섯이나 포함되어 있다고 들었습니다."

"그 밖에 다른 무가들은?"

"큰 곳은 2000명, 작은 곳은 1000명 정도가 외곽에 각자 진지를 구축하고 있습니다. 남부와 동부에서 벌어지고 있는 전쟁 때문에 갹출할 수 있는 인원이 제한되어 있을 겁니다."

동예는 굳은 얼굴로 고개를 끄덕였다.

"어쨌든 대단히 위험하다고는 들었지만 포라토를 방어하는 것이 황실의 요구다. 가문의 수뇌부들이 결정한 사항이니 준비에 차질이 없도록 해야겠지. 가자."

두 사람은 말을 재촉하며 달렸다. 가는 곳마다 무가 계열과 무벌 계열의 사람들이 움직이는 모습들이 보였다. 대저택의 문들은 굳게 닫혀 있고, 대로에도 돌아다니는 시민은 거의 눈에 띄지 않았다. 부랑자들과 하루 생계가 바쁜 평민들, 귀족들 대신 심부름을 다니는 노예들이 두려운 눈으로 그들을 힐끔 쳐다보고 있었다.

말을 달리던 동예는 바위 언덕을 등지고 목책이 세워진 곳에서 갑자기 고삐를 당겼다. 잠깐 달렸는데도 뽀얀 먼지가 어깨에 수북하게 쌓였다. 임시로 축조한 막사 앞에는 사람들이 있었다. 그들은 말머리를 갑자기 틀면서 다가오는 두 사람을 경계의 눈초리로 바라보았다. 그러나 곧 서로의 얼굴을 확인하고는 환하게 웃었다.

"이곳에서 또 뵙게 되는군요. 동예 대장님."

"아아, 새덤 대장도 여기에 있었구려."

동예는 말에서 내리며 새덤에게 인사를 했다. 동예를 뒤따르던 동영도 뒤쪽에 있는 사내를 향해 손을 흔들었다.

"자네도 왔군."

"겨우 왔다네."

사내 기빈이 어깨를 으쓱해 보였다.

"자원했나?"

"박박 우겼지. 겁나게 무서운 것들이 몰려올 거라고 하더군. 이런 전투에서 빠지면 내가 기빈이 아니지."

기빈이 웃으며 동영의 손을 반갑게 잡았다.

"오빠는 내가 보이지도 않나 봐요?"

"어? 기영? 너도 왔었나?"

"'전장의 새벽별'이 전장을 놔두고 어디로 가겠어요?"

따뜻한 인사가 오갔다. 이들의 관계는 독특하다. 유서 깊은 무가 출신들은 경쟁하는 동시에 서로를 경계한다. 그러나 이 사람들에게는 전혀 해당되지 않는다. 절대금역에서 생사를 건 모험을 함께하면서 두텁게 쌓인 신뢰는 그만큼 비상한 것이었다. 또한 황실의 레인과 비연이 주도하는 계획에 참여하면서 이들에게는 이상할 정도로 탄탄한 동지의식이 형성되어 있었다.

"노인네들은 오셨나?" 기빈이 물었다.

"벌써 오셨지. 아마 세 분이 같이 계실걸."

"후아…… 전설 세 분이 모두 이곳 포라토에 모인 거야? 황제의 명이 대단하긴 하네."

"포라토가 뚫리면 제국 전역에 대재앙이 올 수 있으니까."

"두 사람 소식은 들었나? 그들이 있으면 큰 힘이 될 텐데."

"글쎄. 둘이 여행을 갔다는 소식까지는 들었는데 무슨 일인지 아는 사람은 없더군."

"여행? 무슨 일이 있었던 거야? 영지 건설이 시작되는데 자리를 비운다는 게 이해가 안 가는데?"

"누가 알겠어? 우리와는 다른 사람들이니 무슨 생각이 있었겠지. 황제의 밀명을 수행하고 있는지도 모르고."

"그나저나 이곳은 정말 끔찍하군. 북쪽 하늘은 아예 보이지도 않아. 세상의 마지막 날이 저럴까?"

그들은 산 쪽으로 눈길을 돌렸다. 오롬 산맥로 너머 새까만 연기가 여기저기 피어오르고 있었다. 산을 덮은 시커먼 구름 속에서 번개가 번쩍거리고 붉은 화염이 언뜻언뜻 보였다.

"야벌도 참여합니까?" 동예가 물었다.

"혈귀가 나타날 가능성에 대비하라는 명을 받았습니다." 새덤이 말했다.

"혈귀? 그것들도 괴수들의 이동과 관련이 있습니까?"

"그분들께서 그렇게 말씀하셨습니다. 괴수들이 누군가의 조종을 받고 움직일 가능성을 염두에 두라고 하더군요. 일단 장비와 약품을 필요한 만큼 가지고 왔습니다."

"허…… 그렇다면 정말 최악이 되겠군요. 우리도 준비를 시켜야 되겠습니다."

"이곳 포라토에 저희 공방이 있으니 도움을 드릴 수 있을 겁니다."

"아닙니다. 제조 방법이 공개된 만큼 동명가도 만반의 준비를 하고 있습니다. 내가 연락을 취해놓겠습니다."

동예의 얼굴은 굳어 있었다. 각성한 혈귀는 강하다. 또한 평의원들은 동급의 대가들보다 훨씬 강했다. 게다가 놈들은 고통과 두려움을 모른다. 더욱 무서운 것은 그 전염성이다. 전염된 놈들은 숙주의 명령에 따른다. 만약 괴수들이 혈귀의 명령에 따른다면?

'그건 군대야. 가장 무시무시한 기갑군대. 그것도 끊임없이 병력을 늘려가는.'

* * *

D-60일.

'3.'

-대기.

'5.'

-공격.

'8, 9'

-교란, 회피.

'1, 102, 가나.'

-1번 녹음을 두 시간 뒤 전달합니다. 내용은…….

"됐다. 수고했어. 이제 들어가. 다음 훈이 나와 봐."

정령 하나가 산의 손등으로 들어가고 다른 정령이 쑥 튀어나왔다. 약한 아지랑이 같은 느낌이다. 산은 정령과 대화를 하고 있다. 마치 전화의 자동응답기에 대고 이야기하는 것 같다. 정령은 산의 기운을 받은 후 비연에게 날아간다. 정령은 비연의 손등으로 스며들었다. 산이 남긴 메시지를 들려주고 있을 것이다.

"많이 나아졌네요. 아직 뚝뚝 끊기는 느낌은 있지만……."

"그게 더 유리해. 어때? 훈련시키는 보람이 있지?"

"전송 거리도 많이 늘어났는데요? 지금이 아마 3단계였죠?"

"5단계에서 10킬로미터까지는 손실 없이 보낼 수는 있을 거야. 녹음 지속 시간은 이틀쯤 되는 것 같더라. 아직은 그게 한계다. 참고해라."

"괜찮은 통신 방법이네요. 나중에 에센 친구들에게도 분양해줘야지."

정령과 노는 것도 재미있는 유희다. 현대전에 익숙한 그들은 장거리 통신 수단에 대한 심각한 결핍을 느껴왔다. 그동안 열심히 대안을 찾아온 끝에 그들이 발견한 것이 바로 정령이다. 이놈들은 주인의 정신에서 기생하며 에너지와 지식을 얻는 논리생물이다. 이런 강제 학습과 노동력 착취는 오히려 정령들에게 환영받는 것이다.

사실은 두 사람 덕분에 몇백 년 지나도 얻기 어려운 자아를 얻은 놈들도 많다. 그렇게 적어도 수백 종의 정령들이 그들 두 사람과 정신적 공생 관계를 유지하고 있었다. 마치 사람의 몸을 이루는 60조의 세포와 공생을 이루며 살아가는 경이로운 수의 미생물처럼. 신과 현자도 이들의 유희를 알고 있다. 정령들과의 대화도 모두 듣고 있을 것이다.

두 사람은 서로 바라보며 밝게 웃었다. 그러나 그들의 눈가에는 의미심장한 선들도 그려지고 있었다. 보이는 것이 전부는 아니다. 지금 정령들은 두 사람만의 조련에 따라 강력한 '논리적 군대'로 변모하고 있다. 그러나 신들은 그 전투력을 결코 알아낼 수 없을 것이다. 군대란 전장에서 부딪쳐 봐야 그 진정한 면모가 나오는 집단이다. 하물며 지휘관의 역량에 따라 군대의 힘은 최고와 최악을 왔다 갔다 한다. 적들은 최고의 지휘관이 지휘하는 '논리군대'로 인해 천국과 지옥의 위치를 알게 될지도 모를 일이다.

비연은 노트를 덮었다.

"꾸준히 쓰는구나."

"하루하루가 소중하니까요."

"잊지 않기 위해서냐?"

"잊어도 상관없도록 하기 위해서죠."

"이곳에서도 누군가 기억해주기를 원하니?"

"재미있잖아요. 누군가 읽겠죠. 우리가 소중하게 만들어간 그 하루하루에 대해서."

"그도 재미있어할까?"

"재미있으면 댓글도 달아줄지도 모르죠."

비연이 큭큭 웃었다.

"우리가 읽지 못해도?"

"편지는 보낸 사람은 자기 편지를 영원히 못 보는 거래요. 누군가가 모르는 곳에서 너덜너덜할 때까지 읽고 있을지도 모르죠. 그래도 우리는 여전히 누군가에게 편지를 쓰겠죠. 간절한 기도처럼."

"말 되네……."

두 사람은 대륙의 북쪽 끝을 빠르게 이동하고 있었다. 그동안 동쪽과 북쪽의 모든 산악과 들판을 누볐으며 지하 곳곳에 형성된 거대한 동굴을 탐사했다. 그러면서 수없이 많은 생물들을 만났다. 상상을 초월하는 기괴한 모양의 괴수들도 있고 전설에나 나올 만큼 매혹적인 생명들도 많았다. 그곳에는 진화의 단계를 보여주는 원시 지능종들도 있었고, 고도로 조직화된 군체생물도 있었다.

이 광대한 북쪽 산맥 너머의 지역은 인간이라는 종족에게는 어떠한 접근도 차단된 절대 금지의 땅이다. 넘어가는 것 자체가 허용이 세계의 끝은 어디인가.

방랑하는 사람이

멈추는 곳은 세계의 끝.

그게 어떤 세계인지는

그에게 중요하지 않다.

그저 끝이기만 하면 되거든.

더 이상 나아갈 수 없는 곳.

그래서 이 여행의 끝을

보장해주는 곳.

끝을 갈망하지 않았음에도.

결국 끝에 도달했을때.
그 곳에서 찾은것은 끝이 아니라
꿈,

끝을 먹는 꿈,
우린 그때 다시 시작할 수 있을까.

안 되는 절벽들, 시내처럼 흐르는 뜨거운 용암, 유독 화학 가스 지대. 설령 그곳을 넘어간다고 해도 상상을 초월하는 위험들이 산재해 있다. 용암과 빙하, 거대 수목과 괴수, 치명적인 생물, 그리고 강대한 존재…… 그러나 이런 장애는 두 사람에게 별 문제가 되지 않았다. 이 여행은 도피 여행이 아니었다. 오히려 그 반대에 가깝다. 침투, 공격 그리고 또 다른 탈출의 시작을 알리는 장대한 전쟁 드라마의 첫 전투가 시작될 땅이기 때문이다.

그들은 때가 도래했음을 알았다. 원하는 때가 오자 과감하게 움직였다. 아주 오래전에 기획했고 정교하게 다듬어온 작전이 비로소 시작됐다.

"모름지기 게임이라 하면 주고받는 것이 미덕 아니겠어?" 산이 말했다.

"이자까지 쳐서……." 비연이 한마디 덧붙였다.

* * *

"다시 도착했다."

"설레는데요?"

칼바람이 부는 정상. 깎아놓는 듯한 빙벽 아래로 익숙한 풍경이 펼쳐진다. 섹터 총 40개 구역. 피안(彼岸).

두 사람이 지금 서 있는 곳이다.

완전히 숨겨진 곳. 최소 5단계의 각성자가 아니면 결코 찾을 수 없는 곳. 공간감각을 비틀어 철저하게 위장시킨 곳. 모든 통신이 두절되는 곳. 그리고 산과 비연이 이 세계에 떨어진 바로 그곳. 무려 6년

만이다. 지금은 그들이 필요해서 제 발로 찾아왔다는 것만이 달랐다.
두 사람은 며칠에 걸쳐 이 광대한 지역을 샅샅이 뒤지고 다녔다. 신속하게 행동하고 예리하게 관찰했으며 늘 옳은 판단을 했다. 많은 것

을 만났고 많은 것을 확인했다. 치밀하게 기획된 작전 지도가 다시 그려졌다.

600킬로미터가 넘는 광대한 지역에는 총 40군데의 '실험 시설'이

구축되어 있었다. 두 사람은 그것들을 회피해갈 생각이 없었다. 물론 그냥 놔둘 생각 역시 추호도 없었다. 그들에게는 확인해야 할 것이 있었다. 지금은 그럴 수 있는 준비가 되어 있다.

정찰이 끝났다. 산은 손가락을 꺾었다. 관절에서 우두둑 소리가 났다. 비연은 머리를 뒤로 묶었다. 산이 먼저 몸을 날렸다. 비연이 그 뒤를 바짝 따랐다.

첫 번째 작전이 시작됐다. 빠르고, 과감하게.

—하나…….

"누구……?"

통제 요원은 뒤쪽에서 언뜻 사람을 보았다고 느꼈다. 그러나 더 이상 말을 잇지 못했다. 목에서 시큼한 느낌이 났다. 목은 굴러떨어지고 몸은 천천히 무너져 내리고 있다.

"크……."

옆에서 짤막한 신음성과 함께 뼈마디가 돌아가는 소리가 들렸다.

—둘…….

알칸으로 만든 칼이 두 번 돌았다. 두 놈이 바닥으로 무너졌다.

두 사람은 구조물 안으로 들어갔다. 암석, 금속에 생명을 재료로 사용한 듯한 기괴한 형상들을 지난다. 고비마다 문이 열리며 온갖 것들이 튀어나온다. 방어기제들이다. 사람같이 생긴 것, 위협적인 트랩들. 두 사람은 마치 게임의 한 장면처럼 손쉽게 그것들을 처리하며 전진해갔다.

쾅.

거대한 중앙 통제실로 통하는 문이 통째로 터져 나갔다. 10미터가 넘는 반구형 천정이 보였다. 난폭한 진입과 동시에 산은 위쪽으로 도약했다. 비연은 좌측으로 튕기듯 빠르게 미끄러져 들어간다. 이미 대비하고 있었던 듯 쉿쉿 소리를 내며 그들이 들어오던 곳을 향해 무언가가 발사됐다.

—둘?

—아니 셋. 반이층에 한 놈 더.

—위로 간다. 아래를 부탁해.

—접수.

산은 공중에서 방향을 틀었다. 통제실로 보이는 곳에서 한 놈이 황급하게 무언가를 조작하고 있었다. 산이 캡슐을 던졌다. 캡슐이 터지며 자주색 연기가 피어올랐다. 놈이 멈칫하는 순간, 두 발로 문을 통째로 부수며 들어온 산이 놈의 목을 잡아 바닥으로 찍어 내렸다.

비연은 도주하는 놈을 향해 몸을 돌렸다. 이미 한 놈은 처리된 상

태다. 비연의 허리가 유연하게 돌아갔다. 반원형 칼이 날았다. 소리는 없었다. 칼은 무릎 높이로 빠르게 회전하며 놈의 다리를 하나씩 스치듯 지나간 후 비연의 손으로 돌아왔다. 놈의 몸은 깨끗하게 잘린 두 발만을 뒤에 남긴 채 앞으로 거꾸러졌다. 산이 웃었다.

"이제부터 우린 진지한 대화를 하게 될 거야."

"일단 모든 통신을 끊어라."

두 사람은 이곳에 한참 동안 머물렀다. 이곳이 닐과 널이 있었던 컨트롤 룸과 같은 장소라는 것을 알고 있었다.

* * *

산과 비연은 처음 보는 것들이다. 커다란 공간 곳곳에서 아직도 3차원 입체 화면들이 경기의 모든 장면들을 보여주고 있다. 40개의 장소에서 무슨 일이 벌어지고 있는지 한눈에 알 수 있다. 이미 폐쇄되어 있는 익숙한 장소도 확인됐다.

그곳은 27구역. 이곳은 12구역.

다른 장면도 볼 수 있었다. 수없이 많은 생명들과 그 생명을 다루는 방법들. 상상할 수 있는 거의 모든 장면이 펼쳐졌다. 거대한 생체 실험장. 무엇을 얻고자 하는지는 모르겠지만 이보다 섬세하고 이보다 더 지독한 곳은 없을 것이다. 구역질이 절로 났다.

"비슷하군."

"역시…… 상상에서 그렇게 벗어나 있지 않았군요."

"여기에서 더 원하는 그림이 있나?"

"없습니다."

"마스터는?"

"피안 지역에는 없는 것이 확인됐습니다."

"연락 방법은?"

"확보됐습니다."

"현자는?"

"지역 내 둘이 확인됐습니다."

"다른 놈들은?"

"소집 명령 이후 이곳까지 사흘 거리 입니다."

"그럼 끝내지?"

약 세 시간 뒤 그들은 첫 번째 구역을 떠났다. 그들 뒤로는 모든 것이 무너지고 있고 모든 것이 불타고 있었다. 그곳에 살아서 움직이는 것은 아무것도 없었다.

이로써…… 그들은 아주 새로운 실험이 시작됐다는 것을 이 신비로운 공간의 주인에게 알렸다. 그것은 선전포고와도 같았다. 이번 실험의 규칙은 그들이 정할 것이며 그들이 원하는 방향으로 진행될 것이다.

여섯 번째 기지가 무너지고 있었다. 첫 번째 기지가 무너진 시간으로부터 정확하게 하루가 흐른 다음이다. 첫 번째 기지가 무너졌을 때부터 적의 대응은 시작됐다. 대응은 빨랐다. 피안 전역에 비상이 걸렸다. 결코 이런 종류의 공격을 경험하지 못했던 기지들은 크게 당황하고 있었다. 처음으로 외부 세계와의 통신이 개통됐다. 강력한 현자들에게 각 피안의 방어를 위한 소집 명령이 떨어졌다. 그리고 추적이 시작됐다.

추적자들은 누가 이런 공격을 감행했는지 알고 있었다. 그러나 두

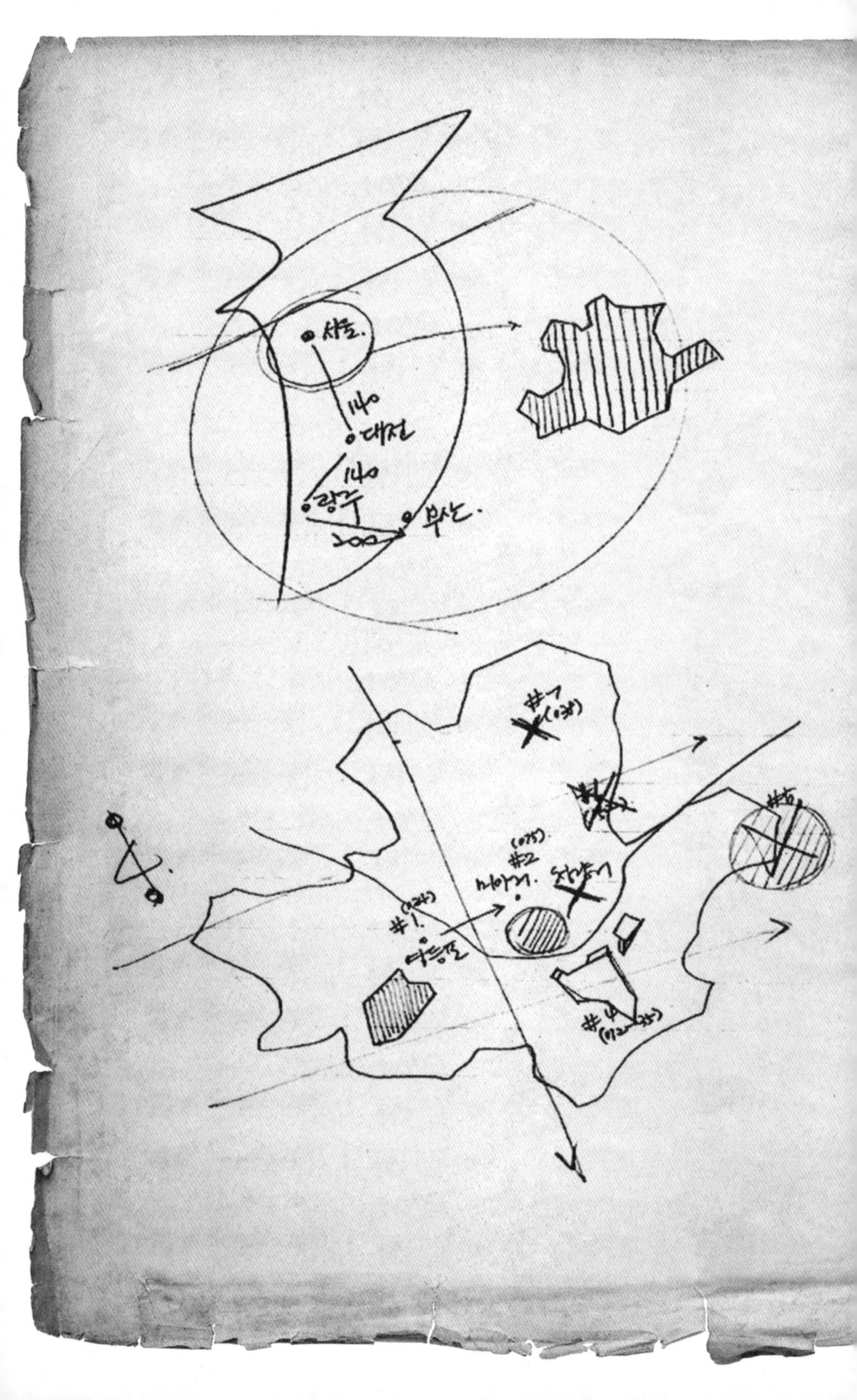
서울.
140
대전
140
광주
200
부산.
#7
(075)
#2
미아리.
#1.
영등포
#4

사람의 다음 목표를 알 수 없었다. 파괴자는 추적자보다 훨씬 빨랐다. 한 시간 뒤 동쪽 끝이 무너졌고, 세 시간 뒤 50킬로미터 떨어진 서쪽 기지에서 연락이 끊겼다. 불과 두 시간 후에 200킬로미터 떨어진 기지의 연락이 끊겼다. 추적자가 도착했을 때 그들이 본 것은 완벽한 폐허였다. 추적자는 혼란을 느꼈다. 놈들은 메시지를 남겼다. 정령들이 전해주는 메시지의 내용은 다음과 같았다.

우린 영등포로 간다.

첫 번째 메시지였다.

청량리로 갈까?

두 번째 지역에서 발견한 메시지다.

미아리는 어떨까?
대전.
광주 찍고.
부산.

단서가 아니라 조롱이었다. 그러나 성실한 추적자는 이 정보를 어디론가 보냈을 것이다. 어떤 놈은 지금도 열심히 그걸 분석하고 있을지도 모른다. 그 의미를 풀어낸다고 해도 이 정보가 가리키는 것이 사실일 확률은 거의 없다. 결국 시간은 하염없이 흘러갈 것이다.

비연은 지도를 보고 있었다. 대충 그린 지도 위에는 타격 목표의 이름이 숫자로 표시되어 있었다. 상징은 있었지만 지명 따위는 없었다. 그렇지만 그들의 머릿속에는 다른 지명이 있다. 그들은 지도의 타격 지점과 대한민국의 지명을 대응(mapping)시켰다. 서울의 지도와 각 지역의 상대적 위치는 그들에게는 별도의 설명 없이도 공유할 수 있는 상식이다. 그렇지만 직접적인 이름이 아니고 이런 구체화되지 않은 상징과 비유는 두 단계 이상의 계산을 필요로 한다. 현자들은 이 모호한 사고방식에서 극심한 혼란을 느끼고 있을 것이다. 두 사람은 그렇게 믿었다. 그리고 그 믿음은 옳았다.

닷새가 지났다. 서른두 번째 구역. 강력한 추적자들이 최초로 두 사람을 따라잡았던 곳이다.

"벌써…… 끝났나?"

"불과 30분 만에!"

추적자가 일을 끝내고 다가오는 두 사람을 맞이하며 중얼거렸다. 추적자는 두 사람의 뒤쪽을 흘깃 쳐다보았다. 모든 것이 한꺼번에 무너져 내리고 있다. 이제는 지겨울 정도로 익숙한 장면이다. 철저하게 부서진 폐허 속에서 거센 불길이 타오르고 있었다. 사방에는 고기 타는 냄새가 진동했다. 마치 저들이 처음 탈출했을 때처럼…….

어둑해지는 하늘과 불길을 배경으로 두 인간이 제 발로 그들을 향해 다가오고 있었다. 불길을 뒤로한 어둑한 실루엣이 보였다. 시퍼렇게 빛나는 눈빛과 온몸을 갈기갈기 찢어버릴 듯한 예기가 추적자의 살갗을 파고들었다. 마치 지옥에서 방금 빠져나온 듯 무시무시한 모습이다. 추적자들은 흠칫거리며 몸을 떨었다.

"어어…… 오랜만이야. 이제야 감 잡았나?"

산이 숯처럼 시커멓게 물든 손으로 입을 쓱 닦으며 빙그레 웃었다. 하얀 이빨에서 섬뜩한 기운이 흘렀다.

"우린 초면이 아닌 것 같네."

비연이 말했다.

"……."

추적자, 현자 둘은 이를 악물었다. 표정은 완전히 굳어 있다. 어찌 잊을 수 있을까? 그날, 절벽에서 뛰어내리며 기상천외한 방법으로 탈출했던 이 유별난 인간들을! 지금도 그때와 똑같다. 거센 불길과 밤의 어둠. 그러나 현자들은 그때만큼 여유로울 수 없었다. 문득 그들의 뇌리에는 이들 손에 소멸된 담과 툭의 이름이 떠올랐다. 오싹한 기분이 뒷목을 스쳤다. 칼을 꾹 거머쥐었다.

"꽤 늦었어. 귀관들에게 실망이 크다. 그래도 명색이 현자라면 적어도 열 번째 정도면 감 잡을 줄 알았는데. 그런데 자네 둘이 우리를 막아보시겠다? 이거 별로 재미없겠는걸…… 위대하신 마스터의 똘마니들은 좀 다를라나?"

산이 말을 툭 던지며 한 걸음 앞으로 나왔다. 그는 장갑을 끼고 오른손에는 하얀 칼을 들고 있었다. 비연이 옆으로 비켜서며 자신의 전투를 준비했다. 그녀 역시 장갑을 끼고 한쪽 손에는 권총을, 다른 손에는 알칸의 뼈로 된 단검을 비껴들고 있다.

"그대들은 이곳에서 뭘 원하는가?"

금발의 현자, 세티가 말했다. 산이 눈을 조금 크게 떴다. 입술 끝이 조금 올라가 있다.

"호…… 이거…… 재미있네. 또 협상을 하자는 거야? 위대하신 대현자들께서? 이 하찮은 인간 나부랭이와?"

"대체 이렇게 무차별한 파괴 행위를 벌이는 이유가 뭐냐?"
"없어."
"뭐라고……?"
"그 새끼…… 귓구멍이 처막혔나? 방금 없다고 말했잖아."
"그런……." 다른 여성체 현자 세틴이 어물거렸다.
"이곳 사냥꾼은 사냥감에게 사냥의 목적을 일일이 설명해주고 잡나?" 비연이 말했다.
"사냥?"
"우리도 사냥꾼이 좀 되어보고 싶었어."
"뭐?"
"사냥감 입장이 어떤지 알아? 잡힌 이유는 전혀 알 필요가 없더라고. 고상한 이유를 가진 사냥꾼에게 잡히건 미친 새끼에게 취미로 잡히건 결과는 똑같았지. 기분이 아주 더럽지. 이제 너희도 그걸 느껴봤으면 해."
비연이 말했다.
"겨우 그런 이유로 저 귀중한 시설과 자료들을 모두 없앤 거야? 너희 인간 종족들이란 정말……."
"겨우?"
비연의 눈이 가늘어졌다. 숨이 가쁘다. 가슴이 못 견딜 만큼 답답해졌다. 그녀가 이곳에 다시 와서 보고 겪었던 온갖 장면들이 머릿속에서 흘러간다. 자신들 손으로 울면서 죽여야 했던 익숙한 얼굴들. 그들 중 하나가 됐을 수도 있었던 자신의 처지도. 폭풍 같은 분노가 끝도 없이 휘몰아쳤다. 비연이 다리 근육이 팽팽해지기 시작했다.
"아아…… 진정하라고…… 저것들은 사람이 아니야. 집 지키는 개

새끼가 짖는다고 화를 낼 필요 있나?"

산이 손을 쑥 내밀며 비연의 앞으로 스윽 나섰다. 그러나 그의 표정은 돌처럼 굳어 있다.

"알잖아? 저 잔챙이 도마뱀 새끼들은 우리 상대가 아니야. 대가리가 나와야 된다고. 그래야 이야기가 되지. 이만큼 팼으면 나올 때도 됐는데, 그 새끼 참 소심하네."

산이 한 발 앞으로 나섰다. 비연은 옆으로 한 발 더 간격을 벌리며 다리를 구부렸다.

"……."

현자들은 자신도 모르는 사이에 주춤거리며 뒤로 물러섰다.

"1초도 지겹다."

산이 여유 있게 나서며 칼을 든 오른손을 죽 뻗었다. 세티는 칼을 앞으로 세우며 급하게 몸을 뒤로 물렸다. 그러나 사내는 상상을 초월할 만큼 빠르고 강했다. 장난처럼 칼을 좌우로 휘두르며 툭툭 여유롭게 치고 들어왔다.

세티는 이를 악물었다. 두 손으로 꽉 잡은 칼이 좌우로 사정없이 흔들린다. 도저히 이 현실을 믿을 수 없었다. 상대는 인간이다. 자신이 아무리 전투현자가 아니라지만, 이건 아예 상대를 할 수 없었다. 놈이 치면 치는 대로 밀면 미는 대로 휘둘린다. 거대한 굉음과 따가운 바람에 정신이 혼미할 정도다. 6단계까지 가속을 올려야 하는데…….

사내의 움직임이 갑자기 빨라졌다. 찔러오던 칼끝이 위에서 아래로 갑자기 떨어져 내렸다. 발등? 세티는 본능적으로 칼을 아래로 휘두르며 다리를 뒤로 뺐다. 상체가 조금 앞으로 나아갔다.

'응?'

세티는 눈을 크게 떴다. 사내의 장갑 낀 왼손바닥이 갑자기 눈앞을 가렸다. 관자놀이를 파고들어 오는 손가락의 거센 악력이 느껴졌다. 세티는 머릿속이 무척 뜨겁다고 느꼈다. 사내의 목소리가 아득하게 들렸다.

"이제 가봐."

퍽 소리와 함께 사내의 손이 서서히 멀어졌다. 이어 세상의 윤곽이 흐릿해져간다. 얼굴에서 이물감을 느낀다. 얼굴에 달린 모든 구멍에서 무언가가 흘러나왔다. 빨간 것, 하얀 것, 노란 것. 150년의 삶의 기억도 그렇게 간단하게 지워지고 있었다. 산이 '융뇌(融腦)의 기(技)'라고 명명한 그 극한의 살상 기예는 이렇게 처음으로 세상에 자신의 존재를 알렸다.

"유효거리 20센티미터, 0.3초. 현자는 확실히 다르군. 조금 까다로워. 효과는 확실한데."

산이 시계를 보며 중얼거렸다.

비연의 단검이 공간을 갈랐다. 세틴은 바닥을 굴렀다. 꼴사나운 모습이다. 그러나 그게 그녀가 지금 할 수 있는 최선이다. 먼지가 입속으로 한 움큼 들어왔다. 칵 침을 뱉었다. 눈꼬리가 표독스럽게 올라갔다. 속도에서 밀리고 정보 처리 능력에서도 밀렸다. 환각을 일으키고 공간 착시로 교란시키고 암시를 통한 정신계 공격을 선제로 퍼부었지만 저 인간 여자에게는 전혀 먹히지 않았다. 옆에 있던 동료가 무너지는 모습이 보였다. 악문 입가에서 피가 흘렀다.

쌕 하는 단검 소리가 다시 들렸다. 몸을 다시 굴렀다. 이제는 끔찍하다. 공간의 결을 타고 갑자기 나타나는 칼끝은 5단계 가속에서도 거의 감지가 되지 않는다.

'공간(空間)의 검(劍), 아니 그 이상일 거야.'

칼끝은 동시에 스무 군데 이상을 찌르고 들어왔다. 공간이 접혔다. 단 한 번의 공격에 머리, 목, 가슴, 배, 허리, 등, 팔, 다리가 동시에 비명을 지른다. 반격은 엄두조차 내지 못하고 있었다. 자신의 한계는 겨우 네 개. 마치 여러 겹 접은 종이의 한 귀퉁이를 자르고 다시 펼쳤을 때 여러 군데 구멍이 생기는 것과 같다.

"으……."

세틴은 신음 소리를 흘렸다. 다음 공격은? 이번에는 칼끝이 아니라 총구가 보였다. 불현듯 전투현자 툭이 당했던 사례가 떠올랐다. 저…… 저 총알은 위험하다. 몸을 비틀었다. 그때 가슴에 화끈한 것이 훑고 지나갔다.

탕탕.

두 번째와 세 번째 총알이 파고들었다. 예측한 대로 총알은 몸속에서 한 번 더 터졌다. 무언가 차가운 액체가 흘러 나왔다. 산(酸)? 세틴은 고통 속에서도 몸을 뒤틀며 모든 순환계를 통제했다. 이 정도는 괜찮다.

"응?"

세틴은 고개를 들었다. 여자는 발걸음을 뒤로 옮겼다. 세 걸음 정도 떨어진 곳에서 팔짱을 낀 채 자신을 빤히 쳐다보고 있었다. 공격할 의도는 없어 보였다. 대신 손목시계를 쳐다보고 있었다.

"신경 쓰지 마. 관찰 중이야. 초강력 넥타로 만든 마탄(魔彈)을 개발했는데 효과가 궁금해서. 아무래도 현자는 다르겠지?"

"무슨 짓?"

"왼팔."

대답 대신 비연이 중얼거렸다. 세틴의 왼팔이 움찔했다. 왼팔은 주인의 의지를 무시하고 비연이 명령하는 대로 제멋대로 움직이고 있다. 위, 아래, 회전.

"1단 폭파. 왼쪽."

세틴의 어깨에서 작은 폭발음이 들렸다. 안쪽 뼈가 부서졌는지 팔은 아래로 축 늘어졌다. 세틴은 지를 수 있는 모든 비명을 지르고 있었다. 비연은 고개를 갸웃했다.

"오른쪽, 2단 폭파."

오른쪽 어깨와 팔에서 무언가 불룩 튀어나왔다가 가라앉았다. 세틴의 두 팔은 그대로 축 처졌다. 아득해지는 그녀의 귓가에 여자의 목소리가 들렸다. 그 소리는 준엄하고도 처절하게 울렸다.

"네놈들이 이곳에서 인간에게 했던 실험을 보았다. 꼭 그렇게 해야만 했나? 그 고통 속에서 죽지도 살지도 못하게…… 대체 그렇게 해서…… 무엇을 보고 싶었던 거지?"

"……."

"그래서 우리가 다 죽였지. 처음으로 울면서 다 죽였다. 내 부하도, 내 아버지도……."

"……."

"심장…… 폭파."

세틴의 가슴이 풍선처럼 출렁거렸다. 몸이 푸들푸들 떨며 무너지고 있다. 세틴의 흐릿해지는 뇌리에는 마스터가 내렸던 당부가 점점 옅어지고 있었다.

―협상을 해보고 안 되면 지혜롭게 빠져라.

―가급적 부딪치지 말고 시간을 끌어라.

―그 표본들은 너희 모두를 합한 것보다 훨씬 더 중요하다.

―만약에 부딪쳐야 한다면…….

쓰러진 세틴의 얼굴에는 의미심장한 표정이 떠올랐다 사라지고 있었다.

* * *

산과 비연은 멍하게 화면을 응시하고 있었다.

이곳은 27 섹터. 마지막으로 찾은 곳이다. 두 사람이 최초로 불려왔고 1년을 지냈던 곳. 그곳이 이제 완전하게 사라지고 있었다. 이미 폐쇄된 곳이었지만 그들은 드디어 원하던 것을 찾을 수 있었다. 그토록 보고 싶었던 것, 그토록 확인하고 싶었던 것.

"다행이야……."

"정말 다행이에요."

그들은 가장 원하는 것들을 보았다. 또한 원하는 일을 하게 될 것이다. 아마도 그 머리 좋은 소환자 대가리, 마스터의 친절한 안배이리라. 두 사람은 씁쓸한 웃음을 지었다.

"자식…… 끝까지 가보자는 거지? 그래봐야 쥐새끼지만."

"매너는 있었네요."

이로써 모든 것은 정리됐다. 피안을 떠나는 두 사람의 표정은 밝았다. 여전히 경기는 진행되겠지만 그렇게 일방적으로 불리하지는 않

을 것 같다. 산은 손가락을 우두둑 꺾었다. 오랜만에 피우는 담배가 맛있게 느껴졌다.

"이제 죽일 놈은 죽이고, 살릴 사람은 살리는 거야. 우리는 마지막까지 살아남는다."

* * *

D-40일.

"이곳이 바로 일원의 작업장 아니었을까?"

산이 질렸다는 표정으로 지나온 곳을 다시 쳐다보고 있다.

"거대한 생명 실험실이었네요. 이 엄청난 규모와 다양성이라니 정말……."

"끝도 한도 없어. 온 거리로 보면 시베리아 정도의 넓이는 될 것 같은데."

"북극까지 연결된 대륙이 틀림없어요. 바다가 없는."

그들은 남쪽이 아니라 북쪽으로 전진하고 있다. 비연이 나침반을 꺼냈다. 바늘이 중심을 못 잡고 요동쳤다.

"북쪽 끝입니다."

"깃발을 꽂아야 되는데."

산은 눈을 가늘게 떴다. 대륙이 끝나는 곳. 혹은 모든 대륙이 시작되는 곳. 어쨌든 세상의 끝은 끝이다. 눈에 보이는 온 세상은 그저 하얗기만 하다. 지평선 끄트머리에는 결코 지지 않는 태양이 걸려 있다. 태양풍이 지자기에 걸려 산란된 오로라가 컴퓨터 바탕화면처럼 모든 하늘에서 빛나고 있다. 매서운 추위와 지독한 칼바람이 위협해

보았지만 두 사람의 관심을 끌지는 못했다. 그들은 두꺼운 털과 두툼한 동물 가죽으로 된 옷을 껴입고 있었다. 지금 그들은 에스키모의 이글루와 비슷한 얼음집을 짓고 그 속에 들어와 있다. 이글루 가운데에 지펴놓은 모닥불이 안쪽 공간을 덥혀주었다. 열기 때문에 안쪽 얼음이 녹겠지만 그 증기는 곧 다시 얼어붙기 때문에 집이 망가지는 일은 없다. 며칠 머물 생각인지 식량과 물을 확보해놓고 기타 필요한 편의시설 설치까지 마쳐놓은 상태다.

"정말 이곳에서는 대화가 자유로울까요?"

"믿으라니까. 확인해봐. 6단계에서 잡히는 게 있나?"

"잡음만 가득한데요?"

"신들이 아무리 용빼는 도청 재주가 있어도 잡음과 통신 범위의 한계는 어쩔 수 없는 거야. 설마 이곳까지 중계 기지국을 설치했겠어? 게다가 이곳 극지방은 자기 폭풍과 태양풍으로 무선통신에는 아주 불안정한 곳이거든."

"그래서 여기까지 오자고 했군요."

"이제 본격적으로 우리 앞길을 고민해보자. 그동안은 정령을 통해 소통했지만 보다 정교하고 집중적인 대화가 필요해."

"우선 그동안 정찰했던 것들을 정리해볼까?"

"마스터 이야기부터 시작하죠."

"그래야겠지. 이번 작전에서는 놈의 역할이 크니까. 거점을 박살 내 놨는데 앞으로는 놈이 어떻게 움직일 것 같나?"

"커키를 보냈으니 연락이 올 겁니다. 우리 예상이 맞다면 결코 거절할 수 없겠죠."

각종 사고 도구가 다시 펼쳐진 상태에서 심층적인 대화가 진행됐다. 두 사람은 '마지막 작전'을 세밀하게 다듬었다. 기본 아이디어는 세워져 있지만 그동안 여러 가지 제약으로 구체화시키지 못했다. 적이 알아야 할 것과 알아서는 안 되는 것이 분리되지 않았기 때문이다. 예전과는 달리 분위기는 진중했다. 그들의 표정에는 분명한 초조감과 분노가 음습하게 스며들어 있다. 밝은 분위기를 유지하기 위해 서로 노력하고 있었지만 그들이 겪었던 극악한 정신적 충격들은 농담으로 쉽게 풀릴 종류가 아니었다.

"신으로부터 마지막 연락이 온 게 언제였지?"

"사흘 전입니다."

"그러면 그로부터 48시간 전이니 닷새 전에 일어난 일이겠군. '로키'라는 놈의 프로파일은 입수했나?"

"138 에피소드를 종결지은 심판자라고 하던데요. 기예는 극한(極寒), 극염(極炎)의 술, 정신계로 동식물의 행동을 지배할 수 있으며, 아주 교활하고 영리한 존재라고 알려왔습니다."

"지금 우리를 쫓고 있다고 봐야 되나?"

"로키 외에도 전투현자 셋이 붙었다고 하더군요."

"로키의 전투력은?"

"9단계로 추정된다고 합니다. 아직까지 세상에서 활동한 흔적은 없다고 하더군요."

비연이 담담하게 말했다. 잠시 정적이 흘렀다. 산이 입을 스윽 닦았다.

"겁나게 세군."

"세죠."

답답한 침묵이 퍼져가고 있다. 세계와 운명이 작당하여 목을 조르고 있는 것 같다. 그러지 않아도 차갑게 가라앉은 두 남녀의 마음 속에 끈적한 아픔이 마구 설치며 돌아다녔다. 미움. 분노. 허탈. 짜증…….

"이 세계에 그런 놈이 몇 놈이나 된다고 했지?"

"넷? 아니면 더 많을지도…… 사탄, 로키, 파순, 세트 또 뭐가 있는지 모르겠습니다. '시바'나 '바알'이 나올지 모르죠. '크로노스', '티탄'도 나올라나……."

비연이 킥킥 웃었다.

"신화 속의 악신(惡神)들이 지구에서 실직한 뒤 이 동네에서 단체로 동아리를 만들었나 보다."

산도 큭큭 웃었다. 웃음에는 퍼석한 조소가 섞여 있었다. 두 사람은 등받이에 기대어 말없이 천정을 바라보았다. 하얀 얼음으로 만든 천정이 모닥불의 빛을 반사해 실내는 은은하게 밝았다. 마치 처음 불려 왔을 때 머물렀던 비트와 비슷하다고 생각했다.

'9단계…… 7품이라…….'

비연은 눈을 감았다. 또 벽이다. 이제는 지긋지긋하다. 제발 좀 쉬게 해달라고 몸이 보챈다. 벽을 걷고 나가면 또 벽, 벽을 부숴버리면 다시 등장하는 더욱 강한 벽. 이놈의 세계는 거대한 양파 껍질 같다. 기대만 잔뜩 불어넣고 결과는…….

"카뮈라는 사람 아시죠?"

비연이 물었다. 초점이 없는 시선은 여전히 동그랗고 하얀 천정을 향해 있다.

"전에 이야기했던 그 소설가?"

"그가 『시지프의 신화』라는 소설에서 그랬죠. 인생에 가장 중요한 문제는 단 하나라고."

"뭐래?"

"자살이랍니다."

"미친 새끼……."

"자살이야말로 인생이 살 만한 가치가 있는지를 판별하는 진실한 순간이라고 했어요."

"짱구를 돌려보고 살 가치가 없으면 그냥 알아서 죽어라? 그래서 그 새낀 자살했대?"

"아뇨……."

"인생은 그럼 살 만한 거였네. 아니면 소설이 생구라거나. 그러고 보니 그 아저씨가 쓴 소설이 『에뜨랑제』였다고 했지?"

"노벨상 받았대요."

"경사 났었군."

"그렇게 행복하지는 않았답니다. 고민이 많았다고 하지요. 교통사고로 죽었답니다."

"안됐군. 그런데 왜 이런 이야기를 하나? 너도 그렇게 생각하는 거야?"

"아뇨. 그래도 이 세계에서 살아가는 게 꼭 신화 속 시지프의 신세와 비슷하다고 느껴지네요. 꼭대기까지 죽어라 올려도 다시 굴러떨어지는 돌을 죽을힘을 다해 다시 밀어 올리는 느낌이랄까요? 무척 고통……스럽죠."

산은 고개를 돌려 비연을 빤히 쳐다보았다. 이곳에 와서 처음에 황당한 낙서를 보고 더욱 황당한 휴대전화 메시지를 받았을 때 그 당혹해하던 모습이 겹쳐진다. 어쩌면 이 사내는 그때보다 더 충격을 받았을지도 모른다. 자신도 이토록 가슴이 허전한데…….

산은 숨을 깊게 들이마셔 보았다. 제법 찬 공기가 쑤욱 가슴 안쪽으로 들어왔다. 다시 천천히 내쉬어 본다. 기분이 조금 나아졌을까?

"글쎄…… 그게 큰 문제가 되나?"

산이 콧등을 벅벅 긁었다. 다소 과장된 몸짓이다.

"문제가 안 되나요?"

비연이 산을 향해 고개를 돌렸다. 두 사람의 눈길이 만났다.

"하루 지나면 항상 세수한 얼굴 만나고 한 달 되면 월급 나오고 매년 생일날 되면 파티하고. 뭐 그런 게 다 인생 아냐? 반복되는 일상이야 당연한 건데 그런 식으로 삐딱하게 확인하면 기분이 더 좋아지나?"

"그래도 인생에는 어떤 목표가 있어야 하지 않을까요?"

"목표야 그냥 필요한 거지."

"목표를 이루고 나면 다음 목표를 세우고, 그리고 이루면 또 세우고. 뭘 위해서 그렇게 할까요? 최종 목표점이 없다면 허무하지 않아요? 그런데…… 최종 목표 따위는 없겠죠?"

"재미있잖아? 그럼 됐지. 뭘 더 바라?"

"……."

비연은 약간 새초롬한 표정으로 사내를 쳐다보았다. 재미? 그것이 이 이토록 처절한 삶의 목적이라고? 그렇다면 이 투쟁은 너무 억울하지 않나? 갑자기 온 세상의 실존철학자들이 불쌍해졌다. 그들은 이 사내를 설득시킬 수 있을까? 문득 뺨에 산의 손길을 느꼈다. 엄지가 눈가를 스치고 지나갔다. 손끝에는 약한 물기가 묻어서 반짝이고 있다. 뿌연 시선 뒤로 보이는 그는 웃고 있었다. 바로 그날, 든든한 오빠처럼.

"자식…… 또 우냐? 신부가 너무 울면 밉다."

비연은 고개를 저었다. 소소한 철학 논쟁 따위로 이 소중한 사내의 마음을 상하게 할 생각은 없다. 말로 이겨서 잠시 뿌듯해한들 그게 무슨 대단한 일이라고. 그러나 사내의 생각은 조금 다른 것 같다. 그의 표정은 잔잔하다. 그리고 한없이 진지하다.

두 사람의 대화는 그렇게 끝났다. 역시 그는 그녀의 마법사다. 비연의 무거웠던 마음이 조금은, 아주 조금은 가벼워지는 것 같다. 이 인생도 이 하찮은 인생도 살아볼 만하지 않은가? 그래, 비극은 정말 싫다. 그래서 평소에도 안 본다.

비연은 그들이 27 구역에서 보았던 것을 다시 떠올린다. 정말 여러 가지를 보았다. 21세기 지구의 모습. 정겨운 모습이다. 많은 장면이 떠올랐다 사라지고 있다. 그중의 몇 장면이 두 사람의 눈길을 잡았다. 단란한 가정의 모습.

* * *

"가족분들은 잘 있네요."

"나도 잘 있네. 자식…… 낫살이나 먹어가지고 여전히 꾸질꾸질하게 사는구먼. 영이도 저렇게 많이 컸구나. 여드름도 생겼네. 저러면 별로 안 이쁜데."

"……."

"네 방이 참 예쁘다. 그새 결혼했나 봐?"

"……."

"네 남편 얼굴은 안 보여주나?"

그들은 말을 멈췄다. 눈물이 너무 많이 흘러서 더 이상 쳐다보지도 못했다. 잔인했다. 어떤 고문보다도 더 아팠다. 누가 의도한 장면이라면 이보다도 혹독하고도 기쁜 선물은 없을 것이다. 그냥 대범하려고 노력해도 얼굴이 자꾸 심하게 일그러져서 도무지 표정 관리가 되지 않았다. 고맙고도 화가 났다. 기쁘고도 슬펐다. 억울하면서도 후련했다. 안도했지만 허탈했다.

잉여 인생…….

복제 인생…….

누가 이런 장난질을 하고 있는가? 놈은 무엇을 더 원하는가? 이걸 보고 기뻐하라는 건가? 분노하라는 건가?

확인은 끝났다. 이제는 다시 돌아갈 수 없는 삶. 완전한 이방인. 이곳에서도 또한 그곳에서도! 조각난 퍼즐이 모두 맞춰졌다. 대신 그들의 인생이 퍼즐처럼 조각나 있었다.

* * *

D-30일.

"저것들은 대체 뭐야?"

기빈은 입을 떡 벌렸다. 주변은 놀랄 만큼 조용하다. 포라토 시를 둘러싼 성곽에는 극도의 긴장감이 감돌았다. 좌우 산맥 사이 분지의 평원에서 뽀얀 먼지가 피어오르고 있다. 구름이 잔뜩 낀 하늘을 구름보다 더 새까만 것이 가득 채우고 있었다. 성곽에 포진한 인물들은 침을 삼켰다. 대가급 무사들과 특급무사의 정예들로 이루어진 이들이지만 그들의 얼굴에는 분명한 공포가 번져가고 있었다. 전방에서 일어나고 있는 사태에 대해 모두가 말을 아꼈다.

"저건, 차라리 거대한 군대라고 해야겠군. 조직적이야."

누군가 중얼거렸다. 하늘 위에서 비족들과 그의 권속들이 새까맣게 몰려오고 있었다. 숫자는 천…… 아니 그 이상일 것이다. 그 위쪽에는 20미터도 넘는 커다란 비행 괴수 수십 마리가 네 날개를 활짝 펴고 뱃속에서 뭔가를 토해내고 있었다. 그 아래 평원에는 온갖 괴수들과 갑각충들이 천천히 움직이고 있다. 크기도 다양하다. 무릎 높이의 알핀부터 사람 키의 두 배가 넘는 알곤과 알친들이 앞쪽으로 포진해 있었고, 뒤쪽에는 10미터에서 15미터에 이르는 알칸과 골곤, 시클, 가글, 나간 등 온몸에 무시무시한 갑피를 두른 놈들이 따라오고 있다. 그 수는 작은 것까지 합해 수천 마리가 넘는 것으로 보인다.

그리고 가장 우려하던 것이 사실로 드러났다. 갑옷으로 무장을 하고 있는 인간 모습의 종족들이 나타났다. 그 뒤에는 허름한 차림의 인간들도 보였다. 혈귀라고 부르는 변이 지능종들이다. 그 숫자도 몇천에 이르렀다. 개중에는 장수급으로 보이는 자들도 있었다. 그들은 변이한 육식성 말을 타고 있다.

"대체 저것들이 어디서 나타난 거야?"

전설 동휘가 질린 얼굴로 기훈에게 물었다.

"글쎄. 차림으로 보아하니 북쪽 영지 사람들 같은데……."

"혈귀에 전염된 건가?"

"가능성이 커. 황실의 정보에 따르면 이 근처에 마룡 실루오네의 둥지가 있다고 들었네만."

기훈은 입술을 꾹 깨물며 전방을 주시했다.

"용이 저것들을 움직이고 있는 걸까?"

"저것들에게 넥타를 먹였다면, 불가능한 일도 아니지."

"어려운 전투가 되겠군. 넥타로 변이된 것들이라면 좀 골치 아픈데……."

"정상적인 것들보다 두세 배는 강하다고 봐야겠지. 어쨌든 우리도 약하지 않아. 이곳에 모인 병력은 인간의 최고 전력이 아닌가?"

"아냐. 어쩐지 저것들은 시작에 불과하다는 생각이 들어. 우리는 마룡에 대해 아는 것이 없어. 현자라는 존재들도 몇이나 될지 모르고. 어쩌면 목숨을 걸어야 할지도 모르겠네."

"황실의 지원은?"

"우리가 시간을 벌어주길 바라고 있겠지. 짐작했다면 대책도 있겠지. 포라토가 무너지기를 바라지는 않을 테니까."

"목표가 뭘까?"

"글쎄……."

그때 커다란 천이 찢어지는 듯한 소리가 들렸다. 먹구름이 점점 짙어지더니 비가 내렸다. 축축하고 캄캄한 대지에 괴수들이 질러대는 끔찍한 괴성과 고함 소리가 진동한다. 하늘에서 두 줄기의 번개가 성벽 근처 나무에 떨어졌다. 나무가 쪼개지며 불이 붙었다. 어디선가 날아온 커다란 바위가 굉음을 내며 성벽 위에 떨어졌다. 성벽 일부가 깨지며 먼지가 자욱이 피어올랐다. 하늘에서는 계속해서 새하얀 번개가 빗줄기 속에서 섬뜩하게 작렬하며 온 천지를 가르고 있다.

괴수들이 움직였다. 땅 위에 있는 놈들은 폭발적인 속도로 달려들어 오고 하늘에 있는 놈들은 하늘에서 지상으로 쏟아져 들어온다. 놈들이 성문을 향해 짓쳐들어오는 모습이 가히 장관이다. 하늘에는 화살을 장전한 새까만 호크와 비족들이 일제히 급강하하기 시작했다.

제국과 인간이 맞이하는 최초의 마수전쟁은 그렇게 개전을 알렸다.

* * *

D-25일.

"인간이란……."

실루오네가 얼굴을 찌푸린 채 중얼거렸다. 뭔가 마음에 안 드는 표정이다. 그녀는 포라토에서 벌어지고 있는 전쟁 상황을 비켜보고 있다.

"저 정도의 조직력은 이미 준비가 되어 있었다는 건데……."

실루오네의 표정은 점점 심각하게 굳어져 있었다.

"인간들은 괴수들의 약점을 알고 있어. 새로운 무기와 장비들도 새로 보는 것들이고. 저건 또 뭐지? 변이된 것들이 맥을 못 추고 쓰러지게 만든 저것들은?"

실루오네의 눈빛은 심연처럼 가라앉았다. 그녀는 나쿤처럼 인간형 현자의 모습을 한 이동체에 의식을 옮겨놓고 있다. 본체는 전투를 지휘하는 중이다. 실로 오랜만에 대뇌가 전면 가동하고 있었다. 모든 괴수들을 지휘하려면 대뇌를 섬세하게 분산시켜야 한다. 그러면서도 전체 국면을 이끌어나가야 하기 때문에 모든 전황을 유기적으로 읽고 있어야 한다. 여기에 혹시 개입할지 모르는 변이되지 않은 현자들의 동정을 읽어야 하고 그와 동시에 마룡 측 현자들과 통신을 유지하려면 엄청난 에너지를 소모해야 한다.

"누구냐? 인간의 황실에게 정보를 준 놈은? 신? 용? 아니면 그 두 놈?"

실루오네는 얼굴을 찌푸렸다. 기분이 매우 나쁘다. 요 근래 들어와 제대로 진행되고 있는 것이 없었다. 그것이 이 강대한 존재를 불안하게 만들고 있다. 실루오네는 눈길을 다른 곳으로 돌렸다. 실루오네의 굳어진 얼굴이 조금 풀렸다.

"이제야 찾은 거냐?"

두 놈을 추적 중인 전투현자 셋의 움직임이 빨라졌다. 그 뒤를 초인 로키가 느긋하게 따라가고 있었다. 로키는 아직 장거리 통신 능력을 확보하지 못했다고 한다.

"아무튼 영악하기가 이를 데 없는 놈들. 어떻게 기척을 감출 수 있었던 거냐? 다시 나타났다면 뭔가 준비가 됐다는 뜻일 텐데. 목표가 어디냐? 아피안이냐? 아니면 나냐?"

두 사람은 동쪽 해안을 따라 빠르게 남진하고 있었다. 이동 속도와 거리로 볼 때 현자들이 전력으로 추격하면 사흘 안에 따라잡을 수 있을 것이다.

'어쨌든 상관없다. 마감이 작동하기 전에 놈들의 몸을 확보해야 한다. 전투현자 셋. 저걸로는 무리야. 그래도 로키가 붙었으니 일단 충분은 한데, 어디로 튈지 모르는 놈이니…….'

놈들은 분명히 자신들의 처지를 정확하게 알고 있을 것이다. 어떻게 알았는지 모르지만 실루오네의 본체를 통해 자신들의 상태가 전 세계 모든 용과 현자들에게 중계되고 있다는 것도 알고 있었다. 실루오네 자신은 놈들의 몸을 들여다본 유일한 용이다. 아니지…… 하나 더 있었구나.

'그런데 대체 뭐냐? 이 불안감은…….'

사탄이 말했던 그 '씨앗' 이라는 상태가 자꾸 머릿속에서 떠올랐다. 아주 짧은 순간이었지만 그녀는 분명히 보았다. 둘의 신체와 의지의 파장이 완전히 하나로 겹쳤을 때 잠깐 나타났던 것, 엄청난 것. 만 년을 살면서도 그런 이상(異狀) 에너지 상태는 본 적이 없었다.

'사탄은 그걸 마력(魔力)…… 곧 마(魔)의 힘이라고 했지.'

실루오네는 손톱을 잘근잘근 씹었다. 그토록 염원하던 과업이 시작됐다. 그런데도 여전히 일원이 두렵다.

'그가 100년 뒤에 사람의 모습으로 온다. 그가 오기 전에 인간을 정화해야 돼. 그의 힘은 곧 인간의 힘에서 비롯되는 것이니.'

자신의 강대한 본체까지 완전하게 변이한 지 겨우 300년이 흘렀다. 그것도 가장 빠른 축에 속한다. 전 세계 600개체의 용들 중에 400여 개체의 변이가 진행되고 있다. 그중에는 용들의 공동 지도자 나쿤도 포함되어 있다. 다른 지도자 세눈은 아직 선택을 미루고 있다. 아마 100년이 지날 때 즈음이면 300개체 정도는 완전히 마룡으로 변이할 것이다. 용 한 개체당 이동체로서 부리는 현자는 작게는 10기(基), 많게는 50기로 평균 20기 정도다. 현재는 2000기 정도에 불과하지만 차질 없이 진행된다면 마룡 측 현자는 100년 뒤 최소 8000기쯤 확보될 것이다. 그중 4품 이상의 인간 대가를 상대할 수 있는 전투현자는 현재 30기에 불과하지만, 그때쯤이면 100기 정도 양성할 수 있을 것이다. 그 정도면 해볼 만하다.

'문제는 저 골치 아픈 변수들인데…….'

실루오네는 다시 다른 곳을 쳐다본다. 요즘 그녀의 신경을 긴드리고 있는 것들을 모아 둔 것이다.

—현자 세눈이 움직였다. 그대도 이쪽으로 오는가? 뭐 하자는 건가? 적이냐 아군인가?

—세 번이나 남쪽 해안을 덮친 거대한 해일. 덕택에 그 지역에서 집중적으로 배양한 혈귀들이 물에 쓸려가 버렸다. 바다 쪽을 다스리는 용에게 무슨 일이 있었는가?

—서쪽 대지에서 30일 전부터 발생하는 큰 지진과 거대한 돌풍들도 문제다. 덕택에 이곳 대기가 심각하게 오염되고 있다. 분진이 너무 많아. 하늘을 볼 수가 없을 정도.

—두 번째 달 공전 주기가 미묘하게 달라졌어. 평범한 암석 덩어리가 아니었던 것인가?

'과연 이게 모두 우연일까?'

* * *

D-20일.

"여전히 따라오고 있지?"

"일정한 간격으로 따라붙고 있습니다. 두 시간 거리인데요?"

"자식들, 몰이꾼치고는 너무 소심하군. 재미없네."

"신중한 거죠."

"신에게 연락은?"

"착하게 오고 있습니다. 무슨 생각인지 48시간 전이 아니라 거의 실시간으로 중계를 해주고 있네요."

"무슨 의도인 것 같아?"

"일종의 보험이 아닐까요? 용과 마룡 들의 전쟁이 될 수도 있으니까요."

"세눈은?"

"움직였다고 합니다. 전투현자 둘이 포함됐다고 하더군요."

"협조 공문이 먹힌 모양이네."

"우리 요구대로 움직여주긴 했지만 어떤 의도를 숨기고 있는지는 모르죠. 워낙 교활한 종자들이라서."

"유벌 친구들은?"

"연락이 닿았을 거라고 믿어야죠."

"준비가 잘됐으면 좋겠는데."

산은 시계를 쳐다보았다. 떠나기 전 유벌과 시간을 맞췄다. 소나기가 내리고 있었다. 온 세상이 시꺼멓게 물들고 있다. 빠르게 이동하는 그들의 몸에서 김이 피어오른다. 두 사람은 동쪽 해안을 따라 남쪽으로 내려오다 다시 방향을 틀어 서쪽으로 향했다. 주로 개활지나 사람이 없는 곳을 골라 이동했다. 지금은 산악 지대의 능선을 따라 쾌속하게 나아가고 있었다. 이동 속도는 점점 빨라졌다. 이윽고 어느 지점에 도착하자 속도를 줄이고 걸음을 멈췄다. 둘은 잠시 앞쪽 정경을 감상하고 있었다.

"이곳을 다시 찾아올 거라고는 생각을 못 했다."

"오랜만이군요. 탈출 뒤 이동하면서 꼭 써먹겠다고 했는데, 정말 그렇게 되어가고 있네요."

"이제 손님을 맞이해야지."

"메뉴는요?"

"엿으로 하자."

“좋아하겠군요.”

현자들은 추격을 멈추고 고민에 빠졌다. 상대의 의도가 보인다. 그러나 너무 빤히 보이는 게 문제다. 그들의 눈앞에는 절벽이 가로막고 있었다. 높이는 약 500미터도 넘는다. 왼쪽에는 거대한 폭포가 층층이 떨어지고 있고 오른편은 까마득한 진짜 절벽이다. 주변에는 새하얀 운무가 가득하게 깔려 있어 몽환적인 분위기를 풍겼다. 절벽과 절벽 사이에는 아주 좁은 틈이 벌어져 있었다. 두 사람이 겨우 지나갈 만한 길이다. 안쪽에 들어가면 어떤 지형이 펼쳐질지 아무도 모른다. 또한 어디로 이어질지도 예측할 수 없다.

“어떻게 해야 할까?” 현자 긱이 말했다.

“우회하면?” 다른 현자 닉이 고개를 저었다.

“저게 어디로 연결되는지는 누구도 몰라. 놓치면 최소 하루 이상은 더 떨어지게 돼.”

세 번째 현자 딕이 반대했다.

“그렇다고 하나씩 들어가기에는 너무 위험해.”

“일대일 전투에서 우리가 감당할 수 없다는 소리냐?”

“죽이지 않고 제압은 어려워. 섣부른 전투는 우리 목적에도 맞지 않아. 우리는 몰아가야 하고 앞쪽에서 다른 현자들이 합류할 시간을 벌어줘야 돼.”

현자들은 난감한 표정을 감추지 않았다. 이들은 누구를 두려워할 존재들이 아니다. 그렇다고 방심할 만큼 어리석지도 않다. 그러나 받은 임무가 그들의 행동을 구속하고 있었다. 자료는 질릴 정도로 분석했다. 행동 패턴도 만족스러울 만큼 파악이 된 상태다. 신들의 지원도 받고 있다.

"우리가 추격하는 것을 알고 있을까?"

"일단 알고 있다고 대비하는 것이 현명할 거야. 대단히 영리하고 교활한 놈들이니까."

"지금 전투현자 셋이 인간 둘을 두려워하고 있는 건가?"

닉이 마음에 안 든다는 표정을 지었다.

"말을 가려서 해. 목적에 충실하자는 뜻이야. 놈들은 전투현자 담과 톡을 간단하게 때려잡은 놈이야. 기록을 봤잖아?"

긱이 퉁명스럽게 대꾸했다.

"지금 놈들의 진로는 포라토 쪽이야. 우리가 원하는 방향으로 가는데 굳이 경계심을 자극할 필요는 없어. 이동 속도도 이만하면 만족스럽고."

"또 사라질 가능성도 있겠지?"

"이해가 안 돼. 어떻게 신의 눈을 피해 은신할 수 있지?"

"아무튼 대단한 놈들이야."

현자들은 생각에 잠겼다. 답답한 침묵 속에서 시간은 흘러갔다.

"저게 함정이라고 봐야 할까?"

"놈들이 이 지역을 사전에 알고 있었던 것은 확실해."

"우리가 불리하다는 것이군. 어쨌든 결정을 내려야 돼."

"저자는……?"

"선자 로키. 무시무시한 자라고 하더군."

긱이 뒤를 돌아보았다. 꽤 멀리 떨어진 나뭇가지 위에 갈색 머리의 사내 모습을 한 인물이 앉아 있다. 편한 가죽 재킷을 입고 무료한 눈으로 현자들을 바라보고 있었다.

"별로 도와줄 마음이 없는 것 같네"

"우리 싸움이 끝난 후 손쉽게 이삭줍기를 하겠다는 건가?"
"그럴걸? 아주 영리한 자라고 들었어."
현자들은 쓴웃음을 삼켰다. 다른 대안은 없어 보였다. 우회하기에는 주어진 시간이 별로 없었다. 여기서 종적을 놓치면 난감해진다. 이동 경로와 시간으로 보아 함정을 설치할 여유는 없다고 보인다. 묘한 지형이 마음에 걸리기는 했지만 설사 무너져 내린다고 해도 그들을 어찌할 수는 없었다. 그들은 지극히 현자다운 결정을 내렸다.
"추격한다."
"혹시 모르니 각 50미터 간격을 두고 순차적으로 들어간다. 앞에서 무슨 일이 생기면 3초 이내 지원할 수 있어. 그 정도면 괜찮을 거야."
초인 로키는 고개를 갸웃했다. 잘생긴 얼굴에 짓궂은 미소가 언뜻 스쳐 지나갔다.
'저것들 바보 아녀?'
긱은 빠르게 이동하고 있다. 길을 좁았고 오르막으로 경사져 있다. 바닥에는 깨진 바위와 미끄러운 이끼가 가득하다. 벽을 타고 쏟아져 내려오는 물줄기가 바닥에 튀겨 길이 더욱 미끄럽다. 길은 동굴로 이어졌다. 이곳부터 바닥은 말라 있었다. 걸음을 옮길 때마다 먼지가 피어올랐다. 긱은 모든 감각을 개방했다. 시각이 암(暗)적응되며 통로 안은 대낮같이 밝게 보였다. 긱은 숨을 삼켰다. 여기저기에서 묘한 존재들이 감지됐다.
"이념파(理念波)? 이런 곳에 정령이 있었나?"
긱의 신경이 점점 날카로워졌다. 점점 커지는 뜻 모를 속삭임, 귀에 대고 직접 지르는 듯한 뾰족한 비명 소리. 긱은 문득 걸음을 멈췄다. 쪼그리고 앉아 바닥에서 무언가를 집어 들었다. 축축하고 음습한 느낌. 손가락 사이로 물기가 뚝뚝 떨어진다.

'이끼……'

눈을 들었다. 앞길은 10미터가량 검은 이끼에 덮여 있었다. 그 뒤에는 다시 바위로 된 길이 이어진다. 긱은 빙긋 웃었다.

'자연스럽지 않다. 이 바닥은 이끼가 자랄 수 있는 환경이 아니야. 얕은 수작은."

긱은 몸을 훌쩍 날렸다. 예비 동작 없이 10미터를 아주 가볍게 날았다. 앞쪽 평평한 바위에 가볍게 착지했다.

"헉……."

바닥을 밟는 순간 긱은 무언가 잘못됐다고 느꼈다. 가죽신을 뚫고 발바닥에 따끔한 통증이 왔다. 아래를 내려다보았다. 쇠로 된 가는 침들이 수직으로 솟아나 있다.

"이런…… 바위가 아니라 짐승 가죽이었나?"

긱은 얼굴을 굳혔다. '암(暗)적응'된 눈의 허점을 노린 것이다. 등줄기에서 섬뜩한 경고가 쭈뼛하게 치고 올라온다. 왼쪽 발에서 이물감이 퍼졌다.

'독(毒)?'

긱은 침착하게 걸음을 옮겼다. 걸음걸이가 부자연스럽다. 발바닥에 침이 박혀 빠지지 않았다. 갈고리 형태의 특수한 침이다. 긱은 쓴웃음을 지었다. 저열한 행동에 대한 불쾌한 반응이다. 기운을 빠르게 돌려 독의 흐름을 차단했다. 바로 그 순간.

"헉."

긱은 왼쪽으로 몸을 급하게 틀었다. 쉿 소리가 들리며 무언가가 반대편 벽에 꽂혔다. 긱의 등이 벽에 닿는 동시에 한쪽 발이 아래로 꺼졌다. 몸이 균형을 잃고 휘청거렸다.

'바닥에 또 뭔가 있다.'

그러나 쉿 소리와 또 하나의 암기가 날아왔다. 허리를 젖혔다. 발이 바닥에 닿았다. 종아리 정도의 깊이다. 긱은 아래를 바라보았다. 아무것도 없었다. 대신 머리 위에서 무언가 떨어지고 있었다.

"또 허튼 장난질!"

긱은 칼을 그대로 휘둘렀다. 그것이 펑 소리와 함께 터지며 떨어졌다. 동시에 긱은 신체를 강화시켰다.

"이런…… 이게 뭐야?"

폭발물이 아니었다. 가죽 주머니가 터진 것이었다. 긱은 황급하게 머리를 털었다. 진득한 액체가 머리카락에서 목줄기까지 타고 내려왔다. 거기에는 익숙한 냄새가 섞여 있었다. 이 존재를 미치게 하는 냄새. 아주 달콤한 유혹.

'넥타? 가지가지 하는군.'

긱은 몸을 빼며 앞쪽으로 튀어 나갔다. 지독한 향에 벌써 몸이 반응하며 나른해지기 시작했다. 모든 전투 감각을 최고도로 긴장시킨다. 생체 감지를 위한 파장을 사방으로 날렸다. 주변에는 아무도 없었다. 긱은 피로를 느꼈다.

'하…… 정말 싫다. 이런 장난은…….'

긱은 짜증스러운 표정으로 뒤를 돌아본다. 일정한 간격을 두고 뒤따라오는 닉이 어슷한 어둠 속에서 아스라이 보였다. 여성체 현자라 비에 젖은 몸의 굴곡이 선명하다. 위에서 아래로 바라보니 마치 원통을 통과해 오는 느낌이다. 앞쪽은 넓고 뒤쪽은 좁다. 문득 긱은 걸음을 멈췄다. 가슴이 거칠게 뛰기 시작한다. 앞에 인간이 쭈그리고 앉아 있었다. 얼굴은 식별되지 않았다. 뒤쪽으로 마치 후광처럼 밝은 빛이 사내를 감싸고 있다. 사내가 하얀 이를 드러냈다.

'웃음?'

사내는 그 자리에서 사라졌다. 긱은 눈을 감았다. 사내가 사라짐과 동시에 섬광이 눈을 찌르고 들어왔다. 암(暗)적응된 눈이 칼날을 맞은 것처럼 비명을 질렀다. 거의 동시에 긱의 방어 감각이 대신 깨어났다.

'위!'

사내는 벽을 박차며 거침없이 치고 들어왔다. 긱은 가볍게 도약하며 칼을 옆으로 쓸었다. 정확한 계산, 그리고 정교한 궤적. 여태까지 실패는 없었다. 그러나 걸리는 게 없었다.

'이건…… 공간 착시?'

사내의 칼은 긱의 계산보다 훨씬 아래에서 치고 들어왔다. 긱이 휘청거렸다. 왼쪽 발에서 감각이 사라졌다. 독 때문에 생긴 약간의 감각 차이가 운명을 갈랐다. 주인을 잃은 왼쪽 발목이 아래로 굴러가고 있었다. 재생할 수는 있다. 그러나…….

"엿은 좋아하냐?"

스쳐 지나가는 사내의 비웃음 소리가 점점 위쪽으로 멀어졌다. 뒤따라오던 닉은 속도를 최고로 높였다. 긱의 상황이 위험하다. 그러나 긱을 돌파한 사내가 벽을 박차며 날아오고 있다. 닉은 속도를 줄이고 전신의 전투 감각을 최고로 끌어올렸다. 사내는 천정에서 바닥으로, 아래에서 위로 양쪽 벽을 번갈아 박차며 공간을 질주했다. 벽이 마치 폭탄을 맞은 것처럼 마구 무너져 내렸다. 동시에 어마어마한 충격파와 굉음이 공동 안에서 메아리쳤다. 부서진 바위와 먼지들이 뽀얗게 피어올랐다. 그리고 그 파편들이 회오리처럼 돌아가며 급속하게 한 점으로 응축되고 있었다. 그 중심에는 박쥐처럼 천정에 거꾸로 서서 공기의 흐름을 제어하고 있는 사내의 두 손이 있다. 한 손은 한없이 뜨겁고 다른 손은 얼음보다 차가울 것이다. 공동 안의 공기는 급격하게 팽창하고 있었다. 닉은 숨을 삼켰다.

'뭐지 이건?'

한편, 긱은 크게 당황하고 있었다. 사내의 돌파를 허용한 데 이어 여자가 짓쳐들어왔다. 앞은 급하고 뒤는 불안하다. 긱은 잘린 한쪽 발을 포기하고 그대로 공중으로 떠올랐다. 여자는 좁은 공간에서도 현란하게 움직였다. 양쪽 손바닥에서 섬광이 교차하며 터졌다. 빠르게 점멸하는 빛 속에서 긱은 상대의 위치를 파악할 수 없었다. 언뜻 언뜻 실루엣만 비치는 가운데, 거미줄같이 가느다란 실들이 날아와 솜사탕처럼 몸에 엉겼다. 그것의 냄새도 달콤했다. 긱은 신중하게 방어에 집중했다. 이들이 철저하게 준비된 전투를 해왔다는 것을 기억해냈다. 빛, 소리, 열(熱), 향(香), 약(藥), 독(毒), 지형지물. 그 모든 것들이 전투에 동원됐다. 그리고 무엇보다도…… 이들은 심리전의 명수들이다.

'합리적 판단을 내리면 당한다!'

긱은 빛에 의해 교란된 시각을 차단했다. 넥타로 인해 무뎌진 후각도 닫아버렸다. 청각마저 닫았다. 대신 온몸의 통합 감각을 극한으로 키웠다. 그러나 긱은 자신이 이미 '합리적 판단'을 내렸다는 것을 잊고 있었다.

"점화!"

비연의 목소리가 선언처럼 짧게 울렸다. 긱의 몸이 갑자기 움찔한다. 갑자기 목이 탄다. 머리카락이 탄다. 피부가 탄다. 마치 도화선처럼 넥타가 흘러내린 경로를 따라 연쇄적으로 몸이 터져가고 있었다. 솜처럼 너울대던 넥타의 섬유들이 긱의 몸에 불을 붙였다. 긱은 비명을 질렀다. 위대한 초인 헤라클레스의 최후처럼 결코 벗어날 수 없는 불길 속에서.

"긱!"

닉은 긱의 비명 소리를 들으며 뒷걸음쳤다. 앞에는 좁은 골목에서 극도로 압축 가열된 열풍이 빠르게 다가오고 있다. 닉은 뒤를 돌아보았다. 뒤에서는 딕이 빠르게 다가오고 있었다.

"안 돼! 돌아가! 이건 거대한 대포라고!"

닉이 소리쳤다. 딕이 멈칫한다. 그 순간, 쾅 소리와 함께 거대한 열풍이 좁은 통로를 휩쓸며 터져 나갔다. 압축되며 가열된 공기 속에서 분진들이 끊임없이 터졌고 화염에 휩싸인 돌 조각들이 몸을 뚫어버릴 듯 한꺼번에 날아왔다. 닉은 종잇장처럼 뒤로 날아가며 뒷벽에 깊숙하게 박혔다. 몽롱한 닉의 눈에는 스크루처럼 회전하며 그녀 쪽으로 날아오는 긱의 몸이 보였다. 그 뒤쪽에서는 거대한 암반으로 된 천정이 무너져 내리고 있었다. 불타며 날아오는 긱의 몸 여기저기가 움찔거렸다. 넥타가 폭발하려는 전조다. 닉이 비명을 질렀다.

"안 돼!"

긱의 몸이 터졌다. 뒤쪽 공동에서 찢어질 듯 고함을 지르는 딕의 목소리가 아득하게 들렸다.

"가요!"

비연이 소리쳤다. 산이 뒤를 따랐다. 그들의 뒤쪽에서 거대한 폭발이 연쇄적으로 일어났다. 절벽의 모든 것이 무너져 내리기 시작했다.

* * *

마룡 실루오네는 불안하게 둥지 안을 서성거렸다. 시시각각으로 들어오는 소식들은 또다시 예상을 벗어나고 있었다.

'전투현자 둘의 생명 반응이 끊겼다. 하나는 반응이 있지만 전혀 움직임이 없다. 암반 속에 묻혀버렸어. 전투현자 셋으로도 안 된다는 건가?

두 놈은? 다시 북쪽으로 이동 중이다. 무슨 의미지? 목표가 이곳이 아니었나?

초인 로키는? 이런! 헤매고 있는 거냐? 아직 통신이 불가능하니 정말 성가시군.'

추가로 다른 전황들이 속속 들어오고 있었다.

'세눈의 움직임이 빨라졌다. 현자들을 모으고 있었던 거냐? 우리와 적대하겠다는 결심이 선 건가? 이제 나쿤은 어떻게 할 거지?'

실루오네는 나쿤과 사탄을 긴급 호출했다. 그들은 빠르게 나타났다. 심각하게 긴장한 모습이다. 실루오네는 그들에게 자료를 보였다.

"봤나?"

"작전에 큰 차질이 생겼어. 통신 능력이 떨어지는 로키만으로는 작전이 어려워. 이제 생포는 현실적으로 무리야." 나쿤이 대답했다.

"전투 자료는 확보했나?" 사탄이 물었다.

"했어도 별 쓸모가 없어. 놈들은 능력을 드러내지 않아. 이번에도 꼼수로 당한 거야. 이 상태로 현자를 더 투입하는 건 무리다."

실루오네가 씁쓸하게 답했다.

"나도 동의한다. 전투현자가 그들과 신체 능력이 비슷하다고 해도 전투 운영 능력에서 상대가 안 돼. 그렇다고 지금 포기하기는 너무 아깝고. 사탄께서는 어떻게 생각하시는지요?"

나쿤이 사탄에게 물었다.

"전투 가능한 모든 현자를 동원하세요. 일반 현자도 마찬가지입니다. 저 둘은 반드시 우리가 확보해야 합니다. 이제는 죽여서라도!"

사탄이 말했다. 그 목소리는 매우 단호하면서도 차가웠다.

"모든 현자를?"

실루오네와 나쿤이 동시에 소리쳤다. 그들의 표정이 심하게 격앙됐다. 시선은 사탄에게 집중되어 있다. 사탄의 요구는 용들의 일방적인 희생을 강요하는 것이었다. 그러나 사탄은 차가운 눈으로 둘을 번갈아 쳐다보았다.

"세눈이 움직였습니다. 무슨 뜻이라고 생각하십니까? 위대한 현자의 지도자여!"

"세눈이 우리와 적대할 것이라고 보시는 겁니까? 그는 내 오래된 벗입니다. 그 역시 변이를 긍정적으로 보고 있습니다. 당신들의 부활 전부터 우리와 좋은 협력 관계를 지속해왔습니다. 또한 여태까지 이루어온 모든 업적에 그가 쏟은 힘이 작지 않습니다. 그 사실을 부정하시는 겁니까?"

"그래도 그는 일원 쪽의 현자입니다. 아직은 말입니다! 그대는 자신의 존재 목적이 뭐라고 생각하나요?"

"세계의 균형을 맞추는 존재……."

"넥타와 균형을 맞추려면 무엇이 필요하다고 보십니까?"

"……."

"넥타는 이전에 존재하지 않았던 것입니다. 그 넥타로 인해 세계의 균형이 깨졌습니다. 그것도 아주 심각하게."

사탄의 표정은 한없이 엄중하고 차가워졌다.

"그러면 그대는 세눈이 백신을 원하고 있다는 말씀입니까?"

나쿤이 신중한 표정으로 사탄을 쳐다보았다.

"나는 확신하고 있습니다. 아마도 아주 오래전부터."

사탄은 나쿤을 물끄러미 쳐다보았다. 나쿤은 침을 삼켰다. 말을 아끼고 있었다.

"실루오네 이외에 유일하게 두 사람의 몸을 들여다본 존재이기도 하지요. 뭐가 그렇게 궁금했을까요? 무엇이 아쉬워서 자신의 현자마저 희생시켜가며 약까지 제공했을까요? 그 이유에 대해 정확하게 아시나요?"

"처음부터 의도된 것이라는 건가요?"

"게다가 세눈은 『현자의 서』를 가지고 있기도 하지요. 그것이 무슨 의미인지 잘 아시리라 믿습니다."

"그렇다면 이번에 세눈이 움직인 것은?"

"탈취 아니면 두 사람과의 합작."

"그렇다면!"

"우리로서는 아직 감당하기 어려운 강적이 가장 위협적인 무기를 가지게 된다는 뜻이겠지요. 그가 어떤 의도를 가졌든."

사탄이 내뱉듯 말했다. 나쿤과 실루오네는 저절로 움츠러드는 느낌이었다. 사탄의 작은 몸에서 장엄한 패기와 위엄이 쏟아져 나오고 있었다. 그녀에게는 범접하지 못할 무언가가 있었다. 일원이 직접 손을 댄 첫 완전한 인간이다. 아직 드러나지는 않았지만 마룡과 새로운 인류가 만들어갈 세계의 '개념'은 바로 이 여자에게서 나올 것이다.

"아울러 저것들도 빨리 처리해야 합니다."

사탄의 눈길은 실루오네가 펼쳐놓은 포라토 쪽의 영상을 바라보고 있었다. 그곳에는 괴수들과 혈투를 벌이고 있는 인간들의 모습이 흐르고 있었다. 전 세계에서 벌어지고 있는 이상한 현상들도.

이윽고 사탄이 선언하듯 말했다.

"모든 현자를 보내세요. 나는 모든 동원 가능한 평의원들을 보내겠습니다. 즉시 명령하세요. 죽든 살든, 죽이든 살리든 반드시 놈들을 먼저 확보하라고!"

"……."

"그리고 나쿤 넘은 세눈을 만나세요. 그리고 협상을 하세요. 어차피 그와는 결론을 봐야 합니다. 적이냐 아군이냐."

사탄은 입술을 질근질근 깨물고 있었다. 그녀의 눈에는 여전히 엉뚱한 곳을 헤매고 있는 한 존재의 궤적이 잡혔다.

'로키…… 대체 무슨 생각을 하고 있는 거냐?'

* * *

D-18일.

"모든 현자가 움직이고 있다고 하네요. 혈귀 중 대가급 평의원들도……."

비연이 말했다. 침착하고 조용한 목소리에서는 어떤 감정도 읽을 수 없었다. 하얀 손가락이 산의 턱을 만지작거리고 있다. 까칠한 수

염의 감촉이 그런대로 괜찮다고 생각한다.

"몇 명?"

"최소 500명……."

"무슨 뜻인 것 같나?"

산이 눈을 살짝 떴다. 자신에게 무릎을 베개로 내준 비연의 봉긋하게 솟은 가슴이 보였다. 그 틈으로 옅게 그림자 진 얼굴도 보인다. 산은 아래에서 쳐다보는 비연의 갸름한 턱 선이 무척 곱다고 느꼈다. 살랑거리는 머리카락 뒤로 언뜻 비치는 아침나절의 새파란 창공이 눈이 부시다.

"대규모의 몰이사냥…… 아니면,"

비연이 산의 머리카락을 넘겨주며 말했다.

"아니면?"

"포획 아니면 사살."

"우리를 죽이는 옵션도 있는 거냐?"

"저라면 그렇게 할 거예요. 세눈이 본격적으로 움직이고 있는 상황에서 마룡들이 그의 의도를 의심하지 않는다는 것이 더 이상하죠."

"그렇지만 마룡 측이 저렇게 크게 동원됐다면 세눈도 우리와 접촉하기 어렵겠지. 마룡들과 직접 적대하고 싶지는 않을 테니."

"눈치를 보겠죠. 그렇지만 마룡 측은 우리를 죽여서라도 확보하고 싶을 겁니다."

"그럴 수도 있겠군. 죽을 확률이 꽤 높아졌네?"

"높아졌죠."

"유벌 친구들이 가져다 놓은 무기들은 맘에 드나?"

"아주 쓸 만합니다. 화력이 장난이 아니더군요. 마탄(魔彈)도 충분하고."

"살 확률도 조금 높아졌군."

"높아졌죠."

"세눈은?"

"정령 통신을 봤을 테니, 지금쯤 팔팔 뛰고 있겠죠." 비연이 큭큭 웃었다.

"볼 만하겠군."

"상상만 해도 재미있죠."

"실루오네에 관한 자료는 받았나?"

"네, 무적의 전투 요새. 질릴 정도였습니다. 어떤 빈틈도 없습니다. 그 본체는 현자 따위와 차원이 다르더군요."

"그럼…… 우린 가망이 없는 거로군."

"가망이 없죠."

"그래도 가야 하나?"

"가야죠. 이곳 인간들을 위해서라도."

산은 누운 채 비연의 눈을 쳐다본다. 씩 웃어주었다. 내려다보는 비연의 입가에도 둥근 선이 그려졌다. 비연이 고개를 숙였다. 길고도 긴 입맞춤이 이어졌다.

"재미있었다."

"고맙습니다."

두 사람은 일어섰다. 이제 움직일 때다. 지금은 신에게 이행을 요구한 통신 교란 계약이 끝나는 시점이다. 착한 신들은 약속을 잘 지켰다. 놈들은 48시간 동안 그들의 종적을 찾지 못했을 것이다. 그들은 그 시간에 모든 준비를 마쳤다. 지금은 목표로부터 100킬로미터까지 근접해 있었다. 그들의 정상적인 이동 속도라면 한나절 거리다. 그렇게 그리워하던 사이는 아니지만 실루오네를 다시 만나는 것은 좋은 일이다. 놈도 원하고 그들도 원한다. 고대하던 끝을 봐야겠지. 아쉽게도 작전이라는 것이 의미가 없어졌다. 정면 대결이다. 어차피 비밀 침투는 불가능한 상황이고, 마감을 앞둔 마당에 어디로 숨는 것도 웃기는 이야기다.

현 시점에서 두 사람이 할 수 있는 선택은 뭘까? 하나는 교활하게 도망다니다 결국 개 끌려가듯이 잡혀가 도살당하는 것. 다른 하나는 끝까지 싸우다 장렬하게 전사하는 것. 전자는 편하고 후자는 괴롭다. 전자는 창피하고 후자는 억울하다. 결론은 둘 다 아름답지 않다.

"샛길이 있을까요?"

"없다면 그 길을 만들어야겠지……."

산과 비연은 발걸음을 다시 내디뎠다. 언제나 그랬지만 또 막다른 골목이다. 마지막의 마지막에 또 마지막이다. 진로는 꽉 막혀 있고 퇴로는 전혀 없다. 이 세계에서도, 그 세계에서도, 어느 곳에서도 그들의 존재를 원하지 않는다. 그러므로…… 아프고도 더욱 아프도다. 이토록 통곡하고 싶은 세계여!

* * *

D-5일.

반 영웅이냐

나는야 무적의 용사
이제 나는 가야해 내 마음대로 간다
내 앞길 막는 놈 모조리 죽일 거다.
나 무서운 게 없지.
그러다 죽어도 난 아쉬울 거 하나 없거든.
그러다 돼지도
저것들 잘 먹고 잘 살고 있더라
어떤 놈이 보험까지 들어놨더라..

친절하게도 하셔라
그런데 별로 고맙지는 않더라고.
개새끼... X새끼...

나는 야 불굴의 투사
나는 야 무적의 용사
나는 무너지지 않아
나는 좌절하지 않아
왜 살고 싶어 하느냐고 물었냐?
이렇게 어렵게 살아서 뭐하냐고?

존만 할 때 따지지 마라
지가 살고 싶어서 태어난 놈은 세상에 하나도 없다
그럼 걍 찌그러져 열심히 살면 되는 거야.
착하게...... 알어?
치열하게...... 아냐고?!?
그렇게 살아. 그래! 아주 존세게 살아
그렇게 살라고. 그게 행복한 거야.

네가 인생을 알어?
난 지금 알 것 같아. 네가 갈켜주마.
그런데 조금 시간이 필요해.
언제?

다 살아보고 나서,, ㅋㅋㅋ
약 오르지?

그런데, 왜 눈탱이에 물이 질질 새냐?
씨바... 쪽팔리게...
나는 야 슈퍼맨,,, 만만맨,,,

그곳에는 길이 없습니다.
비포장 도로를 지나,
자갈밭을 지나서,
수풀을 넘어.
가시밭길을 헤쳐 나가도,
우리는 어떤 길도 찾을수 없었습니다.

당연하지만,
처음길은 항상 길이 없는곳에서만
생겼답니다.

누군가 자갈을 치웠겠지요,
누군가 가시를 걷어냈겠지요,

바보같지만
인생은 언제나 처음길이라는것을
알았습니다.

그 길은,
내가 처음 걷기때문에 길이 아니었고,
내가 다시 가지 않을 곳이기에
길이 아니게 되었습니다.

어쩌면,
그대가 내 길이었을지도 모릅니다.
어쩌면,
내가 그대의 길이었을지도 모릅니다.

사랑합니다.

그대를 진심으로 사랑합니다.

평생 다 받아도 넘칠 선물을

이미 받았습니다.

그대가 길이었고,

선물이었습니다.

P.S. 그래도 모자라요,

더 주세요.. ^^

빚진듯이 살아서.

— 비망록을 덮으며.

* * *

"이백서른둘."

산이 달려간다. 비연이 간격을 두고 따라붙는다. 거친 숨소리. 악에 받친 고함 소리가 다시 온 천지에 소란하게 울려 퍼졌다. 산이 하늘로 도약했다. 동시에 여러 개의 폭탄이 사방에서 터져 들어왔다. 몇 개는 몸을 훑고 지나갔고 몇 개는 몸속에 박혔다. 산의 칼이 허공을 길게 갈랐다. 5미터나 떨어진 곳에서 덤벼들던 세 놈의 칼과 몸이 한꺼번에 사선으로 갈라지며 여기저기 후두둑 떨어진다. 산은 다시 왼손을 뻗어 허공을 거머쥔다. 공간이 종이처럼 우그러든다. 10미터 이상 떨어진 거리에서 얼쩡거리던 현자 다섯이 갑자기 중심을 잃고 앞으로 휘청거렸다. '공간의 검'이 빛살처럼 찔러간다. 1, 2품 대가급 현자 다섯은 작살에 꿰인 물고기처럼 퍼덕거리다 공중에서 풍선처럼 터져나 갔다.

비연이 하늘을 날았다. 그녀의 손에서는 수없이 많은 바늘이 쉴 새 없이 날아간다. 수백 개의 침은 각각 다른 방향으로 유도탄처럼 날아가며 앞쪽에서 같이 도약하는 다섯 놈의 몸에 닿았다. 가죽 북이 울리는 소리가 울렸다. 비연의 채찍이 공간의 결을 따라 늘어나며 놈들을 휘어 감는다. 단 한 동작에 평의원 다섯이 한꺼번에 조각나며 바닥으로 무너져 내렸다.

"이백여든셋."

마지막 놈이 허공에서 산산이 부서졌다. 그 위에서 태양이 시뻘겋게 무너지고 있다. 핏빛을 닮은 주홍빛 양떼구름이 햇살 사이로 종종걸음을 치며 지나간다. 자줏빛 그림자가 모든 산하와 대지를 검붉게 물들이고 있었다.

"앞에 열다섯."

"왼쪽에 열셋, 오른쪽에 열하나."

"다음 용사는 없나?"

산이 오래된 습관처럼 중얼거렸다. 두 사람은 이제 천천히 걷고 있었다. 산이 앞서고 비연이 따른다. 뚜벅뚜벅 걸어간다. 시린 눈길로 주위를 응시한다. 무심한 시선이 오히려 벼린 칼처럼 더욱 서늘하다.

현자들은 숨을 골랐다. 가만히 있는데도 호흡이 가빠진다. 두 사람이 한 걸음 옮길 때마다 주위에 있는 모든 것들이 주춤거리며 뒷걸음쳤다. 새하얀 얼굴이 된 것들, 입이 반쯤 벌어진 것들, 항상 두려움 없이 달려들던 그것들이 이제는 비루먹은 쥐새끼처럼 시선을 회피하고 있었다. 거대한 기운이 해일처럼 넘실거리며 공간을 장엄하게 덮어나간다. 주변의 모든 대지가 이글거리며 한꺼번에 끓어오르는 느낌이다. 그것은 거친 패기다. 또는 한없이 웅혼하고 끝없이 퍼져나가는 거침없는 웃음, 혹은 광포한 오르가슴을 일으키는 치명적인 매력일 수도 있었다.

산은 칼끝을 아래로 내려 여유 있게 툭툭 털었다. 팔뚝에서 피가 흘러내린다. 칼끝을 타고 흘러내리는 피가 누구의 것인지 구별할 수 없다. 끈적한 액체가 바지에도 튀겼다. 달콤한 냄새가 흐른다. 미칠 것 같은 유혹도 사방으로 퍼져나간다.

산은 호흡을 골랐다. 침을 삼켰다. 역한 피비린내가 입속에서 진동한다. 몸이 비명을 질러댄다. 비연은 손수건으로 입을 닦았다. 손끝이 조금씩 떨렸다. 육신의 한계, 정신의 한계가 모두 꼭대기까지 올라와 있다. 아니 한계, 그 이상의 한계까지도 까마득히 넘어버릴 만큼 모든 것이 과열되어 있었다. 비연은 멜빵을 돌려 커다란 총을 어깨 뒤로 넘겼다. 걸어가면서 어깨와 허벅지와 배 속을 파고 들어간 칼과 화살촉들을 쑥쑥 뽑았다. 피로 딱지가 지고 찢어져 너덜너덜해진 가죽옷 위로 검붉은 피가 잠깐 배어나다 곧 멈췄다. 저녁 햇살 탓일까? 피는 자주색에 가깝게 보였다.

산은 두꺼운 배낭을 멘 채 옆구리에 박힌 화살과 파편들을 하나하나 뽑아내고 있었다. 뽑을 때마다 살점이 뭉텅뭉텅 묻어 나왔지만 이 사내의 표정에는 어떤 변화도 없다. 팔뚝에 박힌 작은 화살을 마지막으로 뽑아냈다. 살점과 함께 피가 툭 터져 나왔다. 산은 피식 웃었다. 자주색 피. 산은 상처를 입으로 가져갔다. 그의 목젖이 움직였고 입술이 피로 젖었다. 저녁 햇살을 등지고 주위를 응시하는 그의 눈빛은 야수처럼 새파랗게 빛나고 있었다.

"막장까지 오긴 왔군."

"끝이 보이네요."

산과 비연은 이번 전투부터 모든 능력과 기운을 개방했다. 감춰서 무엇에 쓸까? 오히려 그 이상을 보여줘야 할 이유가 더 많아졌다. 심지어 독사처럼 이빨을 내밀고 있는 금단의 넥타의 힘까지 모두 뽑아내고 있다. 그동안 겁대가리를 상실하고 덤비는 것들은 다 골로 보내드렸다. 겨우 100킬로미터를 이동하는데 무려 열흘 이상이 걸렸다. 정말 웃기는 것들이다. 목적지가 같은데도 놈들은 끊임없이 치고 들어왔다. 길은 뻥 뚫려 있었지만 그들을 위해 마련된 길은 아니었다. 그래서 피와 살로 된 길을 냈다. 이제 마지막 길을 만들 차례다.

"인간 맞아? 저것들이."

현자 한 놈이 질린 표정으로 말했다.

"그럴 리가 없어. 저건 악……마라고"

지금도 전진하는 두 사람 주변에는 듬성듬성 포위하듯 둘러싼 상태로 현자와 평의원들이 같이 전진하고 있었다. 마치 늑대가 먹잇감을 둘러싸고 몰이를 하는 것 같은 모양이다. 그러나 비칠비칠 따라가기만 할 뿐 어떤 행동도 취하지 못하고 있었다.

현자 130, 평의원 150, 상급 비족 430. 지난 열흘 동안 저 둘에 의해 소멸되어버린 현자와 평의원 대가들의 수다. 무소불위의 권능을 지녔던, 그래서 모든 종족 위에 군림해왔던 그런 위대한 존재들이 모두 이 사냥에 나섰다. 겨우 인간 둘을 잡으러…….

쉽게 끝날 줄 알았다. 그러나 처음 도착한 10명은 말 한번 건네보지 못한 채 허망하게 죽었다. 다음에 도착한 20명은 폭발에 당해 신체의 일부조차 남기지 못했다. 그다음부터 현자들은 사냥꾼과 사냥감이 바뀐 기막힌 현실을 보았다. 처절하고도 무자비한 현자 사냥이 시작됐다. 친절하게도 인간 여자는 작전명까지 알려주었다. '찾아가는 서비스'라고.

두 인간은 믿을 수 없을 만큼 강했다. 모든 기록은 쓸모없었고 분석은 현실의 능력을 하나도 반영하지 못하는 쓰레기였다. 현자들은 마치 빗자루에 쓸려가는 낙엽과도 같았다. 실루오네와 나쿤은 급기야 모든 생체무기와 괴수를 소집했다. 온갖 수단을 동원했다. 그리하여 비로소 치명적인 타격을 가할 수 있었다. 어떤 대가라도 열 번은 더 부서졌을 만큼 강력하고도 집중적인 공격이었다. 그러나 어느 상황에서도 현자들은 이 끔찍하고도 무자비한 학살의 행진을 막지 못했다. 강대한 존재들은 처음으로 두려움이라는 감정을 경험하고 있었다. 이제 사냥은 고사하고 오히려 피하기 바빴다. 일부는 경기마저 일으켰다.

지금, 그 경탄할 만한 두 사람이 천천히 걸어간다. 실루오네의 명령은 여전히 현자들의 의식을 지배하고 있었다. 하지만 동시에 현자와 평의원들은 지독한 혼란을 느꼈다. 명령과 본능 사이의 선택. 실루오네가 실시간으로 측정하여 보내온 두 놈의 체력 상태는 완전한 바닥이다.

그런데도 무언가가 적극적인 공격을 주저하게 하고 있었다. 그것은 '절대공포'에 대한 자연스러운 반응이었다. 두 인간의 기운에는 전혀 상반된 두 가지의 요소가 섞여 있다. 넥타의 최상위 포식자만이 누릴 수 있는 '동족(同族)'으로서의 절대적 위엄. 그러면서도 '천적(天敵)'으로서의 거대한 존재감. 그 양극단이 공존하여 합작해내는 기묘한 느낌은 변이된 존재들을 혼란에 빠트렸다. 그리고 두 인간은 그 장점을 어떻게 사용해야 할지를 누구보다 잘 알고 있었다.

산은 눈을 가늘게 떴다. 비연은 묵묵히 앞을 바라보고 있었다. 언덕 아래로 이어지는 넓은 길이 보였다. 드디어 다 왔다. 멀리 마룡 실루오네가 둥지를 튼 시리드 묘역이 보인다. 묘지 위로 첨탑같이 뾰족한 것들이 셀 수도 없이 솟아올라 있었다. 그 앞에 길게 포진한 사람 닮은 것들도 보였다. 까마득한 뒤쪽으로 새까맣게 날아오른 괴조들이 포라토 성을 공격하고 있었다. 그곳에서는 인간의 전쟁이 진행되고 있으리라.

이제 100킬로미터에 걸친 '피의 길'의 끝이 보인다. 비연은 흘러내린 머리카락을 쓸어 넘기고. 밴드를 꺼내 이마에 질끈 동여맸다. 두 사람의 걸음이 빨라졌다. 저쪽 선수들도 모두 마중 나와 있다. 별의별 놈이 다 있다. 그렇게 죽여서 데려가고 싶은가? 뒤쪽을 둘러보았다. 초인 로키라는 놈? 계속 졸졸 따라오는 모습이 이제는 귀여울 정도다. 그들 게임의 마지막 라운드는 이렇게 시작됐다.

* * *

"지독해……."

유벌의 미리가 고개를 저었다. 눈이 빨갛다.

"할 말이 없다. 쩝……."

남준이 입술을 침으로 적셨다. 자꾸 입술이 마른다.

"전신(戰神)이 따로 없구먼. 카미제는 지금 무릎 꿇고 반성하며 보고 있을 거야."

오기는 안경을 벗고 천으로 뿌옇게 서린 습기를 닦고 있었다.

"도와줄 수 없다는 게…… 이렇게 가슴이 아플 수도 있군."

이강은 여전히 앞을 바라보고 있었다. 손에 얼마나 힘을 주었는지 손가락 마디가 시큰거린다.

"우리는 우리의 일을 해야 돼. 그의 길을 예비하는 임무는 이제 시작인걸. 우리는 전투 전문이 아냐."

"마스터는?"

"마지막에 등장할지도 모르지."

"그는 끝까지 개입하지 않을 건가?"

"때가 되면 하겠지. 이게 최선이야. 거의 3할은 무너뜨렸다고. 오직 저들 둘이서."

"너무 잔인하군. 저들에게 선택할 여지조차 주지 않았잖아?"

"아니…… 그건 아냐. 저들이 위대한 거야. 저 사람들은 스스로 선택해왔어. 그리고 한 번도 굴복하지 않았어. 단 한번도! 지금 이 순간까지도. 우리와는 격이 달라."

미리는 주저앉아 조금씩 울먹거리고 있다. 네 사람은 다시 침묵했다. 대신 시리드 광장에서 벌어지고 있는 전쟁 상황이 시야를 가득 채웠다. 두 사람의 전쟁과 인간들의 전쟁의 모습이 서로 겹쳐지고 있었다.

* * *

"절망이다. 정말 여기서 뼈를 묻어야만 하는 거냐고?"

기빈은 가쁜 숨을 몰아쉬었다. 압도적인 능력으로 괴수와 평의원들을 제압했던 그도 이제 체력이 바닥으로 떨어져 있다. 지난 사흘 동안은 한숨도 잘 수 없었다. 사방에서는 아직도 온갖 괴수들이 몰려들어 오고 있다. 기빈은 다시 스멀스멀 기어들어 오는 갑각 포유류 떼를 질린 눈으로 바라보았다. '투크'라고 하는 놈이다. 키가 발목 정도 되는 작은 놈이지만 가재같이 생긴 몸에 갑각으로 둘러싸인 두 팔이 강철만큼이나 강하고 억세다. 벼룩처럼 점프력도 강하다. 날카로운 발톱 네 개가 칼날처럼 달려 있는 앞발에 한번 잡히면 웬만한 갑옷도 썽둥 잘려 나간다. 이런 놈들이 새까맣게 성벽을 튀어 넘어 들어오니 아무리 강한 대가들이라도 일일이 대응하기 어렵다. 몸에는 상처가 계속 늘어나고 끊임없이 피가 흘러나온다.

곁에서 동명가의 화염무기가 다시 불을 뿜었다. 털에 불붙은 놈들이 콩 볶듯 다시 튀어 들어온다. 기빈의 단창이 현란하게 돌았다. 동명가 대가의 다연발 폭침(爆針)이 터져 나갔다. 한선가 특급무사의 칼이 쌕쌕거리며 튀어 들어오는 것들을 갈라버리고 있었다. 야벌의 화학조가 넥타 희석액을 여기저기 살포하며 놈들을 교란시켰다.

'이미 반 정도의 병력이 무너졌다. 대가급 무사들도 3할 이상 죽었다. 무기도 떨어져가고 체력은 이미 바닥이다.'

'아직도 적은 셀 수조차 없을 만큼 많아…….'

지난 20일간 그들은 진짜 전쟁을 하고 있었다. 어떤 측면에서 보아도 특이한 전쟁이었다. 서로 반목하던 이들이 새삼 같은 인간임을 자각하며 하나로 뭉쳤다. 이곳에 올 때만 해도 심각하게 생각한 사람은 아무도 없었다. 그저 각자가 속한 집단의 이익을 위해 왔을 뿐이다. 황제의 특별한 당부가 있었음에도 불구하고 그들은 지켜야 할 것이 무엇인지 몰랐다. 북방의 제후국에 불과한 포란 왕국의 대도시 포라토를 왜 지켜야 하는지도 관심이 없었다. 그러다가 평의원이라는 대가급 혈귀가 등장했고, 죽은 동료들이 혈귀로 변이하여 나타났을 때부터 모든 상황은 바뀌기 시작했다. 무사들은 공포와 전율을 느꼈다. 이지(理智)를 상실한 채 달려드는 동료에게 칼질을 하는 것은 끔찍한 악몽이었다.

무사들의 생각이 달라지기 시작했다. 지켜야 할 가치가 점점 명확해졌다. 그것은 가족과 동료를 포함한 모든 인간종(種)을 지키라는 엄숙한 명령과도 같았다. 무사들은 인간 세계에서 가장 강한 인물들이 이미 포라토에 집결해 있다는 사실을 상기했다. 무사의 자존심과 무가의 정신도 되살아났다. 이 전쟁은 물러설 수 없는 '인간의 전쟁'이라는 공감대가 퍼지기 시작했다.

전쟁이 시작되면서 5품 대가 동휘와 기훈, 한영이 한선가 고수들을 이끌고 가세하며 자연스럽게 지휘부가 편성됐다. 그들은 절대무가를 중심으로 자연스럽게 방어진지를 구축했다. 괴수들과 혈귀들은 북서쪽 협곡에서 치고 내려왔다. 시리드 묘역은 시의 외곽 서쪽에 위치해 있었다. 그쪽으로는 강이 가로막혀 있어서 천연의 방어막을 형성해주었다.

"이 상태로는 감당하기 힘들어. 무슨 대책이 없겠나?"

동휘가 한숨을 쉬었다. 5품의 대가에 이른 강자였지만 온몸이 짐승의 피로 범벅이 되어 있었고 상처도 적지 않았다.

"무기도 이젠 바닥을 드러내고 있습니다. 이 상태라면 내일을 넘기기 어렵습니다."

동명가의 무사가 허탈한 표정으로 전방을 주시했다. 아스라이 먼 곳에는 계곡을 넘어 또다시 집결하고 있는 괴수들이 보였다.

"문제는 저 평의원과 현자라는 놈들이야. 2품 대가가 둘 이상 붙어야 겨우 상대할 수 있다니, 어디서 저런 놈들이 나타난 걸까?"

기훈이 입술을 깨물었다. 입가에 피가 굳어 있다. 그는 전장의 여기저기를 휘젓고 돌아다니는 적의 지휘부를 바라보고 있었다. 수는 많지 않았지만 실질적으로 전장을 지휘하는 놈들이다. 놈들은 영리했다. 괴수들은 각각의 특기에 최적화된 행동을 보였다. 이쪽이 작전을 변경하면 바로 다른 놈이 투입됐다. 취약한 곳이 발견되면 순식간에 그쪽으로 전투력이 집중됐다.

"누군가가 전체적으로 지휘하고 있어. 우리는 그가 누군지조차 모르고 있고. 이래서야 싸움이 안 돼."

한영은 침을 삼켰다. 그 역시 무수한 상처와 피로 때문에 초췌한 모습이다. 5품 대가 셋은 과연 어마어마한 전투력을 선보였다. 센틸이나 알칸과 같은 거대괴수를 그들이 처리하지 않았다면 이미 포라토는 적들의 수중에 떨어졌을 것이다. 그러나 머릿수에는 장사가 없었다. 그들 초강자들도 정신적으로 지쳐가고 있었다.

"문제는 시간이야."

"더 이상의 충원은 기대할 수 없어."

"아마 오늘밤, 혹은 늦어도 내일이 한계가 될 것이네."

날이 저물고 있었다. 어두운 기운이 서서히 무사들의 표정을 잠식해갔다. 절망이라는 이름의 기운이다. 한영은 결단을 내려야 한다고 생각했다. 포라토 시민들을 포기하고 다음 전선을 준비할 것인가? 아니면 여기서 모두 장렬하게 최후를 맞이할 것인가? 황제의 일은 결코 가볍지 않다. 한영 자신은 빠져야 한다. 선택의 여지는 없다. 지독한 무력감과 모멸감이 동시에 그를 괴롭히고 있었다.

"응?"

한영의 눈빛이 빛났다. 동휘가 벌떡 일어났다. 기훈은 벌써 첨탑 끝으로 올라가고 있다.

"적들이 모두 후퇴하고 있는 건가? 왜?"

* * *

사탄은 팔짱을 끼고 사태를 주시하고 있었다. 나쿤은 전체 전황을 살폈다. 실루오네는 화면 속의 인간 두 사람을 뚫어져라 쳐다볼 뿐, 말이 없었다.

모두 말을 극도로 아끼고 있다. 셋의 표정은 너무도 달랐다. 사실은 커다란 충격으로 모두가 얼이 나가 있는지도 모른다. 불과 며칠 전에 고쳐 썼던 상식이 다시 깨지고 있었다. 호기심은 이제 두려움으로 전이되고 있다.

"단순한 옴인 줄 알았는데, 치명적인 암(癌)이었군. 정말 대단한 인간들 아닌가? 이미 8단계를 넘겼어."

"전투력의 한계가 보이지 않는다. 체력의 한계는 왔을지 모르지만 그것도 믿을 수 있을까 의문이야."

"로키…… 대체 뭘 생각하는 거니?"

사탄은 고개를 살래살래 젓고 있다. 얼굴에 짜증이 가득하다. 대계(大計)를 완전히 엎어버려야 할 지경까지 몰리고 있는 지금 상황이 정말 마음에 안 들었다. 수백 년에 걸쳐 준비했던 계획인데 잠깐의 판단 착오로 이미 커다란 구멍이 생겼다. 옆에서 나쿤이 낮게 중얼거렸다.

"피해가 너무 커."

"그때 48시간 동안 무슨 장난질을 한 거냐. 대체 신들은 왜 이런 통신교란을 일으킨 거지……?"

"세눈…… 이놈! 하필 이때."

나쿤은 이를 뿌드득 갈았다. 언제나 냉정했던 그가 얼마나 화가 나 있는지를 단적으로 표현하는 행동이었다. 마룡 측 현자 2000명 중 무려 2할 이상이 지난 며칠 동안 무너져버렸다. 지금도 또 다른 1할이 추가로 무너지고 있었다. 그것도 단 두 사람 때문에 벌어진 일이다. 가장 경계하고 있는 인간 세계의 절대무가 하나와 정면으로 붙어도 이렇게까지 깨지지는 않았을 것이다. 지금은 문자 그대로 '도륙'을 당하고 있는 상황이다. 어쩌다 이렇게 됐는가!

나쿤은 서쪽 상황을 쳐다본다. 속 쓰리게도 5할의 마룡 현자들이 묶여 있는 곳이다. 그곳에는 현자 세눈이 벌써 도착해 있었다. 그의 곁에는 변이하지 않은 용측 현자 600명이 이곳을 응시하며 만약의 사태에 대비하고 있다. 고위급 현자들도 보였다. 그들은 푸른 옷을 입은 채 도열하고 있었다. 반면 자주색 계열의 옷을 입은 마룡 측 현자들이 그들의 전진을 막기 위해 진용을 갖춘 채 팽팽하게 대치하고 있는 상태다. 나쿤은 쓴웃음을 지었다. 오랜 친구 세눈과의 협상은 별 성과가 없었다. 사탄의 판단이 옳았다. 그는 현자로서 세계의 균형이 깨지는 것을 원하지 않는다고 했다. 세눈은 제한적 개입을 선언했다.

세눈은 현자의 공동 지도자로서 자신의 권리를 주장했다. 동시에 세 가지 요구를 했다. 첫째, 두 인간과 연관된 행사는 자신의 입회하에 이루어져 한다는 것. 둘째, 실루오네와 동일한 자료 접근 권리를 가지게 해달라는 것. 그리고 마지막으로 분석 후 두 인간을 살아 있는 상태로 자신에게 넘겨달라는 것이었다.

받아들일 수 없는 요구였다. 아무리 지도자라도 동족의 일에는 간섭할 수 없다. 그것은 그들 사회의 엄격한 규칙이다. 그러나 세눈은 자신은 싸우러 온 것이 아니라 실루오네를 지키기 위해 왔다고 했다. 최강의 마룡을, 그것도 본체를 지킨다고? 그 말은 명백한 거짓으로 들렸다.

나쿤은 여전히 혼란스러웠다. 거짓을 말할 수 없는 존재가 거짓을 말하고 있다. 그래서 실루오네에게 달려왔다. 저 인간들이 실루오네를 죽일 수도 있다는 이 친구의 판단은 대체 어떤 근거에서 나온 것인가? 나쿤은 최강자에게 어울리지 않게 서두르는 세눈의 태도와 초조한 태도가 대체 무슨 의미인지 도통 이해할 수 없었다. 나쿤은 화면으로 눈길을 돌렸다. 소중한 자식들이 몰살되고 있다. 이를 악물었다. 그러나 결국 눈을 슬며시 감으며 그 장면을 애써 외면했다. 그의 곁에서는 실루오네의 괴성이 들려왔다. 잔인하지만 그러나 그녀답게 아주 솔직한…….

"말도 안 돼. 이건 믿기지가 않아!

보라고! 내 생각이 맞았어! 저놈들은 모든 걸 숨기고 있었다고!

오오! 이건 미래의 현자들을 위한 최고의 선물이야!

더욱 희생시킬 가치가 있다고! 현자 따위야 다시 만들면 돼."

실루오네의 시선은 데이터를 빠르게 검토하고 있었다. 발까지 구르며 탄성을 지른다. 그녀는 정말 광분하고 있었다. 상상을 초월하는, 어마어마한, 경이적인 데이터들이 홍수처럼 그녀의 연산 네트워크로 밀려들어 오고 있었다. 기예의 단계별 발현 과정, 각성된 능력의 계열별 흐름과 증폭 과정, 그리고 수천 개가 넘는 각성의 상승 과정과 그것들이 몸에 적용되는 과정 등등…….

그러나 그것조차도 맛보기에 불과했다. 두 인간의 각성 지표는 이미 7단계를 넘어갔고 다시 8단계를 돌파했으며, 그 위를 향해 끝도 없이 위로 치고 올라가고 있었다. 그것은 모든 용들이 만 년이 넘는 생애 동안 염원하고 있던 과제들을 일거에 해결하는 열쇠와도 같았다. 7단계에서 답보 상태인 현자의 능력은 용들에게 있어 가장 커다란 불안 요인이었다. 그래서 일원의 화신들인 초인들과 협력 체계를 구축해왔다. 그런데 이번에 그 힘의 비밀에 대한 결정적 단서가 잡힌 셈이다.

이제 마룡은 압도적인 힘을 얻게 될 것이다. 용의 본체는 최강의 방어력을 가지고 있지만 이동이 어려웠다. 반면 이동체 현자는 인간 각성자보다 나을게 없었다. 그래서 인간 세상에 나가지 못했다. 이제 그 답답하고 고지식한 '일원'의 설계를 돌파할 수 있는 결정적 자료가 눈앞에 어른거리고 있었다.

"통신만으로는 자료가 부족해! 저놈들 몸을 직접 봐야 된다고!"

"살려서 데려와! 절대로 세눈 따위에게 뺏겨서는 안 돼."

실루오네의 고함 소리가 다시 쩌렁쩌렁하게 울렸다. 사탄은 여전히 불안한 눈으로 화면을 응시하고 있다. 실루오네는 현자와 괴수를 즉시 철수시켰다. 전력을 한곳으로 집중해야 할 필요가 있다고 판단한 것이다. 인간과 괴수의 전쟁이 갑자기 중단됐다. 덕분에 인간들은 기사회생할 수 있는 절호의 시간을 벌 수 있을 것이다. 현자 세눈은 여전히 움직이지 않은 채 자리를 지키고 있다. 마룡 측 현자들 역시 세눈과 대치한 상태로 움직이지 않고 있었다.

모든 세력들의 시선은 이제 자연스럽게 한곳으로 집중됐다. 그곳에는 두 사람이 붉은 저녁노을을 배경으로 춤을 추고 있었다. 아름다운 그러나 너무나 처절한 춤. 동쪽 하늘에는 비라도 오려는지 먹구름이 잔뜩 커지며 불길하게 하늘을 덮어가고 있었다.

사탄은 문득 의문이 들었다. 너무도 당연해서 한 번도 확인해보지 않았던 것.

'승산 없는 싸움이다. 용의 본체가 어떤 존재인지 저들이라면 분명히 알고 있을 텐데…….

그런데? 저들은 왜 저렇게 처절하게 싸우는 거지?

왜 이곳으로 온 걸까? 결국 이 선택밖에 없었던 것일까?

저들은 실루오네에게 무슨 이야기가 그토록 하고 싶은 걸까?'

사탄은 고개를 저었다.

'아마도, 진정한 전사로서의 마지막 자존심이겠지. 그게 저들에게

는 가장 어울려.'

사탄은 실루오네가 펼쳐놓은 챠트를 물끄러미 쳐다보았다. 그리고 비로소 고개를 끄덕였다. 그곳에 선명하게 드러나 있는 의식의 단어들이 더 이상 의심할 여지를 없애주고 있었다.

'전사(戰死), 자살(自殺), 그리고 난무하는 감사와 사랑의 말씀들……'

사탄의 눈길은 다시 두 사람의 전투 현장으로 향했다. 조금 홀가분해진 표정이다.

'로키…… 네가 할 일이 그렇게 부담스럽지는 않겠다. 다행이야.'

그러나 사탄은 마지막에 아주 잠깐 나타났다 사라진 패턴의 의미를 보지 못했다.

태초의 혼돈(混沌) 그리고 부활(復活)…….

* * *

"저게…… 그들인가?"

동휘가 물었다. 낮은 목소리가 약간 떨리고 있었다. 기훈이 눈길을 돌렸다.

"그렇습니다. 바로 그들이군요."

그들은 이 사태의 원인을 어렵지 않게 찾아낼 수 있었다. 그곳에서는 또 하나의 감춰진 전쟁이 벌어지고 있었다. 이 거인들의 상상조차 아득하게 뛰어넘는 거대한 전쟁. 세 사람은 모든 감각을 최대 한계까지 열었다. 그들은 그 전쟁에 자신들이 개입할 수 없다는 것을 알았다. 너무 강렬했으며 너무 아름다웠다. 그리고 너무 늦었다.

그곳에도 사람의 군대가 진군하고 있었다. 단 두 사람으로 이루어진 군대. 앞에는 강력한 존재들이 항아리처럼 둘러싸듯 그들을 맞이하고 있다. 방금까지 세 사람이 겪었던 적들과 같은 존재들이다.

앞에는 길이 없었다. 두 사람은 자신의 길을 만들고 있었다. 앞을 막고 있는 모든 것을 걷어내며 다가오는 모든 것을 뒤로 물리며.

온통 붉은 칠을 해놓은 것 같은 저녁노을이 태양을 먹어가고 있을 때, 두 사람도 그들에게 던져진 운명을 거의 먹어치우고 있었다. 그곳으로 현자뿐만 아니라 온갖 괴수들, 혈귀들까지 속속 합류했다. 그러나 두 사람은 그 모든 것을 압도하며 진군하고 있었다.

"누가 5품이라고 했지?" 기훈이 중얼거렸다.

"저건 5품의 경지가 아냐. 나와 내기를 해도 좋아!" 동휘가 고개를 저었다.

두 사람에게는 눈길을 확 잡아 끄는 점들이 있었다. 몸짓에는 품(品)이 있고 격(格)이 있었다. 도도함이 있고 발랄함이 있었다. 행사는 깔끔했고, 동작은 거침이 없었다. 두 사람은 가진 것을 거침없이 쏟아붓고 있었다. 최후의 전투에 임하여 펼칠 수 있는 최상의 협연이다.

—4축.

쉿 소리가 들렸다. 반경 5미터 정도의 공간에 있던 것들이 벼락을 맞은 듯 휘청거렸다. 현자 여섯과 평의원 다섯이 집단처럼 앞으로 무너졌다. 마치 중심을 향해 끌려들어 가는 듯한 착각이 일 정도다.

—5축.

큭 소리와 함께 현자들이 목을 잃은 채 무너져 내렸다. 아홉 개의 칼날이 10미터 반경의 바깥에서 안쪽으로 동시에 찔러 들어왔다. 반경 바깥쪽에 있던 현자들은 눈을 부릅떴다. 상대는 분명히 앞쪽에서 칼을 찔렀는데 칼끝은 뒷목에서 앞쪽으로 튀어나왔다. 이건 대체 무슨 기예인가?

—6축.

산이 빙글 돌며 위쪽으로 칼날을 뿌렸다. 비연은 아래쪽 반대 방향으로 돌며 칼끝을 휘둘렀다. 와인 색깔의 보라가 증기처럼 퍼졌다. 석양에 반사된 칼끝에 무지개가 걸렸다. 각각 다른 방향으로 튀어 들어오던 20미터 반경 내 스물세 놈의 다리와 목이 동시에 분리됐다.

그들의 감각은 4차원, 5차원, 6차원으로 넘어가는 다차원 벡터 공간에서 최단 거리를 찾아냈다. 마치 벌레를 손가락으로 쉽게 눌러 죽이듯 그렇게 현자들은 너무도 허무하게 쓰러져갔다.

"혹혹……."

비연은 입에서 거친 숨소리와 함께 하얀 김을 내뱉었다. 땀과 피로 후줄근하게 젖은 몸에서도 아지랑이 같은 증기가 피어오른다. 산은 석양이 눈이 부신 듯 눈을 가늘게 뜨고 있었다. 그들은 걸음을 멈추지 않았다.

"시……시공(時空)의 검!"

한영이 비명을 질렀다. 동휘와 기훈은 자기 입을 틀어막고 있었다. 지금은 185세로 하직할 날만 기다리고 있지만 한선가 사상 최고의 경지를 개척했다는 전대 전설 한무가 잠깐 봤었다는 꿈의 경지. 바로 그 경지가 두 젊은 남녀에 의해 그들 눈앞에서 펼쳐지고 있었다.

갑자기 세상이 조용해졌다.

비연은 눈을 가늘게 뜨고 갑자기 조용해진 주위를 찬찬히 둘러본다. 사내의 등이 보였다. 꼭 고슴도치 같다. 안쓰러움이 고통보다 더 아프다. 비연을 힐끗 쳐다보는 산 역시 같은 걸 느끼고 있나 보다. 이제는 이게 내 몸이라고 주장하기에도 민망할 정도다. 아직 뽑아내지 못한 채 몸속에 깊숙하게 박혀 있는 무기 파편들, 갈라지고 부러진 상처들, 아직도 상처에서 흘러나오다 미처 굳지 못한 피, 넥타로 대강 용접해 붙인 뼈…… 이제 정말 막다른 골목까지 왔다. 몸과 정신은 곧 붕괴할 한계에 도달했음을 조용히 경고하고 있다. 이제는 고통조차도 역치(閾値)의 한계에 도달했다. 더 이상 아프지 않았다. 슬프게도…….

"킥……."

비연은 갑자기 키득거렸다. 피가 섞인 기침이 터져 나왔다. 그래도 웃음이 멈추지 않았다. 어느 날 갑자기 찾아온 혹독한 운명. 그리고 누구도 경험하지 못했을 최고의 사랑.

역시 일원의 세계에 공짜는 없다는 것인가?

눈가를 타고 뚝뚝 떨어지는 물기를 닦아내며 비연은 생각한다. 시리드 묘역. 저 너머에 그 유명한 요단강이 있을까? 눈물인지 땀인지 핏물인지 모를 괴상한 물기 사이로 마지막 넘어가는 저녁 햇살이 스며들며 영롱하게 비쳤다. 눈을 찡그렸다. 별로 눈이 부시지는 않았다. 오직 타오르는 갈증과 한계를 넘은 고통만이 자신이 아직까지 생존해 있다는 사실을 일깨워 주고 있다.

"이제 유별 친구들이 원하는 대로 된 건가?"

"50년 정도는 벌어주지 않았을까요?"

"우리가 할 일은 다 했어. 후회는 없다."

"우리 소망은 누가 들어줄까요?"

"글쎄…… 근데 우리 정말 쌈 잘한다. 그치?"

“몸이 버티지 못하니 아쉽네요. 이제 한계입니다. 피부가 부서지고 있네요. 아까워라. 어떻게 가꾼 피부인데…….”

비연이 힘없이 웃었다.

“이제 가야지? 마지막 쇼 타임은 화려하게!”

“피날레인가요? 큭…….”

산이 손을 내밀었다. 비연은 그의 손을 잡았다. 산의 피딱지가 앉은 손등에 우아한 동작으로 입맞춤을 했다. 그 여유로운 행동에 모든 현자들은 망연하게 두 사람을 쳐다보고 있을 뿐이다. 두 사람은 양팔을 벌리고 시원시원하게 걸음을 옮겼다. 마치 고양이 떼 사이로 걸어가는 늠름한 사자와 같았다. 그토록 지쳤음에도 불구하고 아무도 없는 대지를 걸어가듯 두 사람의 걸음은 호쾌하고 거침이 없었다.

웬일인지 지금은 공격이 뚝 멎었다. 대신 모두가 길을 비켜주고 있었다. 마치 배웅하는 것처럼 뒤로 물러선 채 우뚝 서 있었다. 현자들이 주춤주춤 물러나며 길을 열어주었다. 바로 옆에서 이글거리는 눈, 식식거리는 거친 숨소리, 달콤하고도 역한 체액의 냄새들이 진동한다. 광기가 넘실거리는 그 광장을 그들은 가로질러 간다. 급할 것은 없었다. 새삼 궁금하지도 않았다. 또 다른 운명이 기다리고 있을지도 모르지.

누군가가 그들을 맞이했다. 갈색 머리의 사내였다. 그는 여유 있는 모습으로 서 있었다. 무기는 없다. 그저 하얗게 빛나는 빈손이다.

초인 로키.

일단 로키가 나서자 저쪽에서 현자 세눈이 일어섰다. 마룡 측 현자들이 같이 일어섰다. 갑자기 모든 공간에 팽팽한 전운이 감돌았다. 로키는 세눈을 힐끗 쳐다보았다. 세눈은 나쿤과 급박한 통신을 하며 고함을 지르고 있었다.

"로키?"

"보스가 나선 걸 보니 엔딩 분위기가 물씬 풍기는군요."

"이제 적당하냐?"

"적당하죠. 쉬고 싶습니다."

"후회하나?"

"실루오네에게 한 방 먹이지 못하는 게 아쉽기는 하지요."

"맨 처음 약속, 잊지 마라."

"어찌 잊을 수 있겠어요?"

"그래, 수고했다."

"건투를 빕니다."

"일 끝나면 나중에 소주나 거하게 한잔하자고."

"좋죠."

로키는 두 남녀가 굳세게 손을 잡는 모습을 흥미롭게 지켜보았다.

"내가 인간은 별로 좋아하지 않는데, 너희들만큼은 조금 좋아질 것 같군." 로키가 빙글빙글 웃었다.

"나도 네가 좋아." 산이 빙그레 웃었다.

"응?"

"형이 지금 많이 아프다. 이젠 좀 쉬고 싶네."

"이제 죽고 싶은 건가?"

"너 하는 거 봐서."

"……."

"근데 좀 치사한 것 같아. 그래서 부탁인데, 실루오네에게 마지막 전투를 양보해줄 수 없을까? 그녀에게 칼침 한 방 정도는 먹일 수 있으면 딱 좋은데. 이거 무리한 부탁이니?"

비연이 헤실헤실 웃었다.

로키는 고개를 갸웃했다. 이 명제는 참이다. 정신계 기예에 관한 한 그는 최고의 존재다. 그런 로키가 보기에도 이 남녀는 특별했다. 아주 생소한 정신세계를 보여주는 인간이다. 이들은 가장 불행한 환경에서 가장 행복한 것을 만들어내는 특별한 재주를 부렸다. 거짓과 진실 사이, 논리와 비논리 사이, 드러난 것과 숨겨진 것의 사이. 그 사이에서 이들의 선택은 언제나 상상을 뛰어넘었다. 극악한 전투 속에서도 매혹적이고도 다채로운 발상들이 쉴 새 없이 튀어나왔다. 그것이 이 냉소적인 존재의 흥미를 끌었다.

그러나 지금 이들은 진짜 죽음을 원하고 있었다. 무슨 의미일까? 무엇이 그토록 집착하던 삶에 대한 미련마저 버리게 했는가?

로키 자신은 '목적초인(目的超人)'이었다. 일원의 권능을 받았으되 오로지 어떤 목적을 위해 소비되는 일회용 삶이다. 별 미련은 없었다. 삶 따위에 대해 진지하게 생각해본 적이 없었다. 일원이 원하면 언제라도 부활할 수 있으니. 그러나 일원의 뜻이 아닌 부활을 당했다. 더구나 새로 생긴 자아로 인해 괴상한 번민이 생겼다. 더욱이 이제는 마감을 맞이할 수도 없다는 사실에 더욱 분노했다. 그 이후, 새로운 삶에 대해 결코 진지할 수 없는 긴 세월을 보내왔다. 불량한 넥타 덕에 원래의 권능도 아직 불안정했다. 그에게 필요한 것은 오직 '약'과 '시간'이었다.

그러다 사탄의 부탁을 받았다. 흥미를 끌만한 '삶'이 있다고 했다. 정신계 해석이 필요하다고도 했다. 아울러 그 몸의 확보를 원했다. 아무리 그 같은 존재라도 사탄의 요구만큼은 거절할 수 없었다. 대신 조건을 붙였다. 만약 자신이 정말 흥미를 느끼게 된다면 놈들의 모든 것을 맡기라고. 또한 100년 뒤에 강림한다는 일원을 가장 먼저 상대하는 것은 로키가 되어야 한다는 것이었다. 사탄은 동의했다.

로키는 빙긋 웃었다. 과연 사탄이 제안할 만큼 흥미로운 장난감이다. 로키는 비연에게 말했다.

"아니, 너희는 내 것이다. 내 허락 없이 죽을 자격은 없어졌어. 이제 선택이 하나 더 생겼지. 어때, 나를 따르겠나? 너는 마감이 걸려있으니 실루오네의 권속으로 떨어진다고 해도 최소한 사내는 양보할 수 있겠지?"

산은 비연을 바라본다. 비연은 고개를 단호하게 저었다.

"아무튼 이 세계 새끼들은 생각하는 게 죄다 아침 연속극 수준이냐? 참 창의력도 없어요."

산이 허탈하게 웃었다.

"뭘 기대하겠어요?"

산은 칼을 들었다. 다리가 흔들리고 팔목이 부들부들 떨렸지만 눈빛만큼은 맑게 빛나고 있었다. 비연은 오른손으로 권총을 꺼냈고 왼손에는 작은 단검을 쥐었다. 둘은 눈빛을 교환했다. 두 사람의 손등에서는 아지랑이 같은 것들이 쉴 새 없이 움직이고 있다. 수백 개가 넘는 정령들이 황급하게 밖으로 이동하고 있었다.

—견딜 수 있는 시간은…….

—약 20초……?

—실루오네가 움직일 확률은…….

—50퍼센트 정도……?

—놈의 가장 빠른 기예는?

—특기는 불과 얼음이라고 했습니다.

—준비?

—완료!

—돌파!

탕탕탕.

총성이 울렸다. 산이 칼을 들고 하늘로 도약했다. 로키가 크게 웃었다. 한편으로는 손가락을 움직여 총알을 툭툭 튕겨내고 다른 한편으로는 손을 들어 허공을 잡아 움직였다. 허공에 뛰어오르던 산이 휘청거리며 로키 쪽으로 빨려 들어간다. 아까 산이 썼던 '공간왜곡(空間歪曲)'의 기예다. 산은 억지로 빠져나가는 대신 칼을 빙글 돌리며 오히려 로키 쪽으로 돌진했다. 두 배 이상 빨라진 속도다.

"제법……."

로키는 손을 두 번 가볍게 휘저었다. 공간이 종이처럼 다시 접혔다. 산은 허공에 둥실 떠 버둥거리고 있었다. 마치 투명한 거미줄에 걸린 것 같다. 산이 칼을 휘둘렀지만 칼날은 뒤쪽 공간에서 나타나 그 자신에게 상처를 입혔다. 마치 공간의 앞과 뒤를 이어 붙인 것 같다.

"공간왜곡까지 쓸 수 있다는 건 매우 기특하다만 그런 초보적 기예로는 안 돼. 너희들 수준은 대강 파악했지."

로키가 다시 다른 손을 흔들었다. 마치 허공에 대고 지휘를 하는 것 같다. 뒤쪽에서 그를 향해 치고 들어오던 비연이 공간에 속박된 채 그대로 같이 딸려왔다. 허탈한 표정이다. 압도적인 능력 차이. 로키가 싱긋 웃었다. 만족감이다.

"너희는 나와 함께 가게 될 거야."

"싫은데?" 산이 시큰둥하게 말했다.

"싫다는데?" 비연이 따라서 복창했다.

로키는 처음으로 눈을 부릅떴다. 그들이 웃고 있었다. 공간왜곡이 역으로 풀렸다. 대신 주변 공간이 양쪽으로 마구 접히며 로키를 속박했다. 자유로워진 두 남녀는 서로를 껴안고 새처럼 공중으로 치솟아 올랐다.

"시공(時空)의 곡률(曲率)까지 해석할 줄 안다는 말인가!"

로키가 양팔을 버둥거리며 소리를 질렀다. 공간그물이 그의 행동을 제약하고 있다.

"그런 건 지금 중요한 게 아니지."

비연이 말했다. 로키는 얼굴을 찡그렸다.

"너희들 따위가 사랑을 아나?"

산의 목소리가 웅장하게 퍼졌다. 시리드 광장 전체가 쩌렁쩌렁하게 울렸다.

"사랑이라고……?"

로키가 불쾌한 신음을 토했다.

"곧 죽어도……."

산이 말했다.

비연이 두 손을 치켜들었다. 어둑한 석양에서 그녀의 두 손은 찬란한 금빛으로 빛나고 있었다. 산은 두 손으로 비연의 어깨를 굳세게 붙잡고 있었다. 로키는 얼굴을 심하게 찡그렸다. 불안한 표정이 짙어졌다.

"서로를 위해 최선을 다하는 거야!"

비연의 손에서 강렬한 빛의 선(線)이 로키를 향해 발사됐다. 단일파장(單一波長)의 선! 그것은 최대로 가속된 빛이다. 상상할 수 있는 한계를 넘어간 거대한 에너지가 담긴 소립자의 탄환들! 그것이 로키의 몸에 작렬했다. 백열하는 구체가 로키를 중심으로 반경 50미터까지 감쌌다. 안쪽에 있는 모든 물질들이 먼지처럼 부서졌다. 로키는 몸을 비틀었다. 그러나 광속을 피할 수는 없었다. 공간을 다루는 존재가 펼치는 사격의 정확도와 정밀도는 상상을 초월한다. 로키는 처음으로 신음을 흘렸다. 타격점을 중심으로 몸이 서서히 변질되기 시작했다. 지상에 있는 어떤 것도 손상을 입힐 수 없었던 이 몸이! 이것은 물질의 변환과 붕괴를 다루는 힘!

"이건, 약력(弱力)? 설마…… 9단계, 마(魔)?"

로키는 눈을 감았다. 이미 빛은 한쪽 눈을 완전히 태워버렸다. 게다가 두 놈이 합작한 공간왜곡은 해석하기 쉽지 않았다. 해체에 시간이 걸릴수록 위험하다. 로키는 분노와 초조함에 이를 갈았다.

"응?"

빛이 사라졌다. 마지막 에너지까지 모두 소모했다는 뜻이다 두 사람은 시리드 광장을 가로지르며 달렸다. 실루오네의 둥지를 향해. 땅바닥이 거세게 흔들렸다. 지형이 변하고 있었다. 땅바닥 여기저기에서 구조물이 솟아올랐다.

속박이 풀린 로키가 튀어 오르며 포효했다. 그 짧은 순간에 한쪽 눈을 잃고 심장 쪽에 치명적인 물질 변형 손실을 입었다. 로키는 기운을 끌어올렸다. 허공 위로 두 손을 높게 들었다.

초인의 권능, '마법(魔法)'. 그것이 처음으로 이 세계에서 시연되고 있었다. 허공에서 두 줄기의 거대한 창이 급속하게 생성된다. 하나는 화염, 다른 하나는 얼음. 비연의 등을 향해 얼음의 창이 날았다. 얼음의 창은 생성됨과 동시에 공간의 결을 가르며 배낭을 멘 비연의 등에 작렬했다. 비연은 실 끊어진 연처럼 날아가며 바닥을 굴렀다.

화염의 창은 압축된 바람과 함께 배낭을 맨 산의 등을 때렸다. 어마어마한 충격파가 주변으로 퍼졌다. 창은 온몸의 뼈를 마디마디 부수고 지나갔다. 산은 그 반동으로 더욱 앞으로 날아가며 바닥에 처박혔다. 그러나 산은 다시 땅을 박차고 비연이 쓰러진 곳을 향해 몸을 날렸다.

두 번째와 세 번째 창이 연이어 날았다. 얼음이 비연의 왼쪽 다리에 꽂혔다. 다리가 덜렁거리며 안쪽으로 부서졌다. 비연은 두 손으로 바닥을 기어간다. 비연을 향해 뛰어가던 산의 등에서 파란 불꽃이 피어올랐다. 산은 인형처럼 힘없이 튕기며 바닥을 굴렀다. 이미 기력이 다한 그들에게 선택의 여지는 없었다.

산은 다시 일어났다. 비칠비칠 걸어가 쓰러져 있는 비연의 곁에 쭈그리고 앉았다. 산은 비연의 손을 잡았다. 비연의 온몸이 얼어붙어 갔다. 몸을 파들파들 떨고 있었다. 산의 몸에는 불이 붙어 타오르고 있다. 둘의 눈이 마주쳤다. 비연이 파리한 입술을 움찔거리며 어색하게 웃었다. 산은 치밀어 오르는 핏덩이를 삼켰다.

"춥……네……요."

"다소…… 뜨끈하구먼……."

둘을 향해 몸을 날리려던 로키는 남은 한쪽 눈을 부릅떴다. 바닥이 융기되며 문이 열렸다. 나쿤과 실루오네가 나타났다. 그들의 얼굴은 상기되어 있었다. 나쿤은 로키의 움직임을 견제했고 실루오네는 두 사람에게 빠르게 다가갔다.

"으아아……!"

분노한 로키가 포효했다. 그러나 더 이상 기운을 끌어올릴 수가 없었다. 로키는 가슴을 내려다보았다. 조직이 가슴부터 과자처럼 부서지고 있다. 로키는 허망한 표정으로 주저앉았다. 눈빛이 서서히 꺼져갔다. 언뜻 사탄의 표정이 보였다. 사탄은 고개를 젓고 있었다. 로키는 손을 내렸다.

"어리석은 친구들!"

천둥 같은 고함 소리가 들렸다. 하늘에서 세눈이 그의 동료 현자들과 함께 마룡 측 현자의 방어막을 돌파하고 있었다. 실루오네는 로키와 사탄을 번갈아 쳐다보더니 손가락을 까닥했다. 바닥이 열리며 두 사람은 서서히 땅속으로 꺼져 들어갔다. 아직도 두 손을 아직도 꼭 잡은 채였다.

둥지의 입구가 닫혔다. 다중 체계의 방어막이 다시 가동됐다. 이제 누구도 들어갈 수 없을 것이다. 찰나의 순간, 전투 현장에 도착한 현자 세눈의 거친 목소리가 쩌렁쩌렁하게 울렸다. 나쿤이 세눈을 막아섰다. 세눈의 눈에서는 불똥이 튀겼다.

"그토록 당부했는데 나쿤, 실루오네! 이 바보 같은 아이들이 일을 망쳤구나!"

세눈이 일그러진 얼굴로 탄식했다.

"세눈, 상황은 끝났다. 자네, 정말 백신을 원했던 거냐?"

나쿤이 차갑게 대꾸했다. 모든 현자들이 그들 주위로 모여들었다. 광장의 상황은 이제 일촉즉발의 대치 상태로 나아가고 있었다. 그러나 이미 상황은 종료됐다는 것을 모두 알고 있었다. 용의 본체에 들어간 이상 싸운다고 해결될 일도 아니다. 그들끼리 싸우는 것도 현명한 판단은 아니다.

"당했어!"

세눈이 피를 토하듯이 소리를 질렀다. 그의 눈은 활활 불타오르고 있다.

"뭐라고?" 나쿤이 물었다. 여전히 의아한 표정이다.

"깨끗하게 당했다고. 이 어리석은 친구야."

"누구에게?

"누구냐고? 그 두 놈들이지. 이제 놈들 뜻대로 우리 모두가 결론을 내려야 할 거야. 내 그토록 이야기했건만. 정말 영악한 인간들이다. 설마 로키를 돌파하면서까지 저렇게 무식하게 침투할 것이라고는 상상조차 못했다."

"좀 알아들을 수 있게 설명을 해줘야 할 것 같은데?"

"사탄?" 세눈이 눈을 가늘게 떴다.

"그래, 몸을 바꿔서 알아보기는 힘들 거야. 오랜만이야. 세눈, 현자들의 왕"

"너도 여기에 와 있었던 거냐?"

"내 사업이기도 하거든. 이제 진지한 대화를 나눠볼까? 위대하신 '마스터'여!"

"알고 있었나?"

"별로 어려운 문제는 아니었으니까. 긴 세월 동안 양다리 걸치느라 고생 꽤나 했겠어. 변이를 시작시킨 존재. 그리고 동시에 변이를 저지하는 존재. 그리고 일원이 숨겨놓은 복구 시스템."

사탄이 여전히 빈정거렸다. 세눈은 씁쓸한 표정을 지었다.

"세계의 균형을 잡는 일은 마스터가 해야 할 일이지. 내가 그대들에게 기여한 바도 작지 않을 텐데? 생체 실험도 내가 했고 초기 넥타의 개발과 공급도 내가 해준 것 아닌가? 저 두 놈에 대한 자료도 모두 너희에게 넘겼지?"

세눈이 차갑게 말했다. 사탄의 입꼬리가 약간 올라갔다.

"그런데, 이제 와서 뒤통수를 쳐? 교묘히게 숨어서."

"내게 차원을 넘나드는 그런 대단한 권능이 있다고 생각하나? 그건 아무리 마스터라도……."

"네가 관리하는 『현자의 서(書)』라면 가능하겠지." 사탄이 세눈의 말을 끊었다.

"……."

"나는 그대가 우리에게 가장 위협적인 존재가 될 것이라고 판단하고 있다. 그대 스스로가 일원에게 민폐를 끼쳤지만 이제 그걸 수습하려고 하니 훌륭하고도 성실한 일원의 현자답다고 할 수밖에."

"칭찬해주니 고맙군."

세눈이 비릿하게 웃었다. 사탄은 고개를 으쓱했다.

"자! 이제 피차 입장은 명확해졌어. 이미 그대의 시간은 늦었다. 돌아가라! 지금 우리가 싸우면 누구에게도 도움이 되지 않을 터. 그대도 변이에 대해 긍정적인 입장이라고 알고 있는바."

세눈이 허탈한 표정으로 고개를 저었다.

"그대 말대로다. 그러나! 아쉽게도 이미 시간이 늦어버렸어. 그건 내가 결정할 일이 아니야."

"그럼 누가 결정하지?"

"방금 실루오네 배 속으로 들어간 두 놈."

"무슨 소리야?"

사탄의 얼굴이 조금 구겨졌다. 세눈은 씁쓸한 표정으로 사탄을 쳐다본다.

"내가 마스터라고 판단한 자는 네가 처음이 아니야."

"……."

"저 두 놈은 최소한 3년 전에 짐작하고 있었어. 처음 여신 디아나가 따라붙고, 내가 절대금역에서 두 놈을 유인했을 때부터 의심했다고 하더군. 이후 황궁에 들어가 필요한 만큼의 정보와 힘을 확보했지. 그리고 과감하게 움직였어. 대담한 놈들이야. 공격 시기를 전혀 예상할 수 없었지. 바로 자신의 영지를 건설하는 시점을 택했으니까.

"……."

"첫 번째 공격 대상이 바로 나였지. 덕택에 수천 년간 애써 만들어 놓은 모든 것이 초토화됐어. 본체를 제외한 모든 실험 시설이 완전히 털렸지. 그래서 난 저들과 타협을 할 수밖에 없었다. 내 현자들이 절멸될 위기까지 몰렸으니까. 이동체가 소멸되면 앞으로 200년간 아무 일도 못하고 모든 것을 새롭게 시작해야 할 상황이었어."

세눈은 말을 하면서도 이를 갈고 있다. 사탄은 눈을 크게 떴다. 나쿤은 입을 떡 벌리고 있었다. 그의 목소리가 약간 떨렸다.

"그런 일이 있었던가? 그렇다고 해도 두 놈이 이제 와서 뭘 할 수 있다는 건가? 현재 가사 상태로 생사가 불명한 상황이라고 알려왔는데? 그냥 죽여버릴 수도 있지 않나?"

"그렇게 당하고도 그걸 믿나? 그러니…… 더욱 끔찍한 인간들이라는 거야. 그 정도로 무모한 도박을 해야 실루오네조차 다시 속을 것이라고 보았을걸?"

"그런……."

"거기에 놈들은 나까지 이곳으로 끌어들였어. 이게 우연이라고 생각하나?"

“사전에 기획된 행동이라는 말인가?”

나쿤의 표정에는 여전히 불신이 남아 있었다.

“나는 그렇게 믿고 있네. 20일 전에 놈들이 내게 보내온 사료를 보여주지. 나도 믿지 않았지만 로키를 제압한 힘을 보고 믿지 않을 수도 없게 됐어. 이제 직접 보고 판단해봐.”

세눈은 정령을 통해 보내온 메시지를 펼쳤다. 그것은 일종의 녹화였다. 그것이 지금 현자 세눈을 통해 아주 정교한 화상과 소리로 재현되고 있었다.

북극 근처의 어느 얼음 산, 두 사람은 자신의 피를 조그만 병에 담고 있다. 병에는 초강력 넥타와 백신이 같이 들어가 있는 셈이다. 그리고 손등에서 정령을 불러내어 무언가를 이야기했다. 그리고 잠시 뒤 화면이 바뀌었다. 그 화면에는 거대한 폭발 장면이 담겨 있었다.

사탄과 나쿤은 입을 떡 벌리고 있었다.

“버섯구름…… 핵(核)!”

“강력(强力)…… 마법(魔法)!”

“이제 실루오네 본체가 어떤 상황에 처해 있는지 감이 오나? 내부에서 두 놈이 한꺼번에 자폭한다면 실루오네 본체도 파괴될 것이다. 여기 있는 우리도 안전하지 않아. 이 상황을 믿든 안 믿든 나와 그대들 선택이겠지.”

세눈은 잠깐 말을 멈췄다. 어른거리는 기운이 그 주위를 맴돌고 있었다. 모든 존재의 시선이 그곳으로 향했다. 기운은 세눈의 손등에 머물렀다.

“그들이 남긴 메시지다. 아마 협상이겠지?” 세눈이 높낮이가 없는 어조로 말했다.

세눈의 손에서 정령이 새로운 메시지를 전하고 있었다. 또렷한 음성이 손등으로부터 흘러나왔다

—마스터? 형이 준 엿은 잘 먹었냐?

"……."

—이제 네놈들이 지금 우리가 뭘 가지고 있는지 알고 있다고 치고…… 이제 요구 사항이다. 귓구멍을 후벼 파고 잘 들어라.

"큼……."

누군가 기침을 했다.

—첫째, 실루오네는 우리 몸속에 있는 넥타의 통제권을 포기할 것. 둘째, 최소 50년간 마감 연장을 위한 약을 지속적으로 제공할 것. 셋째, 향후 안전보장을 위한 서약을 하고 확인 가능한 방법으로 그 이행을 보장할 것. 그 대가는 전투를 통해 수집한 우리 능력에 대한 자료로 충분히 제공한 것으로 간주하고 있겠다. 유효 시간은 30분. 30분 뒤에는 자동적으로 자폭한다.

"이런……." 나쿤이 기어이 신음을 토했다.

—그리하여…… 세눈, 실루오네, 망할 도마뱀 쌍년아. 오늘 너 죽고 나 죽는 거야. 우린 아쉬울 거 한 개도 없다. 참고로 이번 작전명은 '용용 죽겠지'다. 약 오르면 지는 거다.

무저갱에서 올라온 듯한 침묵이 흘렀다. 가끔 마른침을 넘기는 소리만 들렸다.

"왜 미리 이야기하지 않았지?"

나쿤이 떠듬떠듬 물었다. 마치 혼이 나간 것 같다.

"말했다네. 그대가 내 의도를 순수하게 믿어주었는가? 실루오네를 지킨다고 했을 텐데?" 세눈이 차갑게 웃었다.

"그건……." 나쿤이 말끝을 흐렸다.

"아무래도, 우리 종족은 '신뢰'가 부족하지."

"지금이라도 내보내면 안 되나?" 사탄이 말했다. 분노로 눈에서 불꽃이 일고 있었다.

"실루오네가 동의할까? 저 조건이라면 나라도 다 들어줄 것 같은데? 저 영악한 인간들이 그렇게 간단했던가?"

"그렇다면 어떻게 할 거지?"

"내가 문제가 되겠지. 나는 저 아이들이 필요하다."

"우리가 동의해줄 것 같나?" 나쿤의 눈빛이 날카롭게 빛났다.

"그러면 나도 무력을 쓸 수밖에. 어차피 결과는 같다."

세눈이 손을 들었다. 벌써 황혼을 밀어내고 새카맣게 하늘을 점령한 구름이 회오리처럼 빙글빙글 돌고 있다. 중심에서는 번개가 번쩍거리고 있었다.

"뭐지?"

나쿤이 입을 벌렸다. 불안감이 점점 커져가고 있었다. 어둑하던 땅이 조금씩 밝아지기 시작했다. 하늘에서는 벌겋게 달아오른 거대한 회오리가 불길하게 빛나기 시작한다.

"잊었나? 내가 절대금역에서 모든 운석의 운행을 통제하고 있다는 것을? 아울러 화산과 지진도!"

땅이 조금씩 흔들리지 시작했다. 거대한 폭발의 전조를 알리는 불길한 지진이다. 실루오네가 꿈틀거렸다. 본능적인 위기감.

"겨우 인간 둘 때문에!"

나쿤이 소리를 질렀다. 그는 세눈의 막강한 권능을 알고 있다. 변이된 마룡을 제거하는 것이면 동족 살상의 계(戒)도 상관없다.

"이게 정녕 인간 둘만의 일이라고 보나? 이 세계의 균형을 결정적으로 깨고 있는 것은 바로 그대들이다. 나 역시 일원의 세계에 거하는 존재. 나는 100년 뒤 오는 일원에게 직접 묻겠다. 이 세계를 왜 이렇게 부조리하게 만들었는지를! 그러나 지금의 사태를 방치하는 것은 곧 배임(背任)이라고 할 것이고 내 존재의 소멸을 물을 만한 대죄(大罪)다. 고로 나는 어쩔 수 없이 내 정의를 주장한다. 보라! 실루오네. 네 본체가 이것에도 견딜 수 있는지 보겠다. 잘못된 것을 무(無)로 돌리고자 하는 것이 내 의지다."

"그럼…… 네가 달의 운석을 옮긴 것이었나? 해일도!"

"추측은 그대 마음으로 할 일이다. 어떤가? 이제 내 이야기를 듣겠는가? 난 싸움이 아니라 협상을 원한다. 저 어린 인간들 역시 공멸이 아니라 협상을 원했다."

"협상이라고?"

"무릇 일원은 어떠한 질병이라도 손수 손을 들어 그것을 없앤 사실이 없었다. 나도 마찬가지다. 그렇기 때문에 나 역시 합리적인 대안을 찾기 위해 이렇게 왔다."

사탄과 나쿤, 그리고 실루오네는 태어나 처음으로 심각한 존재의 위기를 느꼈다. 사탄은 회오리치는 검은 하늘을 바라보고 있다. 입가에는 허탈한 웃음마저 맴돌고 있었다. 당해도 이 정도로 당한다면 차라리 예술이라고 해야 할 것이다. 사탄은 세눈을 물끄러미 쳐다보았다. 여기서 싸우는 것은 결코 그녀가 원하는 답이 아니다. 100년 뒤…… 그가 온다.

'어린 인간들은 자신의 한계를 알았고, 그 한계 내에서 할 수 있는 최선의 방책을 세웠어. 세눈의 판단이 옳다. 실루오네는 저 인간들의 요구를 들어주려고 할 것이다. 반면, 세눈은 자신의 문제 때문에 실루오네를 그냥 놔둘 수 없게 됐지. 실루오네도 몸속에 핵이 들어와 있으니 머리를 굴릴 시간적 여유가 없다. 실로 기가 막히는군. 어린 인간들…… 정말 지독하게 사는구나.'

사탄은 나쿤을 향해 고개를 끄덕였다. 실루오네도 동의하고 있다. 나쿤은 눈을 감았다. 세눈은 숨을 크게 쉬었다. 그들은 소름 끼치도록 강하고, 집요하게 삶을 탐하며 스스로의 지혜와 희생과 결단으로 길을 만들어가는 인간에 대해 사유하고 있었다. 또한 이 경탄할 만한 신념과 의지를 가진 인간들에게 경외감마저 느끼고 있었다. 비록 앞으로 적이 된다고 해도 결코 많이 미워할 수는 없을 것 같다.

이로써 두 사람의 치열하고도 험악했던 여행은 중대한 고비를 넘어갔다.

Epilogue
에필로그

"네 차례야."

"빨리 해."

두 사람은 흐뭇한 표정을 감추지 못하며 쳐다보았다. 의기양양한 표정이다. 한 번 더 돌면 승리의 함성을 내지를 수 있으리라. 유렌은 엉덩이 아래 꼬리뼈가 부르르 떨릴 정도로 흥분해 있었다. 패는 아직 두 장이 남아 있었다. 이제 모조리 긁는 거다. 너희는 새 된 거야. 그러나 라론은 싱긋 웃고 있었다. 갑자기 불안해졌다. 라론은 말없이 두 장의 패를 내려놓았다.

"끝내지?"

패를 쳐다보던 두 사람의 표정이 한순간에 굳었다. 연신 자신이 든 패와 라론의 패를 번갈아 쳐다보았다.

"이럴 수가! 이번에 점수가 나는 판이었는데."

"말도 안 돼! 3고에 피박을 포기하라고?"

라론은 두 사람을 느긋하게 쳐다보며 엄숙하게 한마디를 던졌다.

"전에 그분들은 이런 말씀을 남겼지."

"……."

"개패를 들고 있어도 결코 실망하거나 포기하지 말라."

두 사람이 망연하게 라론의 입을 쳐다보았다.

"그분이 살던 곳 남쪽 나라에서는 이것을 '소당'이라고 불렀고, 서쪽 나라에서는 쇼다운(showdown)이라고도 했다. 자, 받을 거냐? 말 거냐? 참고로 나는 너희들이 뭘 들고 있는지 알고 있다."

두 사람은 서로를 바라보다가 들고 있던 패를 집어던지며 고개를 뒤로 젖혔다.

"지랄……."

"염병……."

* * *

산들바람이 불고 있다. 이제 가을의 누런 기운이 선명하게 대지를 물들이고 있었다.

"연락이 있었다고?"

"음…… 여전히 여행 중이시란다. 이번엔 동쪽 대륙으로 가보신다고 하데?"

"언제 오시려나?"

"꽃피는 봄이 오면……."

"그립나?"

"많이……."

건설 현장은 활기차다. 풍요로운 기운은 사람의 배려하는 마음을 살찌게 한다. 무슨 일이 있었는지 모르지만 전쟁은 소강 상태로 접어들어 있다. 서로 으르렁대며 미워하던 것들이 갑자기 마음을 바꾸었는지도 모르겠다.

"퇴청하니?"

"아뇨…… 오랜만에 바깥바람을 쐬고 싶어서요. 같이 가시겠어요?"

레인은 황실 바깥으로 나섰다. 곁에는 친절한 언니 5차석 '영인'이 따르고 있다. 바람이 싱그럽다. 조금 있으면 차가워지겠지.

파란 하늘이 눈에 가득 들어온다. 그 위로 날아다니는 잠자리와 새떼가 하늘에 가득하다. 문득 아련한 그리움이 가슴속에서 치밀어 오른다. 레인은 눈을 가늘게 떴다. 왠지 시무룩해졌다.

"무상께서 돌아오셨다고 하더구나."

"들었습니다. 한선가가 무척 긴장하고 있더군요."

"동명가와 기장가도 철수했다고 하고."

"다른 무가들도 마찬가지겠죠."

"무슨 일이 있었던 것일까?"

"무가 쪽 세계의 일들은 알 수가 없죠. 뭔가를 길게 보고 준비하고 있다는 것밖에는……."

레인은 다시 하늘을 쳐다본다. 이런 답답함을 항상 풀어주던 사람들이 곁에 있었는데…….

"잘들 지내시는지……."

"언젠가는 돌아오겠지?"

"글쎄요……."

"그립니?"

"……."

영인은 레인을 물끄러미 바라보았다. 레인의 눈가에는 약한 물기가 반짝였다. 영인의 입가에 희미한 미소가 맺혔다가 흔적도 없이 사라졌다. 그녀는 여전히 사람 좋은 얼굴로 비치기를 원하고 있을 것이다. 그러나…….

'앞으로 100년…… 우린 새롭게 시작할 수 있을 거야. 로키는 결국 잃어버렸지만…….'

* * *

"속이 다 시원하네."

"그래도 조금 심했어요."

"아냐. 그 정도는 다져놔야 딴생각을 못 해."

"하긴……."

"홀가분하지?"

"그렇죠. 이제 처음으로 사생활이 보장되는 것이군요."

"그리 좋나?"

"큭……."

어스름한 새벽이다. 두 사람은 동쪽 끝 번화한 도시의 언덕에 우뚝 솟은 태양신 테하라 신전을 나서고 있었다. 그들이 나서자 사도들은 황급하게 문을 걸어 잠갔다. 오늘은 신도를 받지 않을 것이다. 일부는 퉁퉁 불은 얼굴로 굵고 허연 소금을 밖에 휘휘 뿌리고 있다.

"이제 어디로 갈까?"

"발길 가는 대로……."

태양이 바다 위로 떠오르고 있다. 새로운 아침이 열린다. 두 사람의 얼굴이 발그레하게 물들었다.

"새로운 삶이라……."

"우린 또다시 선택을 했군요."

"그래…… 우리가 선택했으니 이젠 억울할 것도 없겠지. 새로운 아침이 밝은 거야. 이제부터 멋있게 살아보자고. 보란 듯이. 이제는 우리를 알아볼 사람들도 없고."

"이 약은 어떻게 하죠? 이젠 필요가 없을 텐데."

"잘 보관해둬. 혹시 아냐? 또 언놈이 끌려와서 괴상한 마감에 걸릴지?"

"그런 방식으로 마감이 풀릴지는 상상도 못 했어요."

"결국 사랑이야말로 일원과 접속할 수 있는 코드였던 거지. 그러니 논리와 지식만 잔뜩 키운 현자 놈들이 풀 방법이 있었겠나? 만약 풀었다고 해도 이미 사랑을 할 수 있는 존재가 된 셈이니 일원으로서도 안심할 수 있었을 거고. 좌우간 머리는 진짜 좋아. 괜히 일원이 좋아지려 한다니까? 일원도 여자이려나? 윽……."

산은 옆구리를 쓰다듬었다.

"기잔 영지는 어떻게 하죠?"

"가끔 편지를 보내지 뭐. 그 정도로도 제대로 돌아갈걸? 감히 건드릴 놈도 없을 거고."

"어디로 갈까요?"

"일단은 동쪽 대륙으로 가지? 이쪽 무가에는 천천히 접근해보자고."

그들은 떠오르는 해를 쳐다본다. 세수를 해서 그런지 태양의 얼굴이 말개 보였다.

현자들과의 협상은 그런대로 만족스럽게 끝났다. 개인으로서의 해방은 달성됐다. 대신 새로운 요구를 받아들여야 했다. 두 사람은 자신의 존재 자체가 이 세계의 균형을 심각하게 깨뜨릴 수 있다는 세눈의 우려에 동의했다.

한편, 마룡 측 현자들은 단기간 회복하기 어려운 피해를 입었다. 변이하지 않은 용들은 아직 세력이 약했다. 초인들은 아직 완성되지 않았다. 인간들은 새로운 넥타와 상위 가속 단계의 기예에 방어할 준비가 되어 있지 않았다. 만약 두 사람이 회복된 이후 사냥에 나선다면 모든 세력들은 심각한 위기에 직면하게 될 것이다. 이런 상황에서 모든 세력이 만족할 만한 합의를 이끌어 내야 했다.

두 사람은 향후 50년간 마룡 측에 적대하지 않을 것이다. 마룡과 초인도 마찬가지로 그들과 적대하지 않을 것이다. 대신 실루오네가 확보하고자 하는 모든 자료를 제공하고 변이하지 않은 용들과 인간에게도 동일한 자료를 같이 제공하기로 했다. 슈퍼 넥타와 백신 역시 모든 세력이 공유하게 될 것이다.

그것들은 각각의 작전 목적에 따라 재주껏 개선될 것이다. 혈귀의 문제는 인간 스스로 해결하고, 50년간의 휴전 기간 동안 모든 초월적 존재들은 인간 사회에 직접 개입하지 않을 것이다. 두 사람은 인간으로 하여금 스스로를 지킬 힘을 키우게 만들 예정이다. 이 협약은 50년간 유효하며 위반 시 상호 조건부로 걸어놓은 마감이 작동하게 될 것이다. 50년이 지난 이후에는? 새로운 경기가 시작되겠지.

그리고 사소하지만…….

"그렇게 예뻐지고 싶었냐? 나는 전의 얼굴이 더 낫다고……."

산이 툴툴거렸다.

"남말 하세요…… 젊어지니 좋으세요?"

비연이 입술을 내밀며 삐죽거렸다.

(끝)

부록 1

비연의 기록: 넥타, 현자, 그리고 마룡

비연의 기록은 최근에 그들의 신체 상태를 점검하기 위해 다시 만났던 현자 세눈과 나눈 마지막 대화에 대한 간략한 메모로 끝이 났다. 그들이 처한 신세와 처지를 잔인할 만큼 일깨워 준 대화가 비연의 머릿속을 다시금 헤집었다.

"그러면 제거가 불가능한 거야?" 비연이 부르짖었다.

"그래, 한마디로 완벽한 생체 폭탄이거든." 세눈이 간단하게 대답했다.

"피를 다 바꿔버리면?"

"소용없네. 이미 세포 수준에서 변이한 상태니까. 그동안 재생된 세포를 완전히 없애버리지 않는 한 넥타의 원료가 되는 체액은 계속 생산된다네. 농도를 넘어서면 인접한 세포를 변이시키겠지. 그리고 뇌세포가 변이되면 개체변이가 끝나지."

"그럼…… 정말 가망이 없다는 거냐? 우리는?"

산이 고함을 질렀다. 세눈이 신중하게 말했다.

"대부분의 세포가 변이되어가고 있지. 그것도 아주 제대로. 이런 고품질은 나도 처음 보는 거야. 정말 대단하군."

"설마…… 넥타라는 거, 그대 용들이 만든 거야?"

비연이 세눈을 노려보았다.

"그건…… 이미 알고 있었던 것 아닌가?" 세눈은 말을 더듬었다.

"말 돌리지 말자고! 우린 심각해."

세눈은 입맛을 다셨다.

"알다시피 우리 현자는 뭘 새로 만드는 데는 영 소질이 없거든. 그러나, 넥타는 현자가 만든 최초의 창작품이지. 결코 의도한 것은 아니었지만."

세눈의 설명이 이어졌다.

"우리는 수천만 년 동안 생물에 대한 연구를 거듭해왔지. 그렇지만 진화에 직접 개입하지는 않았어. 그러나 극단적인 상황에서 멸종이라는 사태는 일어나지 않도록 해야 했지."

"그럼 지금까지 멸종된 동식물이 하나도 없나?"

"아니, 우리가 일원에게 받은 임무는 오직 '지능종(智能種)'이라고 불리는 특별한 종을 관찰하고 보전하는 것이었지. 현자들은 그게 가장 큰 불만이었지만."

"지능종?"

"인간은 그중의 하나에 불과하네. 현재까지 보고된 것은 모두 서른여섯 종. 그들은 하나라도 함부로 사라져서는 안 돼."

"지능이 있다는 것이 그렇게 특별한 건가?"

"일원의 독특한 개성이라고 이해해주게. 일원은 약속을 중시하지. 충분한 지능이 있어야 그의 규칙을 이해하고 공정한 계약을 맺을 수 있지 않을까?"

세눈이 빙긋 웃었다. 차가운 조소와도 같은 느낌이다.

"계약을 꽤나 사랑하는 일원 선생이라니까." 산이 중얼거렸다.

"지능종은 매우 특별하다네. 그것들은 정말 갑자기 나타나지. 수천만 년 동안 점진적 진화로 나타났던 지능종은 단 하나도 없었어. 지능도 일종의 변이라고 할 수 있을 거야. 마치 우화(羽化)를 하듯이, 벌레같이 하찮은 종에서도 지능을 가진 것들이 툭툭 나타나더군."

"……."

"지능종은 몇천 년에서 몇만 년 사이의 기간에 집중적으로 나타나지. 그리고 선택된 종족들이 일원과 계약을 맺고 한 에피소드가 진행된다네."

"에피소드……."

"한 에피소드는 '대세기(大世期)' 혹은 '심판의 날'로 부르는 사건을 통해 끝나게 되지. 그리고 지능종들은 모두가 어디론가 옮겨지게 돼. 일원은 결코 흔적을 남기지 않기 때문에 후세의 종족은 그전에 있었던 지능종의 존재 자체를 알 수 없지."

"그럼 넥타는 그 지능종과 관련이 있나?"

"넥타는 현자의 필요에 의해 만들어진 약물이야. 초기 넥타는 표본들의 마취와 회복, 그리고 원격 추적을 위한 표식으로 쓰였어. 일단 에피소드가 시작되면 지능종 개체보다는 시스템 자체가 진화를 하게 돼. 불행하게도, 변화가 너무 빠르기 때문에 현자가 관리할 변수는 기하급수적으로 늘어나지."

"결국 원래 단순한 생체 추적 장치였다는 이야긴데 그런데 왜 지금은 저런 이상한 놈이 되어버린 거냐고? 무슨 일이 있었던 거냐?"

산이 물었다. 말투에 짜증이 섞여 있었다.

"일단 넥타가 발명되자 현자들은 오랜 세월 동안 개선을 거듭했지. 덕택에 현자는 모든 종에 대한 지식을 얻었고 이 지식으로 전체 생태계를 실시간으로 파악하고 유지하는 데 아주 많은 시간을 절약할 수 있었지. 고약한 문제는 그다음에 나타났다네……."

세눈은 마른 침을 삼켰다. 아주 오래전의 일을 기억하려 애쓰는 듯 가끔 천장을 쳐다보기도 하며. 마치 기억하기 싫은 무언가를 떠올리는 듯한 모습이다.

세눈이 들려준 다음 이야기의 요점은 다음과 같았다.

현자들은 넥타의 기능을 극단적으로 개선했다. 특히 현자들은 넥타가 '능동적'으로 기능을 수행하기를 바랐다. 그것은 넥타가 스스로 지능을 가지게 됨을 의미했다. 이후 수만 년에 걸쳐 넥타의 성능은 끊임없이 개선됐다. 온갖 실험이 시도됐다. 그중에는 이종 간 교배, 근친 교배, 특수한 환경에서의 유전적 선택, 자가 생식 등이 포함되어 있었다. 그리고 그 속에 '자아'를 넣기 위한 실험과 개발을 병행했다. 현자는 자아를 구현하기 위해 주로 인간과 정령, 온갖 지능종의 정신을 연구했다. 그리고 마지막으로 신의 협력을 얻어 넥타를 통제할 수 있는 다차원 코드를 단백질 구조 속에 구현해낼 수 있었다.

이렇게 개발된 '지능형 넥타'는 다양한 생물 표본의 체내에서 자율적으로 상태를 분석하고 치료하고 쌍방 통신으로 협력하는 과정에서 드디어 생명을 복제하는 능력을 얻었다. 현자의 입장에서는 생명수, 즉 궁극적인 세포 재생을 위한 신약(神藥)의 발명을 알리는 쾌거였다. 그리고 그것은 전혀 다른 경로로 새로운 지능종의 탄생을 예고하는 것이기도 했다.

이 이후 몇만 년 동안 현자들은 이 흥미롭고도 탁월한 '지능도구'에 모든 지혜를 쏟아부었다. 유전, 복제, 생식, 변이를 세포 수준에서 구현해보았고 보다 긴 성능을 위해 생체연료전지(미도콘드리아)의 개선을 통해 강력한 에너지 대사 시스템도 갖췄다. 그리고 이 새로운 도구를 쓰기 위한 강력한 통신과 통제 수단까지 갖췄다. 원격에서 조종하기 위한 자아(自我)의 인증(認證)과 폐기 방법도 찾았다. 필요하다면 개체 수 조절을 위한 자살을 유도할 수도 있었다. 여기까지는 아주 좋았다. 몇몇 현자들이 자신의 몸에 넥타를 주입하기 전까지는…….

"금지된 약물에 손을 댄 거네." 비연이 씁쓸하게 말했다.

"현자가 자기가 만든 넥타 앞에서 무릎을 꿇은 건가?" 산이 혀를 찼다.

"그래…… 알아차렸을 때는 이미 통제할 수 없었지. 넥타는 현자의 세포를 변이시켰고 모든 신경계를 장악했네. 마지막으로 뇌세포까지 변이시켰어. 뇌가 장악되는 단계에서 세포 수준의 변이에서 개체의 변이가 일어난 거야. 지금도 그 변이 과정이 천천히 진행되고 있고…… 이미 현자의 반 이상이 변이했고 용의 본체는 시간이 더 걸리겠지. 실루오네가 첫 번째로 변이한 용이었어."

세눈이 담담하게 말했다.

"지능을 가진 넥타가 현자를 조종한다는 건가?" 비연이 물었다.

"아니, 넥타는 현자의 의지에 의해 통제되니 결국 현자가 스스로 변이를 선택한 거야. 소외된 자아를 통해 재귀적(再歸的, recursive)으로 수렴해간 거지." 세눈이 대답했다.

"그러면 자아는 같은 것 아닌가? 변이 전과 무슨 차이가 있지?"

세눈은 두 사람을 빤히 바라보았다. 그의 표정은 여태와는 다르게 물 빠진 휴지처럼 잘 구겨져 있었다.

"일원과의 연결 고리가 끊겨버렸네. 자기 자신을 스스로 인증함으로써 일원의 세계에서 독립을 해버린 거야. 일원의 세계에 있되 일원의 질서를 거부한 존재. 곧 이단(異端)이지. 우리 현자와도 공존할 수 없는 사이가 된 셈이고."

"그럼 넥타와 함께 변이된 현자만 폐기하면 문제가 해결되는 것 아닌가?"

산이 물었다. 세눈은 고개를 저었다. 아주 차갑게.

"아니, 문제는 항상 몰려서 오는 법이지. 현자가 변이함으로써 세계에는 더욱 곤란한 문제가 생겨났지."

"더욱 곤란한 문제?"

세눈은 비연의 집요한 질문에 불편한 표정을 감추지 않았다. 그러나 현자의 냉철한 계산은 이들에게만큼은 알려주는 것이 유리하다고 권고하고 있었다.

"보이지 않았던 것들을 보게 됐지."

"보이지 않았던 것?"

"일원이 접근을 금지해둔 것."

"……."

"그리고 건드리지 말아야 할 것을 건드린 거야."

"건드리지 말아야 할 것?"

"최초의 인간을 만났지."

"사탄?"

비연이 혼잣말처럼 중얼거렸다. 세눈은 고개를 끄덕였다.

"놀랍게도 넥타는 그 존재를 불러들일 수 있었어. 그러나 워낙 강력한 존재라서 그 정신까지는 장악할 수 없었다는 것이 착오였다고 할까…… 끔찍하게도."

그의 눈빛은 무겁게 가라앉아있었다.

"사탄은 현자보다 강한가?"

"아마 그 누구보다도……."

산은 숨을 깊게 삼켰다.

"문제가 커졌군."

"아주 커졌지. 사탄은 만물에 이름을 붙이는 자. 곧 부활의 권능을 가진 존재. 그 사탄이 또 다른 존재들까지 연쇄적으로 깨웠어. 마감으로부터 소환이지. 제한적이긴 하지만."

"선자?"

"그렇다네. 심판의 날을 주관하는 자들. 아주 강력한 초인들이지. 그중 몇 명을 깨웠는지는 나도 모르네."

"그들도 사탄만큼 강한가?"

"끔찍할 정도. 그러나 아직 예전의 권능을 회복하지는 못했네. 만약 권능을 회복한다면 그 파괴력은 상상하기조차 어렵지."

세눈은 두 사람의 체액이 담긴 병을 품속에 갈무리했다. 그러고 나서 자리를 털고 천천히 일어났다.

"오늘 대화는 이쯤 하세. 우리에겐 시간이 많지 않아. 지금도 저들은 엄청난 속도로 변이하고 있다네. 변이된 것들은 다른 것들을 전염시키고 있고…… 이미 개체변이를 넘어서서 군체(群體)변이의 단계로 넘어가고 있을 정도야. 나는 그대들의 도움이 절실하거든. 협조에 감사한다."

"질문 하나 더!"

산이 그를 멈춰 세웠다. 세눈은 산을 향해 몸을 돌렸다.

"당신은 아까 마감으로부터 부활했다고 말했어. 그럼 소멸은 아니라는 건데…… 마감이 대체 뭐지?"

세눈이 고개를 천천히 저었다.

"마감은 제작자의 의지가 없는 한, 절대로 멈출 수 없는 과정이야. 그러나 죽음, 즉 하드웨어의 소멸과는 다르지. 존재를 유지하되 존재를 인식할 수 없게 하는 상태라고 할까? 표현하기는 무척 어려워. 자네들 세계 용어로 표현하라면, 사용 시한이 만료된 응용프로그램이라고 해야 할까? 아니면 갈무리된 데이터라고 할까? 육신이 온전하지만 제작자의 허락 없이는 세계에서 인식할 수 없는 상태지. 다시 인증될 때까지 저장장치에 곱게 모셔둔 상태라고 할까?"

"그럼 실루오네는 왜 비연과 마감이란 걸 계약한 거냐! 자기가 깨울 수도 없다면서!"

산이 소리를 질렀다. 실내가 쩌릉 울렸다.

"이제 부활시킬 수 있는 방법을 가지고 있으니까!" 세눈이 짧게 대답했다.

"이런!" 산의 탄식 소리가 흘러나왔다.

"그것도 부활 후 완전하고도 충성스러운 그의 권속(眷屬)이 되어 가겠지. 그대 영리한 여자는 짐작하고 있을 텐데? 안 그런가?"

세눈은 비연에게 시선을 돌렸다.

"……."

비연은 멍한 표정이었다. 머릿속에서는 비어 있던 직소 퍼즐의 마지막 조각들이 쉴 새 없이 맞춰지고 있었다. 비연은 산을 바라보며 고개를 천천히 저었다. 산은 팔짱을 낀 채 큭큭 웃고 있었다.

"일단 이해하기 쉬워서 좋군. 어느 길로 가든 막다른 골목이라는 거지? 죽거나 마감되거나. 실루오네…… 진혀 신용할 수 없는 개막장 양심불량 뱀 새끼."

세눈은 그런 두 사람을 무심한 표정으로 응시하고 있었다.

"더 질문이 없다면 이만 가겠네. 한 달 후 다시 보도록 하지." 세눈이 말했다.

"그대도 실루오네와 같은 걸 원하나?" 비연이 물었다.

"아니, 실루오네가 결코 원하지 않는 것을 원하지."

"원하지 않는 것?"

"자네들은 가장 강력한 넥타의 공격에도 변이하지 않은 유일한 사례니까. 아직까지는 불안하지만……."

"백신……?"

두 사람의 입에서 동시에 같은 단어가 튀어나왔다. 세눈의 입술 끝이 조금 위로 올라갔다. 정말 묘한 인간들이다. 짧게 에둘러 말해도 그 핵심을 놓치지 않는다. 세눈은 빙긋 웃는 표정으로 답을 대신하고 발길을 문쪽으로 향했다.

"당신도 바쁘겠구나. 우리가 마감당하기 전에 원했던 자료를 다 뽑아내려면……."

비연이 무심하게 한마디를 내뱉었다. 세눈은 잠깐 멈칫하더니 걸음을 다시 옮겼다. 그의 입속에서 어떤 메시지가 맴돌다가 씹힌 채 삼켜졌다.

"원래 그렇게 되어 있었으니까……."

'소모품이라는 것은…… 그런데, 설마?'

앞의 말은 입속에서 부서졌고 뒤의 말은 마음속에서 흩어졌다. 뒤돌아 걸어 나오는 세눈의 표정은 어느 때 보다 굳어 있었다.

'실루오네…… 신성한 마감의 서약을 이렇게까지 타락시킨 거냐? 이제 열반에 든 모든 자, 신성한 휴식을 취하는 현자들, 그리고 죽은 자들의 영혼조차도 안전하지 않게 됐구나.'

비연의 기록: 세계의 비밀

"이 세계가 물리세계와 논리세계의 밸런스 측면에서 논리적 세계만 조금 우위에 있고, 다른 것은 285와 같다?"

비연이 뚱한 얼굴로 물었다. 마치 무언가를 입에 넣기는 했는데 삼키지도 내뱉지도 못하는 듯한 표정이다.

"그래, 그게 지금까지 우리가 내린 결론이야. 그래서 여기에서는 마법이 가능해."

미리가 말했다. 그녀의 표정은 오랜만에 상기되어 있었다. 최소한 이 여자에게 질 수 없다는 결의, 혹은 미묘한 우월감 같은 감정 때문이다.

"그럼 네 말은 '생각'이 실제로 존재하는 실체라는 거네? 이거, 관념론(觀念論, idealism)의 재림이로군."

"아니, 단지, 물질을 대표하는 원자(atom)와 논리를 대표하는 비트(bit)가 세계의 본성을 드러내는 두 가지 표현형이라는 거지. 이 세계는 의지와 감각이 285보다 더 현실과 상호작용을 하는 곳이야. 게임

규칙의 균형이 조금 조정됐다고 보면 이해가 될까?"

미리는 빙그레 웃고 있었다. 그녀는 예전에 겪었던 극심했던 혼란을 추억한다.

"의지가 실체에 영향을 미친다? 진짜 마법 판타지 세계네."

"판타지 세계가 어때서? 왜 물질이 '존재'의 전부라고 생각하지? 생각해봐. 하드웨어만 가지고 세계가 돌아갈 수 있나? 소프트웨어, 즉 논리적 세계가 같이 있어줘야 비로소 세계는 완성돼."

"비유가 그럴듯하긴 해. 그래도 원자는 실재하지만 비트는 인간이 정한 약속이잖아? 어떻게 그걸 존재한다고 감히 주장할 수 있지?"

"아무튼 어설픈 과학 교육이 여러 사람 상상력을 학살했다니까. 이제 좀 더 깊이 들어가자. 그대 두 사람은 마법을 쓸 수 있는 경지를 노려볼 만하니 내 이야기를 잘 들어둬. 참고는 될 거야."

미리는 고개를 끄덕였다. 그녀는 전직 초등학교 교사다. 가르치는 데는 이골이 난 선수. 그녀는 오랜만에 설렘을 경험하고 있다. 좋은 학생을 만났을 때의 설렘.

"마법. 그게 실제로 가능하기는 한 거야?"

"7단계까지 각성한 사람이 그걸 의심하나? 우리는 9단계 각성 이상이면 가능할 것이라고 보고 있어. 물질의 창조를 다룰 수 있는 최초의 단계지."

"마법을 본적이 있어?"

"직접 본 적은 없어. 그러나 선자가 9단계 이상이고, 그들의 권능은 마법으로 알려져 있어. 그야말로 무에서 유를 창조하는 엄청난 경지지. 예언자들이 행했다는 기적의 다른 이름이기도 하고."

"그럼 너희가 마법을 과학적으로 해명했다는 거야?"

"과학은 아냐."

"그러면?"

"수학이지."

"수학?"

"그래, 세계는 수학으로 만들어졌어. 아니 세계는 수학 그 자체야. 우린 그렇게 믿고 있어."

"이젠 피타고라스의 재림이네. 그런데, 수학은 과학과 다른 거였나?"

비연은 고개를 갸웃했다. 수학이야말로 과학을 기피하게 만든 주범이다. 미리는 고개를 저었다.

"수학은 가장 강력하고 오류가 없는 언어야. 그래서 자연 현상을 서술하는 문법과 문장 규칙에 주로 쓰이지. 그러나 수학의 본질은 그 이상이야. 사실 수학 자체는 물리적 실체와는 아무 상관이 없어."

"실체와 아무 상관이 없다고?"

"생각해봐. 수와 식에 무슨 실체가 있나? 1, 2, 3………, 대수, 기하, 통계, 확률, 그래프, 함수, 관계. 이런 것들은 완벽한 추상과 논리로만 만들어진 체계야. 앨리스의 이상한 나라에서도 똑같은 모습으로 재현되는 절대적인 아이디어들이지. 이해가 돼? 이쯤 되면 물질과 아이디어 중 어느 것이 더 근본적인 것인지 고민해볼 만하잖아?"

비연은 생각에 잠겼다. 과학은 유물론(唯物論)에게 승리를 안겨주었다. 세계를 너무도 잘 설명해주었기 때문이다. 그래서 신은 추방당하고 정신은 뇌신경이 만든 환상이 되어버렸다. 그러나 수학은 공리(公理)와 논리(論理)로만 이루어진 아이디어다. 오히려 유심론(唯心論)과 어울린다. 화해할 수 없는 둘 사이에 어떤 연결 고리가 있었던 걸까?

"더욱 기막힌 이야기를 해줄까? 20세기 들어 방정식이 먼저 발견되고, 그다음에 물리적 현상을 예측하는 경우가 훨씬 많아졌지. 왜냐하면 우아한 방정식이 실험을 배신한 적은 한 번도 없었거든. 전기와 자기를 통합한 맥스웰 방정식이 그랬고 아인슈타인의 상대론이 가장 잘 알려진 경우야. 그 이후 어떤 일이 벌어진 줄 알아? 세계를 완벽하게 설명할 수 있는 단 하나의 방정식을 찾기 위한 경쟁이 벌어졌어."

"대통일 이론?"

"그래. 그게 바로 마법의 소스 코드를 찾는 과정이었지."

"소스 코드?"

"이제 좀 더 솔직해져봐. 편견을 버리고 문제의 본질을 응시해. 완전한 아이디어 덩어리인 수학이 모든 실체를 완벽하게 설명하고 있잖아. 21세기 과학자들에게 필요했던 건 오직 아이디어와 필기도구였어. 과학이 보여준 거대한 상징물들은 사실상 그 아이디어를 확인하는 측정기와 도구들에 불과했다고. 자, 어떤 것이 더 근본적이라고 생각해?"

비연은 머릿속에서 뭔가가 무너지는 듯한 충격을 받았다.

'수학은 엄격한 체계다. 따라서 항상 정확한 값을 가진다. 물리세계는 근사치의 세계다. 참값이 있겠지만 결코 정확하게 측정할 수는 없다. 출발점이 다른 두 과목이 세계를 동일하게 설명했다면 무엇이 더 본질적인가?'

"그러니까. 태초에 아이디어가 있었고, 그것들이 물리적 실체를 만들었다. 그게 네 주장의 요지야? 그 아이디어는 수학이었고?"

비연이 조심스럽게 물었다.

"아니, 거기에 두 가지가 더 필요해. 물리적 실체가 될 재료. 그리고 아이디어와 재료를 연결하는 힘. 그리고 그 세 가지는 더 근본적인 '하나'의 세 가지 측면일 거야."

"창조주? 삼위일체. 결국 신학으로 가는구나."

"그래? 우린 신학보다는 동양학에 더 가깝다고 봤는데. 이름도 일원(一元)이잖아? 일원은 태극이고. 태극은 음양 이기(二氣)를 낳는다. 바로 주역의 내용이지."

미리가 쿡쿡 웃었다.

"그런데 어떻게 창조주가 존재한다고 확신하는 거지?"

"그는 '사건의 지평선' 너머에 있는 존재야. 이 세계의 공리만으로는 증명이 불가능해. 단지 있다고 믿어. 그게 우리가 할 수 있는 최선이야."

"지금 문제를 회피하는 거지?"

"2차원 생물에게 3차원의 높이를 증명하라고 하는 것은 불가능하잖아. 그래도 혹시 알아? 네가 12단계로 추정되는 각성 단계를 모두 돌파하면 진짜 그를 만나게 될지? 우리 네 사람은 물질과 논리가 통합된 궁극의 존재가 진짜로 있다고 믿고 있어."

"일원?"

미리는 고개를 끄덕하는 것으로 대답을 대신했다.

"그래서 너희가 마법을 쓰는 걸 보고 싶어. 그거야말로 우리의 가설을 입증할 수 있는 기회가 될 테니까. 무에서 유를 창조하는 그 경이로운 과정을 보면서 말이야."

"그런데 아이디어가 어떻게 물질을 생성한다는 거지?"

비연이 신중하게 물었다. 가장 핵심이 되는 질문이다. 그리고 과학적 사고에 익숙한 사람에게는 가장 불편한 문제다. 아이디어와 물질의 상호 관계는 어떤 물리 법칙도 설명하지 못하고 있으니까.

"넌 물리 법칙을 믿니?"

"이론과 실험이 일치하잖아? 믿을 수밖에."

"그럼, 넌 그림자만을 보고 원래 입체의 모양과 색을 재현해낼 수 있나?"

"불가능하지."

"그래, 안 되는 건 안 되는 거야. 그러니까 물리 법칙을 너무 믿지는 마. 그건 생각과 경험이 합작해서 뇌에서 만들어낸 환각에 불과한 거야. 잘 봐줘야 3차원 입체 구조에서 도출된 근사치에 불과해. 너는 4차원 이상의 초입체(超立體)를 지각할 수 있는 수준이니까 내 말을 이해할 수 있을 거야."

비연은 산을 바라보았다. 산은 하품을 하고 있었다. 저 모습은 실체다. 그저 원한다고 해서 저 하품을 멈추게 할 방법은 있을까? 비연이 말했다.

"그 모습도 완전한 모습은 아니겠지?"

"물론이지. 상위 차원을 볼 수 있는 감각이 없다면 오직 믿어야 할 건 수학적 표현이야. 우리는 그걸 주문(呪文, Spell)이라고 불러. 너희가 앞으로 찾아내야 할 것은 바로 그 주문이야."

"마법의 주문이라고? 젠장, 그러면 여기서도 수학을 배워야 되는 거냐?"

산이 눈물이 그렁그렁하게 채운 채 투덜거렸다. 그 소리는 신음에 가깝게 들렸다. 미리는 쓴웃음을 지었다.

"아니, 그 정도의 고난도 기예의 수식을 스스로 개척한 두 사람이 웬 엄살이래? 혹시 1차원 문장으로 된 조잡한 수식 기호들이 수학의 완전한 표현이라고 착각하고 있는 거냐?"

"무슨 소리야? 그럼 9차원 수식도 있는 거냐? 난 못 해. 몸으로 때우는 건 몰라도."

산이 비연을 바라보았다. 비연은 난감한 얼굴로 고개를 저었다. 지금까지 살면서 수학과는 별로 좋은 추억이 없었다.

"너무 겁먹지 마. 수학은 몸으로 표현될 수 있으니까. 매 순간마다 몇 차원에 달하는 복잡한 수식을 쓰고 있는데도 뇌가 알아채지 못할 뿐이야."

"……."

"몸이야말로 가장 훌륭한 아날로그 컴퓨터니까. 몸은 이미 수학을 알고 있어. 여러분은 매 순간마다 계산하고 판단하잖아? 앞으로 해결해야 할 것은."

"몸이 컴퓨터라고?"

"그렇지만 문제는 다른 데 있어. 인간의 아이디어는 물리적 세계에 실제로 영향을 미치기 때문이지."

비연은 긍정할 수밖에 없었다. 사실 그랬다. 적외선과 자외선, 초음파, 그리고 피부에 와 닿는 분자 하나하나가 얼마나 다른 세계의 상(像)을 보여주었는가! 그건 익숙한 세계와는 전혀 닮지 않았다. 더욱이 그것들은 자신의 의지에 민감하게 반응했다. 마치 무수하게 많은 거미줄을 펼쳐놓고 세상을 흔드는 느낌이랄까?

"그럼 우리가 보는 이 세계는 환각인가?"

"이봐! 비연, 왜 너도 이미 느끼고 있는 것을 자꾸 묻는 거야? 우리가 여기서 근 500년 이상 해괴한 초감각을 경험하고 사유하면서 도달한 결론은 인간의 '감각'이 개입되기만 하면 세계의 상태는 바뀔 수 있다는 거였어. 마치 손을 휘저어 물 위에 비친 모습을 왜곡시키는 것처럼."

"우리의 문제는 카메라가 바뀐 건지 실체가 진짜로 바뀐 건지 도무지 구별할 수 없다는 거지. 자! 무엇이 진짜 실체일까?"

"네 결론은?"

"어느 것이 진실인지 구별할 수 없다면 동등하게 보자는 관점이야. '관찰은 실체를 변화시킬 수 있고 실체는 관찰자를 변화시킨다' 쯤 될까? 이 세계는 그렇게 인간과 함께 역동적으로 움직인다는 가설이야. 그래서 인간의 각성은 아주 의미가 큰 사건이지."

"솔직히 관찰자가 세계를 변화시킨다는 네 논리는 여전히 억지 궤변으로 들려. 그럼 인간이 멸종하면 세계도 없어진다는 거니? 나도 아인슈타인과 보어의 논쟁을 읽어보았고, 슈뢰딩거의 고양이 이야기도 들었지만, 여기서 그 이야기를 다시 듣게 될 줄은 상상도 못 했어."

비연이 한숨을 쉬었다.

"오호! 뭘 아네? 아주 비슷해. 내 결론은 보어 쪽을 지지하게 되더군. 관측 대상과 관찰자의 의지는 분리할 수 없어. 이게 인식의 한계인지 세계의 본성인지 알 수는 없지. 아무튼 인간은 아주 특별해. 그는 물리세계와 개념세계를 연결하는 존재니까."

"그럼 개념세계가 실제로 있다고 치면 너는 그걸 어떻게 증명할거지? 네 말대로라면 측정될 수 없는 것은 증명할 수도 없으니 그냥 인정하라는 건가? 그냥 마법이라는 이름으로? 너무 웃기는 비약 아닐까?"

"글쎄…… 자, 이제 아까 질문으로 돌아가자. 모든 존재는 반드시 물질로 되어 있어야 하나? 논리는 뇌가 만든 허상에 불과할까?" 미리가 웃으며 다시 물었다.

"하기야…… 에너지도 '존재'는 하지. 물질인지 아닌지는 모르겠지만." 비연이 떨떠름하게 대꾸한다.

"에너지? 에너지는 일을 할 수 있는 능력이야. 능력에 어떤 실체가 있나? 위치에너지, 운동에너지, 열에너지…… 그건 질량도 없고 부피도 없어. 즉, 존재를 증명하는 어떤 속성도 가지고 있지 않아. 그저 어떤 가설을 세워 실험을 해보니 진짜 그렇게 나왔을 뿐이야. 그런데 뭘 믿고 감히 '있다'고 주장하지? 따라서 에너지는 실체가 아니라 논리에 가까워."

"현상으로 관측되잖아?"

"논리는 현상으로 관측이 안 되나? 그러면 경제적 현상도 어떤 에너지가 있어서 한 건가? 원자는 존재하고 비트는 존재하지 않나? 내가 보기에 세상은 원자보다 비트로 설명하는 것이 더 설득력 있어 보이는데?"

"네 말대로라면, 모든 물질도 허상이겠네? 질량이 있는 것들이나 이렇게 선명하게 만져지는 것도?"

"허상이라고 하지는 않았어. 우리가 세계와 대화하는 것은 오로지 감각이야. 우리가 진화시킨 감각은 비트보다는 질량을 더 선호할 뿐이야. 뇌가 세계를 그렇게 번역했을 뿐이지. 나는 질량보다는 에너지가 더 근본적인 실체라고 보고 있어. 아인슈타인은 특수상대론에서 질량과 에너지는 동등하다고 증명했지. $E=mc^2$이라는 유명한 방정식은 알고 있을 거야. 그러면 이제 이 방정식 덕택에 실체로 등장한 에너지가 대체 뭐냐가 남은 문제인데. 에너지는 힘과 거리의 곱이니 이제 힘이 무엇인지 알아내면 되겠지."

"내 참…… 점점 복잡해지네. 여기에서 물리 공부를 하게 될 줄이야." 비연이 툴툴댔다.

"물리학에서 가장 근원적인 힘은 네 가지라고 알려져 있어. 만유인력이라고 하는 중력(重力), 맥스웰의 전자기력(電磁氣力), 방사능과 물질 변환의 원인이 되는 약력(弱力), 그리고 원자핵을 유지하는 강력(强力). 그런데 하나하나 따져보면 정말 기괴한 결론에 도달해."

"……."

"일반상대론에서 중력은 가속도와 같아. 더 정확하게는 공간이 휜 정도라고 정의되지. 그래…… 그냥 굽은 정도야. 2차원의 종이를 반으로 접으면 양쪽 면이 만나잖아? 그렇게 가까워지는 게 바로 중력이라는 거야. 3차원 공간에 사는 우리는 공간이 접히는 걸 전혀 느낄 수 없으니 우리의 감각은 그걸 '당기는 힘'이라고 해석한다는 이야기지. 이제 실체는 어디 있지?"

"중력이 공간의 곡률이라…… 그럴듯하군."

비연은 수긍했다. 그것은 5차 가속 단계부터 선명하게 느껴왔던 것이다. 물체 주변의 공간에 보이는 일그러짐의 느낌. 일그러진 공간을 따라 물결처럼 흘러가는 수많은 선(線)들…….

"중력은 그나마 나은 편이야. 나머지 세 개의 힘은 더욱 이상하지. 양자역학에 따르면, 그 힘들은 두 입자 사이의 관계를 나타내는 어떤 확률로 정의돼. 감이 오니? 힘이란 것은 결국 무한대에 가까운 주사위를 던져서 나오는 어떤 경향성과 전혀 다를 게 없는 거야. 어쩌면 그것들은 다른 차원들의 일그러짐 때문일 수도 있어. 결국 힘은 차원이 만든 다차원 기하학에 불과할지도 모르지."

"……."

"자, 그럼 이제 뭐가 남았지? 실체는 모조리 사라지고 그저 공간과 차원들의 '관계'만 남은 거야. 그 관계는 인간이 결정해. 그것도 양자역학의 해석에 따르면, 관찰하는 사람이 뭘 보기를 원했느냐에 따라 그 관계도 완전히 달라져. 세계는 관찰자가 보고자 하는 것만 보여주지. 나는 그게 물리적 세계의 실체라고 봐. 관측자와 세계의 관계. 다른 말로 인간과 세계의 관계. 어때, 소름 끼칠 만큼 아름답지?"

"그러니까…… 네 견해를 정리하면, 우리가 만지고 듣고 보고 있는 이 딱딱한 것들이 모두가 다차원 공간이 만들어낸 허깨비라는 이야기지?"

"그래, 정확하게는 다차원 공간 디자인이 구현해낸 허깨비들이지. 내친 김에 마저 이야기를 하자. 물질의 근본인 원자를 예로 들어볼까? 원자를 쪼개면 원자핵과 전자가 남지?"

"그렇지."

"그런데 그거 알아? 원자핵과 전자 사이의 공간이 얼마나 넓은지. 비율로 보면 축구장만 한 껍데기를 깠는데, 그 속에는 콩알만 한 원자핵이 달랑 들어 있는 셈이야. 가운데는 완전히 빈 공간이나 똑같지. 그 작은 원자핵을 쪼개보면 또 다시 양성자과 중성자 같은 소립자가 나오고 그걸 다시 쪼개면 쿼크라는 전자만큼 작은 놈이 있고 그걸 다시 쪼개면 어지러운 고(高)에너지 파동만 남지."

"그러니까, 이 아름답고 화려한 세계도 결국 홀로그래피 영상이라는 건가?"

"바로 그거야! 내 결론은 원자는 에너지(관계)가 꽉 차 있는 다차원 풀장이라는 거야. 그 속에는 거대한 에너지 파동이 끊임없이 요동치면서 물질을 발생시키고, 또 소멸되는 광란의 세계가 있지. 그 미친 벽돌로 만든 세계가 바로 우리가 인식하는 세계야. 그 세계조차도 우리가 듣고 보는 부분은 극히 일부분에 불과해. 광대한 전자파 스펙트럼에서 우리의 시각은 겨우 가시광선(可視光線)만을 볼 수 있고, 귀는 겨우 20킬로헤르츠까지밖에 못 들어. 너는 고도로 각성한 존재니까 아마 다른 걸 보았겠지?"

비연은 고개를 살짝 끄덕였다. 각성 이후 그녀가 본 것이 바로 그것이었다. 세계는 보는 것보다 훨씬 더 컸다. 어떤 상상력도 뛰어넘을 만큼 컸다. 그것이 물리적 크기가 아니라, 논리적 크기, 상상의 면적이라면 이해될 수 있는 것이다. 그래, 세상은…… 진정한 판타지다.

"그럼 일원은 바로 그 다차원 공간을 설계하고 비트(아이디어)로 우리가 볼 수 있는 세계를 만든 존재라는 건가?"

"그렇게 봐도 되겠지. 그 이상일 수도 있고. 아니면 관계를 창조하는 존재니 인간과 상호작용을 하면서 세계를 창조하고 있는지도 모르지. 아직도 작품을 제작하는 중일지도 모르고."

어느새 밤이 깊었다. 그러나 그들의 대화는 끝없이 이어졌다. 대화는 새로운 모험과도 같았다. 세계에 대한 새로운 관점. 사람과 세계에 대한 새로운 통찰. 그리고 새로운 세계가 원하는 삶의 모색.

부록 3

비연의 기록: 일원과 초월자, 그리고 가속

"그럼 일원은 누구지?"

"사람."

미리가 간단하게 고개를 끄덕였다. 환하게 웃고 있는 모습이 핵심을 짚었다는 표정이다. 반면 산과 비연의 얼굴은 작지 않은 충격으로 굳어졌다.

"일원이…… 이 세계를 만든 그 엄청난 존재가 바로 우리와 같은 사람이라고?"

"우리는 285, 즉 우리가 살던 지구에 살았던 사람이라고 추측하고 있다."

옆에서 대화를 듣고 있던 남준이 끼어들었다.

"그럼. 285 이야기를 해줘. 대체 그 세계에서 무슨 일이 있었던 거지? 우리가 이곳으로 소환된 이후?" 산이 물었다.

"글쎄……."

이강이 술을 쭉 들이키며 웃었다. 이강은 다른 세 사람을 바라보았다. 비연은 의아한 눈으로 그들의 표정을 살폈다. 꽤 굳어 있는 얼굴들이 보인다.

"어이! 이 이야기해도 되는 거야?"

이강이 빙글빙글 웃으며 세 사람의 동의를 구했다. 아무도 대답을 하지 않았다. 불편한 침묵이 한동안 이어졌다. 이강은 눈을 반쯤 감고 술을 병째 들이켜고 있다.

"무슨 문제가 있나?"

산이 눈을 가늘게 뜨고 물었다.

"짧게."

남준이 끊듯이 말했다. 이강이 입술을 쓱 훔쳤다. 손등에서 술 냄새가 확 풍겼다.

"이해해라. 우리도 정말 기억하고 싶지 않은 이야기라서…… 어쨌든 내가 가장 늦게 왔으니 결론만 말해주지. 그게 제일 궁금하겠지?"

"결론이 났다? 혹시 멸망?"

비연 역시 눈매를 좁히고 있었다. 분위기가 써늘하다.

"그대도 영화를 너무 많이 봤어. 그렇지만 그렇게 시시한 이야기는 아냐. 인간은 자신의 운명을 선택했고, 그대로 이루어졌을 뿐."

이강이 고개를 저었다.

"그래서 결론이란?" 산이 다시 물었다.

"인간은 신이 됐지."

"신?"

"그래, 진짜 신이었지."

"그리고 인간은 악마가 됐지." 미리가 거들었다.

"악마?"

"그래 진짜 악마였다고……." 남준이 큭큭 웃었다.

"그 후 일원이 인간으로 탄생했을지도 모르지."

오기가 웃었다. 그 웃음에는 서늘한 냉기가 흘렀다.

"그리하여…… 신과 악마는 추방을 당했고 세계는 닫혔고…… 그게 이야기의 끝이야. 끗!"

이강이 박수를 쳤다. 나머지 세 사람이 휘파람을 불었다.

"아! 썅! 정말! 욕 나오게 하네. 놀리는 게 아니라면 좀 진지하게 이야기해줄 수 없나?" 산이 고함을 버럭 질렀다.

"다시 말하지만, 나는 정말 이야기하기 싫어. 우리 네 사람도 이곳에 와서 그곳의 이야기를 화제에 올린 적은 아직 한 번도 없었어." 이강이 섬뜩하게 웃으며 말했다.

"싫으면 하지 말든가. 이건 뭐…… 애새끼도 아니고 낫살은 엄청나게 처먹어 가지고…… 이쯤에서 끝내자고."

산이 투덜거리며 일어서자 이강이 손을 휘휘 저었다.

"아아…… 진정해. 갑자기 옛날……… 뭐지? 그래! 애인 생각이 나서 말이지. 사실 잊은 것도 많아서. 이야기는 해줘야지. 너희들 처지를 이해하니까."

"자네 술 취했나?"

"그래, 맨 정신으로는 힘들어. 궁금하겠지? 아! 그리고 내게서 너무 많은 걸 기대하지 마. 나는 내가 본 사실만 말할 거니까."

산은 비연을 바라보았다. 비연은 손가락을 입술에 가져갔다. 몇 가지 의념이 오갔다. 비연이 이강에게 먼저 질문을 던졌다. 질문은 매우 사무적이고 건조한 투였다.

"인간이 신이 됐다는 것이 무슨 뜻이지?"

"그때가 언제더라…… 그래 3D 영화라는 게 나왔어. 엄청나게 히트를 쳤지. 모든 자본이 몰린 것은 당연했고. 그 10년 후 세상이 어떻게 변했는지 알아?"

"……."

"평균 10차원, 즉 10D가 넘는 멀티미디어 콘텐츠가 모든 매체의 일반적인 포맷이 됐어."

"10차원?"

"인간의 모든 감각이 프로세스 단위로 표현되고 재생할 수 있는 수준. 현실과 구별할 수 없는 진정한 가상현실이 실현된 거지."

"가상현실?"

"우습게 생각하지 마. 6차원만 해도 40퍼센트가 넘는 사람들이 현실과 구별하지 못했으니까. 재생 기계가 보급된 이후 지각과 반응 구조에 대한 알고리즘은 상업적인 성공을 보장하는 최고의 킬러 콘텐츠가 됐지. 기쁨과 슬픔, 감동조차도 기계로 재생할 수 있는 상품으로 팔려나갔어. 사람들은 '관념으로 빚은 술'을 발명했다고 아주 좋아했지. 물론 '정신계 마약'의 발명이라고 지랄하는 놈들도 있었고."

이강이 또박또박 말했다.

"그 정도로 하드웨어 성능이 개선됐었나?" 산이 물었다.

"지각을 해석하고 재생할 수 있는 새로운 개념의 프로세서가 등장했거든. 신경망. 아날로그 방식이었어."

"아날로그?"

"반응 속도, 에너지, 진화 측면에서 디지털과는 비교할 수 없을 만큼 효율적이지. 특히 신경망은 기본적으로 아날로그 과정이야. 이를 흉내 낸 네트워크 컴퓨팅 역시 아날로그 방식으로 진화하는 것은 어쩌면 당연한 수순이었을지도 몰라. 이후 디지털은 한물간 기술이 됐어."

"아이러니하군. 아날로그의 재림, 르네상스라……."

"디지털은 간단한 계산이 요구되는 마이크로 범위에서나 유용했지, 복잡한 비선형(非線型) 매크로 범위에서는 너무 오류가 많았어. 학습 능력도 떨어졌고."

"맞는 이야기야. 내가 쓰던 노트북도 벌레투성이였으니까. 디지털이 최고인 줄 알았는데 순 사기였지."

산이 말했다.

"비슷한 시기에 web 3.0이 나왔어. 그건 처음부터 3D에 더한 가상공간, 모바일 기반이었지. 컴퓨터는 모바일 기기로 분해되며 옷과 통합됐어. 입는 컴퓨터는 기본이었고 칩과 전선들은 옷과 장갑, 구두 등으로 스며들어 갔어. 칩들은 공기만큼이나 흔해져서 편의점에서 스티커처럼 살 수도 있었어. 가상공간의 비즈니스 엔진은 게임엔진인 MMORPG(Massive Multiplayer Online Role Playing Game)으로 통합됐고. Web 3.0이 등장하면서 80억의 개인은 자신의 ID와 비밀번호를 제외한 모든 정보를 네트워크에 보관할 수 있었어. 그리고 모바일 기기 자체가 신분증을 대신할 수 있었지."

"휴대전화가 신분증이 된 건가?"

"비슷해. 그보다는 훨씬 고성능이지만."

"젠장!

"그렇게 개인은 모두가 네트워크로 연결된 거야. 그 네트워크는 인간의 지식과 감성을 실시간으로 축적하며 독립적인 생명체처럼 진화했어. 반면 모든 개인은 신에 육박하는 지식과 권능을 네트워크를 통해 동원할 수 있었어. 사람들은 그 시대를 '마법이 편재하는 시대'라고 불렀어. 정말 필요할 때 필요한 것을 얻을 수 있었거든. 물론 '21세기 러다이트 운동'을 주창하며 이 신성한 네트워크에 테러를 가하는 놈들도 많았지. 물론 결코 성공할 수 없었지만."

미리가 이강의 말을 이었다.

"같은 기간, 당연하게도 저작도구의 혁명이 일어났어. 많은 사람들이 자신만의 가상공간을 스스로 설계할 수 있었고, 10D 이상의 다차원 콘텐츠를 그 공간 속에 넣어 작품을 만들었지. 영화, 음악, 미술, 비즈니스가 통합된 작품들이 가상공간에서 팔렸어. 그래서 어떤 사람들은 이 시대를 '연금술의 시대'라고도 불렀어. 정보는 돈과 정말 구별할 수 없게 됐거든. 물론 인간의 감각을 조정하는 큰 형님(Big Brother)의 존재를 주장하는 음모론자들도 많이 생겼지. 그들의 목표는 과거 언론을 대체하며 온라인 거래의 실세로 떠오른 대형 게임 포털이었어."

"……."

"한편, 강력하고도 값싼 하드웨어와 저작도구 덕택에 유전자 프로그래밍이 일반화됐어. 일부 사람들은 각종 아미노산을 사들였고 그것들을 합성하기를 즐겼어. 그래서 단백질 생명의 진화와 변이가 인공적으로 시작됐지. 그리고 급격하게 퍼졌어. 온갖 다양한 펫이 어디선가 만들어졌고 괴수까지 등장했지. 너무 유행해서 국가조차 통제할 수 없었어. 그래서 '신의 시대'라고 불렀던 기자도 있었지."

"……."

"그리고 집단지식의 축적에 따라 과학과 기술 모두에서 거대한 혁명이 일어났지. 양자컴퓨팅, 나노머신, 물질의 해체와 복제, 소립자

촉매의 존재 등이 속속 규명됐고 인간은 소형 블랙홀을 만들 수 있게 됐어. 그뿐 아니라 물질과 공간을 n차원에서 설계하는 권능을 얻었지. 그 극히 적은 수의 사람들은 이 시대를 '창조주의 시대'라고 불렀겠지? 그들은 진짜 우주를 자신이 설계한 시공간에서 만들 준비가 된 거니까."

"그리고 이 모든 것이 이루어지는데 불과 50년이 걸리지 않았어. 60억이 연결된 네트워크 컴퓨터는 그 정도로 막강했지. 인간을 세포로 만들어가며 스스로가 창조주의 지위까지 도달하는 데에는……."

오기가 말을 마쳤다.

꿀꺽.

비연이 침을 삼켰다. 산은 멍하게 네 사람을 바라보고 있었다. 비연이 물었다.

"그럼…… 악마는?"

"쩝……."

남준이 입맛을 다셨다.

"네트워크에는 개인만 연결된 게 아니었거든."

"법인?"

"그래. 법인뿐만 아니라 국가, 단체, NGO, 하다못해 컴퓨터 그 자체도 네트워크의 강력한 소비자였지. 사실은 지배자였고."

"……."

"그들은 의제(agenda)를 던지고, 허브(hub)를 장악하고 정보의 유통을 조절했지. 값싼 저작도구의 유통은 네트워크를 다루는 선수들이 쓰는 아주 좋은 방법이지. 이런 방법으로 그들은 원하는 것을 네트워크를 통해 개발시킬 수 있었어. 결국 결코 손대지 말아야 할 것을 건드리고야 말았지."

"그게 뭐지?"

"알고 싶나?"

"많이."

"인간." 남준이 짧게 거들었다.

"인간?"

"정확하게는 각성……."

"각성!"

산의 눈빛이 번득였다.

"10D 이상의 콘텐츠를 구현하려면 인간의 감각을 완전히 속여야 돼. 모든 종류의 측정 장치가 모바일기기에 얹혀서 사회 전역에 깔렸어. 적외선, 자외선, 뇌파, 유전자 감식, 하다못해 호흡에 포함된 분자 포집기까지. CCTV와는 차원이 다른 정보 수집 활동이 조직적으로 벌어진 거지."

"허……." 산이 한숨을 토했다.

"비공식 자료에 따르면, 그 당시 한 인간에 대한 측정 데이터는 하루 평균 3억 회 정도 갱신이 됐고 모든 인간에 대한 프로파일이 만들어졌지. 그거에 비하면 그대들이 알고 있는 지문이나 홍채 인식은 아주 원시적인 거야."

"그래서?"

"어느 순간, 인간의 감각을 연구하던 중 특이한 상태들이 보고됐어. 그리고 감각에도 단계가 있고 각 단계로 넘어가는 상전이(相轉移)가 있다는 사실을 발견했지. 평범한 인간에게도 예외는 없었어. 물론 극소수의 선택된 인간만이 그 의미를 알아냈고."

"그게 너희들이었나?"

비연이 물었다. 이강이 고개를 끄덕였다.

"황홀했어. 정말 대단한 설계. 그 발견으로 모든 것이 변했지. 진정한 창조주의 흔적을 본 것이니까. 그 권능까지도."

"그래서 너희들이 초인을 탄생시킨 건가?"

"그 정도라면 행복했을 거야. 이 이야기는 이만하세. 다음 이야기는 정말 하고 싶지 않아. 결론은 이미 이야기를 해줬고."

"그럼 그대들이……?"

비연은 말을 꺼내려다 입을 다물었다. 피하고 싶은 이야기를 굳이 확인해서 좋은 일은 없을 터…….

"그래서 우린 신을 믿지 않아. 신의 존재를 확신한다는 것과 그것을 믿는다는 건 완전히 다른 이야기더라고. 일원의 존재는 우리 넷이 이 세계에 불려 왔다는 것 자체로 증명이 되는 거고. 그대들도 마찬가지."

"그럼, 이곳에서 신은 뭐지? 285와 같은 존재인가?"

이강이 고개를 끄덕였다.

"신들은 아마 285 출신의 프로세스들일 거야. 어떤 미친 인간들이 설계했는지 모르지만 스스로 자아를 얻은 비트의 흐름이지. 워드나 엑셀 같은 응용프로그램의 10D+ 버전이라고 하면 비슷할까? 항상 하드웨어와 유저의 데이터를 요구하는 불완전한 존재. 놈들은 자신의 프로세스 안에서는 끊임없이 유저의 절대 복종과 신앙을 요구하지. 그렇지만 뭔가 처리해서 의미 있는 결론을 던져주니까 거기서 신의 존재 의미를 찾는 거지. 그래서 정보생물이라고 하는 거고."

"현자는?"

"일원이 이 세계에 심어놓은 분산 운영체제라면 비슷할까? 시스템 내부에서는 가장 강력하고 지혜로운 깡패지. 자네 시절의 유닉스나 윈도우즈와 비슷한 거야. 놈들은 항상 자원을 할당하고 버그를 잡고 시스템의 균형을 맞추지. 시스템의 보호와 복구도 놈들의 역할이야. 말 잘 듣는 관료 조직이라고 보면 돼. 지독하게 보수적인 놈들이야. 스스로 규칙을 고안하는 것은 금지되어 있고. 그래서 창의력은 꽝에 가깝지."

"자네들은?"

"베타테스터. 일원에게 잡혀 온 최악의 미친 범죄자들."

남준이 옆에서 킥킥 웃었다.

"인간들은?"

"유저들. 창조물을 구매하고 읽어주고 감상하고 평가하고 쓰는 고마운 존재. 기분 좋으면 칭찬 댓글도 남겨주지. 기분 나쁘면 떠나버리기도 하고. 이들이 없으면 일원도 장사 끝이지. 각성에 따라 일원이 될 수 있는 유일한 존재. 쉬운 말로 부처가 된다고나 할까?"

"사탄은? 초인은?"

"글쎄…… 일원이 창조한 최초의 인간이니 그 자신이라고 해도 되겠지."

"그럼 우리는?" 비연이 물었다.

"몰라…… 아직 인간이긴 한데 일원을 향해 각성해가는 가능성 있는 존재쯤 되려나? 아직은 확실하지 않아."

"여전히 인간이란 알 수 없는 존재인 거냐. 혹시 아피안에 대해서는 알고 있나?" 이번에는 산이 물었다.

"글쎄 그럴 수도 있고 아닐 수도 있고……." 오기가 불편한 표정으로 고개를 꺾었다.

"그것도 말해주기 어려운 건가?"

"어렵지는 않아. 단지 이야기할 수 없을 뿐이지. 일원과의 계약은 엄격하거든. 우리 네 사람 모두의 동의가 있어야 되는데……."

오기는 다시 나머지 세 사람에게 눈길을 돌렸다. 동의를 구하는 모습이다. 하나는 긍정의 신호를 보냈고, 두 사람은 고개를 저어 반대 의사를 표시했다.

"아직은 이야기해줄 수 없다는군. 미안하네. 워낙 민감한 사안이고 비밀 유지가 중요해서. 이해해주게."

"곤란하면 관둬. 근데 그런 곳이 있기는 있는 거야? 그 정도도 말하면 안 돼나?" 비연이 말했다.

"있었고 있게 될 거야."

미리가 대답했다. 반대 의사를 표한 사람 중 하나다.

"지금은 없다는 이야기냐?"

비연의 시선이 미리를 향했다. 미리는 멋쩍게 웃었다.

"내가 반대를 해서 꽤나 섭섭할지도 모르겠지만 나는 충분히 신중하고 싶어. 솔직히 너희들이 일원의 적이 될지 아니면 동료가 될지 아직 확신이 없거든. 설령 동료라고 해도 너희는 비밀 유지가 안 되는 딱한 처지잖아?"

"꽤나 중요한 전략적 장소인가 보군. 그렇지만 우린 그쪽에 가야만 할 용건이 있다. 우리가 이 세계에 온 이유를 알 수 있는 유일한 단서니까."

산이 짧게 말했다.

"상세한 정보는 줄 수 없지만, 기본 개념 정도는 알려주지. 아피안은 새로운 시대가 출발하는 시작점이야. 아피안(A-彼岸) 그 이름에는 두 가지 상반되는 의미가 있어. 피안(彼岸)이 아닌 곳, 그리고 모든 피안 중의 피안. 여러 신화에 숨겨져 희석되어 있지만 285에서도 충분히 언급된 장소지. 힌트가 됐으면 좋겠네."

"에덴인가?"

미리는 고개를 끄덕이는 것으로 긍정의 뜻을 표했다.

"그리고 커다란 배와 운석으로 멸망한 도시. 각 사건들의 공통점과 시사점을 찾아봐."

미리는 흥미로운 눈빛으로 두 사람의 반응을 살폈다. 두 사람은 생각에 잠겼다. 그러나 별로 놀란 표정은 아니었다.

"예상대로네요." 비연이 산을 바라보며 말했다.

"네 추측대로 아피안은 시스템 초기화를 위한 준비 섹터라고 보는 것이 맞는 것 같다." 산이 말했다.

"커다란 배는 노아의 방주, 운석으로 멸망한 도시는 소돔과 고모라, 그리고 에덴은 분양 준비가 끝난 종족을 파종(播種)하는 실험실이라고 대체하면 그런대로 설명이 되겠죠."

"그럼 아피안을 찾으라는 이야기는 뭐였을까?"

"아피안은 현존하는 장소가 아니라, 배처럼 건설되는 곳일 겁니다. 아피안을 건설한다는 것은 심판의 날이 다가왔다는 뜻이겠죠. 물이든 불이든 심판은 진행될 것이고, 다음 세대를 위한 새로운 종족들이 선택되겠죠."

비연이 미리를 바라보았다.

"그리고 새로운 계약 후 시스템을 재시작하겠지. 자네들은 노아의 방주를 준비하고 유전자를 선택하는 임무를 수행하겠지? 이 정도면 대강 맞는 추리일까?"

세 사람은 말을 아꼈다. 그러나 미리는 질렸다는 표정을 숨기지 않고 있었다.

"이제…… 우리가 떠나기 전 확인하고 싶은 마지막 질문일 것 같은데 대체 가속은 몇 단계가 있는 거지? 원리에 대해 알려줄 수 있나?"

산은 오기를 물끄러미 바라보고 있었다. 이들은 각성을 발견한 자들이다. 당연히 나올 질문이었다.

"자네들 정도로 가속을 다룰 줄 아는 사람이라면 원리는 우리보다도 더 잘 알고 있을 텐데?"

"집중할 수 있는 정신의 개수와 연관이 있다는 정도만 알고 있어. 왜 그런지 체계적으로는 몰라."

비연이 말했다.

"훌륭해. 우리의 연구와 아주 비슷한 결론에 도달했군. 우리는 '가속'이란 정신이 육체를 쓸 수 있는 차원의 축을 추가하는 과정으로 보고 있어. 개념세계가 물질세계와 대화할 수 있는 범위가 넓어지는 거지. 우리는 그 대화를 공명(共鳴, resonance)이라고 부르지."

"정신이 육체와 대화하는 범위?"

"모든 물리 상태가 그렇듯, 인간의 정신과 육신도 평소에 에너지 소모가 가장 적은 바닥 상태를 유지하지. 그렇지만 절박한 상황에서는 달라져. 보통 사람은 다음 모드로 전환하려는 신체를 제대로 다루지 못하지만, 정신이 준비된 사람은 활성화된 신체 모드에서 공명하게 돼. 고도의 집중. 몰아(沒我)의 과정. 그게 1차 가속이야. 그건 사례가 아주 많아. 그렇지만, 보통 사람은 평생 한 번 경험하기도 힘들지. 그래서 알면서도 믿지 않거든."

"그럼 2차 가속은?"

"1차 가속 상태에 익숙해진 사람은 2차원의 정신을 깨울 수 있어. 신체의 모든 감각이 완전히 활성화되고 극도로 예민해지지. 그래서 무척 몸이 아파."

"……."

"그러나 그 상태에서도 몸을 관조하려는 정신을 놓지 않으면 몸을 제대로 쓸 수 있게 돼. 피와 살이 튀는 전장에서는 흔히 있는 일이야. 옛날 유명한 맹장들의 기록을 보면 한칼에 여러 명을 쓸어버리는 사례도 적지 않지? 묘한 것은 285에서 이곳으로 넘어오니 2차 가속까지는 쉽게 풀리더라고. 각 에피소드마다 인간들의 능력 밸런싱에 미묘하게 차이가 있었어."

"흠…… 조금은 이해가 될 듯도 하네. 그럼 3차 가속은?"

부록 4

용에 대하여 – 초인의 길에서 발췌

용은 지상에 발을 딛고 사는 종족 중 최강의 종족이자, 육신을 가진 생명체 중 가장 강대한 권능을 일원으로부터 허여받은 진정한 의미의 전천후 만능 전투기계다. 창조주 일원은 이들에게 운석 충돌과 지진 등 시스템 위기에서 모든 종을 보전할 것과 외계의 적들로부터 종의 보호할 것을 명했다. 그 임무 중에는 특이하게 번성하면서 생태를 교란시키는 바이러스형 생명과 암적인 증식 성향을 보이는 생명에 대한 조정(調整) 명령도 포함되어 있었다.

이렇게 용은 일원 세계에서 선한 운영자의 역할을 맡았다. 용들은 모든 임무를 성공적으로 수행했다.

그러나 단 두 가지 예외가 있었다. 바로 신과 인간에 대한 문제였다. 이들의 임무는 도전을 받았고 그다지 성공적이지 못했다. 일원은 이들의 판단에 불만이 있었지만 제재할 수는 없었다. 현명하고 공정한 이들은 신을 바이러스가 아닌 공생형 기생생물로 해석했고, 인간의 특이한 행동 양식과 급격한 번성은 세계의 암종(癌種)으로 해석했다. 인간은 제재해야 할 대상으로 적대했으나, 신은 공생해야 할 대상으로 설정한 것이다.

일원이 직면한 문제는 냉정하게 현상을 분석해보면 용의 해석에 전혀 오류가 없다는 것이었다. 그러나 용이 인간을 적대하는 한, 일원은 자신의 본질이 위험해질 수 있다는 사실을 알고 있었다.

더 큰 문제는 용이 스스로 자아를 획득하기 시작하며 독립을 원하기 시작했다는 것이다.

용의 특징과 본성

생체 구조를 보면 생명이라기보다는 바이오 메카닉에 가까운 실체다. 재료는 나노 크기의 탄소와 알루미나 등 극한 첨단 소재를 사용하여 진화시킨 지능 생체기계(Intelligent Bio-Mechanic/Automata)들이며, 본체는 각각의 독립된 생체기계를 연결하고 고도의 자율 운영 체계들로 이루어진 생체복합 클러스터이다.

일원은 드래곤 신체의 형태를 세 가지의 서로 다른 생체 시스템을 결합(hybrid)해 진화시켰다.

그 첫째가 식물적 대사 시스템이다. 이 시스템으로 용은 만 년에 가까운 초장기간 생존할 수 있으며 자체적인 에너지 대사가 가능하다. 이 시스템은 심각한 손상이나, 반드시 장기 동면을 해야 할 때 가동된다. 기종마다 차이는 있지만 보통 300년 활동 주기에 100년간 동면을 한다. 300년간의 활동 기간 동안 조직의 괴사가 서서히 일어나게 되는데, 그래서 모든 드래곤은 자기 자신만을 위한 거대한 둥지를 필요로 한다.

두 번째 시스템은 고에너지 대사 체계다. 식물성 대사 시스템이 최소한의 생존을 위한 것이라면 이 에너지 대사는 운동과 전투를 위한 것이다. 그래서 이 종족의 몸은 고효율의 에너지 변환과 축적 장치를 필요로 하는데 이를 위해 연료전지를 실현할 극세 표피 구조와 함께 충전 효율을 높이기 위해 큰 표면적을 가지는 거대한 본체로 진화하게 된다. 그 크기는 작고 날렵하게 진화한 종이 50미터, 이동을 포기하고 덩치를 키운 것은 500미터에 이른다. 또한 사용하는 에너지 역시 전자파 기반의 광(光)을 주로 사용하는데 주로 통신과 레이저 등의 용도로 쓴다. 정밀한 제어를 위해 극도의 고순도(高純度) 결정체와 거울체를 스스로 합성한다. 이 때문에 정밀하게 가공된 보석과 가공을 위한 장비가 이들의 둥지에서는 흔하게 발견된다. 특히 이들은 용심(龍心, Dragon Heart)라고 부르는 기관을 심장으로 사용한다. 이는 소형 상온 핵융합로라고 할 수 있는 거대 에너지를 생산하는 생체 장치로서, 힘(핵력)까지 합성할 수 있는 거대 에너지 용량을 지닌다.

용은 이러한 막대한 에너지원을 사용하여 다양한 공격 수단을 가진다. 다중 초점 레이저를 활용한 화염(플라즈마) 공격에서 고도로 압축된 공기를 사용한 빙한계 공격, 그리고 어마어마한 전위차를 이용한 전격 공격 같은 원소계의 공격이 가능하다. 주로 한 개체는 하나의 주특기를 키우지만, 모든 개체의 내부에는 공격을 위한 자율 시스템이 공통적으로 구성되어 있기 때문에 대뇌 중추에서 명령이 구성되는 즉시 사용할 수 있다.

그들이 구사하는 최강의 무기는 역시 용의 숨결(Dragon Breath)이라고 부르는 전술 핵무기다. 인구 50만의 도시 하나를 그대로 날려버리는 위력이다. 이 밖에도 이들이 수만 년 동안 개발하여 후대에 전수하고 수천 년의 생애에 걸쳐 신체 구조를 변형하며 장착한 무기는 폭탄과 독극물 등 화학무기를 포함하여 무려 5000여 종에 이른다. 이것들을 후세의 인간들은 마법무기라 불렀고 드래곤은 이 모든 마법의 조종(祖宗)으로 추앙되기에 이른다. 훗날 일원의 진영에 가담한 종들에 의해 마법의 역사와 판타지의 세계가 시작되는 것은 이 행성에서 지울 수 없는 역사적인 사실이다.

마지막으로 세 번째 요소이자 이 드래곤 시스템을 구성하는 가장 중요한 요소가 바로 지능의 진화이며 번식을 통해 이를 조직적으로 후세에 전달하는 시스템이다. 이 시스템이야말로 지능종 진화의 극치이자 용족을 현자 혹은 선인의 경지로 끌어올린 원동력이라고 할 수 있다.

용의 본체는 한마디로 광물을 주식으로 하고 자연력을 활용하는 식물형 시스템이다. 시스템의 안정성을 위해 이동은 극히 제한된다. 즉 전투력은 막강하지만 수비 이외에는 쓸모가 없다. 또 하나 치명적인 문제점은 전투력을 받쳐줄 소프트웨어 자체의 진화가 필요하다는 것이다. 세계에 대한 정보가 없고, 있어도 정보의 요체(要諦)라 할 실시간 변경 관리가 되지 않는다. 여기에 정보와 정보 사이의 연관을 규명하고 미래를 예측하는 연산논리, 즉 지식을 창조하고 지혜를 생성하는 프로세스는 고고하게 고립된 개체가 획득할 수 있는 것이 아니다.

결국 용이 진정한 지성체로 성장하려면 생애의 6할 이상을 할애해 반드시 사회화의 과정을, 그것도 주기적으로 거쳐야 한다. 즉 학습과 경험을 획득하고 사회 속에서 상호작용을 할 수 있는 '인격'을 가진 동적인 분신을 반드시 필요로 하게 된다,

대형 본체의 기반은 행성 초기의 과산소(過酸素) 환경에서 비대하

게 커진 파충류를 사용했지만 사회화를 위한 지성동물체는 반드시 포유류 인간이어야 한다는 미션이 생긴 셈이다. 이를 위해 일원은 드래곤을 파충류적 본체와 영장류의 동적 구조체로 분화시키고 생식 방법 역시 이원화하는 방식으로 해결한다. 즉 하드웨어 중심의 본체는 난생(卵生)으로, 소프트웨어 중심의 동적 구조체는 태생(胎生)으로 하되 본체 내에서 다양한 복사를 허용하면서 생애 동안 무수히 많은 동물체 클론(clone)을 배양할 수 있게 진화한다.

이 시스템은 수백만 년 동안 대단한 성공을 거두게 된다. 이는 본체와 이동체를 분리할 수 있는 혁명적인 발상이었고 다수의 이동체를 인간 세상으로 스며들게 해 사회화시키는 과정에서 지식과 경험을 획득하고 본체와 도킹(docking)을 통해 이를 조직적으로 축적할 수 있는 체계가 완성됐다.

이동체는 인간세상에서 '현자'로 진화하게 된다. 그들은 수천 년간 축적된 드래곤의 지식 베이스를 활용할 수 있을 뿐만 아니라 각지에 흩어진 클론으로부터의 정보를 실시간으로 공유할 수 있다. 또한 인간 세상에서의 사회화 과정에서 고위 계급을 장악하면서 가장 고급 정보를 취득할 수 있는 위치에 이르니 이들의 판단은 정확하고 예측이 어긋나는 법이 드물었다.

이러한 능력은 그들로 하여금 인간 세상의 최정점에서 조정자의 역할과 함께 그에 걸맞은 지위를 획득하는 근원이 됐다. 아예 대놓고 용을 그들의 상징으로 삼거나 제국의 황제가 용을 후원자로 삼아 자신의 업무를 수행하는 경우도 드물지 않았다.

또한 신체 능력 역시 수만 년간 진화를 거듭하면서 인간의 가속에 준하는 전투 시스템을 갖추고 본체와의 결합을 통해 무수히 많은 무기 체계를 공급받을 수 있으니 거의 무적의 용사라고 해도 과언이 아니다. 그들은 늙어 항상 산으로 돌아갔으며 사람들은 그들을 일러 현자 혹은 선인이라고 불렀다.

용은 이토록 막강한 종족이지만, 이들이 세계에 위협이 되지는 않았다. 애초에 성욕, 권력욕, 소유욕을 포함한 중요한 욕구를 일원이 거세해버렸기 때문이다. 세상을 오시하며 스스로의 자만에 빠져 인간을 우습게 보는 것 하나로도 충분한 불개입 효과를 낳을 수 있었다.

그러나…… 일원이 간과한 것은 바로 용 역시 사회화 과정에서 욕구가 생기기 시작했다는 점이었다. 바로 공진화(共進化)의 함정이다. 확실히 용은 인간 속에서 인간을 닮아가고 있었다.

그것이 이 세계의 가장 고약한 문제를 만든 핵심이기도 했다.

초판 1쇄 인쇄 2014년 7월 11일
초판 1쇄 발행 2014년 7월 18일

지은이 임허규
펴낸이 김선식

경영총괄 김은영
마케팅총괄 최창규
책임편집 서유미 **디자인** 디자인규, 문성미 **크로스교정** 박여영, 백상웅
콘텐츠개발2팀장 김현정 **콘텐츠개발2팀** 박여영, 백상웅, 문성미, 서유미
마케팅팀 이주화, 이상혁, 도건홍, 박현미, 백미숙 **홍보팀** 윤병선, 반여진, 이소연
경영관리팀 송현주, 권송이, 윤이경, 김민아, 한선미

펴낸곳 다산북스 **출판등록** 2005년 12월 23일 제313-2005-00277호
주소 경기도 파주시 회동길 37-14 3, 4층
전화 02-702-1724(기획편집) 02-6217-1726(마케팅) 02-704-1724(경영관리)
팩스 02-703-2219 **이메일** dasanbooks@dasanbooks.com
홈페이지 www.dasanbooks.com **블로그** blog.naver.com/dasan_books
종이 월드페이퍼(주) **출력 · 인쇄** 스크린 **후가공** 이지앤비 특허 제10-1081185호

ISBN 979-11-306-0340-7 (04810)
979-11-306-0336-0 (세트)

- 책값은 뒤표지에 있습니다.
- 파본은 구입하신 서점에서 교환해드립니다.

- 이 도서의 국립중앙도서관 출판시도서목록(CIP)은 서지정보유통지원시스템 홈페이지(http://seoji.nl.go.kr)와 국가자료공동목록시스템(http://www.nl.go.kr/kolisnet)에서 이용하실 수 있습니다. (CIP제어번호 : CIP2014018668)